国学经典
唐宋名家文集

[宋]欧阳修 撰  李之亮 注译

# 欧阳修集

中州古籍出版社
·郑州·

图书在版编目(CIP)数据

唐宋名家文集．欧阳修集／(宋)欧阳修撰；李之亮注译．—郑州：中州古籍出版社,2010.1(2021.1重印)
(国学经典)
ISBN 978-7-5348-3286-4

I.①唐… Ⅱ.①欧…②李… Ⅲ.①古典文学-作品集-中国-唐代②古典文学-作品集-中国-宋代③古典文学-作品集-中国-北宋 Ⅳ.①I214.01②I264.41

中国版本图书馆CIP数据核字(2009)第241588号

TANG-SONG MINGJIA WENJI · OUYANG XIU JI

## 唐宋名家文集·欧阳修集

| 责任编辑 | 梁瑞霞 |
| 责任校对 | 牛冰岩 |
| 装帧设计 | 曾晶晶 |
| 美术编辑 | 李志英 |

| 出 版 社 | 中州古籍出版社（地址：郑州市郑东新区祥盛街27号6层 邮编：450016 电话：0371-65723280） |
| 发行单位 | 新华书店 |
| 承印单位 | 河南新华印刷集团有限公司 |
| 开 本 | 640 mm × 960 mm 1/16 |
| 印 张 | 20.25 |
| 字 数 | 252千字 |
| 印 数 | 22 001—25 000册 |
| 版 次 | 2010年1月第1版 |
| 印 次 | 2021年1月第7次印刷 |
| 定 价 | 28.00元 |

本书如有印装质量问题，请与出版社调换。

# 前　言

　　欧阳修，字永叔，吉州庐陵（今江西吉安）人。生于真宗景德四年（1007年），卒于神宗熙宁五年（1072年），享年六十六岁。他很早就死了父亲，是年轻守寡的母亲把他一手拉扯成人的。当时欧阳修的叔叔欧阳晔在随州（今湖北随州）做官，安葬完父亲之后，欧阳晔便把孤儿寡母接到了随州勉强度日。欧阳修的母亲是一位贤惠而懂大礼的妇女，从欧阳修很小的时候，就开始教他认字读书。当时的欧阳修因家境贫寒，经常用一根小木棍在地上写写画画。由于欧阳修天生颖慧，很快大有长进，而且很有主见。据他自己回忆，十岁的时候，便经常到南城一个富裕之家借书看，其中有一部韩愈的文集，对尚在少年的欧阳修影响极大。他后来成为宋代文学改革的旗手，成为文坛的盟主，和当时似懂非懂地阅读了这本书有必然的联系，这是他当时没有想到的。欧阳修十七岁时参加地方考试，因为赋文出韵没有考中，三年后再考，遂成为随州的贡士，取得了参加礼部会试的资格。然而次年的会试，又没有考中。回到湖北的欧阳修听说朝廷下放名臣胥偃到汉阳军（今湖北汉阳）担任知军，便带着自己认为较为出色的几件作品到汉阳求见胥偃，胥偃看罢，"大奇之"，决定帮助这位年轻人实现他的人生梦想。胥偃任满时，将欧阳修带到京师，次年春季参加了国子监考试，得了第一名；同年秋季赴国学考试，又考了第一。第二年即天圣八年（1030年），朝廷举行会试，欧阳修再次夺魁，取得了"天下第一"的"会元"，这离人们经常说的"连中三元"只差最后一步了。可惜殿试时，被一个叫王拱辰的年轻人拔了头筹，而他仅排在第十四名。当年，欧阳修被派往洛阳，担任了西京留守推官。这一年他还完成了一件人生大事，就是把胥偃的女儿娶进了家。当时担任西京留守的是钱惟演，他手下聚集着梅尧臣、富弼、尹洙等一批有为青年，这段日子，在欧阳修一生当中，一直是最美好的回忆。当然也有令他悲痛的事：夫人生下孩子没几天便病逝了。一年后洛阳任期届满，欧阳修回到京城，参加了学士院考试，被任命为馆阁校勘。在这个职位上，欧阳修有机会接触到非常之多的书籍，他如饥似渴地阅读、工作，为日后撰写《五代史》和《唐书》打下了最坚实的基础（《五代史》即后来的《新五代史》；《唐书》即后来的《新唐书》。这两部著作都被列入了《廿四史》）。

欧阳修三十岁时，朝廷发生了一件大事：时任开封知府的范仲淹因言事得罪了宰相吕夷简，被罢免到饶州担任知州。年轻气盛的欧阳修对此极为愤慨，更令他无法忍受的是当时身为谏官的高若讷面对这种明显的迫害不发一言。欧阳修愤然修书，斥责高若讷是全身保命的小人，紧接着灾祸降临，欧阳修被贬为夷陵县令，离开了京城。康定元年（1040年），欧阳修回到汴京，充任馆阁校勘，参加纂修《崇文总目》。不久到滑州担任幕僚，再回汴京，进入谏院当了谏官。然而他并没有因受过挫折变得唯唯诺诺，依旧是知无不言，言无不尽。庆历四年（1044年），河北保州军卒叛乱，欧阳修奉命出为河北都转运按察使。这段时间里，朝廷中逐渐形成了以杜衍、范仲淹、富弼、韩琦为首的变革派和以贾昌朝、章得象等人为首的保守派，两派势力角逐相当激烈。不久，杜衍等人相继被罢黜，剩下欧阳修这个眼中钉，保守派当然不肯干休，于是借其妹闺中不肃一事，把黑手伸向了欧阳修。虽然此案最终的调查与欧阳修并没有牵连，但他还是遭到了不公正的罢免，被放到淮南的滁州担任知州。此后他在扬州、颍州、应天府等地方官任上辗转了十二年,直到至和元年(1054年)才又回到汴京,次年担任了翰林学士。嘉祐五年(1060年)年底,擢为枢密副使,升参知政事。神宗即位之后,因不赞成王安石推行新法,出任青州、蔡州等知州,熙宁四年(1071年)致仕来到颍州居住,次年病逝。

介绍完欧阳修的生平,接下来理当就其文学的成就加以叙述,但我不想就事论事,就文学论文学,而是想就北宋那个值得我们思考的时代,那个在中国文化史上登峰造极的时代说几句感想。我想说的只有两点,这两点都与欧阳修有关系,又不专门就他而论。

我要说的第一个问题,是欧阳修生活的时代大背景,包括政治背景和文化背景。之所以要先说这个问题,是因为看到过某些论文,作者并不了解宋朝是个什么样的朝代,便津津有味地分析起宋人的诗歌有何特色,散文有何特色。这样的论文,更多注入的是研究者本人的好恶情感,心理学上叫做"代入",因此只能是无根的游谈,因为它脱离了产生这样或那样文学伟人和伟大作品的土壤。要想把古人诗文的精华嚼出滋味,不了解那个时代的基本特征是不可能做到的,这正是前贤要强调"文史不分家"的原因。在文和史两者中,文,就如同地里长出的庄稼,史,才是孕育诗文的土地,有什么样的土地,就长什么样的庄稼,这是再浅显不过的道理。遗憾的是,我们现在不少的研究,还停留在只说庄稼不顾土地的层面上。看庄稼很容易,拿在手里掂量一番,怎么都能品评几句;看土地却很费力,需要花很多时间,走很多路,出很多汗,甚至脚底板要磨出血泡。然而只见庄稼不见土地,毕竟是靠不住的。

欧阳修究竟生活在一个什么样的时代呢?在一般人的印象里,唐朝是个十分强盛的王朝,其实这仅仅说对了一半,因为从安史之乱开始,这个曾经强盛的王朝就开始大踏步地往下坡路上奔跑,尽管肃宗费尽死力避免了亡国,武宗时一度有过小小的中兴,但军阀割据的势力越来越强,中央王朝完全失去了控制他们的能力,这种局面一直持续了一百年,终于被宣武节度使朱全忠彻底摧垮,中国随后进入了一个更黑暗、更分裂、更贫困的五代十国时期。经过五十多年的动乱,赵匡胤才在一片废墟上建立了崭新的赵宋王朝。所以用"崭新"这样一个词,是因为它不仅结束了一百五十多年的军阀混战、有枪便是草头王的混乱局面,更重要的是,这个军阀出身的帝王响亮地提出了以仁治国、以文治国的全新理念。从广义上说,宋朝是自汉朝以后真正实行文治的朝代;从比较的角度看,汉代的文治还很不彻底,应该说,除了汉景帝之外,其他汉代帝王的统治,并没有真正把"仁政"付诸实际。唐朝是个崇尚武功的朝代,从一开始建国,就烙上了武人掌权的深深烙印,难怪会出现那么多谁都惹不起的军阀,到最后国家就亡在这些军阀手里。在漫长的封建社会中,孟子所谓"民为重,社稷次之,君为轻"的人本理念,只在宋朝一个朝代真正实现过。用现在的话说,中国历史上最重视"人权"的王朝,只有宋代。赵匡胤的治国理念,最根本的一条就是重视民命,以仁治国。他的仁治,和刘邦、李世民"与民休息"的权宜之计有着根本的不同,他是把民命真真切切放在心上的仁圣之君。纵观宋朝三百多年,冤杀的志士君子只有靖康时的陈东、欧阳澈和绍兴时的岳飞父子,加起来不到十个人,而且都出现在非常时期,出于非常之目的。谁还能找出比宋朝杀人更少的朝代?就连对待宋江那样的"草寇",都采取招安的手段,一旦归顺朝廷,随后便委以官爵。这种事在其他朝代,几乎是不可想象的。

在"仁"的前提下,宋朝实行的是法制,这一点从太宗、真宗时期设置提点刑狱官、仁宗时陆续颁布的《天圣编敕》、《景祐编敕》、《嘉祐编敕》就能体会出来。所谓提点刑狱,即设在各路(大致相当于今天的省)严格复核大案要案尽量不冤杀无辜的官员;所谓编敕文字,大部分是官员们在断案时遇到法典无据而申报朝廷裁决,由皇帝补充的带有指导意义的处置意见。宋代的朝廷大事,很少由皇帝一人说了算,绝大多数情况下,都采用集体讨论的方式、少数服从多数的原则决定下来。尤其是在北宋，政治的透明度相当的高。宋代官员的任命，采取举荐连坐的手段，不敢说没有后门的存在，但连坐这条绳索，对于举荐官员的人来说，无疑是一道紧箍咒，使他在举荐某人之前必须保持冷静、谨慎和克制。宋代的军队牢牢控制在文臣手里，连主管军队的最高长官枢密使和枢密副使，都是由文臣来担任的；武人在宋朝的地位相当低下，这一点与唐朝恰好形成了鲜明的对照。地方路分中的经略安抚使、转运使、提点刑狱官，绝大多数都是文臣，州郡中也采用文臣知州府事的模式。所有这一切政治体制，都保证了文人在宋代的崇高地位。在宋代帝王看来，文人执政不仅可以有效防止出现唐朝藩镇割据的局面，还可以有效地保障朝廷仁政的推行，因为文人毕竟是些读过圣贤书的人，如何实行仁政，他们心里应该很清楚。欧阳修生活的主要时期是仁宗时期，仁宗是当时和后世公认的最仁义的一位君主，其后的英宗、神宗，也都不是昏君。从这个意义上说，他是幸运的。这就是北宋前期的政治大背景。

　　说这些与欧阳修有什么关系呢？当然有非常重要的关系：宋朝开创的前二十多年，还处在南征北讨的阶段，直到太宗太平兴国四年俘虏刘继元收复了北汉，国家才大体上安定下来。在这个时期，太宗已经命文臣编纂《太平御览》、《太平广记》等大型类书。到了真宗景德年间，与契丹订立了澶渊之盟，国家进一步安定，文人的地位也随之进一步提高。当文人成为社会主体的时候，自然会出现为世人高度关注的文人群体。欧阳修中进士之后做的第一任官是河南留守钱惟演的幕僚。钱惟演在当时有文坛盟主之称，这就注定欧阳修从一开始就交上了幕府红莲的好运。众所周知，钱惟演是"西昆体"的代表人物，也就是说，如果欧阳修在钱氏的奖拔之下按照老路子走下去，是不可能达到他后来那种境界的。更值得庆幸的是，钱惟演幕下还聚集着尹洙、富弼、梅尧臣等有识之士，当这样一批人聚在一起时，彼此的人生志向和对文以载道的渴望，使他们很快产生了强烈的共鸣，这种共鸣，是基于他们对国家前途和命运的忧虑，他们需要用文章这种手段来参与广泛的社会变革。应该承认，对国家命运忧虑、用文章手段参与广泛社会变革的人不自欧阳修始，早在太宗、真宗时期，王禹偁就试图将文以载道的大旗打起来，其后的柳开、穆修也为此作出过不小的贡献，可惜他们当时势单力薄，缺乏遥相呼应的合力，当然也就无法与占据文坛主流的杨亿、刘筠、钱惟演等人抗衡。而欧阳修得以露出头角，则是综合了许多有利因素。首先我们不能否认，这与钱惟演对他的提携奖拔是分不开的。以前不少人都把钱惟演和欧阳修判然划在两个对立的阵营里，而忽略了二人在文学上的师承关系，那是不客观的，也是违背欧阳修本意的，因为欧阳修一生都没有忘记感激钱惟演，尽管二人对文章功能的认识并不相同，但欧阳修从没说过钱惟演一句坏话。《四朝国史·欧阳修传》说："调西京推官。留守钱惟演器其材，不婴以政事，修以故益得尽力于学。"如此特殊的待遇，不是每个幕僚都能享受到的。正是由于有钱惟演的倾力提携，欧阳修的文名才能在等辈中骤然鹊起。

其次，文士相高，也不能不说是欧阳修文学地位提高的一大因素：欧阳修对尹洙、梅尧臣等人的揄扬固然增重了他们的声价，而尹洙、梅尧臣等人对欧阳修的揄扬和维护，又反过来把他的文名推得更高。再加上欧阳修的几位老丈人胥偃、杨大雅、薛奎在士林中的广泛传播（胥夫人死后，景祐元年，欧阳修又娶了当时名臣谏议大夫杨大雅之女，一年后去世。再娶枢密副使薛奎之女，与上面提到的那个王拱辰成了同门女婿），自然形成了欧阳修名气日重的大势。现在我们就能体会到采取那种单打独斗的方式的王禹偁、穆修，不可能成为文坛领袖人物的根本原因了，这就叫"势"。任何事情，不借助"势"是很难成功的。对欧阳修来说更巧的一个"势"是：文坛霸主之一的刘筠在真宗末年先死了，杨亿在丁谓做宰相之后也莫名其妙地死了，钱惟演被刘太后从西京留守贬到随州，不久也郁郁而终。在这种形势下，羽翼丰满、蓄势待发的欧阳修接替他们登上文坛盟主的位置，也就不足为奇，而且是顺理成章的事了。用现在的概念说，此时的欧阳修取得了"话语权"。这种后天的优势，与他本身具有的以天下苍生为己任的政治抱负有机地结合起来，再加上他在官场上一往无前的大丈夫气概，使他在文坛上的崇高地位越来越巩固。

以上这些属于"外势"，单有外势是远远不够的，更重要的是内因。我以为欧阳修之所以成为欧阳修，和他年轻时对前朝历史的辨析和思索是分不开的，人们在研究欧阳修文学成就的时候，往往会忽略他在史学上的巨大贡献。他用了半生的精力写作《五代史》，写作《唐书》，也是成就他卓然大家的必不可少的内因之一。人们常说"历史是现实的一面镜子"，对于欧阳修来说，唐朝和五代，不也是宋代的一面镜子吗？他在广袤丰厚的历史中徜徉和思考，对忠奸善恶、强弱进退以及何为国家民族利益、何为团体个人利益等问题的感知，当然要比普通人高出许多。对文人来说，有什么样的积累和境界，就能写出什么样的文章，这是只可意会而无法用数据来统计和衡量的，这就是我为什么在前面喋喋不休总是强调大背景的用心。我们无须把欧阳修看成天生的神人，他少年时期的作品，比西昆还西昆，这是很自然的事。如果有人不信，看看他给胥偃等人的几封信就清楚了。可贵的是，当欧公一读到韩愈的文章，看到韩愈如何用文章作为武器，为自己的信仰高呼、为国计民生呐喊、向不合理的制度发起攻击和挑战时，他豁然明白了自己应该选择的道路。与尹洙、梅尧臣等人的切磋，与范仲淹、富弼、杜衍等人的交往，更增强了他选择用文章作为载道行己之物的决心。同时也应该看到：欧阳修最终成为受人尊崇的文坛宗主，也是走过漫漫长路的。可以说，直到仁宗嘉祐二年（1057年）他担任当年会试大主考时，才最终确立了不可撼动的地位，因为他这一年的"话语权"是绝对的。

说到这里，我想简单概括一下：第一，由于宋朝确立了文治国策,文人才有了受人尊敬的地位;文人占了社会的主流,才有了文坛的盟主,而最早出现的盟主必然扮演着"过渡"性质的角色。杨亿、刘筠、钱惟演之流都是朝廷里的高官,且处在国家刚刚稳定的时期,要求他们把文学作品作为匕首和投枪,显得有些强人所难,而欧阳修则不同,他进入仕途,恰好是国家稳定、国内矛盾日益凸显的时期,如何肃清吏治、如何富国强兵、如何克服国家稳定之后随之而来的种种弊端,便成为他们这批有社会责任心的士子思考的重大课题,于是他们的文章就容易有的放矢,切中时弊。欧阳修在知谏院时的一系列奏章和那篇激动人心的《朋党论》,把当世文章的导向一下子扭动了一百八十度,他身边聚集的后进之辈越来越多,形成了一股强大的力量,逐渐取代钱、刘而成为北宋文学的主流,甚至得到了最高统治者的肯定和赞扬。第二,文学革命需要旗手,也同样需要浩浩荡荡的生力军。既然赵匡胤顺应历史潮流,奠定了文人政治的基础,文坛旗手和巨匠的出现便成为必然,即使没有欧阳修,也会有其他人站出来扮演同样的角色。从这个意义上说,欧阳修是在一个良好的大背景下奋然挺出,举起了文学革命的大旗,正所谓时势造英雄,英雄造时势。说得再明白些,就是说宋朝的文学革命,实际上是一场群体性运动,是众星璀璨托起欧阳修一轮明月的局面,归根结底,还是不能忽略那个造就盛世文学的文治时代。因为欧阳修也好,王安石、苏轼、司马光等人也好,都是所谓的庄稼,那个值得赞扬的文治时代,才是孕育出成片好庄稼的丰饶土壤。

  我要说的第二个问题,还是离不开那个造就盛世文学的时代。这样的时代最起码要具备以下几个要素:一是要有一大批以国家民族利益为重的有良心有正义感的士子,二是要有一个让人说话而不轻易将人置于死地的政治环境,三是要有一个蔚成风气的文化氛围,四是要有一大批高水平的文学作品面世。能够同时具备这四个要素的时代,在中国历史上鲜得一见,历史上更多的文学巨匠,都属于单打独斗式，无法形成一个文学大气候。比如战国时的屈原、魏晋时的陶渊明，乃至唐代的韩愈，都是孤独无助的求索者，身边没有或很少有同道之人；他们所处的时代，要么是不让人讲话的时代，要么是无视人讲话的时代，不具备形成强势文化和主流文化的土壤，自然也就不可能出现大批高质量的文学作品。宋代则不同，特别是在北宋，文治使士子们极大地增强了社会责任感和对自身生命价值的珍视，他们真正有了一种主人翁的感觉，而不再是暴力统治集团门前的花草和宠物，或者在权贵门前讨饭吃的乞丐。有了这样的良好人文环境，士子内心的尊严和使命感便得到了最大限度的升华，然后他们得以将这些升华了的理想通过文章的形式释放出来，注入到社会现实当中。这样的人多了，便形成了气候，占据了主流，便出现了一个盛世文学的辉煌时代。我之所以一而再再而三地重复那个时代，是因为在中国历史上，这样的时代几乎只有宋代：统治者充满仁性，士子充满理性，他们共同把孔、孟的精髓发挥到极致。尽管二三百年间也出现过浊流和阴风，但这个文学盛世，是需要我们从根本上去开掘和研究的，这里所说的"根本"，还是指那个时代的人文大背景。

对于宋朝的文学，不少人认为具有代表性的作品是宋词，"唐诗宋词元曲"这样的顺口溜，几乎人人都知道，这实在是一种喧宾夺主的不客观评价，甚至可以说是一种误读。宋词的直接来源是民间俚曲，唐朝时得到士大夫的加工和改造，盛唐以前的主流文化中几乎没有这种文学形式，直到唐王朝衰落、士大夫意志消沉之后，词才在士子的交往中出现，晚唐时期渐多，五代十国时期，大盛于南唐和西蜀，中原士子还鲜有涉及。沿着这个脉络追寻，我们不难看出，这种文学形式在经过士子们的加工改造之后，连俚曲原本具有的清新色彩都被抹去，剩下的几乎全是无聊和颓废，酒边案头、花街柳巷成了词曲最集中的场所。从现存的宋词看，除了苏轼、辛弃疾等为数不多的豪放派词作之外，大多情绪低靡，符合孔夫子定义的"郑卫之音"。

这样的东西，怎么可以作为一代文学的主旋律呢？这就如同新中国的文艺，有谁会认为那些主要出现在酒吧、舞厅里的"通俗歌曲"是这个时代的主旋律和最强音呢？宋代真正有价值的文学，仍旧是载道而行的散文和诗歌，而词不过是聊且一笑的时尚小调罢了。宋朝真正有为的宰相重臣都很少写词，只有像晏殊那样的人，才拿写词当正经事干，难怪王安石瞧他不起：身为宰相而沉溺于小词，这样的人要能把国家治理好才算见鬼呢！如果我们把《全宋词》、《全宋诗》、《全宋文》都翻开，不难发现，宋朝真正闪光耀眼的，还是那一篇篇浸透着仁人志士爱国情怀，充满着对社会对人生对科学深刻思索、对百姓对民族对国家命运焦虑、对经学勇于探求，言之有物、言之成理的优秀散文。宋诗作为散文的羽翼和附庸，也具有相同的特质。这说明什么呢？说明宋代的诗文成就是群体性的、时代性的、高水准的。明朝人编《唐宋八大家文钞》是件既好又不好的事。说它好，是因为编者总体的感觉不错：先秦之后的散文要属唐宋；唐宋的散文精华按比例切割，唐占四分之一，宋占四分之三，基本符合实际。说它不好，是因为它所选的宋代六大家给后人带来了一种局限和误导。首先，宋代散文巨擘绝不只这六家；其次，选择的态度上带有明显的门户之见：三苏、曾巩、王安石都是欧阳修的弟子，独立于欧门之外未经欧阳修揄扬的人，一个也没能进入他框定的"大家"行列，这很显然有失公平。后学之人不明就里，沿着这个框架去读书、去研究，结果把目光都集中在了这几个人身上，但是，这所谓的"六大家"果真是宋朝散文成就最高的代表人物吗？恐怕也很值得商榷。我们是否可以提出这样两个疑问：一、宋朝的散文，编者都细细读过吗？二、确定一位作者是否"大家"的标准究竟是什么？如果我们没有更多的时间去阅读宋人的原著，不妨翻开《四库全书总目》，看看清人的提要，或许能给我们不小的启发。该书卷一五二田锡《咸平集》提要说："当时已重其言，故其没也，范仲淹作墓志，司马光作神道碑，而苏轼序其奏议，亦比之贾谊。"同卷韩琦《安阳集》提要说："其辞气典重，敷陈剀切，有垂绅缙笏之风。"尹洙《河南集》提要说："所为文章，古峭劲洁，继柳开穆修之后，一挽五季浮靡之习，尤卓然可以自传。"范仲淹《文正集》提要说："贯通经术，明达政体。"苏颂《苏魏公集》提要说："平生嗜学，自书契以来，经史九流百家之说，无所不通，发之于文，亦多清丽雄赡，卓然可为典则。"司马光《传家集》提要说："光大儒名臣，不以词章为重，然即以文论，其气象亦包括诸家，凌跨一代。"卷一五二刘敞《公是集》提要说："合众美为己用，超伦类而独得。"限于篇幅，不再一一列举，像宋祁、刘攽、沈遘、韦骧、吕陶、文彦博、张方平等文集提要中，无不啧啧赞美之词，这正是我上面说到的"群体"现象。可惜由于《唐宋八大家文钞》的影响，后人大多把目光集中在那几个人身上，忽略了对其他大家作品的研究。我始终认为北宋散文能卓然千古，属于一个时代现象，而不属于个人现象。

2007年12月，四川巴蜀书社出版了我耗费数年写成的《欧阳修编年笺注》。该书480万字，共8册，是第一部全面整理详细注释欧阳修所有诗文的作品。这部书的出版，得到了国家古籍整理领导小组的大力支持和鼓励，当然，这也是我放弃了所有休息时间，用损害健康为代价努力完成的。为什么要这样做？很简单，我喜欢宋朝那个真理第一权势其次的朝代，喜欢那个时代里敢怒敢言的大君子。应中州古籍出版社之约写这本小书时，距离《欧阳修编年笺注》的出版还不到两年时间，那种劳累，那种欣悦，那种做完一件大事的惬意，种种感觉，似乎都还没有散去，所以又情不自禁地啰唆了起来。时间仓促，书中还有理解偏颇或译文不妥之处，敬请读者批评指正。

李之亮

2009年8月

# 目 录

| | |
|---|---|
| 秋声赋 | 1 |
| 憎苍蝇赋 | 5 |
| 朋党论 | 9 |
| 三皇设言民不违论 | 13 |
| 贾谊不至公卿论 | 17 |
| 纵囚论 | 23 |
| 原弊 | 26 |
| 怪竹辩 | 37 |
| 论王举正范仲淹等札子 | 40 |
| 论乞令百官议事札子 | 43 |
| 论吕夷简札子 | 46 |
| 论乞主张范仲淹富弼等行事札子 | 49 |
| 论台官不当限资考札子 | 53 |
| 论逐路取人札子 | 55 |
| 荐司马光札子 | 62 |
| 言青苗钱第一札子 | 65 |
| 醉翁亭记 | 70 |
| 丰乐亭记 | 73 |

|  |  |
|---|---|
| 真州东园记 | 77 |
| 夷陵县至喜堂记 | 81 |
| 王彦章画像记 | 85 |
| 樊侯庙灾记 | 91 |
| 非非堂记 | 94 |
| 戕竹记 | 96 |
| 养鱼记 | 99 |
| 伐树记 | 101 |
| 偃虹堤记 | 104 |
| 大明水记 | 108 |
| 菱溪石记 | 112 |
| 浮槎山水记 | 115 |
| 有美堂记 | 119 |
| 岘山亭记 | 123 |
| 吉州学记 | 127 |
| 五代史伶官传序 | 132 |
| 苏氏文集序 | 136 |
| 送徐无党南归序 | 141 |
| 释秘演诗集序 | 145 |
| 梅圣俞诗集序 | 149 |
| 书旧本韩文后 | 153 |
| 七贤画序 | 157 |
| 送陈经秀才序 | 160 |
| 送王圣纪赴扶风主簿序 | 164 |
| 送杨寘序 | 168 |
| 送曾巩秀才序 | 171 |
| 章望之字序 | 174 |

|  |  |
|---|---|
| 郑荀改名序 | 178 |
| 《归田录》序 | 181 |
| 上范司谏书 | 184 |
| 与高司谏书 | 190 |
| 答李诩书 | 199 |
| 答祖择之书 | 207 |
| 答吴充秀才书 | 212 |
| 与荆南乐秀才书 | 216 |
| 答宋咸书 | 221 |
| 与黄校书论文章书 | 223 |
| 与刁景纯学士书 | 225 |
| 上杜中丞论举官书 | 228 |
| 回丁判官书 | 233 |
| 六一居士传 | 238 |
| 读李翱文 | 242 |
| 杂说 | 245 |
| 富贵贫贱说 | 249 |
| 夏日学书说 | 252 |
| 祭苏子美文 | 254 |
| 祭石曼卿文 | 256 |
| 泷冈阡表 | 259 |
| 尹师鲁墓志铭 | 265 |
| 张子野墓志铭 | 272 |
| 孙明复先生墓志铭 | 277 |
| 资政殿学士户部侍郎文正范公神道碑铭 | 282 |
| 李汉超 | 298 |
| 卖油翁 | 301 |

# 秋声赋

欧阳子方夜读书<sup>①</sup>，闻有声自西南来者<sup>②</sup>，悚然而听之，曰："异哉！"初淅沥以萧飒，忽奔腾而砰湃<sup>③</sup>，如波涛夜惊，风雨骤至。其触于物也，铮铮铮铮<sup>④</sup>，金铁皆鸣，又如赴敌之兵，衔枚疾走<sup>⑤</sup>，不闻号令，但闻人马之行声。予谓童子："此何声也？汝出视之。"童子曰："星月皎洁，明河在天。四无人声，声在树间。"

予曰："噫嘻，悲哉！此秋声也，胡为乎来哉？盖夫秋之为状也，其色惨淡，烟霏云敛<sup>⑥</sup>；其容清明，天高日晶；其气栗冽，砭人肌骨；其意萧条，山川寂寥<sup>⑦</sup>。故其为声也，凄凄切切，呼号奋发。丰草绿缛而争茂，佳木葱茏而可悦。草拂之而色变，木遭之而叶脱。其所以摧败零落者，乃其一气之余烈<sup>⑧</sup>。

"夫秋，刑官也<sup>⑨</sup>，于时为阴<sup>⑩</sup>；又兵象也<sup>⑪</sup>，于行为金<sup>⑫</sup>。是谓天地之义气<sup>⑬</sup>，常以肃杀而为心。天之于物<sup>⑭</sup>，春生秋实，故其在乐也，商声主西方之音<sup>⑮</sup>，夷则为七月之律<sup>⑯</sup>。商，伤也，物既老而悲伤；夷，戮也，物过盛而当杀。

"嗟夫！草木无情，有时飘零。人为动物，惟物之灵，百忧感其心，万事劳其形，有动于中，必摇其精。而况思其力之所不及,忧其智之所不能,宜其渥然丹者为槁木⑰,黟然黑者为星星⑱。奈何非金石之质⑲,欲与草木而争荣?念谁为之戕贼,亦何恨乎秋声?"

童子莫对,垂头而睡。但闻四壁虫声唧唧,如助予之叹息。

[题解]

本文作于仁宗嘉祐四年(1059年),作者奔走仕途,饱经坎坷,已经心力交瘁,所以闻秋声而发感慨,极力渲染暮秋时节山川寂寥、草木摇落的萧条肃杀。全赋意境深远,格调幽深苍老,所以梅尧臣曾说此赋"状难写之景如在目前,含不尽之意见于言外"。

[注释]

①欧阳子:欧阳修自谦的称呼。②自西南来者:指秋风。③砰湃:象声词,形容水流、风雨激烈汹涌。④铩(cōng)铩铮铮:金铁相撞之声。⑤衔枚:横衔枚于口中,以防止喧哗。枚,形如筷子,两端有带,可系于颈上。⑥烟霏:烟气飘散。⑦"其气栗冽"四句:出自《楚辞》宋玉《九辩》:"悲哉,秋之为气也。萧瑟兮,草木摇落而变衰。憭栗兮若在远行,登山临水兮送将归,泬寥兮天高而气清,寂寥兮收潦而水清。"此处即概括略变其意而成。⑧余烈:古人认为秋主杀,摧残草木,乃杀气威烈之余绪。⑨刑官:主刑杀的官。《周礼·秋官·司寇》说:"立秋官司寇,使帅其属而掌邦禁,以佐王刑邦国。"⑩于时为阴:在四时中主阴。《汉书·律历志》说:"秋为阴中,万物以成。"⑪兵象:古代秋令练兵,所以说秋为兵象。《汉书·刑法志》颜师古注解说:"治兵,观威武也。"⑫于行为金:行,谓金、木、水、火、土五行。古人认为秋在五行中属金。⑬天地之义气:指寒凝之气。出自《礼记·乡饮酒义》:"天地严凝之气,始西南而盛西北,此天地之尊严气也,此天地之义气也。"⑭天之于物:上天对于万物。⑮商声主西方之音:商声,宫、商、角、徵、羽五声之一。与五行相配,金为商;与四方相配,西为商。《礼记·月令》说:"孟秋之月,其音商,律中夷则。"⑯夷则为七月之律:《太平御览》卷二四引《释名》:"七月谓之夷则何?夷者,伤也;则者,法也。言万物始伤被刑法也。"夷则,为古代十二律中的名称。⑰渥然丹者:渥,沾润。《诗经·秦风·终南》:"颜如渥丹。"⑱黟然黑者为星星:黟,黑色。星星,

形容毛发花白。⑲金石之质：坚固不坏的体质。

[译文]

欧阳某夜间正在读书，忽然听到有声音从西南方向传过来，不禁悚然细听，惊愕地说道："怪啊！"这声音初听的时候淅沥萧飒，突然间变得汹涌澎湃，很像是深夜里海涛突起，或如急风暴雨骤然而至，击打在物体上，铮铮，好像金属在相互碰撞。再仔细听，又仿佛是奔赴战场的士卒们正在衔枚挺进，听不到任何号角金鼓，只有人马飒飒行进之声。于是我对小童说道："这究竟是什么声音？你出去看一看。"小童答道："月色皎洁，星光灿烂，浩瀚的银河，悬挂在中天。四下里没有人的动静，那声音是从树林间传过来的。"

我不由感叹道："哦，原来这已是秋天的风了，真令人倍感伤情，它怎么突然间就来了呢？秋天总是如此：它的颜色显得凄清惨淡，云气消失，烟霭散去；它的形貌变得爽朗清新，天空高远，日光鲜明；它的气候变得清冷萧瑟，凄风凛冽，刺人肌骨；它的意境变得寥落苍凉，河流平静，山林空旷。所以它发出的声音时而凄凄切切，时而呼啸激荡。秋风还没起的时候，绿草如同碧毯，丰美繁盛，树木苍翠葱茏，让人感到心旷神怡。然而秋风一旦吹来，掠过草地，青草旋即变色，掠过树林，树木很快落叶。它所具有的摧败花草树木的威力，乃是肃杀之气的余烈。

"秋天是刑官主刑杀的季节，在节令上属于阴；秋天又象征着兴兵用武，在五行中属于金。这就是人们经常提到的'天地间的寒凝之气'，它经常以肃杀行使自己的意志。天地对于万物，是要它们在春天生长，在秋天结实，故而秋天在音乐的五声当中又属于商声，商声是代表西方的声音，而七月的音律，叫做'夷则'。商，就是'伤'的意思，万物衰老，都会感到悲伤；夷，就是杀戮的意思，世间万物过了繁茂生长的时期，都必然要走向衰败。

"可叹啊，草木原本是没有感情的生物，尚且有衰败零落的时候。人作为动物，在万物当中最具灵性，有无穷无尽的忧愁煎熬他的内心，有数不清的烦恼使他的身体感到劳累；费心劳神，必然会损耗精力，何况常常思考一些自己的力量无法做到的事情，忧虑一些自己的智慧无法解决的问题，当然会使他原本鲜美滋润的皮肤变得衰老枯槁、乌黑光亮的须发变得花白斑驳。人不是金石，为什么要以不是金石的肌体去像草木那样争抢一时的荣盛呢？仔细想一想，给人自身造成伤害的到底是谁，又何必对秋声心生怨恨呢？"

小童一句话也没说，垂着头在那里酣酣而睡。只听得四周墙壁间的小虫唧唧地啼鸣，似乎是在为我的叹息增加意绪。

# 憎苍蝇赋

苍蝇，苍蝇，吾嗟尔之为生！既无蜂虿之毒尾①，又无蚊虻之利觜，幸不为人之畏，胡不为人之喜？尔形至眇②，尔欲易盈③，杯盂残沥，砧几余腥，所希秒忽④，过则难胜。若何求而不足，乃终日而营营⑤？逐气寻香，无处不到，顷刻而集，谁相告报？其在物也虽微，其为害也至要。若乃华榱广厦⑥，珍簟方床，炎风之燠，夏日之长，神昏气蘖，流汗成浆，委四支而莫举，眊两目其茫洋⑦，惟高枕之一觉，冀烦歊之暂忘⑧。念于尔而何负，乃于吾而见殃？寻头扑面，入袖穿裳，或集眉端，或沿眼眶，目欲瞑而复警，臂已痹而犹攘。于此之时，孔子何由见周公于仿佛⑨，庄生安得与蝴蝶而飞扬⑩？徒使苍头丫髻，巨扇挥扬，咸头垂而腕脱，每立寐而颠僵⑪。此其为害者一也。又如峻宇高堂，嘉宾上客，沽酒市脯，铺筵设席，聊娱一日之余闲，奈尔众多之莫敌！或集器皿，或屯几格。或醉醇酎⑫，因之没溺；或投热羹，遂丧其魄。谅虽死而不悔，亦可戒夫贪得。尤忌赤头，号为景迹⑬，一有沾污，人皆不食。奈何引类呼朋，摇头鼓翼，聚散倏忽，往来络绎。方其宾主献酬，衣冠俨饰。使吾挥手顿足，改容失色。于此之时，王衍何暇于清谈⑭，贾谊堪为之太息[15]！此其为害者二也。又如醯醢之品[16]，酱蠚之制[17]，及时月而收藏，谨瓶罂之固济，乃众力以攻钻，极百端而窥觊。至于大胾肥牲[18]，嘉肴美味，盖藏稍露罅隙，守者或时而假寐，才稍怠于防严，已辄遗其种类，莫不养息蕃滋，淋漓败坏。使亲朋卒至，索尔以无欢；臧获怀忧[19]，因之而得罪。此其为害者三也。是皆大者，余悉难名。呜呼！"止棘"之诗[20]，垂之六经，于此见诗人之博物，比兴之为精。宜乎以尔刺谗人之乱国，诚可嫉而可憎！

[题解]

本文作于英宗治平三年（1066年），当时作者担任参知政事。由于作者与首相韩琦始终站在一起，所以一些朝臣在嫉妒韩琦的同时，又把作者看成是韩琦的智囊，所以利用一切手段对他进行攻讦和诽谤。作者认为这些小人的行径如同苍蝇一样令人感到既可笑，又可厌，又可憎，又可恨，于是写了这篇赋，宣泄内心的厌恶和无奈。

[注释]

①蜂虿（chài）：黄蜂与蝎子。②尔形至眇：其体形十分眇小。③尔欲易盈：谓苍蝇的欲望很有限，易于满足。④所希杪忽：所需甚微。杪忽，微少。⑤营营：忙忙碌碌之貌。⑥华榱：雕饰图画的屋椽。⑦眊两目其茫洋：谓两眼昏昏，看东西都看不清楚。眊，昏花之貌。茫洋，又作"芒洋"，看物不清之貌。⑧烦歊：炎热。歊（xiāo），气上升的样子。⑨孔子何由见周公于仿佛：《论语·述而》说："子曰：'甚矣吾衰也矣，吾不复梦见周公！'"仿佛，大概。⑩庄生安得与蝴蝶而飞扬：《庄子·齐物论》说："昔者庄周梦为胡蝶，栩栩然胡蝶也。自喻适志与，不知周也。俄然觉，则蘧蘧然周也。不知周之梦为胡蝶与，胡蝶之梦为周与？周与胡蝶，则必有分矣。此之谓物化。"⑪每立寐而颠僵：每每扇着扇着就睡着了，或者累得跌倒在地。⑫醇酎：味厚的美酒。⑬尤忌赤头，号为景迹：尤其是那些红头大苍蝇，人们称之为"景迹"。景迹，宋元时为盗贼所立的特殊户籍，即今所云有过前科被记录在案者的档案。凡景籍人，其居处门首立红泥粉壁，并具姓名、犯事情由，每月分上、下

半月，面见官府接受督察。⑭王衍何暇于清谈：《晋书·王衍传》载，王衍字夷甫，神情明秀，风姿详雅。妙善玄言，唯谈老、庄事。因累居显职，故而后进之士，莫不仿效，遂成风俗，号为清谈。⑮贾谊堪为之太息：《汉书·贾谊传》载，贾谊做长沙王太傅三年，有鹏鸟飞入屋舍，止于坐旁。鹏鸟即猫头鹰，不祥之鸟。贾谊暗自伤悼，以为寿不得长，故写《鹏鸟赋》，哀叹自己的不遇。⑯醯醢（xī hǎi）用鱼肉等制成的酱。醯为醋，因调制肉酱必用盐、醋等作料，故称。⑰酱齏（ní）：带骨的肉酱。⑱大胾（zì）：切成大块的肉。⑲臧获：奴仆。⑳止棘：《诗经·小雅·青蝇》中的诗句："营营青蝇，止于樊。岂弟君子，无信谗言。营营青蝇，止于棘。谗人罔极，交乱四国。营营青蝇，止于榛。谗人罔极，构我二人。"

[译文]

苍蝇啊，苍蝇啊，我真为你的生命感到可怜！你既没有黄蜂、蝎子的毒尾巴，又没有蚊子、牛虻尖利的嘴巴，有幸没有令人畏惧，却为什么不讨人们的喜欢？你的体型实在太小，你的欲望很容易满足，酒杯饭盂中的残汤剩菜，案板上面的一点余腥，你的欲望十分有限，太多了你还无法承受。你那点要求哪儿不能满足，为什么还要一天到晚到处钻营？追逐气味寻觅芳香，几乎没有你不到之处，片刻就能集结成群，是谁为你们通报的信息？你作为动物确实太小，可是为害却不能算小。比如在雕梁画栋的大厦里，在铺着华美竹席的大床上，闷热的风在不断熏蒸，夏日的漫长，令人头昏脑涨、喘气都难，大汗淋漓如同水浆，放松四肢难以抬举，两眼昏眊看不清东西，那时只想好好地大睡一觉，以求将烦闷炎热暂时忘在脑后。我对于你们有什么亏负，为何使我此时大受其殃？围着额头扑向脸面，钻入衣袖潜进下裳，有的汇集在眉头，有的沿着眼眶乱爬，眼睛本欲闭合而重新睁开，两臂早已无力还得用力挥动。在这个时候，即便是孔子，又怎能恍恍惚惚见到周公？即便是庄子，又怎能伴着蝴蝶自在地飞扬？白白指使丫鬟和小厮，将巨大的扇子用力挥扬，他们都已经垂下头来，腕力用尽，经常是站着就睡着、睡着便要栽倒。这是你们造成的祸害之一。又比如在雄壮的屋宇高高的华堂，坐满了嘉宾贵客，买来美酒摆上肉食，铺好锦褥锦席，打算在闲暇之日极尽欢愉，怎奈你们成群结伙令人无力招架！有的集结在器皿上，有的屯聚在几案和笼子上。有的已经熏醉，有的正在畅饮，因为酒力的缘故有的大醉失常；有的掉到灼热的羹中，随即丧命。我想你们即使这样死了虽然没什么后悔，但仍旧可以给那些贪得无厌的家伙一个警示。尤其是那些红头大苍蝇，人们称之为"景迹"，一旦食物被它们沾污，所有的人都不会再吃。却为什么能够招引同类汇集成群，摇着脑袋鼓动翅膀，聚合分散往往就在瞬息之间，来来往往络绎不绝。当主人与宾客互相敬酒，衣冠楚楚一身齐整，此时你们使我必须挥手跺脚，脸色顿时变得不雅。在这个时候，王衍哪里还有工夫款款清谈，贾谊也会为你们深深叹息！这是你们造成的祸害之二。再比如腌制的咸肉和酿制的酱醋，到了日期前来收藏，一定要把瓶瓶罐罐的开口处仔细盖紧，你们还会集中全力进攻钻营，想方设法窥探觊觎。至于那些大块的肥肉，以及佳肴美味，收藏得稍有一点空隙，或者是守护者短暂打盹，戒备刚刚有所放松，你们已经在做着繁殖后代的丑事，没有一个不是生养蕃息，对食物肆意地进行毁坏。使得亲朋好友突然到家，情绪骤然间变得很坏；奴婢小厮们也都战战兢兢，担心你们的恶行而使他们受到责罚。这是你们造成的祸害之三。这些都是你们的大罪，其余小过难以遍举。啊！"止棘"的诗歌，载于圣人的六经之中，由此可见古代诗人是何等博物，比兴的手法用得相当之精。把你们比做谗害他人祸乱国家的东西真是太恰当了，你们实在是既令人恶心又令人憎恨。

# 朋党论①

臣闻朋党之说,自古有之,惟幸人君辨其君子小人而已②。大凡君子与君子,以同道为朋;小人与小人,以同利为朋。此自然之理也。

然臣谓小人无朋,惟君子则有之。其故何哉?小人所好者,利禄也;所贪者,货财也。当其同利之时,暂相党引以为朋者,伪也;及其见利而争先,或利尽而交疏③,则反相贼害,虽其兄弟亲戚,不能相保。故臣谓小人无朋,其暂为朋者,伪也。君子则不然。所守者道义,所行者忠信,所惜者名节④。以之修身,则同道而相益⑤;以之事国,则同心而共济。终始如一,此君子之朋也。故为人君者,但当退小人之伪朋,用君子之真朋,则天下治矣。

尧之时,小人共工、驩兜等四人为一朋⑥,君子八元、八恺十六人为一朋⑦。舜佐尧,退四凶小人之朋,而进元、恺君子之朋,尧之天下大治。及舜自为天子,而皋、夔、稷、契等二十二人并列于朝⑧,更相称美,更相推让,凡二十二人为一朋,而舜皆用之,天下亦大治。《书》曰:"纣有臣亿万,惟亿万心;周有臣三千,惟一心。"⑨纣之时,亿万人各异心,可谓不为朋矣,然纣以亡国。周武王之臣,三千人为一大朋,而周用以兴。后汉献帝时⑩，尽取天下名士囚禁之⑪，目为党人。及黄巾贼起⑫，汉室大乱，后方悔悟，尽解党人而释之，然已无救矣。唐之晚年，渐起朋党之论。及昭宗时⑬，尽杀朝之名士，咸投之黄河，曰："此辈清流，可投浊流。"⑭而唐遂亡矣。

夫前世之主，能使人人异心不为朋，莫如纣；能禁绝善人为朋，莫如汉献帝；能诛戮清流之朋，莫如唐昭宗之世。然皆乱亡其国。更相称美、推让而不自疑，莫如舜之二十二臣，舜亦不疑而皆用之。然而后世不诮舜为二十二人朋党所欺⑮，而称舜为聪明之圣者，以能辨君子与小人也。周武之世，举其国之臣三千人共为一朋，自古为朋之多且大莫如周，然周用此以兴者，善人虽多而不厌也。嗟呼！治乱兴亡之迹，为人君者，可以鉴矣！

[题解]

庆历三年（1043年），旧党代表人物吕夷简等人先后下野，范仲淹、韩琦等革新派人物执政，提出许多新的政治主张，于是保守派制造舆论，攻击范仲淹、欧阳修等人为"朋党"。欧阳修写了这篇论文，深刻揭示了君子为国家利益而结合的崇高境界和小人为个人利益互相勾结又彼此倾轧的可耻嘴脸。

[注释]

①朋党：由于某种利益关系而聚集在一起的群体。②幸：敬词，希望。③利尽而交疏：利益没有了，交情也就疏远了。④所惜者：所珍视的。名节：名声气节。⑤相益：相互支持帮助。⑥共工、驩兜：尧时被称为"四凶"中的两个人。此四人不服从舜的控制，皆被流放。《尚书·舜典》说："流共工于幽州，放驩兜于崇山，窜三苗于三危，殛鲧于羽山。四罪而天下咸服。"⑦八元、八恺：八元是传说中高辛氏的八个才子，八恺是高阳氏的八个才子。《左传·文公十八年》："昔高阳氏有才子八人，苍舒、隤敳、梼戭、大临、尨降、庭坚、仲容、叔达，齐、圣、广、渊、明、允、笃、诚，天下之民谓之八恺。高辛氏有才子八人，伯奋、仲堪、叔献、季仲、伯虎、仲熊、叔豹、季狸，忠、肃、共、懿、宣、慈、惠、和，天下之民谓之八元。"⑧皋、夔、稷、契：舜时的贤臣，分别为管理刑狱、音乐、农业和教化的长官。⑨《书》：即古代儒家经典

《尚书》。此句出于《尚书·泰誓》，是武王伐纣时在孟津宣誓的誓词。⑩后汉献帝：刘协，是东汉最后一位皇帝，公元189年至220年在位。⑪尽取天下名士囚禁之：后汉桓帝时，宦官渐专朝政，当时李膺、杜密等人上书进谏，被宦官诬为"党人"，逮捕入狱。灵帝时，宦官曹节又杀害李膺、陈蕃、窦武等朝官一百多人，株连六七百人。于是朝政大坏，终至亡国。这两次大批逮捕、杀害朝臣的行动被称为"党锢之祸"，发生于桓、灵二代，并不是汉献帝时的事，作者所记有误。⑫黄巾：东汉末年，由巨鹿人张角领导的一支农民起义军。因头裹黄巾为标志，故称黄巾军。⑬昭宗：李晔，唐朝的亡国之君，公元889年至904年在位。⑭"此辈"二句：唐哀帝天祐二年（905年），李振唆使朱全忠诱杀当时名臣裴枢等三十余人，说："此辈常自谓清流，宜投入黄河，使为浊流。"朱全忠果然把这些大臣杀死，投入黄河。按：此事发生在唐哀帝时，此处说在昭宗时，是作者误记。⑮不诮：没有讥嘲。

[译文]

臣闻知所谓"朋党"之说，是自古以来就有的，只看君王能否辨识他们是君子还是小人而已。总体来说，君子和君子之间，是因共同的理想目标结为朋党；小人和小人之间，则是因暂时的利益一致而结为朋党。这是很自然的道理。

同时臣又认为小人其实并没有朋党，只有君子才会有。这是什么原因呢？因为小人所喜好的是利禄，所贪求的是财货。当他们的利益相一致时，临时相互勾结而结为朋党，这种朋党是假的；等到他们见到利益而各自争抢，或是到了无利可图而交情日益淡薄之时，便会反过来互相残害，即使他们的兄弟或亲戚，也未必能幸免于难。所以臣认为小人并没有朋党，他们暂时结为朋党，都是假的。君子就不是这样了，他们所遵循的是道义，所奉行的是忠信，所爱惜的是名声和节操。用这些修养自身，就会形成共同的目标，而且能够彼此提携扶助；用这样的做法为国家谋利益，就能同心协力共度艰难，始终如一团结在一起，这就是君子的朋党。所以作为君王，应该斥退小人们的假朋党，任用君子真正的朋党，只有如此,才能达到天下的大治。

尧那个时代,小人共工、驩兜等四个人结为一大朋党,君子则有八元和八恺共十六人,结为一个朋党。虞舜辅佐帝尧,斥退了四凶小人所结的朋党,进用八元、八恺那些君子所结的朋党,故而帝尧时天下得以大治。等到虞舜做了天子,皋陶、夔、后稷、契等二十二人同时列于朝堂之上,彼此之间互相赞美,又能互相谦让,二十二个人结为一个朋党,虞舜全部任用了他们,天下也得以大治。《尚书》中说:"商纣有臣下亿万,有亿万条心;周有臣下三千,却是一条心。"商纣之时,亿万臣民的心各不相同,可以说没有朋党了,然而他却因此亡了国。周武王时臣下三千人结成一个大朋党,周代却由此而崛起振兴。东汉献帝时,把天下所有的名士都囚禁起来,将他们看做"党人"。等到黄巾军起事,汉王室大乱,方才悔悟,把党人释放出来,可惜为时已晚,无法挽救了。唐朝末年,又逐渐兴起朋党之论,到唐昭宗时,把在朝的名士都杀害了,有的人还被投进了黄河,称:"这些人自称为清流,可以把他们投进黄河浊流当中。"唐朝随后也灭亡了。

纵观前代的君王,能够让人人心怀异志不结成朋党的,没有能超过商纣的了;能够阻止切断良善之人结为朋党的,没有能超过汉献帝的了;能够诛杀清流党人的,没有能超越唐昭宗的时代。然而他们都因此导致国家大乱而最终亡了国。彼此间称赞揄扬、推举谦让而不生疑心,没有能超越虞舜二十二位大臣的,虞舜也毫不怀疑他们并且全部委以重任。后代的人们并没有嘲笑虞舜被二十二位大臣结成的朋党所蒙蔽,反倒极力赞赏虞舜是最聪明的圣人,因为他能够辨识谁为君子谁为小人。周武王时,任用国内贤臣三千结为一个大朋党,自古以来结为朋党的,人数之多与规模之大,都无法超越周代,然而周代恰恰由此而崛起振兴,良善之人即使很多,君王还是感到不够用。啊!国家治乱兴亡的历史经验,为君王者,真应该引以为鉴啊!

# 三皇设言民不违论①

论曰：夫至治之极也②，涂耳目以愚民之识③，畅希夷以合道之极④，化被而物不知，功成而迹无朕⑤。古有臻于是者，其大道之行乎⑥！圣人之兴也，捐仁义以为德之细，放约束以取民之信，德及而物自化，言行而人必从。古有盛于此者，其三皇之世欤！故孔子有三皇设言而民不违之说，敢试论之。

若乃畅上古之至道，张亿世之远御。结绳所以为信也⑦，而惧信之未孚⑧，我则有书契之易，于是乎画八卦以由数起⑨。茹毛所以养生也⑩，而悝生之未具，我则有烹饪之利，于是乎尝百谷以粒烝民⑪。网罟利人以为用⑫，使以畋而以渔；牛马异性而必驯，使可乘而可服。壮栋宇以易古者之居，垂衣裳以兴天下之治⑬。凡所以使民不倦者，皆伏羲⑭、神农⑮、黄帝之为也⑯。然而治既行矣，民既赖矣，守之以至静，化之以无为，上有淡泊清净之风，下无薄恶叛离之俗。故言为教诏⑰，非诰誓而自听；言为号令，不鞭扑而自随。且夫歃血以莅盟约，要之于信者，由不信而然也；为刑以残肌骨，威之使从者，由不从而设也。不若御至质之民，行大道之化。悦不以爱，故不待赏而劝；畏不以威，故不待罚而责；政不罔民，故不待约而信；事不申令，故不待诰而从。一言以行，万民禀命，赖其德者百年而利，服其化者百年而移。非三皇之德,其孰能与于此乎?噫!商人作誓⑱,欲民之从也,而人始疑;周人会盟⑲,欲信之固也,而诸侯叛。由是而言,则诅民于神明,狃民于赏罚,而违之者,末世之为也;服民以道德,渐民以教化,而人自从之者,三皇之盛也。夫设言而不违者,其在兹乎?

[题解]

本文是作者天圣末年在汴京应举前后所作,是一篇政论文字。文章强调:统治和约束人民,不但不能只靠刑罚和惩戒,就连施以仁政,也需要在不动声色间默默进行,那种张扬仁义、表白仁政的做法,同样是不可取的。全文主旨明确,但忽略了社会变化这一客观现实,所以作者所提倡的"三皇设言而民不违"理念,在社会进步之后的封建时代,只能是一种乌托邦式的美景。

[注释]

①三皇设言民不违:《晋书·刑法志》说:"传曰:'三皇设言而民不违,五帝画像而民知禁。'则《书》所谓'象以典刑,流宥五刑,鞭作官刑,扑作教刑'者也。"三皇,伏羲、神农、黄帝。②至治:安定昌盛教化大行之局面。③涂耳目以愚民之识:堵塞人们的耳目使人们变得愚昧无知。④希夷:《老子》第十四章说:"视之不见,名曰夷;听之不闻,名曰希。"⑤朕:征兆,迹象。⑥大道之行:出自《礼记·礼运》:"大道之行也,天下为公,选贤与能,讲信修睦,故人不独亲其亲,不独子其子,使老有所终,壮有所用,幼有所长,矜寡孤独废疾者,皆有所养。男有分,女有归。货恶其弃于地也,不必藏于己;力恶其不出于身也,不必为己。是故谋闭而不兴,盗窃乱贼而不作。故外户而不闭,是谓大同。"⑦结绳所以为信:出自《老子》:"虽有舟舆,无所乘之,虽有甲兵,无所陈之。使民复结绳而用之。甘其食,美其服,安其居,乐其俗。邻国相望,鸡犬之声相闻,民至老死,不相往来。"⑧信之未孚:恩信没有落到实处。孚,使人信服。⑨画八卦以由数起:《尚书·顾命》说:"伏羲王天下,龙马出河,遂则其文以画八卦,谓之河图。"⑩茹毛所以养生:谓先民连毛带血生食禽兽。⑪烝民:民众。⑫网罟:捕鱼及捕鸟兽的工具。⑬垂衣裳以兴天下之治:谓帝王不必亲理事务,可无为而治。⑭伏

羲：传说中三皇之一，风姓。⑮神农：传说中太古帝王。始教民为耒耜，务农业，故称神农氏。又传其曾尝百草，发现药材，教人治病。亦称炎帝。⑯黄帝：姓公孙，名轩辕。当时神农氏衰微，诸侯侵伐，暴虐百姓，于是轩辕发兵征讨，诸侯皆从。⑰教诏：教化人民的圣命。⑱商人作誓：指《尚书·汤誓》，内容为商汤灭夏之后对其臣下的教诲。⑲周人会盟：《史记·周本纪》载，周武王遍告诸侯说：商纣王身负重罪，不可不伐。于是率戎车三百乘、虎贲三千人、甲士四万五千人以伐纣。诸侯之师会于盟津，武王乃作《太誓》，告于诸侯。

[译文]

有论述以为：治民到了极限，堵塞人们的耳目使他们变得愚昧无知，引导人们视而不见听而不闻来合于大道的极限，仁化普施于万物而万物没有感觉，功业成就而寻找不到任何迹象。古代有达到如此高度的，那么大道便可得以推行了。圣人的兴起，捐弃仁义，认为这是微小的道德，对人民不加约束来取信于民，道德普施了万物自身便得以仁化，言语推行了人民肯定会听从。如果说古代有达到如此兴盛的，恐怕只有三皇的时代吧！所以孔子才会有"三皇设言而民不违"的说法，我冒昧地试着论述此说。

如果只求推行上古的大道，宣扬亿万年之前远古的治民之术，那么结绳记事在当时就是最可信的，由于担心这种可信不能完全落实，我们的祖先才用文字契约代替了结绳，于是乎伏羲氏画八卦之象则根据数目而起。连毛带血地生食禽兽之肉用来维持生命，又担心如此做法不足以维持生命，我们的祖先才有了烹饪技术提供的便利，于是乎神农氏品尝百谷之味用生产的粮食来养育人民。鱼网鸟罗给人民带来了捕捉禽兽的便利，使人民得以畋猎得以捕鱼；牛和马性情不同便强行驯化它们，使它们可以为人驾车载重并十分驯服。盖起宏壮的宫室来替代古代的穴居，发明上衣下裳来振兴天下的仁治。凡是能够使人民劳而不倦的，都是伏羲氏、神农氏、黄帝这些人做出来的。仁治已经推行了，百姓已经对这些方便形成依赖了，然后用安静不扰的方式谨守着成功，用无为而治的方式来教化人民，为君者具有淡泊清净的作风，万民没有浮薄凶恶反叛离心的恶俗。所以他们的每句话都被人民奉为圣命，未必要颁发诰命誓约而会自觉服从；每句话都被人民当成号令，未必要以鞭抽棍打相威胁而会自觉跟随。再说那种割破肌肤以血为证来约定必须遵守的盟约，最终要达到的目的是信任，恰恰是由于缺乏信任才想出来的举措；制定刑罚用来摧残肌骨，用威猛之术使人民服从的举措，恰恰是由于人民不服从才不得不设立的举措。倒不如管束最愚钝的人民，推行大道的教化。让人民喜爱不是出于讨好之心，故而不必一定要有奖赏，而要让他们懂得自励；让人民畏服不是靠威严的刑罚，故而不必等到受责罚，而要让他们懂得自律；为政不欺骗人民，故而不必一定要有誓约，而要让他们懂得自己应该有诚信；做事不必三令五申，故而不必等到颁布诰命，而要让他们懂得自觉服从。一句话说出去就要见到行动，万民都严格地谨守圣命，靠道德而统治者百年都会得到利益，服从圣王教化者百年或许才稍有变化。如果不是三皇的仁德，谁能做到这一步呢？啊！商汤曾作过《汤誓》，是想要人民听从他，人民恰恰开始产生怀疑；周武王有过盟津的会盟，是想要诸侯绝对信任他，而后来诸侯却背叛了他。从这些例子来看，在人民面前宣称神明的惩罚，诱引人民完全按照赏罚办事，而又戏弄他们的做法，乃是末世的做法；以道德使人民由衷敬服，以教化使人民得到不断的陶冶，而人民自愿随从他们，是三皇时期的隆盛景象。那句"设言而不违"的用意，是不是就在于此呢？

# 贾谊不至公卿论[1]

论曰：汉兴，本恭俭、革弊末、移风俗之厚者，以孝文为称首[2]；议礼乐、兴制度、切当世之务者，惟贾生为美谈。天子方忻然说之，倚以为用，而卒遭周勃[3]、东阳之毁[4]，以谓儒学之生纷乱诸事，由是斥去，竟以忧死[5]。班史赞之以"谊天年早终，虽不至公卿，未为不遇[6]"。予切惑之，尝试论之曰：

孝文之兴，汉三世矣。孤秦之弊未救，诸吕之危继作，南、北兴两军之诛，京师新喋血之变。而文帝由代邸嗣汉位[7]，天下初定，人心未集，方且破觚斲雕[8]，衣绨履革[9]，务率敦朴，推行恭俭。故改作之议谦于未遑[10]，制度之风阙然不讲者，二十余年矣。而谊因痛哭以悯世，太息而著论。[11]况是时方隅未宁[12]，表里未辑。匈奴桀黠，朝那、上郡萧然苦兵[13]；侯王僭似，淮南、济北继以见戮[14]。谊指陈当世之宜，规画亿载之策，愿试属国以系单于之颈[15]，请分诸子以弱侯王之势。上徒善其言，而不克用[16]。又若鉴秦俗之薄恶，指汉风之奢侈，叹屋壁之被帝服，愤优倡之为后饰[17]。请设庠序[18]，述宗周之长久；深戒刑罚，明孤秦之速亡。譬人主之如堂[19]，所以优臣子之礼；置天下于大器[20]，所以见安危之几。诸所以日不可胜[21]，而文帝卒能拱默化理[22]，推行恭俭，缓除刑罚，善养臣下者，谊之所言，略施行矣。故天下以谓可任公卿，而刘向亦称远过伊、管㉓。然卒以不用者，得非孝文之初立日浅，而宿将老臣方握其事，或艾旗斩级矢石之勇㉔，或鼓刀贩缯贾竖之人㉕，朴而少文，昧于大体，相与非斥，至于谪去。则谊之不遇，可胜叹哉！且以谊之所陈，孝文略施其术，犹能比德于成、康㉖。况用于朝廷之间，坐于廊庙之上㉗，则举大汉之风，登三皇之首，犹决壅裨坠耳㉘。奈何俯抑佐王之略，远致诸侯之间㉙？故谊过长沙，作赋以吊汨罗㉚，而太史公传于屈原之后㉛，明其若屈原之忠，而遭弃逐也。而班固不讥文帝之远贤，痛贾生之不用，但谓其天年早终。且谊以失志忧伤而横夭，岂曰天年乎？则固之善志，逮与《春秋》褒贬万一矣。谨论。

[题解]

本文也是作者天圣末年在汴京应举前后所作，文中对汉文帝没能任用贾谊这样的贤才感到遗憾，并认为贾谊没能到达公卿之位，原因不完全是他短命，恰恰是由于他在世时受到老臣们的攻击和排斥，才郁郁而终。如果汉文帝能力主任用贤才，贾谊未必会那么年轻就去世。全文充满对贾谊的同情，实则也寄托着自己的希望：当今皇帝应该认真吸取汉文帝失去贤才的教训，大胆任用他们，国家才有前途。

[注释]

①贾谊：西汉人，文帝时召为博士，当时他才二十余岁。因才干超群，深得文帝重用，不久文帝意欲置之于公卿之位，老臣周勃、灌夫等人不以为然，诋毁贾谊"年少初学，专欲擅权，纷乱诸事"。文帝随之疏远了他，不再采用他的建议，并命他担任了长沙王太傅，他不久郁郁而死。②以孝文为称首：意思是说汉代建国之后，仁义教化做得最到位的，应该以孝文帝为第一。《汉书·文帝纪赞》说："孝文皇帝即位二十三年，宫室苑囿车骑服御无所增益。有不便，辄弛以利民。专务以德化民，是以海内殷富，兴于礼义，断狱数百，几致刑措。呜呼，仁哉！"③周勃：跟从刘邦起事打天下的大将，汉惠帝时为太尉。吕后死后，吕禄、吕产等人秉持大权，周勃与丞相陈平等人诛杀诸

吕，挽救了刘氏江山。孝文帝十一年薨，谥曰武侯。④东阳：东阳侯张相如。⑤竟以忧死：《汉书·贾谊传》载，贾谊为梁怀王太傅，梁王胜坠马死，贾谊自伤为傅无状，时常哭泣，一年多后，也郁郁而死，年三十三。⑥班史赞之以"谊天年早终，虽不至公卿，未为不遇"：《汉书·贾谊传赞》说："追观孝文玄默躬行以移风俗，谊之所陈略施行矣。及欲改定制度，以汉为土德，色上黄，数用五，及欲试属国，施五饵三表以系单于，其术固以疏矣。谊以天年早终，虽不至公卿，未为不遇也。"班史，指班固所著《汉书》。⑦文帝由代邸嗣汉位：《汉书·文帝纪》载，文帝于汉高祖十一年立为代王。十七年秋，吕后崩，诸吕为乱，丞相陈平、太尉周勃、朱虚侯刘章等共诛之，谋立代王。大臣遂使人迎立代王。⑧破觚斲雕：削去棱角。喻除去繁杂而从简易。觚，古代饮酒器，青铜制成，长身广口，细腰圈足。《仪礼·特牲馈食礼》郑玄注说："爵一升，觚二升，觯三升，角四升，散五升。"⑨衣綈履革：穿粗绸制成的衣服和革制成的鞋子。《史记·孝文帝本纪》说："上常衣綈衣……以示敦朴，为天下先。"⑩谦于未遑：改作的议论还是没有来得及实施。谦，通"歉"，不足。⑪谊因痛哭以悯世，太息而著论：《汉书·贾谊传》说：当时匈奴侵边，天下初定，制度疏阔。贾谊数上疏陈政事，大略曰："臣窃惟事势，可为痛哭者一，可为流涕者二，可为长太息者六，若其它背理而伤道者，难遍以疏举。"⑫方隅：四方之内。指国内各地。⑬朝那：汉县，属敦煌郡，在今甘肃平凉西北。上郡：汉郡名，在今陕西绥德东南。⑭淮南：刘邦的幼子淮南王刘长。后因丞相张苍及御史大夫、宗正、廷尉奏其废先帝法，不听天子诏，擅为法令，不用汉法，欲危宗庙社稷等罪，当弃市。刘长因不食而死。济北：济北贞王刘勃。⑮愿试属国以系单于之颈：《汉书·贾谊传》说："陛下何不试以臣为属国之官以主匈奴？行臣之计，请必系单于之颈而制其命。"属国，汉代主管外事的官员，全称为典属国。单于，匈奴首领。⑯不克用：没有真正付诸实施。⑰叹屋壁之被帝服，愤优倡之为后饰：感叹普通百姓也敢穿戴帝王的冠服，优伶戏子也敢佩戴皇后的头饰。屋壁，普通的屋子和墙壁，代指普通民众。⑱庠序：学校。⑲譬人主之如堂：《汉书·贾谊传》说："人主之尊譬如堂，群臣如陛，众庶如地。"⑳置天下于大器：《汉书·贾谊传》说："夫天下，大器也。今人之置器，置诸安处则安，置诸危处则危。天下之情与器亡以异,在天子之所置之。"大器,喻国家、帝位。㉑日不可胜:一天比一天难以承受。㉒拱默:拱手缄默。㉓刘向亦称远过伊、管:《汉书·贾谊传赞》说:"刘向称:'贾谊言三代与秦治乱之意,其论甚美,通达国体,虽古之伊、管未能远过也。'"颜师古注解说:"伊,伊尹。管,管仲。"伊尹为商汤的大臣,管仲为齐桓公的大臣。㉔艾旗:拔掉敌人的军旗。斩级:斩杀敌人的首级。㉕鼓刀贩缯贾竖之人:鼓刀,宰杀牲畜时敲击刀具,使之发出声响,曰鼓刀。此指屠夫樊哙。贩缯,卖布之徒。此指灌婴。《汉书·灌婴传》:"灌婴者,睢阳贩缯者也。"贾竖,商人。㉖成、康:周成王和周康王。两人都是周代中兴的帝王。㉗廊庙:朝廷。㉘决壅:消除壅蔽。裨坠:有补于即将颓弊的局面。㉙俯抑佐王之略,远致诸侯之间:压制了具有王佐之才的贾谊,把他安置到远离朝廷的诸侯那里。㉚作赋以吊汨罗:《汉书·贾谊传》说贾谊为长沙王太傅,意不自得,过湘水时,为赋以吊屈原。汨罗,江名,在今湖南境内,为屈原所沉之江。㉛太史公传于屈原之后:意谓司马迁将他的事迹记载下来,流传后世。

[译文]

论述称:汉代兴起之后,遵循谦恭简朴、革除弊端乱政、移风易俗最为杰出的,应当以孝文为首屈一指;议论礼乐、兴建制度最切合当世所急的,只有贾谊传为美谈。正当文帝对他非常赞赏,打算倚重他并委以大任之际,却终因周勃、东阳侯等人的诋毁,口称他这个儒学弟子打乱既定的秩序而妄生事端,因此被排斥出朝廷,最后因抑郁而死。班固《汉书》称赞他说:"贾谊年命不长少壮而死,虽然没有当上公卿,也不算没有遭遇明主了。"我为此说感到十分困惑,故而尝试着对贾谊加以论述:

孝文帝即位之时,汉代已经经历了三代。残暴的秦政带来的种种弊端还没来得及补救,吕后一族篡夺大位的危机接着出现,南军和北军彼此攻杀,京城之内经历了腥风血雨的巨变。而汉文帝以代王的身份继承汉帝之位,天下刚刚安定下来,人心还没有形成共识,还在打磨旧物,文帝本人也穿粗布的衣服和普通的鞋子,一心要为天下百姓做出俭朴的榜样,提倡恭谨俭约的美德。所以如何改变旧制的问题还没有定下来,不讲究礼仪制度,持续了二十多年。而贾谊为此痛哭流涕,为世道未能进步感到深深惋惜,长长叹息着写下了论著。况且当时国家还没有完全安宁,朝廷内外都没有走上正轨。匈奴虎视眈眈地觊觎着汉朝,朝那郡、上郡也处在兵火战争当中;各地的侯王目无君上,肆意冒犯,淮南王、济北王先后被诛杀。贾谊在论著当中陈述了当前应该尽快去做的许多大事,并规划了今后很长时期应该施行的政策,还表示希望能担任边疆地区长官而深入匈奴,将其首领绑缚到阙下,又提出削减宗室以减弱各个侯王的势力。文帝只是感到他的话讲得很好,却没有付诸实施。再比如要以秦朝的薄恶风俗为鉴,指出汉朝人也在沾染奢侈之风,感叹普通人都敢穿戴帝王的冠服,优伶戏子都敢佩戴皇后的头饰。请求设立学校,讲述周朝之所以享国长久的原因;慎重地使用刑罚,使人们明白残暴的秦朝为什么那么快就会灭亡的道理。把帝王比做高堂,懂得如何才算是优礼大臣;把天下看成是大器,懂得如何发现安宁和危殆的变化。其他无法容忍不得不变的时俗,文帝也能认真听取,提倡恭谨俭约之风,废除了不少的酷刑,以爱民之心关爱天下万民,对贾谊所提到的问题,进行了部分的实施。所以天下人都说贾谊可以担任公卿重任,而刘向也曾说贾谊的才能远远超出了商汤大臣伊尹和桓公大臣管仲。然而文帝最终没能重用贾谊,恐怕是因为他即位的时间还不够长久,那些打天下的老臣还手握大权,这些人有的是具有攻破敌营斩杀敌人善于打仗的勇夫,有的曾经是杀猪的屠夫和贩布的商贾,没有文化,更看不到天下发展的大势,纠合在一起对贾谊进行诽谤和排挤,以至于最终将贾谊贬谪出京。贾谊没能得到重用,真令人不胜感慨啊!况且贾谊陈述的大道理,文帝稍微施行一点,就能和成王、康王的美政相比。如果能让他尽力于朝廷之中,坐在朝堂之上,那么振兴大汉朝的雄风,跃居于三皇之上，就如同挖开水渠修补危墙一样。为什么偏要压抑这位具有非凡才干的谋臣，将他放逐到远离朝廷的诸侯当中去呢？因此贾谊经过长沙时，作了《吊屈原赋》来凭吊汨罗江，而太史公司马迁也将他这篇赋记录下来流传于后世，彰明他如同屈原一样的忠诚，却遭到了遗弃和放逐。而班固不讥讽文帝放逐贤人、为贾谊得不到重用感到惋惜，却只是说他天年不足，三十几岁就死去了。要知道贾谊是因为不得志深深忧伤才郁郁而终的，怎么可以仅仅用天年来解释和概括呢？如此看来，就算班固是出于善意，与《春秋》的褒贬相比，连其万分之一都达不到。欧阳修谨论。

# 纵囚论①

信义行于君子，而刑戮施于小人。刑入于死者，乃罪大恶极，此又小人之尤甚者也。宁以义死，不苟幸生，而视死如归，此又君子之尤难者也。方唐太宗之六年，录大辟囚三百余人，纵使还家，约其自归以就死，是以君子之难能，期小人之尤者以必能也。其囚及期而卒自归无后者，是君子之所难，而小人之所易也。此岂近于人情？

或曰："罪大恶极，诚小人矣，及施恩德以临之，可使变而为君子。盖恩德入人之深而移人之速，有如是者矣。"曰："太宗之为此，所以求此名也。然安知夫纵之去也，不意其必来以冀免，所以纵之乎？又安知夫被纵而去也，不意其自归而必获免，所以复来乎？夫意其必来而纵之，是上贼下之情也②；意其必免而复来，是下贼上之心也③。吾见上下交相贼以成此名也，乌有所谓施恩德与夫知信义者哉！不然，太宗施德于天下，于兹六年矣，不能使小人不为极恶大罪，而一日之恩，能使视死如归而存信义，此又不通之论也。"

"然则何为而可？"曰："纵而来归，杀之无赦，而又纵之，而又来，则可知为恩德之致尔④。然此必无之事也。若夫纵而来归而赦之，可偶一为之尔，若屡为之，则杀人者皆不死，是可为天下之常法乎？不可为常者，其圣人之法乎？是以尧、舜、三王之治，必本于人情，不立异以为高，不逆情以干誉。"

[题解]

本文作于景祐四年（1037年），作者被贬到夷陵县担任县令，公事不多，这倒给了他很多认真思考国家大事的时间。文章剖析了唐太宗纵囚归家这一历史传闻，一反人们称之为盛举的传统认识，提出帝王治理天下，一定要本着实事求是的原则，遵照人之常情，才能真正使天下趋向仁义。任何标新立异的举措，都属于沽名钓誉，经不起历史的推敲。

[注释]

①纵囚：贞观六年（632年）十二月，唐太宗为彰显自己的仁德，放狱中囚徒回家，并命其次年秋末回狱就刑。囚徒因感太宗的仁德，纷纷按时回到监狱。随后太宗对他们全部赦免。②"夫意其必来而纵之"二句：明知道他们肯定会回来而放他们回家，这是帝王愚弄下民的行径。③"意其必免而复来"二句：这些死囚料到自己回来之后肯定会得到赦免，所以都回来，这是下民不相信帝王在真的依法办事，而是故作姿态。④"纵而来归"五句：如果放掉这些死囚让他们回来受死，然后依法把他们杀死，再放掉一批死囚让他们回来受死，这些人还能回来，那才叫真正的仁德。

[译文]

诚信和仁义只能在君子当中行得通，而刑罚杀戮是专门针对邪恶小人的。被判处死刑的犯人，肯定是罪大恶极的，这些人又是小人当中最为残忍的人。宁可为了信义而死，也不愿苟且偷生，而是视死如归，这又是君子当中尤为难得的烈士。唐太宗在位的第六年，判处了死刑犯人三百多人，全部放他们回家，并和他们约定回来之后就处死他们，这是连君子都难以做到的事，却期望最残忍的人必须做到。那些囚徒到了规定日期后，果然全部回到监室，没有一个逾期未归的，这是连君子都难以做到的，小人们做起来却如此的轻易。这样的做法近乎人情吗？

有人说："罪大恶极，的确是小人，等到皇帝的恩德施及他们身上，可以使他们变成为君子。恩德施予人越深对人的改变也就越迅速，以前有过这样的例子。"我的回答是："唐太宗之所以要那样做，恰恰是想要求得相应的名声。你怎么知道太宗不是估计到罪犯一定能按时回来借此希望得到赦免，才大胆把他们放回去的呢？又怎么知道这些人被放回去，不是预料到回来之后肯定会得到赦免，所以才重新回来的呢？如果是估计到他们肯定回来才放他们回去，那就是当皇帝的愚弄下民的行径；如果是罪犯考虑到回来之后肯定得到赦免才回来，那就是下民不相信帝王在真正依法办事，而是故意做出的姿态。我只看见帝王和下民之间互相伤害而求得这么个名声，哪里有什么所谓的恩德和信义在其间呢？如果不是这样，太宗施恩德于天下万民，到那时已经六年了，不可能让小人们不犯重罪，而一天之内的所谓恩德，就能使小人们视死如归而心存信义，这是根本讲不通的理论。"

"既然如此，那么怎么做才是更合适的呢？"我的回答是："放了他们又都回来，按照法律将他们全都处死，一个也不宽赦，再放一批人回去，如果第二批人还能回来，那才能断定是帝王的恩德已经施及万民了。然而这种事是不可能发生的。如果是放了他们只要回来就宽赦他们，可以偶然一次这么做，如果是屡屡这么做，那么杀人者都能遇赦不偿命，这种做法能够作为治理天下的常法吗？既然不可能成为常法，那能称为圣人的方法吗？因此尧、舜和三王治理天下，总是遵照人之常情，不把标新立异作为最高准则，也不会违反人之常情去沽名钓誉。"

# 原 弊

孟子曰:"养生送死,王道之本。①"管子曰:"仓廪实而知礼节②。"故农者,天下之本也,而王政所由起也,古之为国者未尝敢忽。而今之为吏者不然,簿书听断而已矣。闻有道农之事,则相与笑之曰鄙③。夫知赋敛财用之为急,不知务农为先者,是未原为政之本末也。知务农而不知节用以爱农,是未尽务农之方也。古之为政者,上下相移用以济,下之用力者甚勤,上之用物者有节,民无遗力,国不过费,上爱其下,下给其上,使不相困。三代之法皆如此,而最备于周。周之法曰:井牧其田,十而一之。④一夫之力,督之,必尽其所任;一日之用,节之,必量其所入。一岁之耕,供公与民食,皆出其间,而常有余,故三年而余一年之备⑤。今乃不然,耕者不复督其力,用者不复计其出入,一岁之耕,供公仅足,而民食不过数月。甚者场功甫毕⑥,簸糠麸而食秕稗,或采橡实、畜菜根,以延冬春。夫糠核橡实,孟子所谓狗彘之食也⑦,而卒岁之民不免食之⑧。不幸一水旱,则相枕为饿殍。此甚可叹也!夫三代之为国,公卿士庶之禄廪,兵甲车牛之材用,山川宗庙鬼神之供给,未尝阙也。是皆出于农,而民之所耕,不过今九州之地也。岁之凶荒,亦时时而有,与今无以异。今固尽有向时之地,而制度无过于三代者。昔者用常有余，而今常不足，何也？其为术相反而然也。昔者知务农又知节用⑨，今以不勤之农赡无节之用故也。非徒不勤农，又为众弊以耗之；非徒不量民力以为节⑩，又直不量天力之所任也。

何谓众弊？有诱民之弊，有兼并之弊，有力役之弊，请详言之。今坐华屋享美食而无事者，曰浮图之民；仰衣食而养妻子者，曰兵戎之民。此在三代时，南亩之民也⑪。今之议者，以浮图并周、孔之事曰三教，不可以去；兵戎曰国备，不可以去。

浮图不可并周、孔，不言而易知，请试言之。国家自景德罢兵⑫，三十三岁矣，兵尝经用者老死今尽，而后来者未尝闻金鼓、识战阵也。生于无事而饱于衣食也，其势不得骄惰。今卫兵入宿，不自持被而使人持之；禁兵给粮，不自荷而雇人荷之。其骄如此，况肯冒辛苦以战斗乎！前日西边之吏，如高化军、齐宗举，两用兵而辄败⑬，此其效也。夫就使兵耐辛苦而能斗战，惟耗农民为之可也。奈何有为兵之虚名，而其实骄惰无用之人也？古之凡民长大壮健者，皆在南亩，农隙，则教之以战。今乃大异，一遇凶岁，则州郡吏以尺度量民之长大而试其壮健者，招之去为禁兵⑭，其次不及尺度而稍怯弱者，籍之以为厢兵⑮。吏招人多者有赏，而民方穷时争投之，故一经凶荒，则所留在南亩者，惟老弱也。而吏方曰："不收为兵，则恐为盗。"噫！苟知一时之不为盗，而不知其终身骄惰而窃食也。古之长大壮健者任耕，而老弱者游惰；今之长大壮健者游惰，而老弱者留耕也。何相反之甚邪！然民尽力乎南亩者，或不免乎狗彘之食，而一去为僧、兵，则终身安佚而享丰腴，则南亩之民不得不日减也。故曰有诱民之弊者，谓此也。其耗之一端也。

古者计口而受田⑯，家给而人足。井田既坏，而兼并乃兴。

今大率一户之田及百顷者，养客数十家。其间用主牛而出己力者、用己牛而事主田以分利者，不过十余户。其余皆出产租而侨居者曰浮客，而有畲田⑰。夫此数十家者，素非富而畜积之家也，其春秋神社、婚姻死葬之具，又不幸遇凶荒与公家之事，当其乏时，尝举责于主人⑱，而后偿之，息不两倍则三倍。及其成也，出种与税而后分之，偿三倍之息，尽其所得，或不能足。其场功朝毕而暮乏食⑲，则又举之⑳。故冬春举食则指麦于夏而偿，麦偿尽矣，夏秋则指禾于冬而偿也。似此数十家者，常食三倍之物，而一户常尽取百顷之利也。夫主百顷而出税赋者一户，尽力而输一户者，数十家也。就使国家有宽征薄赋之恩，是徒益一家之幸，而数十家者困苦常自如也㉑。故曰有兼并之弊者，谓此也。此亦耗之一端也。民有幸而不役于人，能有田而自耕者，下自二顷至一顷，皆以等书于籍㉒。而公役之多者为大役，少者为小役，至不胜，则贱卖其田，或逃而去。故曰有力役之弊者，谓此也。此亦耗之一端也。夫此三弊，是其大端。

又有奇衺之民㉓，去为浮巧之工，与夫兼并商贾之人为僭侈之费，又有贪吏之诛求，赋敛之无名，其弊不可以尽举也。既不劝之使勤，又为众弊以耗之。大抵天下中民之士富且贵者，化粗粝为精善，是一人常食五人之食也。为兵者，养父母妻子，而计其馈运之费，是一兵常食五农之食也。为僧者，养子弟而自丰食，是一僧常食五农之食也。贫民举倍息而食者，是一人常食二人三人之食也。天下几何其不乏也！

何谓不量民力以为节？方今量国用而取之民，未尝量民力而制国用也。古者冢宰制国用，量入以为出，一岁之物三分之，一以给公上，一以给民食，一以备凶荒。今不先制乎国用，而一切临民而取之。故有支移之赋㉔，有和籴之粟㉕，有入中之粟㉖，有和买之绢㉗，有杂料之物，茶盐山泽之利有榷有征㉘。制而不足，则有司屡变其法，以争毫末之利。用心益劳而益不足者，何也？制不先定，而取之无量也。

何谓不量天力之所任？此不知水旱之谓也。夫阴阳在天地间，腾降而相推，不能无愆伏，如人身之有血气，不能无疾病也。故善医者不能使人无疾病，疗之而已；善为政者不能使岁无凶荒，备之而已。尧、汤大圣，不能使无水旱，而能备之者也。古者丰年补救之术，三年耕必留一年之蓄，是凡三岁，期一岁以必灾也。此古之善知天者也。今有司之调度，用足一岁而已，是期天岁岁不水旱也。故曰不量天力之所任。是以前二三岁，连遭旱蝗而公私乏食，是期天之无水旱，卒而遇之，无备故也。夫井田什一之法，不可复用于今。为计者莫若就民而为之制，要在下者尽力而无耗弊，上者量民而用有节，则民与国庶几乎俱富矣！今士大夫方共修太平之基，颇推务本以兴农，故辄原其弊而列之，以俟兴利除害者采于有司也。

[题解]

本文作于康定元年（1040年），当时作者任馆阁校勘。这个官虽然很小，但属于"馆阁"，还是比较重要，而且是高官的预备人选。当时宋朝与西夏的战争已经开始，国家面临空前的经济和政治考验。作者认为，国家之所以越来越贫困，是由于官府的政策侵害了农民的利益，这些弊端如果不革除，情况就不会有任何好转。

[注释]

①养生送死，王道之本：出自《孟子·梁惠王上》："谷与鱼鳖不可胜食，材木不可胜用，是使民养生丧死无憾也。养生丧死无憾，王道之始也。"②仓廪实而知礼节：出自《管子·牧民》："仓廪实而知礼节，衣食足而知荣辱。"③鄙：低下不值得说。④井牧其田，十而一之：讲的是古代的井田。《春秋谷梁传·宣公十五年》说："古者三百步为里，名曰井田。井田者，九

百亩，公田居一。私田稼不善，则非吏；公田稼不善，则非民。……故井田之法，八家共一井，八百亩，余二十亩家各二亩，办为庐舍。"⑤三年而余一年之备：《礼记·王制》说："国无九年之蓄曰不足，无六年之蓄曰急，无三年之蓄曰国非其国也。三年耕，必有一年之食；九年耕，必有三年之食。"⑥场功：收获庄稼并打场成谷。⑦孟子所谓狗彘之食：《孟子·梁惠王上》说："狗彘食人食而不知检。"意谓拿人吃的东西喂狗。⑧卒岁：度过年关。⑨知务农又知节用：懂得勤于农业劳作，还要懂得节俭。⑩不量民力以为节：不考虑农民的实际承受能力妄自制定法度。⑪南亩之民：即农民。⑫景德罢兵：指真宗景德元年（1004年）与契丹作战之后，与契丹订立了澶渊之盟，两国从此不再有大的战争。⑬两用兵而辄败：两次用兵都失败了。⑭禁兵：宋代由中央直接指挥的军队。《宋史·兵志》一说："禁兵者，天子之卫兵也，殿前、侍卫二司总之。"⑮厢兵：地方部队。《宋史·兵志》三说："厢兵者，诸州之镇兵也。内总于侍卫司。"⑯计口而受田：根据人口多寡而给予田地。《周礼·地官·遂人》说："遂人辨其野之土：上地、中地、下地，以颁田里：上地，夫一廛，田百亩，莱五十亩，余夫亦如之；中地，夫一廛，田百亩，莱百亩，余夫亦如之；下地，夫一廛，田百亩，莱二百亩，余夫亦如之。"⑰畲田：采用刀耕火种的田地。畲（yú），新开垦的土地。⑱举责：即举债。责，"债"的古字。⑲场功：打场而得到粮食。⑳则又举之：意谓再次举债度日。㉑困苦常自如：谓困苦依旧，没有好转。㉒以等书于籍：按照田地的等级记录在官府的档案上。㉓奇衺之民：谓心眼灵活不从事农业生产而去制作一些奇巧玩物的人。衺，"邪"的异体字。㉔支移之赋：运输到急需粮食的异地。《宋史·食货志》上二说："（杂物）输有常处，而以有余补不足，则移此输彼，移近输远，谓之'支移'。"㉕和籴之粟：用于异地交易的粮食。《宋史·食货志》上三说："和籴，宋岁漕以广军储、实京邑。河北、河东、陕西三路及内郡，又自籴买，以息边民飞挽之劳，其名不一。"㉖入中之粟：按照常赋运到内地都城等地的粮食及土特产。仁宗天圣元年（1023年）以后，规定商人凡是把货物运输到京城或边地贸易的，官府可按照等价原则给予他们南方茶或缗钱。《宋史·食货志》上三说："初，河东既下，减其租赋。有司言其地沃民勤，颇多积谷，请每岁和市，随常赋输送，其直多折色给之。京东西、陕西、河北阙兵食，州县括民家所积粮市之，谓之推置；取上户版籍，酌所输租而均籴之，谓之对籴，皆非常制。麟、府州以转饷道远，遣常参官就置场和籴。河北又募商人输刍粟于边，以要券取盐及缗钱、香药、宝货于京师或东南州军，陕西则受盐于两池，谓之入中。"㉗和买之绢：即除了上供的丝绢之外，官府还动员织户把剩余的丝绢卖给官府，以便向契丹缴纳岁贡。这种收购是头一年订好价格的，而且价格往往很低，所以实际上还是官府在盘剥百姓。㉘茶盐山泽之利有榷有征：意谓山海川泽所产的物品，允许交易并收取税赋。榷（què），交易。

[译文]

孟子说："赡养活着的人安葬死去的人，是圣王大道的根本。"管子说："粮仓里面堆满了粮食，人民才能懂得礼节。"所以说农业生产，才是天下的根本，是圣王政令制定的依据，古代那些治理国家的人，没有谁敢于忽视农业生产之事。当今做官的人却不是这样，仅仅是阅读文书听断狱讼而已。听到谁在议论农业之事，便会大加嘲笑而看不起他。只知道征收赋税敛取钱财是国家的当务之急，却不懂得教民务农才是首要的大事，这种人完全没弄清为政的根本是什么。懂得教民务农而不懂得如何爱护农民，也还是没有完全了解务农的根本。古代的为政者，上面和下面彼此呼应同心协力，下面从事生产的百姓勤奋地劳作，上面那些享用物产的人懂得有节制地消费，百姓不用吝惜气力，国家不会过度地消费，为政者爱养百姓，百姓供给为政者，上上下下不造成困扰。三代时期的方法都是这样的，而周朝算得上最为完备。周朝的办法是：用井田的制度管理农田，十分的收成拿出一分来供养为政者。每一个农夫的劳动都要督促，让他把能力都发挥在劳作上；每一天的用度都要精打细算，务必要考虑到支出不得大于收入。一年的耕耘，供养为政者和百姓的口粮，都从井田中支出，而经常是有富余的，所以每三年就能剩下一年的储备。如今却不是这样，耕耘者不再尽力，享用者不再计算收入和支出，一年耕耘的收成，仅仅够供养为政者的需要,而百姓所剩的粮食不过能维持几个月而已。更有甚者,场上的粮食刚刚晒完,就只能簸糠麸而吃稗子,有的去采摘橡实、储备菜根,用来熬过隆冬和开春。那些秕糠和橡实,是孟子所说的猪狗之食,而辛苦了一年的农民难免要吃这样的东西。万一不幸遇到水灾旱灾,野外便会横七竖八躺着很多饿死的人。这实在令人深为感叹!三代时期管理国家,王公卿士以至小吏的俸禄给养,制造武器战车喂养耕牛的用度,祭祀山川宗庙和各种鬼神的祭品供给,都没有缺乏过。这些用度完全出自农民,而当时农民所耕种的土地,也不过就是今天九州的土地。年成的好坏,也随时随地发生变化,和当今没有丝毫的差异。如今的确有着那时的土地,而管理土地的制度却比不上三代时期。那时候经常会有结余,而如今却经常供不上消耗之用,这是为什么呢?是因为现在的观念和三代时期恰恰相反。那时候人们不但懂得要好好务农,还懂得节约用度,如今的人们却凭着不够辛勤的农民劳作来供养毫无节制的消耗之故。人们不但不在农业生产上下功夫,还要满足众多的消费而白白消耗资源;不但不根据农民的实际能力来制定法令,甚至连上天能够容许的极限都不再考虑了。

各种弊端指的是哪些呢?有用其他利益引诱农民离开土地的弊端,有富豪兼并土地的弊端,有频繁调集徭役的弊端,请允许我仔细地加以讲述。如今坐在华美的堂屋享受着佳美的食物却什么事都不做的,叫做佛徒;能得到衣食来赡养老婆孩子的,叫做军卒。这两种人在三代时期,原本都是农民。如今一些学者,把佛教和周公、孔子的大道合在一起叫做"三教",所以难以根除;而当兵的人乃是国家的保卫者,也不能随便废除。

佛教根本不可能和周公、孔子的理论相提并论,不用我多说人们都很清楚,请允许我试着来进行分析。国家自从景德初年和契丹不再交兵算起,至今已经三十三年了,那些曾经为国家出过力的士卒，如今已经差不多都老死了，而后来当兵的人，从来没有听到过金鼓之声，也从来没有见识过战斗的场面。他们生在国家安定的时代而能吃饱穿暖，按说没什么值得骄傲和怠惰的资本。可如今卫兵入京驻防，自己不拿铺盖而雇人搬运；禁兵领取口粮，自己不去挑担却要雇人去挑。这些人如此骄横，难道还肯冒着辛苦去作战吗？前些日子西北边境地区的官员，比如像高化军、齐宗举，两次出兵两次都是大败而归，这就是骄兵的必然结果。如果让士兵们能够吃苦耐劳英勇善战，消耗农民的劳动成果也是说得过去的。而现在为什么只有军队的虚名，实际上都是些骄横懒惰没有用处的废物呢？上古时期，只要是身体健壮魁梧高大的男人，都要从事农业劳动，只在农闲的空当里，才教给他们如何作战。如今却是迥然不同，一遇到凶歉之年，州郡官员就会按照身高仔细衡量，选择那些个子高大身体强壮的男子，招募他们去当禁兵，剩下那些身高不合格有些怯弱的男子，也要把他们纳入到厢军之中。官员招募的军人多了，会得到朝廷的奖赏，而百姓也会想方设法争取加入军队，所以一旦遇到凶歉之年，留在农田里耕种的，只有老人和孩子了。官吏们还会振振有词地说："不把壮年男子吸收到军队里，还担心他们成为盗贼呢。"唉，侥幸使他们不成为特殊时期里的盗贼，却不知道他们成了一辈子都骄横懒惰白吃白喝的人了。上古那些个子高大身体健壮的人是主要的农业劳动力，而老人和弱者可以懒散殆惰；如今则是个子高大身体健壮的汉子懒散殆惰，而老人和弱者留在垄亩中耕作。反差为什么会如此的强烈啊！的确，那些尽心尽力从事农业生产的农民，很多都免不了吃猪狗的饭食，而一旦离开农田出去当和尚，当军人，倒可以一辈子享受安逸，丰衣足食，故而从事农业劳动的人不可能不是一天比一天少。所以上面说用其他利益引诱农民离开土地的弊端，指的就是这两类情况。这无疑是耗损农业生产积极性的一大弊端。

古时候按照家庭的人口来安排耕地，家家户户都能比较丰足。井田制度被破坏之后，兼并之风便骤然兴起。如今大概一户的耕地达到一百顷的，需要养活几十户人。他们当中使用主人家的牛而自己出力耕种的、用自己家的牛为主人家耕田然后分得利益的，不会超过十几户。其余的都是靠租用他人土地临时居住在某地称为"浮客"的人，他们仅仅占有少量新开垦的土地。这几十户人家，都不是有积蓄的富裕人家，如果在春、秋祭神活动中，或是遇上婚丧嫁娶等事，抑或是不幸遇到凶歉之年以及官府派下来的夫役等事，他们一时间感到困乏时，便会向主人借债应对困难，等以后再偿还，债务的利息不是常息的两倍就是常息的三倍。等到庄稼收获后，减除购买种子的钱和应该缴纳的税钱之后再来安排偿还三倍之高的利息，就算把所有收成都拿出来，还有不够支付的呢。这些人早晨刚刚打完场收完粮食晚上就没吃的了，于是只能再次举债。所以冬、春借贷指望夏收时偿还，麦子还完了，夏、秋再借，指望秋收的粮食到冬天时偿还。像这样几十户人家，常年吃的是相当于三倍价钱的粮食，而一个大户，往往就能全部占有百顷土地的利益。占有百顷之利而缴纳税赋的，却只有一户；竭尽全力向一户输送钱粮的，却是那几十户人家。就算国家制定放宽减免征收赋税的政令，那也只能使一家受到实惠，其余数十户人家该怎么贫困还怎么贫困。所以上面说有富豪兼并土地的弊端，指的就是这种情况。这也是严重妨害农业生产的一大弊端。百姓有幸不被别人盘剥奴役，能有属于自己的田地亲自耕种的，少至二顷甚至一顷，都要按照土地的等级被官府登记在册。而官府摊派的夫役有很多都属于衙前重役，还有一部分属于弓箭手之类的轻役，名目繁多，及至百姓无法承受，就只能把自己的田地低价卖掉，有的干脆逃离家园流落他乡。所以说还有频繁调集徭役的弊端，指的就是这种情况。这也是妨害农业生产的一大弊端。以上所述三种弊端，只是所有问题当中最为突出的而已。

　　还有些心眼灵巧能制造奇巧玩物的百姓，离开农田去从事生产浮华奢靡之物的工作，加上豪门大户的兼并、商贾之人超越本分的浪费，还有贪官污吏的种种索求，多得数都数不清的苛捐杂税，国家的弊端几乎没办法一一列举。既没有奖劝农民的措施，又拿如此之多的弊端来消耗他们。大约天下中等以上之民比较富裕或是身份尊贵的那部分人，都不再吃粗糙的食物，而改吃精美的饭食，等于一个人经常食用五个农民生产出的口粮。当兵的人，还要赡养他的父母妻子，再加上往来运输的费用，那么一个士兵也经常是耗费五个农民生产出的口粮。那些僧人，不但要养活子弟，自己还要丰衣足食，那么一个僧人也经常耗用五个农民生产的口粮。贫苦农民借贷高息来维持生计，也等于一个人经常吃两个人甚至三个人的口粮。天下能有多少食物来供养？怎么可能不匮乏呢！

　　什么叫不根据农民的实际能力来制定法令呢？当今是根据国家的各种需要向农民索取，从来没有根据农民的实际能力来制定国家的需要。上古时期冢宰负责规划国家的用度，根据收入来考虑支出，一年能够收入的钱粮分成三份，一份缴纳给国家，一份留给农民维持生计，还有一份储备起来以防发生凶歉灾荒。如今不是先制定国家的用度，所有需要一概向农民索取，所以就出现了临时命农民把粮食运输到其他州郡的夫役，出现了命农民将粮食运输到外地去交易的夫役，还有所谓"入中"的粮食，有所谓"和买"的丝绢，有所谓临时摊派的种种名目，茶盐山泽当中的利益本来是一部分作为赋税上缴，另一部分任百姓交易自取的。如今缴纳上来的远远不够朝廷用度，于是相关部门不得不屡屡改变法令，和老百姓争夺那一丝一毫的利益。其结果是用的心思越多，缴纳上来的物品就越少，这是为什么呢？因为征取的数目事先没有确定下来，向百姓搜刮从来都没有满足。

什么叫连上天能够容许的极限都不再考虑呢？这是指官府不把水灾旱灾的歉收因素考虑在内。阴阳处在天地之间，有升有降互相推动，不可能没有灾害潜伏在其中，如同人的身体有血有气，不可能没有疾病潜伏在内。所以再善于为人治病的医生也不可能让人不得病，得了病治疗就是了；善于管理天下的人不可能让年成不出现凶荒灾歉，尽量防备就是了。帝尧和商汤算是大圣人了，但他们同样不可能让天下没有水灾旱灾，他们只是善于防备罢了。上古有丰年补救的制度，三年耕种的收获一定要留够一年的蓄备，这是因为通常每过三年，就要考虑到会有一年是灾年。这就是上古圣人善于了解天意的聪明所在。如今相关部门的调度，只够一年的用度就得过且过了，这是在侥幸期望上天每年都不会发生水灾和旱灾。所以说这是连上天能够容许的极限都不再考虑。因此前两三年，接连遭受旱灾和蝗灾，国家和百姓都感到粮食匮乏了，这正是侥幸期望上天不会发生水灾和旱灾，突然之间遇到了灾害，没有任何准备的缘故。上古井田制度十分有一分纳税的办法，不可能在当今重新使用了。制定国家大政方针的人们，不如根据农民的实际能力来制定相关政令，关键问题是解决广大人民务必尽心尽力并且没有无端消耗的弊端，为政者一定要考虑人民的实际产能而节俭自己的用度，那么百姓和国家差不多就都能富裕起来了。如今士大夫正在共同绘制天下太平的蓝图，都在努力地强调农业根本而大力提倡以农为本，因而剖析国家积弊的本原并将其一一列举出来，以待兴利除害的官员们能从相关部门获取有效的解决办法。

# 怪竹辩

谓竹为有知乎，不宜生于庑下；谓为无知乎，乃能避槛而曲全其生。其果有知乎？则有知莫如人，人者，万物之最灵也，其不知于物者多矣，至有不自知其一身者，如骈拇枝指、悬疣附赘①，皆莫知其所以然也。以人之灵而不自知其一身，使竹虽有知，必不能自知其曲直之所以然也。竹果无知乎？则无知莫如枯草死骨，所谓蓍龟者是也②。自古以来，大圣大智之人有所不知者，必问于蓍龟而取决，是则枯草死骨之有知，反过于圣智之人所知远矣。以枯草死骨之如此，则安知竹之不有知也？遂以蓍龟之神智，而谓百物皆有知，则其他草木瓦石，叩之又顽然皆无所知。然则竹未必不无知也。由是言之，谓竹为有知不可，谓为无知亦不可，谓其有知、无知皆不可知，然后可。万物生于天地之间，其理不可以一概。谓有心然后有知乎，则蚓无心；谓凡动物皆有知乎，则水亦动物也③。人、兽生而有知，死则无知矣；蓍龟生而无知，死然后有知也。是皆不可穷诘。故圣人治其可知者，置其不可知者，是之谓大中之道。

[题解]

本文写于康定元年（1040年），作者当时担任馆阁校勘。本文通过一株怪竹绕开廊槛保全自己继续生长的现象，联想到世间很多事物是各具特性的，作为圣人之道，需要考虑的是天下大道，是如何把最广大的百姓利益放在心上，而无须在枝节问题上或个别事物上反复纠缠。

[注释]

①骈拇枝指、悬疣附赘：均为人身体上的缺陷。《庄子·骈拇》："骈拇枝指，出乎性哉，而侈于德。附赘县疣，出乎形哉，而侈于性。"骈拇，足大拇指与第二指相连，合为一指。枝指，手大拇指旁枝生一指，成了六指。②蓍龟：古人以蓍草与龟甲占卜吉凶，因称占卜之事为蓍龟。③水亦动物：这里所说的概念有误：所谓动物，本当指有生命会运动的生物，而水则是只会流动而没有生命之物，不应当和"动物"相提并论。

[译文]

如果说竹子是有智慧的，那它就不应该生长在廊庑之下；如果说竹子是没有智慧的，它居然懂得躲开栏槛而有效地保全自己的生命。你说它真有智慧吗？再有智慧也比不过人，人是万物当中最为灵活的一类，但他们不了解的事物却还有很多很多，甚至有连自身生长变化都不了解的，比如大脚趾和二脚趾连在一起，手上长出六根指头，这里长出一个瘤子，那里冒出一个疙瘩，都不知道究竟为什么成了那样。凭着人的聪明尚且对自身变化都难以了解，即便竹子有智慧，也肯定不会知道它为什么要长成那种弯曲的形态。可你说竹子真的没有智慧吗？要说无知，没有比干草死骨更无知的了，就是所谓占卜用的蓍草和龟板那类东西。自古以来，大圣大智的人有自己不明白的事物，一定要通过向蓍草和龟板询问才能最终定下，以此说来，干草和死龟的骨头有智慧，反倒远远地超过了大圣大智的人了。如果承认干草和死骨头有智慧，那又怎么知道竹子就没有智慧呢？由于承认了干草和死骨具有智慧，于是便认为世间万物都具有智慧，可其他的草木瓦石，叩击它又纹丝不动根本没有任何反应。既然如此，那么竹子也未必不是没有智慧的植物。由此说来，说竹子有智慧是不对的，说它没有智慧也是不对的，说它有智慧还是没智慧，其实都是人不可能真正了解的，这样思考才算最为客观。万物生长在天地之间，它们的生长理由不可能一概而论。你说一定要有了心才会有智慧吗？那么蚯蚓没有心；你说凡是活动之物才会有智慧吗？那么水也是会动的东西。人和动物生下来就有智慧，一旦死了便什么智慧都没有了；蓍草和乌龟天生就没有智慧，死了以后反倒有了智慧。我想这些道理都不能过于认真地追究。所以圣人只研究改造那些可以了解的事物，而不去研究那些人类目前还无法了解的事物，这就是人们常说的大中至正之道。

# 论王举正范仲淹等札子①

臣伏见朝廷擢用韩琦、范仲淹为枢密副使②,万口欢呼,皆谓陛下得人矣。然韩琦禀性忠鲠,遇事不避,若在枢府,必能举职,不须更藉仲淹。如仲淹者,素有大材,天下之人,皆许其有宰辅之业,外议皆谓在朝之臣忌仲淹材名者甚众。陛下既能不惑众说,出于独断而用之,是深知其可用矣,可惜不令大用③。盖枢府只掌兵戎④,中书乃是天下根本⑤,万事无不总治。伏望陛下且令韩琦佐枢府⑥,移仲淹于中书,使得参预大政。况今参知政事王举正,最号不才,久居柄用,柔懦不能晓事,缄默无所建明,且可罢之,以避贤路。或未欲罢,亦可且令与仲淹对换。当今四方多事,二虏交侵⑦,正是急于用人之际。凡不堪大用者去之,乃叶天下公论⑧,不必待其作过,亦不须俟其自退也。况若令与仲淹对换,则于举正不离两府⑨,全无所损。伏望陛下思国家安危大计,不必顾惜不材之人,使妨占贤路。如允臣所请,即乞留中⑩,特出圣断指挥。或尚未欲施行,即乞降付中书,令举正自量材业优劣何如仲淹,若实不如,即须自求引避,以剧中外公议。取进止⑪。

[题解]

本文是作者庆历三年(1043年)任知谏院时所上的一道奏疏。宋朝的谏官和御史被称为皇帝的耳目之官，又称为风宪之官，是专门负责为皇帝建言以及弹劾不称职官员的人。欧阳修担任此官时间很久，他恪尽职守，敢怒敢言，对那些有损朝政的人和事大胆批评弹奏，虽然他曾遭到过打击报复，但也因此得到了仁宗及许多大臣的赞许。

[注释]

①王举正：宋前期名臣王化基之子，字伯仲。曾任翰林学士，拜右谏议大夫、参知政事。欧阳修等论王举正懦默不任事，王举正亦自求去，遂以庆历三年（1043年）六月自请为许州知州。《续资治通鉴》卷四十五载，庆历三年（1043年）六月丙子，参知政事王举正罢知许州。谏官欧阳修、余靖、蔡襄皆言王举正懦默不任职，请以范仲淹代之，举正亦自求罢。次日丁丑，以枢密副使范仲淹为参知政事，资政殿学士富弼为枢密副使。②韩琦：字稚圭，安阳人。庆历中为枢密副使，后因党争而出守外郡。仁宗末年升任宰相，拥立英宗、神宗，为北宋中期的名相。③可惜不令大用：可惜没有为他安排最重要的职位。此处大用指的是任为宰相。④枢府只掌兵戎：宋代的枢密院是全国最高的军事领导机构，所以说枢密院只掌兵戎之事。⑤中书乃是天下根本：中书省才是治理天下的根本所在。宋代沿五代之制，原唐代的尚书、中书、门下三省只保留了一个中书省，作为全国政务的最高领导机构，大致相当于今天的国务院系统。⑥佐枢府：担任枢密院的副职，即枢密副使。⑦二虏交侵：指契丹和西夏两个邻国都向宋朝发难。仁宗康定元年（1040年），西夏主元昊反叛，对宋朝发动了一系列军事攻势；契丹见宋朝与西夏发生战争，于是趁机派使者刘六符等到汴京要求增加岁贡，并求关南之地。⑧叶（xié）：合于。⑨两府：宋代最高的两个领导机构中书省和枢密院。⑩留中：意谓将所上的奏疏留在朝廷不必宣示众臣。⑪取进止：古代臣僚上奏文字最后所用的格式用语，等于说等候皇帝的裁决。

[译文]

臣已得见朝廷起用韩琦、范仲淹任枢密副使后，万众欢呼，都称道陛下得到了良才。然而臣以为韩琦生性忠直鲠介，遇到大事从不畏避，如果留在枢密院，肯定能够胜任其职，无须再有范仲淹为他的辅助。像范仲淹这样的人才，一向显示出非凡的才干，天下的人，都希望他能够担当起宰相的大任，外面臣僚都认为当今身居宰辅的人对范仲淹的才干深怀嫉妒。陛下既然能够不被那些嫉妒之言所迷惑，出于圣心自作主张起用了范仲淹，说明陛下也知道此人可以委以大任，可惜却没有给他重要的职位。枢密院只掌管天下军事，中书省才是治理天下的关键性机构，天下所有的事都要由中书一总处置。希望陛下姑且留韩琦继续担任枢密副使，而将范仲淹移任到中书省，使他能够参与国家大政方针的制定。况且当今参知政事王举正，属于最没有才干的人，却长久地居于重臣之位，优柔懦弱不通政事，缄默居位无所建树，完全可以罢免他，让他避开进贤之路。如果陛下还没打算罢免他，也可以让他和范仲淹调换职位。当今四方事端不少，契丹和西夏一同侵凌宋朝，正是急于用人的关头。凡是不胜任重托的官员都应该罢去，才能调和天下的公论，不一定非要等到他犯下过错，也不一定非要等他自行请求退位。何况如果命他和范仲淹对换职位，对于王举正来说也没有离开宰辅之位，没有丝毫的损害。希望陛下认真考虑国家安危的大计，不可以顾惜庸懦不才的人，使他妨占着进贤之路。如果能恩准臣今日的请求，希望此奏就留在朝廷，另外颁布陛下所拟的圣命；如果陛下还没打算如此施行，臣请将此奏发放到中书省，让王举正自己考虑他的才干和范仲淹相比谁高谁低，假如他认为的确比不过范仲淹，就应该自行请求引退，以平息朝中朝外一致的舆论。臣恭候陛下裁决。

# 论乞令百官议事札子

臣伏见祖宗时，犹用汉、唐之法，凡有军国大事及大刑狱，皆集百官参议。盖圣人慎于临事①，不敢专任独见，欲采天下公论，择其所长，以助不逮之意也。方今朝廷议事之体，与祖宗之意相背，每有大事，秘不使人知之，惟小事可以自决者，却送两制定议②。两制知非急务，故忽略拖延，动经年岁，其中时有一两事体大者，亦与小事一例忽之。至于大事，秘而不宣，此尤不便。当处事之始，虽侍从之列皆不与闻③。已行之后，事须彰布，纵有乖误，却欲论列，则追之不及。况外廷百官疏远者，虽欲有言，陛下岂得而用哉？所以兵兴数年，西、北二方累有事宜处置多缪者，皆由大臣自无谋虑，而杜塞众见也。臣今欲乞凡有军国大事，度外廷须知而不可秘密者，如北房去年有请④，合从与不合从；西戎今岁求和⑤，当许与不当许。凡如此事之类，皆下百官廷议，随其所见同异，各令署状，而陛下择其长者而行之。不惟慎重大事，广采众见，兼又于庶官、寒贱、疏远人中，时因议论，可见其高材敏识者，国家得以用之。若百官都无所长，则自用庙堂之议。至于小事，并乞只令两府自定。其钱谷合要见本末，则召三司官吏至两府，讨寻供析，而使大臣自择。至于礼法，亦可召礼官、法官询问。如此，则事之大小，各得其体。如允臣所请，且乞将西戎请和一事，先集百官廷议。取进止。

[题解]

本文作于庆历三年（1043年）作者知谏院时。作为谏官，欧阳修一向刚直敢言，这篇奏疏就是请求国家大事要百官集议，避免几个重臣考虑不周匆忙作出决定而出现差错。宋朝是个相当民主的朝代，不但皇帝本人很少自作主张，连执政大臣都很难对某些事情进行暗箱操作，这一点从本文即可体会出来。宋朝之所以能够做到这一点，除了皇帝本人的胸怀比较宽大之外，更重要的是设立谏官，这就从制度上保证了决策的透明性和公开性。

[注释]

①临事：决定重大事件。②两制：宋代的翰林学士掌内制，中书舍人掌外制，皆代天子发言之官，最为亲近，称为两制。③侍从：在皇帝左近工作受到皇帝亲近的官员。④北虏去年有请：据《宋史·仁宗纪》载，庆历二年（1042年）三月，契丹派遣萧英和刘六符两人来到汴京，要求将河北三关之地割让给契丹。⑤西戎今岁求和：庆历三年（1043年）四月，西夏主元昊改名曩霄，遣使称"男"，表示愿意重新归顺宋朝。

[译文]

臣曾见本朝先帝还采用汉朝、唐朝的法令，凡是遇到军国大事以及大的刑狱案件，都要召集百官参与议论。那是因为圣人对大事的处理非常谨慎，不敢自行决断固执己见，想要采纳天下的公论，选择其中最有道理的意见，以弥补个人考虑不周的缺陷。当今朝廷议论大事的做法，和祖宗时期的制度背离很远，每当遇到大的事件，往往是严格保密尽量不让臣僚们知道，而一些完全可以自行决断的小事，却要送给两制官员集体决定。两制官员也知道那不是什么紧要的事，故而轻忽拖延，动不动就要拖个一年半载，其中偶尔有一两件事关重大的，也就和那些小事一样轻易忽略掉了。至于重大事件，秘而不宣，这样的做法很不合适。处理这些事件初始之时，纵然是侍从亲近的官员也不能参与其中；已经施行之后，事情必须公开时，即使是有不妥甚至失误，再想议论，也已经来不及改正了。何况那些离朝廷较远的官员，虽然有话要说，陛下怎么能够听到并且采纳呢？所以战争进行了数年，西面、北面两方前线屡屡出现事情处置得很不妥当的情况，都是由于执政大臣本身缺乏谋划和考虑，还要堵塞众人的见解。臣如今想请求陛下，今后凡是有军国大事，估计外廷官员应该知道而根本用不着保密的事情，比如契丹去年派人来要求归还河北故地，应该答应还是不应该答应，西夏今年前来求和，应当允许还是不应当允许。凡是这类大事，都应该到百官当中当廷议论，根据他们各自不同的见解，命他们分别递上奏疏，而陛下可以选择那些有道理的议论来施行。这样做不仅是表示对重大事件的高度重视，广泛采纳众人的意见，还可以在一般官员、职位低下的官员以及远在外郡的官员当中，随时阅读到他们的议论，可以发现他们当中那些才干高超见识卓越的人，国家可以随时取用他们。如果百官的议论都没有可取之处，那也可以由朝廷重臣自行决定。至于那些小事，希望都由中书省和枢密院自行定夺为便。涉及钱粮需要计算周密的事，可以命三司的官吏到中书省和枢密院递交相关资料，再由大臣自行抉择。涉及礼仪法度的事项，也可以召集礼官和法官加以询问。这样一来，不论是大事还是小事，都能够办理顺畅了。如果陛下应允臣的请求，就请先就西夏人前来请和那件事召集百官在朝堂集体议论。臣谨听候陛下的裁夺。

# 论吕夷简札子①

臣昨日伏睹外廷宣制，吕夷简守太尉致仕。以夷简为陛下宰相，而致四夷外侵，百姓内困，贤愚失序②，纪纲大隳③，二十四年间坏了天下。人臣大富贵，夷简享之而去；天下大忧患，留与陛下当之。夷简罪恶满盈，事迹彰著，然而偶不败亡者，盖其在位之日，专夺国权，胁制中外，人皆畏之，莫敢指摘④。及其疾病，天下共喜奸邪难去之人且得已为天废。又见陛下自夷简去后，进用贤才⑤，忧勤庶政，圣明之德日新又新⑥，故识者皆谓但得大奸已废，不害陛下圣政，则更不复言。所以使夷简平生罪恶，偶不发扬，上赖陛下始终保全，未污斧锧⑦。是陛下不负夷简，夷简上负朝廷。今虽陛下推广仁恩，厚其礼数，然臣料夷简必不敢当，理须陈让。臣乞因其来让，便与寝罢，别检自来宰相致仕祖宗旧例，与一合受官名⑧。然臣犹恐夷简不识廉耻，便受国家过分之恩⑨，仍虑更乞子弟恩泽。缘夷简子弟，因父侥幸，恩典已极。今边鄙多事，外面臣僚辛苦者未尝非次转官，岂可使奸邪巨蠹之家，贪赃愚骏子弟不住加恩⑩？窃恐朝廷贻滥赏之讥，未弭物论。其子弟，伏乞更不议恩典。取进止。

[题解]

本文作于庆历三年（1043年）九月，当时作者任知谏院。宋朝的谏院既是天子的耳目之官，又是监控臣僚的监察机构。对于执政多年不思变革的守旧派宰相吕夷简，作者进行了强有力的抨击，并希望朝廷能够起用贤臣进行变革，使宋朝重新具备活力。作者一生光明磊落，敢作敢为，本文就是一个明证。

[注释]

①吕夷简：真宗朝的宰相。《续资治通鉴》卷四十六载，庆历三年（1043年）九月，吕夷简请老，授太尉致仕。谏官欧阳修上书说：吕夷简身为宰相，纪纲大坏。如今筋力已衰，理当闭门自守，不交人事，怎能暗入文书，蒙蔽皇帝？②贤愚失序：贤人和庸人颠倒过来了。③隳（huī）：败坏。④莫敢指摘：没有人敢于指出他的专权和霸道。吕夷简担任宰相的时间很长，根基很厚，权势熏人，所以很少有人敢于对他进行弹劾。⑤进用贤才：指仁宗庆历初年任用贤臣范仲淹等进行改革之事。《续资治通鉴》卷四十六载：庆历三年（1043年）九月，仁宗擢任范仲淹、韩琦、富弼等，每进见，必以太平责之，数令条奏当世务。⑥日新又新：出自《尚书大传》，意谓为政者必须对自己高标准严要求，使自己的道德日新一日。⑦斧锧：斧子与铁锧，都是古代的刑具。行刑时置人于锧上，以斧砍之。⑧合受：理当授予。⑨便受国家过分之恩：轻易地享受到国家施予的过分的恩遇。⑩愚駇：愚笨痴呆。

[译文]

臣昨天见到外廷宣读圣旨，称吕夷简守太尉之官致仕退休。吕夷简身为陛下的宰相，执政期间，导致四面蛮夷入侵我朝，国内的百姓处境困苦，贤人和庸人的任用上颠倒了次序，致使国家的纲纪法度受到极大的破坏，二十四年间把天下搞得一塌糊涂。人臣的大富大贵，他吕夷简一切坐享；天下的大忧患，却留给了陛下来承当。吕夷简可谓恶贯满盈，丑恶彰显，这样的人之所以能够侥幸没有败亡，是因为他在位的那些年里，一手把持了朝廷大权，挟制中朝和外郡的官员，人人都畏惧他的权势，没有人敢于对他的罪恶加以指责。到他重病之时，天下之人异口同声地庆贺这个奸诈邪佞难以剔除的家伙受到了老天的惩罚。臣又见到陛下自从吕夷简离开朝廷后，进用贤能之才，过问朝政忧劳勤苦，圣明之德日日更新，故而有见识的官员们都认为大奸臣已经离开朝廷，不再妨害陛下的仁圣之政，也就无须再多说了。吕夷简平生的罪恶之所以侥幸没有被揭露于天下，全是靠陛下始终保全他，没有让他伏辜受戮。这说明陛下没有辜负吕夷简，而是吕夷简辜负了朝廷。如今虽然是陛下推广仁爱恩宠，给了他隆厚的礼数，然而臣料想吕夷简肯定不敢接受，按理必须加以推让，还给朝廷。臣请求陛下务必在他推让之际顺水推舟，将那些礼数尽数收回，重新查找以往宰相致仕时祖宗加给他们的恩礼旧例，给他一个符合其身份的官名。不过臣还是担心吕夷简不知廉耻，厚着脸皮接受国家加给他的过分的恩礼，甚至得寸进尺，还要向陛下要求给他的子弟施以恩泽。因为吕夷简的子弟靠着他们父亲的侥幸，已经获取了极大的恩典。如今边疆不宁，战事扰攘，身处边关栉风沐雨的官员们都没有得到越级的奖拔而加官进爵，怎么能让奸邪贪渎的吕家那些贪赃枉法、愚钝不堪的子弟不停地加恩呢？臣私下担心朝廷这样做会给人们留下滥赏的把柄，无法平息外间的舆论。他的子弟，希望不要再行加赠恩典。臣恭敬地等候陛下的裁夺。

# 论乞主张范仲淹富弼等行事札子

臣伏闻范仲淹、富弼等自被手诏之后①,已有条陈事件,必须裁择施行。臣闻自古帝王致治,须待同心叶力之人②,而君臣相得③,谓之千载一遇之难。今仲淹等遇陛下圣明,可谓难逢之会;陛下有仲淹等,亦可谓难得之臣。陛下既已倾心待之,仲淹等亦又各尽心思报。上下如此,臣谓事无不济,但顾行之如何。伏况仲淹、弼是陛下特出圣意自选之人。初用之时,天下已皆相贺,然犹窃谓陛下既能选之,未知用之如何耳。及见近日特开天章,从容访问,亲写手诏,督责丁宁,然后中外喧然,既惊且喜。此二盛事,固已朝报京师,暮传四海④,皆谓自来未曾如此责任大臣,天下之人延首拭目,以看陛下欲作何事;此二人所报陛下,果有何能?是陛下得失,在此一举;生民休戚,系此一时。以此而言,则仲淹等不可不尽心展效,陛下不宜不力主而行。使上不玷知人之明,下不失四海之望。臣非不知陛下专心锐志,必不自怠⑤,而中外大臣且忧国同心,必不相忌而沮难⑥。然臣所虑者,仲淹等所言,必须先绝侥幸因循姑息之事⑦,方能救数世之积弊。如此等事,皆外招小人之怨怒,不免浮议之纷纭,而奸邪未去之人,亦须时有谗沮,若稍听之,则事不成矣。臣谓当此事初,尤须上下叶力,凡小人怨怒,仲淹等自以身当浮议奸谗，陛下亦须力拒，待其久而渐定，自可日见成功。伏望圣慈留意，终始成之，则社稷之福，天下之幸也。取进止。

[题解]

庆历三年（1043年），作者在谏院供职。对于仁宗起用范仲淹、富弼等人进行改革，作者寄予了极高的期待。然而作者对此变化保持了高度冷静，他不无担忧地告诫仁宗：任命贤臣仅仅是施行仁政铲除积弊的第一步，接下来对于奸邪小人们的种种反对、诽谤、逸害，一定要有充分的思想准备，只有排除干扰，改革才能顺利进行。这种忧虑，表现了作者鲜明的爱憎以及成熟的政治敏感。

[注释]

①范仲淹、富弼等自被手诏之后：庆历三年（1043年），仁宗起用范仲淹等人进行改革，并将他八个人请进了天章阁，命他们当堂书写改革思路。《续资治通鉴》卷四、六载，庆历三年（1043年）九月，仁宗召辅臣和御史以上于天章阁，朝谒太祖、太宗御容。仁帝拔擢范仲淹、韩琦、富弼等人担任了要职之后，每次进见，都叮咛他们务必为朝廷尽责，尽快致天下于太平盛世。范仲淹、富弼等皆惶恐避席，退而列奏，说到当今必须变革的十件大事：一曰明黜陟，二曰抑侥幸，三曰精贡举，四曰择官长，五曰均公田，六曰厚农桑，七曰修武备，八曰减徭役，九曰覃恩信，十曰重命令。②同心叶力：即同心协力。"叶"字在这里读作"协"，意义也和"协"相同。③君臣相得：君臣之间有所际遇，即君信任臣，臣效忠君。④朝报京师，暮传四海：早晨才从京城里得知，晚上已经传遍了天下。⑤自息：主动懈息。⑥沮难：阻止刁难，设置障碍。⑦必须先绝侥幸因循姑息之事：务必要先断绝那些侥幸获取朝廷恩惠、行之已久难以变更的积弊。作者预料到范仲淹等人的改革，首先要触及既得利益者的神经，所以告诫仁宗务必不要听信既得利益者对范仲淹等人的谗害和诽谤。

[译文]

臣闻知范仲淹、富弼等人自从得到陛下亲手所写的诏书之后，已经有了上奏陈述的事项，这些事项，希望陛下务必要选择施行。

臣听说自古以来帝王想要达到仁圣之治，都必须得到与帝王同心协力的大臣，而君王和大臣彼此相得，被称为千载一遇的难事。如今范仲淹等人遇到了陛下这样圣明的君主，称得上是千载难逢的机会了；陛下得到了范仲淹等臣子，也称得上是遇到了千载难得的良臣了。陛下既然已经真心诚意地看待他们，范仲淹等人又能各尽其诚以报答陛下。上下到了这样和谐的地步，臣认为任何事情都不会办不到，只看日后施行得如何了。何况范仲淹、富弼都是陛下出于自己的意愿选择出来的人才。最初得到任用时，天下的人已经彼此庆贺了，然而私下里还是有些担心：陛下能够拣选他们，不知道会怎么使用他们。等看到陛下近日特地为他们打开天章阁，认真细致地向他们咨询访问，亲自书写诏命，督促叮嘱，此后朝廷内外一片哗然，既感到震惊又感到狂喜。这两件盛事，真的是早晨才从京城传出，晚上已经传遍四海了，人人都说有生以来没见到过帝王如此任责其大臣，天下所有人都在伸长脖子擦亮眼睛，看陛下想要做哪些大事；这两个人对陛下的回报，究竟能表现出什么样的才干？现在陛下何得何失，就在这一举了；天下臣民的福与祸，也完全在于这个难得的时刻了。由此而言，作为范仲淹等人，不可以不尽心竭力施展自己的才能，陛下也不应该不极力按照他们的议论而推行善政，使得陛下的知人之明不受到指责，臣下也不辜负四海万民的期望。臣不是不知道陛下专心一意立志变革，肯定不会自行懈怠，中外的大臣也会出于对国家的责任而同心协力，肯定不会互相猜忌甚至出面刁难。然而臣所担心的是，范仲淹等人所献的良策，是首先要杜绝官吏们因循苟且的坏毛病、侥幸获取利益的坏习惯、做事得过且过的坏风气等，才能改变积累了几代的顽固弊端。像这样一些事，都会招致小人们的恼怒和怨恨，难免会出现不少反对声音，那些心性奸邪还没有被赶出朝廷的官员，也会时不时地对他们进行阻挠甚至谗害，即使是稍微听取他们一点恶言，那么大事就肯定做不成了。臣以为在改革之初，尤其需要上下同心协力，对于小人们的恼怒和怨恨，范仲淹等人会亲身面对反对之声和谗害之言，陛下也务必要极力拒绝，等到时间既久，便会渐渐安定，自然可以见到日新月异的可喜成效。真诚地希望陛下随时留心，自始至终地保全他们，那才是国家的福分，天下万民的大幸。臣恭候陛下裁夺。

# 论台官不当限资考札子①

臣伏见御史台阙官，近制令两制并中丞轮次举人，遂致所举多非其才，罕能称职。如昨来苏绅举马端②，却烦朝廷别有行遣。臣谓今两制之中奸邪者未能尽去，若不更近制，则轮次所及，须令举人。近闻梁适举王砺、燕度充台官③，其人以适在奸邪之目，各怀愧丑，惧其污染，风闻皆欲不就。以此言之，举官当先择举主④。臣欲乞今后只令中丞举人，或特选举主。仍见官班中⑤，虽有好人，多以资考未及，遂致所举非人者，皆为且就资例可入。仍乞不限资考，惟择材堪者为之。况台中自有里行之职⑥，以待资浅之人。仍乞重定举官之法，有不称职，连坐举主，重为约束，以防伪滥，庶几称职，可振纲纪。取进止。

[题解]

本文是作者任知谏院时写的一篇奏疏。起因是朝廷命翰林学士、知制诰以上官员举荐御史。实际情况是：有的官员因资历所限达不到被举荐的标准，有的则是被奸臣举荐而感到羞辱不愿就职。作者认为，举荐官员不应该过于拘泥资历和考课，而应该不拘一格地选拔真正的人才，只有这样，朝廷上下才能充满活力。又提出举主连坐的建议，也是一种非常切合实际的举措。

[注释]

①台官：御史台官的通称。御史台主官为御史中丞，其下有侍御史、殿中

侍御史、监察御史、检法、推官、主簿等属官。②苏绅举马端：作者曾弹劾苏绅为奸邪之辈，此时苏绅举荐马端为御史，作者作为反面教材提出来。③梁适：字仲贤，东平（今山东东平）人。仁宗时为参知政事。进礼部侍郎、同中书门下平章事、集贤殿大学士。英宗即位后，历知曹、兖二州。神宗即位后卒。王砺：《宋史》无传。据韩琦《安阳集·王砺寺丞河南知录》诗，知其曾任河南府司录参军。燕度：字唐卿。三司使王尧臣举为户部判官，后出知滑州，复为户部判官，权河北转运副使，终于潭州知州任。④举主：宋朝差遣除授制度，凡举官，皆临时听诏旨或朝命，举主、所举官以及举何种差遣，依旨而定。为确保荐举公正，实行同罪保任法，被举官员在差遣任内有污行，举主同罪责罚。⑤见官班中：现有班行里的官员。⑥里行：即今言"见习"或"实习"之意。

[译文]

　　臣见御史台缺少官员，近来圣旨命两制官员和御史中丞轮流举荐人才，致使所举之人大多没有才干，几乎无法称职。比如日前苏绅举荐马端，弄得朝廷不得不给他另外的任命。臣以为如今两制官员当中还有性本奸邪的人没能贬黜，如果不变更新近的圣命，势必还要按照次序让他们举荐人才。近来听说梁适举荐王砺、燕度充当御史台官员，这两个人因为梁适是公认的奸邪大臣，各自心怀惭愧和担忧，生怕受到梁适的沾染，传闻说都不想就职。由此说来，举荐官员首先应该选择举主。臣希望朝廷今后只命御史中丞举荐属官，或者是专门选择举主。现有班行中的官员，虽然有不少优秀人才，但大多因为资历和考课次数不合格，导致目前所举荐的人大都不合格，这完全是由于朝廷规定必须按照资历方可进入御史台的缘故。臣请求朝廷不要再限制资历和考课次数，只管选择那些能够胜任御史职责的人进入御史台。何况御史台里原本就有代理的官员，来容纳那些资历较浅的人。臣还请求重新制定荐举官员的法令，有不称其职的官员，举主必须连坐，作为严格的制约，来防止官员不负责任地胡乱荐举，那样或许被举荐的人能够称职，可以重振朝廷的纲纪。臣恭候陛下裁夺。

# 论逐路取人札子

臣伏见近有臣僚上言，乞将南省考试举人各以路分糊名①，于逐路每十人解一人等事。虽已奉圣旨送两制详定，臣亦有愚见，合具敷陈。

窃以国家取士之制，比于前世，最号至公。盖累圣留心，讲求曲尽。以谓王者无外，天下一家，故不问东西南北之人，尽聚诸路贡士②，混合为一，而惟材是择。又糊名誊录而考之，使主司莫知为何方之人，谁氏之子，不得有所憎爱薄厚于其间。故议者谓国家科场之制，虽未复古法，而便于今世，其无情如造化③，至公如权衡④，祖宗以来，不可易之制也。

《传》曰："无作聪明乱旧章⑤。"又曰："利不百者不变法⑥。"今言事之臣偶见一端，即议更改，此臣所区区欲为陛下守祖宗之法也。臣所谓偶见一端者，盖言事之人但见每次科场东南进士得多，而西北进士得少⑦，故欲改法，使多取西北进士尔。殊不知天下至广，四方风俗异宜，而人性各有利钝。东南之俗好文，故进士多而经学少⑧；西北之人尚质，故进士少而经学多。所以科场取士，东南多取进士，西北多取经学者，各因其材性所长，而各随其多少取之。今以进士、经学合而较之，则其数均，若必论进士，则多少不等。此臣所谓偏见之一端，其不可者一也。国家方以官滥为患，取士数必难增，若欲多取西北之人，则却须多减东南之数。今东南州军进士取解者，二三千人处只解二三十人，是百人取一人，盖已痛裁抑之矣。西北州军取解，至多处不过百人，而所解至十余人，是十人取一人，比之东南，十倍假借之矣。若至南省，又减东南而增西北，则是已裁抑者又裁抑之，已假借者又假借之。此其不可者二也。东南之士于千人中解十人，其初选已精矣，故至南省，所试合格者多。西北之士学业不及东南，当发解时，又十倍优假之，盖其初选已滥矣，故至南省，所试不合格者多。今若一例以十人取一人，则东南之人合格而落者多矣，西北之人不合格而得者多矣。至于他路，理不可齐，偶有一路合格人多，亦限以十一落之，偶有一路合格人少，亦须充足十一之数，使合落者得，合得者落，取舍颠倒，能否混淆。其不可者三也。且朝廷专以较艺取人，而使有艺者屈落，无艺者滥得，不问缪滥，只要诸路数停。此其不可者四也。且言事者本欲多取诸路土著之人，若此法一行，则寄应者争趋而往，今开封府寄应之弊可验矣。此所谓法出而奸生，其不可者五也。今广南东、西路进士，例各绝无举业，诸州但据数解发。其人亦自知无艺，只来一就省试而归，冀作摄官尔⑨。朝廷以岭外烟瘴，北人不便，须藉摄官，亦许其如此。今若一例与诸路十人取一人，此为缪滥，又非西北之比。此其不可者六也。凡此六者，乃大概尔。若旧法一坏，新议必行，则弊滥随生，何可胜数！故臣以谓且遵旧制，但务择人，推朝廷之公，待四方如一，惟能是选，人自无言。此乃当今可行之法尔。若谓士习浮华，当先考行。就如新议，亦须只考程试，安能必取行实之人？

议者又谓西北近虏，士要牢笼，此甚不然之论也。使不逞之人不能为患则已，苟可为患，则何方无之？前世贼乱之臣起于东南者甚众，其大者如项羽、萧铣之徒是已⑩，至如黄巢、王仙芝之辈，又皆起乱中州者尔，不逞之人，岂专西北？矧贡举所设，本待材贤，牢笼不逞，当别有术，不在科场也。惟事久不能无弊，有当留意者，然不须更改法制，止在振举纲条尔。近年以来，举人盛行怀挟，排门大噪，免冠突入，亏损士风，伤败善类。此由举人既多，而君子小人杂聚，所司力不能制。虽朝廷素有禁约，条制甚严，而上下因循，不复申举。惟此一事为科场大患，而言事者独不及之。愿下有司，议革其弊，此当今科场之患也。臣忝贰宰司⑪，预闻国论，苟不能为陛下守祖宗之法，而言又不足取信于人主，则厚颜尸禄⑫，岂敢偷安而久处乎？故犹此强言，乞赐裁择。

[题解]

本文作于治平元年（1064年），当时作者担任副相。作者在仁宗嘉祐二年（1057年）时曾做过大主考，对科举中的弊端有较深的体会。英宗即位之后，有大臣提出要使各路进士均等录取，作者立即提出不同意见。他认为，人才的属性各有不同，国家录取人才，和地区南北没有必然联系，应该尊重客观实际。用现在的理念来看，作者实际上是在反对教条主义，强调遵守客观规律来办事。

[注释]

①南省：尚书省的别称。唐代的科举会试由尚书省礼部主持，故又称为礼部会试。宋代初期尚书省名存实亡，科举会试多由翰林学士主持，但还沿用唐朝的说法，称国家会试为礼部试或南省试。糊名：指将举子们考卷上填写的姓名籍贯等项信息密封起来，防止考官在改卷时有所倾向。中国科举考试采取糊名制度，是从真宗景德四年（1007年）开始的，此后直到今天没有改变。②贡士：即举人，又称贡士，指的是通过了地方（宋代指各路、各府）举行的乡试，即取得了参加会试的资格，这些人由地方出资赞助，第二年到京城参加礼部会试。因为这些人是地方精英，由地方贡献供朝廷选择的士子，故称贡士。③无情如造化：意谓大公至正，没有任何人为操作的痕迹，完全保持自然状态。④至公如权衡：意谓公正得如同用量器和衡器称量出来一样。⑤无作聪

明乱旧章：出自《尚书·蔡仲之命》。意思是说不要自作聪明，随便改变旧的制度。⑥利不百者不变法：不出现重大的利害之争就不改变旧法。⑦每次科场东南进士得多，而西北进士得少：北宋开始，东南地区（今江苏、浙江、江西、福建等省）由于文化发达，人也灵秀，考中进士的人很多，而西北地区（今河北、山西、陕西等省）文化不够发达，受圣人学说影响较大，偏重经学，所以考中进士的人就不多，造成了人才的不平衡。⑧进士多而经学少：谓东南地区的人考中进士科的人多，西北地区的人考中明经科的人多。唐宋时期的科举考试，进士科的前景最好，往往能在仕途上有所作为，明经科则大多为学术官，且朝廷奖拔人才时，也主要看重进士，轻视明经。⑨摄官：代理官员。⑩萧铣：幼年贫困，隋炀帝以外戚擢为罗川令。大业十三年（617年），岳州校尉董景珍、雷世猛等人谋反，且推景珍为主，景珍推辞，并称萧铣是南朝梁皇帝的后裔，推举他为首，才是应天顺人。萧铣即募兵数千，以应景珍。义宁二年（618年），僭称皇帝，署百官，一用梁朝故事。⑪忝贰宰司：指当时欧阳修担任参知政事，相当于副宰相。忝，辱，表示自谦。⑫尸禄：即尸位素餐，只拿俸禄不干实事。

[译文]

臣听到近来有臣僚上言，请求把参加会试考试的举人按照不同的路分分别糊名，在各路每十个人当中选拔一个人。虽然已经根据圣旨送给两制官员详细审议，臣还是有些个人意见，理应向陛下陈述。

臣私下认为我朝选取士子的制度，和前代相比，是最为公正的。这得益于历代圣君都十分关注此事，讲论设置都很详尽。可以说连王者都不能例外，天下所有人如同一家，故而不论是东南人还是西北人，只要是合乎朝廷要求的贡士尽数解送，混合在一起统一选择，然后唯材是举。又把他们的个人资料密封起来反复誊录再进行考试，使主管考试的官员无法得知考生是什么地方人，是谁的子弟等等，不准许把任何的偏向掺杂到大考当中。所以参与议论此事的官员都说我朝的科场制度，虽然没能全部恢复上古之法，但很适合于当今的情况，这种考试铁面无私如同自然状态，大公至正如同用衡量之器称量出来，从祖宗以来到如今，是不可改变的最佳制度。

经传中说："不要自作聪明变乱旧的法度。"又说："利害之争不到成百上千就不要改变旧的法度。"如今发表议论的大臣只见到一方面的问题，马上就议论要改变旧的章程，当此之时，正是臣想要为陛下坚守祖宗法度的时候。臣所说的"偶见一端"，指的是议论之臣只看到每次科场当中，东南地区考中进士的人很多，而西北地区考中进士的人相对较少，所以打算更改旧法，使朝廷多录取西北地区的进士。殊不知天下至为广阔，四方的风俗也不相同，而人的习性也各有聪明稚朴。东南的风俗是喜好文学，考中进士的人多而考中经学的人少；西北地区的人比较崇尚质朴，考中进士的人少而考中经学的人多。所以科场当中录取士子，东南地区取进士科的人就多，西北地区取经学科的就多，这无非是根据他们不同的习性和所长，各随其人数的多少而取的。如果把进士、经学合在一起来看，总体数目还是均等的，如果非要着眼在进士科上孤立地分析，当然是东南地区大大多于西北地区。这就是臣所说的一种偏见，也是旧法不能轻易改变的理由之一。当今国家正以官员太多太滥为病患，录取士子的总数肯定是难以增多的，如果想多录取西北地区的人，那就必须大量减少东南地区的进士人数。如今东南各个州军合格贡士打算解送到汴京参加进士考试的，两三千人当中只允许解送二三十人，就是说一百人当中才取一个人，已经属于大规模压缩他们的名额了。西北各个州军取解的情况是，最多的路分合格者不超过一百人，而允许他们解送到京的已经达到十几个人，也就是十个人当中录取一人，和东南地区比较，相当于十倍之多的照顾了。如果到了朝廷会试阶段，再压缩东南名额而增加西北名额，那就等于在已经压缩的基础上再次进行压缩，已经照顾的基础上再次进行照顾了。这是旧法不可改变的理由之二。东南地区的士子在一千人当中只解送十个人，说明他们在基层选拔中已经相当优秀了，所以到了会试，考试合格的人就多。西北地区的士子学业本来就比不上东南地区的士子，路分州府解送进京的时候，又十倍地照顾他们，说明他们在基层选拔中就比较粗滥了，所以到了会试，考试不合格的人就多。如今如果一刀切必须在十个人当中选取一人，那么东南地区的举子考试合格却又落榜的人就多了，西北地区的举子考试不合格而能取得进士的人就多了。再说其他路分，理论上说也不可能一刀切，偶尔有某一路合格的人多，也用十人录取一人的规定裁掉合格的举子，偶尔有某一路合格的人少，也必须补足十人录取一人的数目，使本该黜落的人取得进士，本该取得进士的人无端被裁掉，使录取和黜落颠倒过来，使贤能和不肖混淆不清。这是旧法不能改变的第三个理由。况且如今朝廷专门以诗赋文艺作为录取人才的标准，却又使诗赋文艺非常优秀的人才委屈黜落，诗赋文艺不精到的人侥幸取得进士资格，不再追究他们诗赋的荒谬低下，只求各路人数均等。这是旧法不能改变的理由之四。再说那些议论此事的人本意是要多录取他们家乡的人，此法一旦推行，那么走后门来应考的人就会大量涌到他们的门下，当今开封府后门大盛的弊端就是明证，值得警惕。这正是说新法一出而奸邪丛生，这是旧法不能改变的理由之五。如今广南东路、广南西路的进士，几乎全都没有学习过举子课业，各州只是按照规定的人数解送。那些人也明知自己不懂得诗赋文艺，只是来参加一次例行的会试就回去，寄希望于担任个临时委派的小官而已。朝廷因五岭以南为炎热潮湿之地，北方人到那里很不习惯，必须借助于当地人临时担任官职，也允许参加过会试的人担任临时官员。如今如果一概与各路一样每十个人当中录取一人，造成的弊端，又比增加西北地区名额更加严重。这是旧法不能改变的理由之六。以上这六条理由，还仅仅是从大处考虑的。倘若旧法遭到破坏，新的提议势必推行，那么弊端随之就会显现出来，而且会多得数都数不过来。故而臣以为应当遵循旧法，只考虑如何选拔到真正的人才，昭示朝廷的至公，对待四方举子一视同仁，只考察他们当中谁是最优秀的加以选拔，所有的人都不会有怨言。这是当今唯一可行的办法。如果认为当今士子们学风浮华，就应该先考察他们的品行。即便按照新的议论，也必须要先考课业程试，怎么能完全按照定额来填充学业不及格的人呢？

议论者又说西、北两地区接近契丹和西夏，需要笼络读书人的心，这又是很错误的理论。假使那些不逞之徒没有能力干坏事也就罢了，一旦他们具备了为害朝廷的能力和条件，哪里不会出现这样的情况呢？前代成为盗贼祸乱天下的人从东南地区冒出来的也很多，比较突出的如项羽、萧铣之流就是啊，至于黄巢、王仙芝那些人，又都是从中原为乱的，心怀大恶的人，难道只有西北地区才会出现？何况国家设立科举考试，本意是要选拔贤才，笼络大恶之人，应该采取其他的方法，不要只考虑科场上的考试。当然，任何法度推行久了都不可能没有毛病，也有些方面是需要弥补或改进的，但没有必要把整个法度都改变了。进行部分的调整，是为了使朝廷法度更加严肃而公正才对。近年以来，举子们夹带考题答案之风十分盛行，推开大门狂呼乱叫，连帽子都不戴就闯入贡院，这类现象是对士子之风的严重损坏，也是对那些奉公守法的善良人的严重伤害。造成这种风气的原因是当下举子数目太多，君子小人混杂在一起，有关部门无力制止。虽然朝廷历来都有严格的章法约束，而且条令制度相当严密，可惜上下因循苟且，不再照章办事。现在这种现象才是科场的大患，而议论科举的人却偏偏对此只字不提。希望陛下能给相关部门颁下圣命，议论如何去除此类弊端，这是当今科场的大患啊。臣勉强担任着参知政事，参与国家大事的讨论，如果不能为陛下守住祖宗的法度，而议论又不足以得到陛下的信任，那就是厚颜无耻尸位素餐，哪里还敢苟且偷安长久地处在高位之上呢？故而在这里极力论说，希望能得到陛下的裁夺选择。

# 荐司马光札子①

臣伏见龙图阁直学士司马光，德性淳正，学术通明。自列侍从，久司谏诤②，谠言嘉话，著在两朝。自仁宗至和服药之后③，群臣便以皇嗣为言，五六年间，言者虽多，而未有定议。最后光以谏官极论其事④，敷陈激切，感动主听。仁宗豁然开悟，遂决不疑。由是先帝选自宗藩⑤，入为皇子⑥。曾未逾年，仁宗奄弃万国，先帝入承大统⑦，盖以人心先定，故得天下帖然。今以圣继圣⑧，遂传陛下。由是言之，光于国有功，为不浅矣，可谓社稷之臣也⑨。而其识虑超远，性尤慎密。光既不自言，故人亦无知者。臣以忝在政府，因得备闻其事，臣而不言，是谓蔽贤掩善。《诗》云："无言不酬，无德不报。⑩"光今虽在侍从，日承眷待，而其忠国大节，隐而未彰。臣既详知，不敢不奏。

[题解]

本文作于治平四年（1067年），当时神宗刚刚即位，作者担任参知政事。作者出于大公至正的君子之心，向神宗极力举荐司马光，希望朝廷能够对他有所重用。作者此前与司马光并没有过密的私人交往，完全是根据司马光本人的功劳和优秀的品质，出于公心地为国举贤。北宋时期的士大夫有不少都是大君子，他们襟怀阔大，境界高远。作者对于司马光的举荐，就能让我们深深感触到这一点。

[注释]

①司马光：字君实，陕州夏县（今山西夏县）人，北宋名臣。熙宁变法开始后，他认为新法本质上是与民争利，于是几次给神宗上书，又多次给王安石写信，请求废除新法。因政见不合，主动请求到洛阳修《资治通鉴》。哲宗即位后，垂帘听政的高太后起用他为相，可惜一年多便因病去世。《宋史》卷三三六有传。②久司谏诤：司马光从仁宗嘉祐后期到英宗治平中，在谏院工作了好几年。北宋谏院是专门为皇帝提出谏诤和建议的机构。③仁宗至和服药：至和三年（1056年），也就是嘉祐元年元旦的庆贺大宴上，仁宗突发急病（即今中风一类），险些过世。当时他还没有立太子，所以大臣们都对国家的前途感到十分忧虑，又不敢贸然提及此事。④最后光以谏官极论其事：据《续资治通鉴》卷五十九载，嘉祐六年（1061年）闰八月丁未，谏官司马光奏请仁宗务须尽快在宗室子弟当中选择接班人，立为太子，以安天下之心。这种建议是冒着极大风险的。⑤宗藩：宗室子弟。⑥入为皇子：指仁宗最终决定选濮安懿王允让之子宗实继承皇位，过继为子。这就是后来的宋英宗。⑦"曾未逾年"三句：仁宗于嘉祐八年（1063年）年初过世，赵宗实改名赵曙，即皇帝位。奄弃万国，抛弃了天下，指去世。⑧以圣继圣：英宗在位只有三年多一点，治平四年（1067年）正月驾崩，其子神宗即位，故称"以圣继圣"。⑨社稷之臣：担当起挽救国家危难和把握国家走向的重任的大臣。⑩无言不酬，无德不报：出自《诗经·大雅·抑》，意谓天子对于臣下，有忠言谠论的就要听从，有仁德的就要报答。

[译文]

臣见龙图阁直学士司马光，德行纯美方正，学术通达精明。自从成为陛下的侍从，长期在谏院里供职，忠谠之言诚恳之论，在两朝当中记载得清清楚楚。自从仁宗皇帝患病吃药之后，朝廷群臣都把确立皇太子的事挂在嘴上，五六年当中，提到这件事的人虽然不少，但却一直没有成熟的意见。最后是司马光以谏官的身份极力论说此事，言辞激烈态度诚恳，终于感动了仁宗，使仁宗的内心豁然开朗，于是决定选择宗室立为太子，不再犹豫。正因为有司马光的陈词，先帝才得以从宗室子弟中被挑选出来，立为皇太子。还没过一年，仁宗皇帝驾崩而去，先皇帝继承了帝位，由于人心先已安定，所以天下没出现任何波动，一切平静安然。如今国家是先圣后圣相承，帝位终于传给了陛下。从这些事说来，司马光对于国家的功劳和贡献，的确是相当巨大，可以称得上是位社稷重臣了。而他的见识既高且远，性情又非常的慎密。既然司马光本人从不说起此事，别人当然也就没有了解内情的了。由于臣在政府中谬占一席，才得以了解到此事的原委，如果臣闭口不言，那就叫做遮蔽贤才掩抑善类。《诗经》上说："臣子有忠言谠论的就要听从，臣子有仁德的就要报答。"如今司马光虽然还在侍从之列，每天都能得到陛下的关爱，但他那些忠于国家朝廷的大节，还隐蔽着没有公之于天下。臣既然已经有了详细的了解，不敢不如实申奏。

# 言青苗钱第一札子①

臣伏见朝廷新制,俵散青苗钱以来,中外之议,皆称不便,多乞寝罢,至今未蒙省察。臣以老病昏忘,虽不能究述利害,苟有所见,其敢不言?臣今有起请事件,谨具画一如后:

臣窃见议者言青苗钱取利于民为非,而朝廷深恶其说,至烦圣慈命有司具述本末委曲②,申谕中外,以朝廷本为惠民之意。然告谕之后,搢绅之士,论议益多。至于田野之民蠢然,固不知周官泉府为何物③,但见官中放债,每钱一百文要二十文利尔。是以申告虽烦,而莫能谕也。臣亦以谓等是取利,不许取三分,而许取二分,此孟子所谓以五十步笑百步者④。以臣愚见,必欲使天下晓然知取利非朝廷本意,则乞除去二分之息,但令只纳元数本钱,如此,始是不取利矣。盖二分之息,以为所得多耶?固不可多取于民;所得不多耶?则小利又何足顾,何必以此上累圣政?臣检详元降指挥,如灾伤及五分已上,则夏料青苗钱令于秋料送纳,秋料于次年夏料送纳。臣窃谓年岁丰凶,固不可定,其间丰年常少,而凶岁常多。今所降指挥,盖只言偶然一料灾伤尔。若连遇三两料水旱,则青苗钱积压拖欠数多。若才遇丰熟,却须一并催纳,则农民永无丰岁矣。至于中小熟之年,不该得灾伤分数,合于本料送纳者,或人户无力,或顽猾拖延,本料尚未送纳了当，若令又请次料合命俵钱数⑤，则积压转多，必难催索。臣今欲乞人户遇灾伤，本料未曾送纳者，及人户无力或顽猾拖延不纳者，并更不支俵与次料钱。如此，则人户免积压拖欠，州县免鞭扑摧驱，官钱免积久失陷。

臣窃闻议者多以抑配人户为患⑥，所以朝廷屡降指挥，丁宁约束州县官吏，不得抑配百姓。然诸路各有提举、管勾等官⑦，往来催促，必须尽钱俵散而后止。由是言之，朝廷虽指挥州县不得抑逼百姓请钱，而提举等官又却催促尽数散俵，故提举等官以不能催促尽数散俵为失职，州县之吏亦以俵钱不尽为弛慢不才。上下不得不递相督责者，势使之然，各不获已也。由是言之，理难独责州县抑配矣。以臣愚见，欲乞先罢提举、管勾等官，不令催督，然后可以责州县不得抑配。其所俵钱，取民情愿，专委州县随多少散之，不得须要尽数，亦不必须要阖县之民户户尽请。如此，则自然无抑配之患矣。

右谨具如前。臣以衰年昏病，不能深识远虑，所见目前，止于如此。然而青苗之议，久已喧然，中外群臣乞行寝罢者，不可胜数，其所陈久远利害，必已详尽而无遗矣。一旦陛下赫然开悟⑧，悉采群议，追还新制，一切罢之，以便公私，天下之幸也。若中外所言虽多，犹未能感动天听，则见行不便法中，有此三事，尤系目下利害，如臣画一所陈。伏望圣慈，特赐裁择。今取进止。

[题解]

本文作于熙宁三年（1070年）五月，当时作者已经被排挤出京，担任青州（今山东青州）知州。尽管作者已心力交瘁，仍然不顾个人安危，诚心诚意地为朝廷大计操劳。本文一针见血地指出：所谓新法，无非是打着利国利民的旗号，肆意加重百姓负担而已。如果真的是为了百姓谋利益，为什么不能不收取二分之利呢？这话问得何等的有力！应该说，熙宁变法并没有脱出前朝

"变法"的窠臼:国家需要钱,就向老百姓索要。这样的变法,不管打着什么旗号,也仅仅是美丽的谎言而已,最终受害的总是善良的百姓。

[注释]

①青苗:青苗法,也称常平给敛法、常平敛散法,王安石新法的主要法令之一。其法以诸路常平广惠仓所积钱粮为本,在春、夏两季青黄不接时出贷给民户。春贷夏收,夏贷秋收,每期收息二分。其本意在于以低息限制豪强盘剥,减轻百姓负担。②本末委曲:指青苗法的形成及其利弊。③周官泉府:周代掌管财务及货物流通等事的部门。《周礼·地官·泉府》载:"泉府,掌以市之征布,敛市之不售、货之滞于民用者,以其贾买之,物楬而书之,以待不时而买者。……岁终,则会其出入而纳其余。"④五十步笑百步:出自《孟子·梁惠王上》:"'兵刃既接,弃甲曳兵而走。或百步而后止,或五十步而后止。以五十步笑百步,则何如?'(梁惠)曰:'不可,直不百步耳,是亦走也。'"⑤次料:指下一茬庄稼的收成。与上文所说的"本料"是相对的概念。⑥抑配人户:按户头摊派。⑦提举:熙宁变法后派到各路去的提举常平官,负责督促各路及各州县官员施行青苗法。管勾:也是朝廷派出的提举常平官,但因其属于低官高聘,所以在官称上作了区别,称为"权管勾某路常平公事"。⑧赫然开悟:犹言豁然开悟。

[译文]

臣见到朝廷推行新的法令,发放青苗钱款以来,朝廷内外的议论,都说此法并没有便民,不少人请求尽快将此法废除,至今还没有得到陛下的认真审度。臣因为年纪太大疾病缠身导致精神昏聩健忘,虽然不能深究其中的利与害,但偶尔有些见解,怎敢闭口不言?臣如今有些奏请之事,谨一一书写如下:

臣私下见议论新法的人说发放青苗钱取利于民是不对的,而朝廷对这种言论非常反感,以至于麻烦陛下亲自命相关部门讲述青苗法的形成过程和推行此法的利与害,并将其公布于朝廷内外,来说明朝廷原本是为了给民众恩惠的初衷。然而圣命传出之后,朝廷官员们的议论反倒有增无减,乃至于田野间的农民也懵懵懂懂地开始议论，他们本不清楚周朝的"泉府"是什么部门，只看到官府在向百姓放债，每一百文钱里要收取二十文的利息而已。因此，虽然圣命一发再发，也无法使民众懂得其中的道理。臣也认为：一样都是征收利息，不允许征收三分之利，而允许征收二分利息，这不正是孟子所说的"五十步笑百步"吗？以臣不成熟的见解，一定要让天下万民真正觉得征收利息并不是朝廷的本意，那就要把二分的利息免除掉，只要求他们把本钱还给官府，这样做才是真正的不征收利息。这两分的利息，如果认为的确是太多了，那就不应该过多地向百姓征收；如果认为并不算多，那么微小的利益又何必去管它，何必因为这点小事让陛下的仁政染上污点呢？臣翻阅并详细查检了当初颁下的圣命，其中说如果遇到天灾受损庄稼伤到五成以上，那么夏季当缴纳的青苗利息钱可以让农民推迟到秋季再缴纳，秋季应该缴纳的利息则推迟到次年的夏季再缴纳。臣私下认为年成的好坏，本来是没有一定的，这期间丰收的年成往往是比较少的，而受灾歉收的年成往往是比较多的。如今所降的政令，却只说到偶然一次遇到灾害应该缴纳的利息而已。如果一连遭遇两三年的水旱之灾，就会造成青苗利息积压拖欠越来越多。如果刚刚遇到一个丰收之年，就要让农民将所欠利息全数缴纳，那么农民将永远也不可能再有丰年了。再说中等或是略有收成的年成，也不应该把灾害造成的损失，归并到当年应该缴纳的利息当中一并收取，再有比如某户劳动力不足，或者是不本分故意拖延缴纳，当年的利息尚未缴纳完毕，如果再让他们申请下一季应该领取的青苗钱，所欠利息就会越积越多，肯定是难以催要了。臣如今请求如果民户真的遇到灾害，本季没有能力缴纳利息的，以及民户因劳动力不足或者是故意拖延缴纳的，都不再发放下一季应该发放的青苗钱。这样一来，能使民户避免积压拖欠，州县衙门也免得对拖欠人鞭抽棍打不住地催督，官府的钱也能避免拖得太久索要不回来。

臣私下听说议论新法的人大多认为按户头摊派发放青苗钱有害无益，所以朝廷多次颁布政令，反复叮嘱和约束州县里的官吏，不准按户平均摊派。然而各路都有提举官、管勾官到处催促督责，务必让州县将青苗钱都发放完为止。从这种情况来看，朝廷虽然约束州县官员不准强迫百姓接受官府发放的青苗钱，而提举、管勾等官员却又在极力催促全额发放，原因是提举、管勾等官员把不能催促全额发放看成是失职，州县官员也把发放不尽看做是废弛公事缺乏才能。上下不得不互相督促责难，是形势逼得他们不得不那样去做，谁都身不由己。根据这些情况来分析，按照情理的确难以只批评州县官员平均摊派了。以臣不成熟的见解，希望能先废除各路提举、管勾等官，不再让他们催逼督责，然后再要求州县官员不准平均摊派。官府发放的青苗钱，要根据老百姓自己的意愿，专门委托州县官员根据需要量的多少灵活发放，不准强迫人人都必须领取，也不必强调全县所有人户必须每户申领。这样一来，自然就不会再出现强迫每户必须申领的情况了。

以上所说都已书写清楚。臣因为晚年多病昏聩，不可能具有深谋远虑，所见到的也只是眼前的状况，能说的就是这些了。然而对于青苗法的议论，早就是沸沸扬扬了，朝廷上下大小臣僚请求废除此法的，多得数都数不清，他们陈述的对于日后很长时期造成的不良影响，肯定也都讲得十分详尽没有遗漏了。陛下如果何时能够幡然觉悟，听取群臣的建议，果断地废除新的政令，把所谓新法全都废除，使公家和百姓都得到实惠，那才是天下的大幸。如果朝廷内外上书提出建议的话如此之多，还不能感动陛下，也该知道现在推行的害民新法当中，有这么三件事，是深深关系到当前利弊的，这就是臣上面所提到的。诚恳地希望陛下专意选择。如今臣等待着陛下的裁夺。

# 醉翁亭记

环滁皆山也①。其西南诸峰,林壑尤美。望之蔚然而深秀者②,琅邪也③。山行六七里④,渐闻水声潺潺,而泻出于两峰之间者,酿泉也⑤。峰回路转,有亭翼然临于泉上者⑥,醉翁亭也⑦。作亭者谁?山之僧智仙也。名之者谁⑧?太守自谓也⑨。太守与客来饮于此,饮少辄醉,而年又最高,故自号曰醉翁也。醉翁之意不在酒,在乎山水之间也。山水之乐,得之心而寓之酒也⑩。

若夫日出而林霏开⑪,云归而岩穴暝,晦明变化者⑫,山间之朝暮也。野芳发而幽香⑬,佳木秀而繁阴⑭,风霜高洁⑮,水落而石出者⑯,山间之四时也。朝而往,暮而归,四时之景不同,而乐亦无穷也。

至于负者歌于途⑰,行者休于树,前者呼,后者应,伛偻提携⑱,往来而不绝者,滁人游也。临溪而渔,溪深而鱼肥;酿泉为酒,泉香而酒洌⑲。山肴野蔌⑳,杂然而前陈者,太守宴也。宴酣之乐,非丝非竹㉑,射者中㉒,奕者胜㉓,觥筹交错㉔,起坐而喧哗者,众宾欢也。苍颜白发,颓然乎其间者,太守醉也。

已而夕阳在山,人影散乱,太守归而宾客从也。树林阴翳,鸣声上下,游人去而禽鸟乐也。然而禽鸟知山林之乐,而不知人之乐；人知从太守游而乐，而不知太守之乐其乐也[25]。醉能同其乐，醒能述以文者，太守也。太守谓谁？庐陵欧阳修也[26]。

[题解]

宋仁宗庆历年间，被任用的韩琦、富弼、杜衍、范仲淹等一批仁人志士，遭到保守派的反对，不久纷纷被贬。欧阳修也因拥护韩琦等人的改革，被视为韩、范的同党，贬为滁州知州。本文抒写了作者在逆境中的乐观主义生活态度和与民同乐的情怀。

[注释]

①环滁：环绕着滁州四面。滁，滁州，在今安徽滁州。欧阳修在仁宗庆历四年（1044年）因拥护范仲淹、韩琦等人改革，被视为韩、范的同党，次年，贬为滁州知州。②蔚然而深秀：草木葱茏茂密的样子。③琅邪：山名，在滁州市西南十里。④山行：走山路。⑤酿泉：又名琅邪泉，其泉水适于酿酒，故俗称酿泉。⑥翼然：像鸟翅一样探出于外。⑦醉翁亭：故址在今滁州市西南七里。⑧名之者：为此亭取名的人。⑨太守：汉魏时郡的最高长官。宋代称为知州。自谓：用自己的号为亭名。⑩得之心而寓之酒：领会于心中 寄托于酒中。⑪林霏：山林中的雾气。⑫晦明变化：暗与亮的光线变化。⑬野芳发：野花盛开。指春天的景致。⑭繁阴：林木浓密，绿树成荫。指夏天的景致。⑮风霜高洁：秋高气爽，霜露既降。指秋天的景致。⑯水落而石出：流水已少，溪中的石头显露出来。指冬天的景致。⑰负者：背负着物品的人。⑱伛偻提携：弯腰曲背的老人和牵着手的小孩。⑲泉香而酒洌：是"泉洌而酒香"的错置。⑳山肴野蔌：山间的美味。蔌，蔬菜。㉑非丝非竹：没有管弦之乐。㉒射者中：指投壶的乐趣。投壶是古代一种游戏，以箭投壶，中者为胜。㉓奕者胜：下棋角胜。㉔觥筹交错：觥指酒杯，筹指酒筹。此处指以筹角胜，负者罚酒，酒宴上十分热闹。㉕乐其乐：为众人的高兴而高兴。㉖庐陵：宋代叫吉州，在今江西吉安，是欧阳修的乡郡。

[译文]

环绕在滁州四面的都是山。州西南方向的各个山峰，林木和山谷非常美。看上去那更加葱郁而奇秀的山峰，叫做琅邪山。顺着山路走上六七里，渐渐能听到潺潺的流水声，而从两山之间奔流下来的一股泉水，叫做酿泉。顺着山峰的回环再转路向前，有个亭子像鸟翅一样架在泉上的，那便是醉翁亭。建造此亭的人是谁？是住在此山的和尚叫做智仙的。给此亭取名"醉翁"的是谁呢？便是自称为"醉翁"的州太守欧阳某。我常与客在此饮酒，稍稍一饮便醉，而且又年龄最长，所以就自称为"醉翁"。我陶醉的本意并不在于酒兴，而在于此处的山水太美了。欣赏山水的乐趣，是与内心相映而又借助于酒兴而已。

等到太阳出来，林间的云气就消散了；云彩落到山间天色就昏暗了，这天气阴晴明暗的交替变化，正是山间的早晨和傍晚的变化。野花的香气飘散出来，使人感到阵阵幽香，美丽的树木枝繁叶茂，形成浓密的树荫。天气高爽，霜露洁白，水流变浅后，石头裸露出来，这是山中四时不同的景色。早晨上山，傍晚返回，一年四季的景色不同，而山间的乐趣也就随之无穷。

至于那些背着东西的人在山路上歌唱，走路的人在树下面休息，前面的呼叫，后面的应答，老人弯腰曲背，小孩子由大人牵领，来往不绝的，是滁州的百姓在出游。坐在溪边钓鱼，溪水很深鱼也很肥；用酿泉的水来酿酒，泉水清甜而酒味也很香。山间的鱼肉野味还有野菜，纷纷然摆放在面前，这是我滁州太守举办的酒宴。宴会进入到高潮之后助兴的乐趣，既不是琴瑟管弦又不是箫笛，投壶的人投中了，下棋的人战胜了，酒杯与酒筹相互交错，有人站起来大叫不止，这是大家喝得兴奋了。头发花白、脸色苍老地坐在人群间打盹，这是太守我喝醉了。

不久夕阳临近山峰，人们的影子散乱移动，这是太守回府而宾客们跟从。林间的树木遮蔽成荫，鸟儿的鸣声上下相接，这是游人们离去鸟儿在高兴地欢唱。然而鸟儿只知道山林之中的乐趣，却不知道游人的乐趣；游人们只知道跟着太守游玩的乐趣，却不知道太守自有他的乐趣。喝醉了能和宾客们一起高兴，酒醒后还能写文章追述这种快乐的，是我这个太守。太守是谁？乃是庐陵人欧阳修。

# 丰乐亭记

修既治滁之明年夏①,始饮滁水而甘,问诸滁人,得于州南百步之近②。其上则丰山③,耸然而特立④;下则幽谷,窈然而深藏;中有清泉,滃然而仰出⑤。俯仰左右⑥,顾而乐之。于是疏泉凿石⑦,辟地以为亭,而与滁人往游其间。滁于五代干戈之际⑧,用武之地也⑨。昔太祖皇帝尝以周师破李景兵十五万于清流山下⑩,生擒其将皇甫晖、姚凤于滁东门之外⑪,遂以平滁。修尝考其山川,按其图记⑫,升高以望清流之关,欲求晖、凤就擒之所,而故老皆无在者⑬。盖天下之平久矣。自唐失其政⑭,海内分裂,豪杰并起而争,所在为敌国者⑮,何可胜数?及宋受天命⑯,圣人出而四海一⑰。向之凭恃险阻⑱,划削消磨⑲。百年之间,漠然徒见山高而水清⑳。欲问其事,而遗老尽矣。

今滁介于江、淮之间,舟车商贾、四方宾客之所不至㉑。民生不见外事㉒,而安于畎亩衣食㉓,以乐生送死㉔。而孰知上之功德、休养生息、涵煦百年之深也㉕!

修之来此,乐其地僻而事简,又爱其俗之安闲。既得斯泉于山谷之间,乃日与滁人仰而望山㉖,俯而听泉。掇幽芳而荫乔木㉗。风霜冰雪㉘,刻露清秀㉙,四时之景,无不可爱。又幸其民乐其岁物之丰成㉚，而喜与予游也。因为本其山川㉛，道其风俗之美㉜，使民知所以安此丰年之乐者，幸生无事之时也㉝。夫宣上恩德，以与民共乐，刺史之事也㉞，遂书以名其亭焉。庆历丙戌六月日，右正言、知制诰、知滁州军州事欧阳修记。

[题解]

庆历五年（1045年），因为仁宗起用范仲淹、富弼等人进行改革，触及保守派的根本利益，范仲淹等被迫相继离开朝廷，欧阳修也因极力赞成改革而遭到保守派的忌恨，保守派寻找到借口，将他贬到了僻远的滁州。欧阳修来到这里后，联想到太祖在此处曾经进行过艰苦卓绝的战斗，于是为本地百姓讲述如今和平局面的来之不易，并与滁州百姓水乳交融，襟怀坦然地履行着一个郡太守的职责。

[注释]

①治滁之明年：欧阳修庆历五年（1045年）任河北都转运使，由于上书为刚被罢免的执政大臣杜衍、范仲淹、韩琦、富弼四人辩诬，触怒了新政反对派，被贬为滁州知州。治滁之明年，即仁宗庆历六年。②百步：一本作"五百步"。③丰山：雄壮的山峰。④特立：独立于众山之上。⑤潝然：汩汩涌出的样子。潝（wěng），水往上涌的样子。仰出：自下而上地冒出。⑥俯仰左右：在清泉的前后左右俯仰细看。⑦疏泉凿石：疏导泉水，凿开岩石。⑧五代：唐代灭亡后形成的五代十国割据时代。干戈之际：用兵攻伐的年代。⑨用武之地：兵家必争的军事要地。⑩太祖皇帝：北宋开国皇帝赵匡胤，死后庙号太祖。以周师破李景兵十五万于清流山下：后周显德三年（956年），赵匡胤受世宗之命袭击南唐要塞清流关。南唐大将皇甫晖列阵于山下，前兵刚刚交战，赵匡胤随即引兵绕入其后，皇甫晖大惊，奔入滁州，想要断桥自守。赵匡胤挥师继进，直抵城下。皇甫晖整军出战，赵匡胤挥剑击中皇甫晖头，生擒皇甫晖及部将姚凤，遂平滁州。周师，后周的军队。李景，即李璟，五代南唐中主，即位后攻拔建州，又击楚，灭马氏，国势甚张，为江南大国。后周南征，取滁州，李璟惧，愿称臣，后周方才罢兵。清流山，在今滁州市西北二十五里，山上有关，名清流关，当诸山之缺口，控扼江淮，形势险峻。⑪皇甫晖：魏州（今河北大名）人，初仕魏为陈州刺史，后降南唐，为江州节度使。滁

州被擒后,因伤势过重而卒。姚凤:皇甫晖的副将。⑫按其图记:核查滁州的地方志记。⑬故老:指经历过当时战事的老人。⑭唐失其政:唐王朝失德于民,丧失了控制全国局势的能力。⑮所在为敌国者:占据一方而以他国为敌的割据政权。⑯宋受天命:宋天子受命于天。古代帝王往往假托天命神授来证明自己是当然的统治者。⑰四海一:海内统一。⑱向之凭恃险阻:以前那些军事要塞。凭恃险阻,战争年代所凭借的自然险阻之地。此处指凭借险阻之地的割据政权。⑲划削消磨:被铲削、被消磨。此处指割据政权陆续被消灭。划(chǎn),铲除。⑳漠然:清静平淡的样子。㉑所不至:因滁州处在淮河流域繁华地带与江南繁盛之地中间,地处偏僻,所以官吏商贾的足迹很少能到达这里。㉒民生不见外事:人们从出生就不了解外面的世界。㉓畎(quǎn):田间的水沟。畎亩,代指耕稼之事。㉔乐生送死:自然安宁的日子。乐生,对新生的儿女感到欢乐;送死,为死去的老人送葬。㉕涵煦:滋润抚育。深:指用心良苦,措置百方。㉖日与滁人:每天都和滁州的百姓。㉗掇幽芳:采摘春天的野花。代指春天。荫乔木:在高大的树木下纳凉。代指夏天。㉘风霜冰雪:指秋、冬二季。㉙刻露清秀:谓秋天山林中木叶尽脱,山显得更加清峻秀拔。㉚岁物之丰成:庄稼和菜蔬成熟丰收。㉛因为本其山川:因此我根据滁州的秀美山川。㉜道其风俗之美:描述此地风土人情的淳美。㉝幸生无事之时也:这是因为幸而降生在太平的年代。㉞刺史:唐代州里最高长官称刺史,宋代则称为知州。此处是用旧称来表明自己的身份。

[译文]

到滁州担任知州的第二年夏天,我才饮到滁州一处甘甜的泉水。经过向滁州人打听,终于在州城南面百步左右的地方找到了此泉的源头。泉的上方有座丰山,独立而高耸;山下有道溪谷,幽静而深藏;其间有一道清冽的泉水,水势盛大,向上喷涌。我上下左右地观看,为此非常高兴。于是凿开岩石,疏通泉水,开辟出一片地方修建亭子,以便和滁州百姓一同前往游览。

滁州在五代战乱之时,是兵家用武之地。当年,太祖皇帝曾经率领后周军队在清流山下打败李璟的十五万兵马,在滁州东门之外活捉了南唐将领皇甫晖和姚凤，最终攻克了滁州。我曾考察过当地的山川形势，也研究过当地的图经，登上高处俯瞰清流关，希望能找到皇甫晖、姚凤被擒获的故址。然而当年亲历战事的人都已经不在了，天下平定也已经很多年了。自从唐朝政治腐败，天下四分五裂，于是各路豪杰并起，彼此争夺攻杀，到处都是自立为王的割据政权，数都数不清。直到宋朝承受天命，圣人出世，四海统一。以往凭借着山川险阻称王的人，有的被铲除，有的则自行消亡。百年之间，此处已是冷冷清清，只能见到清流山依旧高高耸立，清流河仍然清澈流淌。想询问当时的战争情况，经历过的人都已经故去了。

如今的滁州位于大江和淮河之间，地方偏僻，是船只车辆、商贾游客都很少来到的地方。这里的百姓生下来就不了解外面的事情，他们只安心于耕耘收获，穿衣吃饭，养老送终。谁能了解太祖皇帝的功德，让百姓在和平当中休养生息，像雨露滋润、阳光普照长达百年之久呢？

我来到滁州，很喜欢它地处僻静而又公事清简，还喜爱此地民风安静闲适。既然在山谷当中寻到了这样的甘泉，便每天都和滁州的士子们前来游赏，抬头可以望山，低首可以听泉。春天可以采摘芬芳的花草，夏天可以在浓密的乔木下乘凉，秋天可以体验风霜，冬天可以观赏冰雪。秋、冬的肃杀和裸露，春、夏的清幽和茂盛，一年四季的风光，没有一点不惹人喜爱。这里的民众因为有了好收成而感到高兴，也乐意和我一同游赏。于是我根据这里的山川，为他们讲述这里曾经有过的美好风俗，使他们明白如今之所以能够安享丰年的欢乐，是因为他们有幸生在这样一个太平无事的好时代。进而宣扬皇上的恩德，与民众共享欢乐，这也是州郡太守理应履行的职责。于是写下了这篇文章，并给这个亭子起名为丰乐。庆历六年六月某日，右正言、知制诰、知滁州军州事欧阳修记。

# 真州东园记①

真为州,当东南之水会②,故为江淮、两浙、荆湖发运使之治所③。龙图阁直学士施君正臣、侍御史许君子春之为使也④,得监察御史里行马君仲涂为其判官⑤。三人者乐其相得之欢⑥,而因其暇日,得州之监军废营以作东园⑦,而日往游也。

岁秋八月⑧,子春以其职事走京师⑨,图其所谓东园者来以示予曰:"园之广百亩,而流水横其前,清池浸其右⑩,高台起其北。台,吾望以拂云之亭⑪;池,吾俯以澄虚之阁⑫;水,吾泛以画舫之舟;敞其中以为清宴之堂⑬,辟其后以为射宾之圃⑭。芙渠芰荷之的历⑮,幽兰白芷之芬芳⑯,与夫佳花美木列植而交阴⑰,此前日之苍烟白露而荆棘也⑱;高甍巨桷、水光日景⑲,动摇而下上,其宽闲深靓⑳,可以答远响而生清风,此前日之颓垣断堑而荒墟也㉑;嘉时令节,州人士女啸歌而管弦㉒,此前日之晦冥风雨、鼪鼯鸟兽之嗥音也㉓。吾于是信有力焉㉔。凡图之所载,盖其一二之略也㉕。若乃升于高以望江山之远近,嬉于水而逐鱼鸟之浮沉,其物象意趣,登临之乐,览者各自得焉㉖。凡工之所不能画者,吾亦不能言也。其为我书其大概焉。"

又曰:"真,天下之冲也㉗,四方之宾客往来者,吾与之共乐于此，岂独私吾三人者哉㉘？然而池台日益以新，草树日益以茂，四方之士无日而不来，而吾三人者有时而皆去也，岂不眷眷于是哉㉙？不为之记，则后孰知其自吾三人者始也？"

予以谓三君子之材贤足以相济㉚，而又协于其职，知所后先㉛，使上下给足㉜，而东南六路之人无辛苦愁怨之声㉝，然后休其余闲，又与四方之贤士大夫共乐于此。是皆可嘉也，乃为之书。庐陵欧阳修记㉞。

[题解]

这是一篇出色的记文，虽然作者并没有亲自到过真州东园，但根据来人的叙述和图画的展示，作者通过如花的妙笔，细腻地描绘了这座小园的四时风景，高下错落，动静相得，又时时与小园诞生之前的破落景象加以对照，使读者也仿佛置身其中，乐趣无穷。文章的最后，作者还没有忘记作文的根本，那就是突出强调了修建这座小园的三位主人，是在尽心职事之余来调整自己的生活，也是为真州百姓、为南来北往的客人们预备了一个可以修养身心的好去处。突出了宋朝士大夫以民为本、以人为本的先进理念。

[注释]

①真州：宋朝州名，在今江苏仪征。②水会：水路交通的枢纽。③发运使：全称为江淮两浙荆湖等路发运使。宋代置此司，负责江南六路漕粮征调运输等事，治所在真州。通常置发运正使一至二人，副使数人，判官数人，综理漕运事宜。④龙图阁直学士：宋代特有的学士官名，次于龙图阁学士。侍御史：官名，属御史台。此句说施正臣以龙图阁学士、许子春以侍御史同时担任发运使。⑤监察御史里行：官名，即代理监察御史。亦属御史台。⑥相得之欢：关系融洽和睦。⑦监军：监军使，朝廷派出监视地方军事长官的宦官。⑧岁秋八月：指宋仁宗皇祐三年（1051年）的秋八月。⑨以其职事走京师：因公事到京城开封府去。⑩漫其右：漫润于东园的西边。⑪吾望以拂云之亭：指拂云亭建在很高的台上，可以因台向外眺望。⑫池，吾俯以澄虚之阁：指在池边建造了一座澄虚阁。⑬敞其中：使东园中央开阔。为清宴之堂：建造一座清宴堂。⑭辟其后：开辟后园为招待宾客射箭的场圃。⑮芙蕖芰荷：莲花的别

称。的历：花开晶莹艳丽的样子。⑯白芷：香草名，多生于水泽之处。⑰列植而交阴：成排地种植，树荫交互。⑱苍烟白露而荆棘：意谓此园开辟之前，这里是一片荆棘榛芥，上罩黑烟，下沾白露。⑲高甍巨桷：高高的房脊，巨大的橡木。⑳宽闲深靓：虚敞幽深，景致佳美。㉑颓垣断堑：倾倒的墙壁和挖断的壕沟。㉒啸歌而管弦：唱着歌儿，弹奏着乐器。㉓鼪鼯鸟兽之嗥音：黄鼠狼和野鸟怪兽嗥叫的声音。鼪（shēng），即黄鼠狼。㉔于是：对于建造东园。信有力：的确是出了大力。㉕一二之略也：只画出了十之一二的景致，其余都省略了。㉖览者各自得焉：游览的人会各得其乐。㉗天下之冲：天下的水道要冲。㉘私吾三人者：满足我们三个人的游乐场所。㉙眷眷：留恋。㉚三君子之材贤足以相济：这三位君子的才干贤能足以担负朝廷重任。㉛知所后先：深深了解漕运的缓急先后。㉜上下给足：京师和各路粮米供运都很充足。㉝东南六路：指江南东、江南西、荆湖南、荆湖北、两浙、淮南六路。㉞庐陵：欧阳修的籍贯，宋代为吉州，在今江西吉安。

[译文]

真州恰好处在东南各路水路交汇的枢纽之处，自然而然地成为了江淮两浙荆湖发运使衙门的所在地。龙图阁直学士施正臣、侍御史许子春两位君子担任正、副发运使的时候，又赶上监察御史里行马君仲涂来任发运判官。三个人都为他们能够同官合作感到非常高兴，于是利用闲暇时间，找到本州监军营曾经使用过的一片废地，修建了一座东园，一有闲暇便到那里去游赏。

今年秋天八月，许子春因为公事来到京城，画了一幅被他们称作东园的图拿来给我看，并说道："东园的面积大约有一百亩之大，有条小河从园前缓缓流过。园的右边有一泓清池，北面又筑起了一座高台。我们站在台上，可以从拂云亭向远处眺望，在清池旁，我们又可以在澄虚阁上俯瞰池水。在水上，我们可以泛着华美的游船尽情游观。我们开辟园子的中部，修建了一间专供雅集宴会的厅堂，又把园子的后部修成供宾客习射的场地。水中的荷花荷叶艳丽而鲜光，岸上的幽兰白芷散发出芬芳，还有那些鲜花嘉树排列成行，浓荫密布，要知道这里可是过去青烟白露荆棘丛生的地方啊。亭子那高高的屋脊，巨大的飞檐，在日影水光中上下摇曳，既宽敞又清幽，可以产生悠远的回声，迎来阵阵的清风，要知道这里原来可是断墙破壁十分荒凉的地方啊。如今每逢春秋或佳节，真州的男男女女都会聚集在这里吹弹歌唱，要知道这里原本是阴沉晦暗凄风苦雨、黄鼠狼和野鸟怪兽嗥叫的地方啊。我们三人为这座小园，真可谓尽了全力。这幅图画中所画的，不过是它的大致景物，非常简略。如果亲自登上高处，眺望远近山川，在水波之中划船游乐，追踪着鱼儿的游动和鸟儿的飞翔，其间无限的美景和登临的乐趣，只有游人自己能够领略。此画当中没能画出的一切，我也无法用言语来表达，就请为这座小园写一篇大致的记述吧。"

他又说："真州是天下的交通要道，四面八方的宾客来到这里，我们可以和他们在此园共享欢乐。修建此园，哪里是仅仅为了满足我们三个人的娱乐？如今园中的池台亭阁一天比一天更新，花草树木一天比一天更茂盛，四面八方的人没有哪一天不到这里来游玩，而我们三个人终归会有卸任离开的一天，那时怎么可能不留恋这个小园呢？不给它写一篇记文，日后谁还会知道这座小园是我们三个人开始兴建的呢？"

我认为他们三个人的才干足以胜任朝廷的托付，职事上又处理得十分和谐融洽，大家都明白应该先做什么后做什么，归根结底是要使朝廷和百姓都富裕充足，东南六路的人民再没有劳苦不堪的忧愁和怨恨。政务之暇，又能和南北各地来的贤士共同度过愉悦的时光，这是很值得赞赏的，于是为他们写了以上这些文字。庐陵人欧阳修记。

# 夷陵县至喜堂记

峡州治夷陵①,地滨大江。虽有椒、漆、纸以通商贾②,而民俗俭陋③,常自足,无所仰于四方。贩夫所售,不过鲖鱼腐鲍④,民所嗜而已。富商大贾,皆无为而至。地僻而贫,故夷陵为下县,而峡为小州。州居无郭郛,通衢不能容车马,市无百货之列,而鲍鱼之肆不可入⑤,虽邦君之过市⑥,必常下乘,掩鼻以疾趋。而民之列处,灶、廪、匽、井无异位⑦,一室之间,上父子而下畜豕。其覆皆用茅竹,故岁常火灾,而俗信鬼神,其相传曰作瓦屋者不利⑧。夷陵者,楚之西境,昔《春秋》书荆以狄之⑨,而诗人亦曰蛮荆⑩,岂其陋俗自古然欤?景祐二年,尚书驾部员外郎朱公治是州⑪,始树木,增城栅,甓南北之街,作市门市区。又教民为瓦屋,别灶廪,异人畜,以变其俗。既又命夷陵人刘光裔治其县,起敕书楼,饰厅事,新吏舍。三年夏,县功毕。某有罪来是邦,朱公于某有旧,且哀其以罪而来,为至县舍,择其厅事之东以作斯堂,度为疏洁高明,而日居之以休其心。堂成,又与宾客偕至而落之。夫罪戾之人,宜弃恶地,处穷险,使其憔悴忧思,而知自悔咎。今乃赖朱公而得善地,以偷宴安,顽然使忘其有罪之忧,是皆异其所以来之意。然夷陵之僻,陆走荆门、襄阳至京师⑫,二十有八驿;水道大江、绝淮抵汴东水门⑬,五千五百有九十里。故为吏者多不欲远来,而居者往往不得代,至岁满,或自罢去。然不知夷陵风俗朴野,少盗争⑭,而令之日食有稻与鱼,又有橘、柚、茶、笋四时之味,江山美秀而邑居缮完,无不可爱。是非惟有罪者之可以忘其忧,而凡为吏者,莫不始来而不乐,既至而后喜也。作《至喜堂记》,藏其壁。夫令虽卑而有土与民,宜志其风俗变化之善恶,使后来者有考焉尔⑮。

[题解]

景祐三年(1036年),作者因直言极谏而触怒权贵,被贬为夷陵县令。作者怀着满腔的悲愤来到这里,在经过短时间的调整之后,很快恢复了情绪。从这篇记文中我们可以体会到,作为一个"先天下之忧而忧"的知识分子,作者并没有因为遭到不公正的待遇而垂头丧气,充分体现了作者广阔的胸怀和对生活、对祖国大好河山的无限热爱。

[注释]

①峡州治夷陵:谓夷陵县为峡州州治所在县。峡州,属荆湖北路,在今湖北宜昌。②有椒、漆、纸:《嘉庆重修一统志》卷三五〇说峡州"土产:玛瑙石、茶、椒、漆、锦鸡、白鹇、方纹绫、芒硝、箭竹、五加皮、杜若、鬼臼"。③民俗俭陋:峡州一带民风俭约,敬畏巫鬼。④鲭鱼:干鱼。腐鲍:盐渍的干咸鱼。⑤鲍鱼之肆:卖咸鱼的店铺。鱼常腐臭,故云不可入。《颜氏家训·慕贤》说:"与恶人居,如入鲍鱼之肆,久而自臭也。"⑥邦君:知州。⑦灶、廪、匽、井:灶谓炊饭用的锅灶;廪谓装粮食的仓库;匽谓茅厕;井谓汲水之井。所谓无异位者,即言其地人民生活甚为随意,不像城里人那样井井有条。⑧相传曰作瓦屋者不利:谓当地民众相传住在瓦房中于家口不利。⑨《春秋》书荆:意谓在《春秋经》当中,楚往往写作"荆"。《左传·庄公十年》:"秋九月,荆败蔡师于莘。"杨伯峻注解说:"荆即楚。"以狄之:以对待戎狄的态度称呼楚人。⑩诗人亦曰蛮荆:指《诗经》当中称此地为蛮荆。《诗经·小雅·采芑》:"蠢尔蛮荆,大邦为雠。方叔元老,克壮其犹。"⑪尚

书驾部员外郎朱公治是州：据《湖北通志》卷一一〇郡守题名载，朱庆基，知峡州，景祐中任。文莹《玉壶清话》卷三提到："宝元元年，朱正基驾部知峡州。"⑫陆走荆门、襄阳至京师：谓从陆地行走，途经荆门、襄阳而至汴京。⑬汴东水门：《东京梦华录》卷一载，东城一边，其门有四。东南曰东水门，乃汴河下流水门。⑭少盗争：很少有盗贼抢夺和争斗之事。⑮使后来者有考焉尔：给今后再来此地做官的人留下个证据。

**[译文]**

峡州的州治在夷陵县，这里紧靠着长江。虽然因山椒、漆树、造纸等产业经常有商贾往来，但此地的民俗还是相当的俭朴，老百姓都能自给自足，不需要依赖四面八方的供给。小贩们出售的物品，无非是些干鱼咸鱼之类，都是当地人喜欢吃的东西。做大生意的富商们，来这里也找不到大的买卖。因为地处偏僻又比较贫困，所以夷陵县被朝廷定为下等县，而峡州也是个小州。此州没有内城和外城，号称大路的街道竟然连车马都无法容纳，市面上没有多少种物品，那些咸鱼店更是因气味难闻不能轻易走进去，即使是知州大人经过街市，也得下马，捂着鼻子赶快往前走。居民们的住处，灶台、仓库、茅厕、水井安排都相当杂乱，一所居室，往往是家人在上面住，下面就养着猪狗家禽。这里的人建造房子用于覆盖的东西大都是茅竹，所以每年都会发生火灾，民俗迷信鬼神，相传用砖瓦建房会对家里人不利。夷陵在楚地的西偏，当年孔子作《春秋》，用"荆"来表示这里人属于夷狄之邦，而写《诗》的人也把这里人称作"蛮荆"，难道自古及今此地的民俗就非常之朴陋吗？景祐二年，尚书驾部员外郎朱公庆基到这里担任知州，才开始种植树木，增修城栅栏，拓宽南北大街，规划了街市的门面和街市的商业区。又教给居民们修建瓦屋，把灶台、仓库等设施分别建制，让人和六畜分开，以此改变他们的陋俗。其后又命夷陵人刘光裔修整夷陵县衙，建造了一座敕书楼，把县大堂进行了粉刷，又更新了官吏们的住所。景祐三年的夏季,县衙修整完毕,我因为获罪来到了此州,知州朱公和我是旧相识,并且对我遭贬而来深感同情,亲自送我到县里的住所,并选择在县衙大堂以东修建了这间至喜堂,尽量让它宽敞明亮,以便每天可以在这里静心休息。堂建成后,又带领宾客们前来为它剪彩庆贺。我本是个有罪的人,应该放逐到不佳之地,处于贫穷险隘之中,让自己心力憔悴日夜忧思,才能认罪悔改。如今竟然仰仗朱公之力得到了美善之地,可以偷闲静养,傻乎乎地把自己的罪过都忘在了脑后,这和朝廷把我放逐到夷陵的本意完全背离了。说到夷陵的偏僻,走陆地的话,要经过荆门、襄阳才能到达京师,一共须经过二十八所驿站;走水路的话,要进入长江,进入淮水,几乎走到尽头才能抵达汴京的东水门,长达五千五百九十里。所以当官的人没有几个肯到这么远的地方来,此地的官员也往往得不到替换,到了任期已满,有的干脆自己离任而去。然而他们不了解夷陵这里风俗质朴自然,很少有强盗抢劫和彼此争斗的事发生,而县令每天都有稻米和鱼,还有橘子、柚子、茶叶、竹笋等四季鲜美之味,江山景色秀美,城邑的居处也都修缮完好,没有一点不令人喜爱。这不仅仅能让有罪之人忘掉内心的烦扰,那些当官的,没有一个不是初来感到闷闷不乐,来到之后便非常欣喜了。于是写下这篇《至喜堂记》,收藏在堂的墙壁之内。县令官职虽小,却也是掌管一地物产和百姓的人,理应把当地的风俗变化和人的善恶记录下来,让继任者有所验证。

# 王彦章画像记

　　太师王公讳彦章①,字子明,郓州寿张人也②。事梁为宣义军节度使③,以身死国,葬于郑州之管城④。晋天福二年⑤,始赠太师。

　　公在梁,以智勇闻。梁、晋之争数百战,其为勇将多矣,而晋人独畏彦章⑥。自乾化后⑦,常与晋战,屡困庄宗于河上⑧。及梁末年,小人赵岩等用事⑨,梁之大臣老将,多以谗不见信,皆怨而有怠心。而梁亦尽失河北⑩,事势已去,诸将多怀顾望。独公奋然自必⑪,不少屈懈。志虽不就,卒死以忠。公既死而梁亦亡矣。悲夫!

　　五代终始才五十年⑫,而更十有三君⑬,五易国而八姓⑭。士之不幸而出乎其时⑮,能不污其身,得全其节者鲜矣。公本武人,不知书,其语质⑯。平生尝谓人曰:"豹死留皮,人死留名。"盖其义勇忠信出于天性而然。予于五代书⑰,窃有善善恶恶之志⑱。至于公传,未尝不感愤叹息。惜乎旧史残略⑲,不能备公之事。

　　康定元年⑳,予以节度判官来此㉑,求于滑人,得公之孙睿所录家传㉒,颇多于旧史。其记德胜之战尤详㉓。又言敬翔怒末帝不肯用公㉔，欲自经于帝前㉕。公因用笏画山川㉖，为御史弹而见废㉗。又言公五子，其二同公死节。此皆旧史无之。又云：公在滑，以谗自归于京师，而史云召之。是时梁兵尽属段凝㉘，京师羸兵不满数千，公得保銮五百人之郓州㉙，以力寡，败于中都㉚，而史云将五千以往者，亦皆非也。

公之攻德胜也，初受命于帝前，期以三日破敌。梁之将相闻者皆窃笑㉛。及破南城，果三日。是时庄宗在魏㉜，闻公复用，料公必速攻，自魏驰马来救，已不及矣。庄宗之善料，公之善出奇，何其神哉！

今国家罢兵四十年㉝，一旦元昊反㉞，败军杀将，连四五年，而攻守之计，至今未决。予尝独持用奇取胜之议，而叹边将屡失其机。时人闻予说者，或笑以为狂，或忽若不闻㉟。虽予亦惑，不能自信。及读公家传，至于德胜之捷，乃知古之名将，必出于奇，然后能胜。然非审于为计者不能出奇㊱。奇在速，速在果：此天下伟男子之所为，非拘牵常算之士可到也㊲。每读其传，未尝不想见其人。

后二年，予复来通判州事㊳。岁之正月，过俗所谓铁枪寺者，又得公画像而拜焉。岁久磨灭，隐隐可见，亟命工完理之㊴，而不敢有加焉，惧失其真也。公善用枪，当时号王铁枪。公死已百年，至今俗犹以名其寺，童儿牧竖，皆知王铁枪之为良将也。一枪之勇，同时岂无㊵，而公独不朽者，岂其忠义之节使然欤！

画已百余年矣，完之，复可百年。然公之不泯者，不系乎画之存不存也。而予尤区区如此者㊶，盖其希慕之至焉耳㊷。读其书，尚想乎其人，况得拜其像，识其面目，不忍见其坏也。画既完，因书予所得者于后㊸，而归其人㊹，使藏之。

[题解]

　　作者曾写过《五代史》，对于五代时期的史实和人物相当熟悉，而这篇文章，则是在写《五代史》之前的一段经历。作者在滑州担任过两任属官，对曾经担任过滑州地方官的后梁大将王彦章钦慕有加，于是私下访求其事迹，又意外地发现了王彦章的画像。这两件小事，无论是对作者收集史料还是对作者心灵的洗礼，都是极有意义的。作者将王彦章的画像修整一新，不但表达了对古贤者的无比礼敬，更对当时宋朝对西夏的战争屡屡失败表示了极大的遗憾。

[注释]

　　①太师：古三公之一，汉以后多为加官或赠官。②郓州：在今山东东平。寿张：郓州属县，在今山东梁山县西北。③事梁：王彦章在后梁太祖朱全忠帐下为将，以勇武闻名于时。宣义军节度：五代节度名，在今河南滑县。④管城：县名，在今河南郑州。⑤天福：后晋高祖石敬瑭的年号，公元936年至943年。⑥晋人独畏彦章：《新五代史·死节传》说："晋人畏彦章之在梁也，必欲招致之。"⑦乾化：后梁高祖、末帝所用的年号，公元911年至915年。⑧屡困庄宗于河上：多次围困后唐庄宗于黄河上。《旧五代史·王彦章传》说，在争夺黄河渡口的大战中，前后发生了百多次战斗。⑨赵岩：后梁末帝时的户部尚书、租庸使。《新五代史·死节传》载，赵岩用事后，许多老臣宿将均遭谗害，王彦章也未被信用。⑩尽失河北：黄河以北地区大都沦丧。⑪奋然自必：奋其斗志，以期必死。⑫五代：后梁、后唐、后汉、后晋、后周。五十年：自后梁太祖朱温开平元年（907年）至后周恭帝显德元年（959年），共计五十三年。此处举其大数。⑬十有三君：后梁太祖朱温、末帝朱瑱；后唐庄宗李存勖、明宗李嗣源、闵帝李从厚、末帝李从珂；后晋高祖石敬瑭、出帝石重贵；后汉高祖刘知远、隐帝刘承祐；后周太祖郭威、世宗柴荣、恭帝柴宗训。⑭八姓：后梁朱姓一姓；后唐李姓，为唐朝廷所赐之姓，明宗李嗣源为李克用养子，本为胡人胡姓，改姓李，废帝为明宗养子，本姓王，故后唐实为三姓；后晋石姓一姓；后汉刘姓一姓；后周郭姓，世宗为太祖养子，姓柴，恭帝亦姓柴，故后周为二姓。⑮出乎其时：生长在这个时代。⑯其语质：他言语质朴。意谓不似文臣那样能言善辩。⑰五代书：即作者所著《新五代史》。⑱善善恶恶：褒扬善美，贬抑丑恶。这是所谓春秋笔法。⑲旧史：指薛居正等所撰

《旧五代史》。⑳康定：仁宗赵祯的年号，公元1040年至1041年。㉑以节度判官来此：康定元年（1040年），作者任武成军节度判官，来到滑州（今河南滑县）。㉒家传：记录父、祖等先人行踪事迹的传记。㉓德胜之战：指黄河德胜口之战。当时后晋已经占据了黄河以北，并用铁锁锁断德胜口，王彦章引精兵数千，沿河趋德胜，烧断铁锁，击南城，晋南城被攻破。㉔敬翔：后梁末帝时宰相，字子振，冯翊（今陕西大荔）人，后梁开国谋臣，终官中书侍郎、同中书门下平章事。梁亡后自杀。他曾泣谏末帝，言国势危急，必须起用王彦章。末帝乃召彦章为招讨使。㉕自经：自缢。㉖用笏画山川：王彦章应召入京师，入见，以笏画地，自陈胜败之迹。小人赵岩等讽御史弹劾彦章不恭，勒还府第。㉗见废：被罢黜。㉘段凝：开封人，初为王彦章副招讨使，后率兵降唐，历任节度使，后赐死。㉙保銮：护驾的皇家卫队。㉚中都：旧县名，唐时废为镇，属郓州。故址在今山东汶上县西南。㉛窃笑：暗自嘲笑。㉜魏：五代州名，在今河北大名。㉝国家罢兵四十年：北宋自真宗景德元年（1004年）与契丹在澶州订立盟约后，至欧阳修写此文时恰为四十年。㉞元昊：西夏主。他于宋仁宗宝元元年（1038年）自称大夏国皇帝，此后一直与北宋有边境摩擦，康定中竟发动对北宋的进攻。㉟忽若不闻：像是根本没听见。㊱审于为计者：善于运用智谋的人。㊲拘牵常算：只懂得按常规行事。㊳通判州事：指作者于庆历二年（1042年）担任滑州通判。㊴亟：立即。完理：修整恢复。㊵同时岂无：与王彦章同时代的战将难道就没有善于使枪的吗？㊶区区：恭谨的样子。㊷希慕之至：敬仰钦慕到了极点。㊸书予所得者：把自己的感想心得记录下来。㊹归其人：将所写的这篇记交给寺中守像的人。

[译文]

太师王公名叫彦章，字子明，郓州寿张县人。朱梁时担任宣义军节度使，为国家献出了自己的生命，死后埋葬在郑州的管城。后晋天福二年，才被追赠为太师。

王公在后梁时期，是以大智大勇闻名于天下的。梁、晋之间的战争大小数百场，出现的勇将很多，而晋人唯独惧怕王彦章。自从乾化年间后，梁经常和晋发生战争，几次都把后唐庄宗困在黄河之上。到了后梁末年，小人赵岩等人手握大权，后梁的大臣和老将，大多数都因为遭受谗害而受到梁主的怀疑，这些人心怀愤怒，个个都产生了懈怠之情。而后梁也将河北大片领土丧失殆尽，大势已去，将军们都心存二志，坐观形势之变。只有王公一直保持着昂扬的斗志和坚定的信念，没有一点的怨恨和懈怠。虽然如此，毕竟是壮志未酬，最后尽忠报国。王公死了之后，后梁也就随之而灭亡了。可悲啊！

五代从始至终才五十多年，却更换了十三个君王，五次改换朝代，更易了八姓帝王。士子不幸生活在那个时代，能使自身不受玷污，终生保持节操的人实在是太少了。王公原本是个武夫，没有读过书，说起话来也很质朴。生前曾经对别人说："豹子死了留张皮，人死了留个名声。"可见他的忠义至诚和勇敢无畏是天性使然。我阅读五代时期的书籍，是有着自己对善良的赞美和对丑恶的憎恨的。读到王公的传记，总免不了为他感慨叹息。可惜旧史残缺简略，没有把王公的事迹记述详备。

康定元年，我以义成军节度判官的身份来到这里，向滑州人询访历史资料，获得了王公的孙子王睿所记录的王氏家传，内容比旧史多出很多。此书记载德胜之战尤为详尽。又说到敬翔因后梁末帝不肯重用王公非常愤怒，想在末帝面前自杀明志。王公用笏板勾画山川，遭到御史的弹劾而被罢免。又说到王公的五个儿子，其中两个和王公一同战死，这些内容都是旧史当中没有的。又说到王公在滑州时，因受到谗害而径自回到京师，旧史却说是末帝召他回去的。当时后梁的军队全部归段凝指挥，京师里老弱残兵总共没有几千人，王公召集了保銮军的五百士卒赶到郓州，终因实力太弱，战败在中都，而旧史却说是带领五千士卒前往郓州，都与史实不符。

王公攻打德胜这一仗，最初是在末帝面前临危受命的，并发誓不出三天就把敌人消灭。后梁的将领们听到之后，都在私下里嘲笑他。等到王公攻破南城，真的只用了三天。那时候庄宗在大名，听到王彦章被重新起用的消息，料想他肯定会火速前来进攻，于是从大名飞马来救，已经来不及了。庄宗的善于分析战况，王公的善于出奇制胜，是多么神奇啊！

如今国家不再用兵已经四十年，西夏主元昊突然反叛，我朝的军队被打败，将领被残杀，已经持续了四五年，而究竟是进攻还是防守作为根本策略，时至今日还没有定论。我曾经主张采用出其不意速战速胜的策略，无奈边地将帅屡屡错过了最佳的时机。当时听到我的主张的人，有的嘲笑此论轻狂，有的干脆就像没听见，连我自己都感到困惑，没有自信心了。读完王公的家传，尤其是读到德胜大捷，才知道古代的名将，一定是出奇才能制胜的。然而对于计策没有精细的谋划就不可能出奇。出奇在于迅速，迅速在于果断：这是天下奇伟男儿才能做到的，绝不是那些拘泥于常规谋划的人可以做到的。每当读到王公的传记，都特别想一睹他的神采。

两年之后，我再次来到滑州担任通判。那年的正月，路过百姓称之为铁枪寺的地方，又得以瞻仰王公的画像并向他敬拜。由于年代久远，画像已经漫漶不清，只是隐隐约约可以辨认，于是我赶紧召集工匠把它修理完善，却丝毫不敢有所改动，担心失去了他真实的面貌。王公善于用枪，当时号称"王铁枪"。王公死去已经百年了，时至今日当地人还用"铁枪"作为寺名，连小孩子和牧人，都知道王铁枪是位优秀的大将。使用铁枪的勇士，在当时不可能只有他一人，而唯独王公能够不朽，难道不是由于他忠诚仁义的节操才能如此吗？

画像已经经历了一百多年，我把它细细修复，还可以持续一百年。当然王公永不泯灭的精神，并不在于画像存在不存在。而我还是认认真真如此用心，完全是出于对他的尊敬和仰慕啊。读他的传记，尚且联想到他的为人，何况能够亲自向他的画像敬拜，认识了他的容貌，更不忍心见到它遭受毁坏。画像修复之后，顺便把我的心得也写下来，送给他的后人，使他们收藏在家。

# 樊侯庙灾记①

郑之盗有入樊侯庙刳神象之腹者②。既而大风雨雹，近郑之田③，麦苗皆死。人咸骇曰："侯怒而为之也！"

余谓樊侯本以屠狗立军功④，佐沛公至成皇帝⑤，位为列侯，邑食舞阳⑥，剖符传封⑦，与汉长久⑧，《礼》所谓"有功德于民则祀之"者欤⑨？舞阳距郑既不远，又汉、楚常苦战荥阳、京、索间⑩，亦侯平生提戈斩级所立功处⑪，故庙而食之宜矣⑫。方侯之参乘沛公⑬，事危鸿门⑭，瞋目一顾，使羽失气⑮，其勇力足有过人者，故后世言雄武称樊将军。宜其聪明正直，有遗灵矣⑯。

然当盗之剚刃腹中⑰，独不能保其心腹肾肠，而反贻怒于无罪之民⑱，以骋其恣睢⑲，何哉？岂生能万人敌⑳，而死不能庇一躬邪㉑？岂其灵不神于御盗㉒，而反神于平民以骇其耳目邪㉓？风霆雨雹，天之所以震耀威罚有司者㉔，而侯又得以滥用之邪？盖闻阴阳之气，怒则薄而为风霆；其不和之甚者，凝结而为雹。方今岁且久旱，伏阴不兴㉕，壮阳刚燥㉖，疑有不和而凝结者㉗，岂其适会民之自灾也邪㉘？不然，则喑呜叱咤㉙，使风驰霆击，则侯之威灵暴矣哉㉚？

[题解]

这篇小文通过郑地盗贼剖开樊哙神像之腹以及当地遭受冰雹袭击两件小事，

说明神灵是根本不存在的，雨、雪、雷、雹，都是自然界互相作用的结果而已。

[注释]

①樊侯：指西汉初年的开国功臣樊哙，沛人，从高祖起兵，数战有功。在鸿门宴上，项羽欲刺杀刘邦，樊哙持盾直入宴会斥责项羽。天下平定后，封为舞阳侯，累迁左丞相，卒。后人为了纪念他，在舞阳为他立庙。②郑：郑州，在今河南郑州。刳：用刀剖开后挖空。③近郑之田：临近郑州州界的田地。④屠狗：樊哙跟从刘邦之前为狗屠。⑤沛公：刘邦初起兵时，萧何、曹参等使樊哙到芒砀山迎刘邦，共立为沛公。⑥邑食：封食邑。古代帝王对同姓宗亲或有功业的大臣封给采邑，受封者可以征收其地租税供养自己。舞阳：汉县名，在今河南舞阳西。⑦剖符：古代分封诸侯时，将符信中剖为二，一存朝廷，一给受封者为凭，叫做剖符。传封：子孙袭封。⑧与汉长久：与汉王朝俱存。⑨《礼》：儒家经典《礼记》。有功德于民则祀之：此句出《礼记·祭法》，意思是对人民有贡献的人，人民就会祭奠他。⑩常：通"尝"，曾经。荥阳：古地名，在今河南荥阳。京、索：两地名，均在今河南荥阳境内。⑪斩级：斩杀敌人。上古将士杀敌以首级多少为奖赏依据。⑫庙而食之：即"使之立庙而食"。庙，立庙。⑬参乘沛公：担任沛公的参乘。古时车战，尊者居左，御者居中，武士居右，负责尊者的安全保卫，这位车右武士称为参乘。⑭鸿门：古地名，在今陕西临潼东。项羽因刘邦比自己先入关中，十分恼怒，他采纳谋士范增的意见，把当时兵力较弱的刘邦召来饮宴，想借机刺杀他。于是项羽在鸿门设宴，席间欲杀刘邦，樊哙闯入宴会，瞋目而视，怒逼项羽，终于保护刘邦逃离鸿门。⑮失气：丧失勇气。⑯遗灵：有神灵传到后世。即在后世能够显灵。⑰剚刃腹中：将利刃刺入腹中。剚（zì），刺入。⑱贻怒：迁怒。⑲恣睢：睁目怒视的样子。⑳万人敌：力敌万人，即俗称有万夫不当之勇。㉑庇一躬：保全自己一身。此处指庙中的塑像。㉒其灵不神于御盗：他的神灵在抵御盗贼时不能显灵。㉓"而反神于"句：却反而能对平民显示威灵，使他们受到惊恐吗？㉔震耀威罚有司：对残害百姓的贪官污吏施以震怒以示惩罚。㉕伏阴不兴：潜伏的阴气不能兴起。意谓久旱不雨。㉖壮阳刚燥：强劲的阳气恣意肆虐。㉗疑有不和而凝结者：指作者揣摸这场风雹仅仅是由于天地阴阳之气不和而形成的。㉘适会：恰巧碰上。自灾：自认为是由于樊侯庙的事而

形成的灾害。㉙喑呜叱咤：暴怒而发出的吼叫。㉚暴：横暴。意思是樊侯不可能对百姓施此横暴。

[译文]

郑地有个盗贼，进入樊侯庙将庙里的神像肚子剖开。时隔不久，便刮起了大风下起了暴雨冰雹，郑地附近地里的麦苗都死了。当地人惊恐地说："这一定是樊侯发怒造成的。"

我认为樊哙本来是以杀狗屠夫的身份建立军功，辅佐沛公刘邦当上皇帝，被封为侯爵，封为舞阳侯的，他的爵位世世相传，和汉王朝共始终，这大概就是《礼记》中所说的对百姓有功德的人理应得到立祠祭祀的待遇吧？舞阳离郑地不远，汉楚相争时经常在荥阳、京、索等地打仗，这里也是樊哙平生带兵杀敌立功的地方，所以在这里为他立庙供奉，是很合适的。樊哙担任刘邦侍从时，刘邦在鸿门宴上遇到紧急情况，樊哙怒目瞪着项羽，使项羽顿时丧失了平常的霸气。他的勇猛的确有过人之处，所以后来的人们谈起雄武之人时，都要提到这位樊将军。由于他聪明正直，所以在后世能够显灵，也就是很正常的了。

然而当盗贼把他的神像腹部剖开时，他为什么就无力保全自己的心腹肾肠，反而迁怒到无辜的百姓身上，来宣泄他有仇必报的愤怒，这是为什么呢？岂有活着的时候能力战万人，死后却无力保护一副躯体的道理？抑或是他的神灵无法防备盗贼的侵扰，反倒可以用显灵的方式去恐吓平民？刮风打雷，雨雪冰雹，这是上天用来震慑惩戒不恤百姓的地方官的手段，而樊哙又怎么可以胡乱使用这些手段呢？我听说阴阳二气一旦震怒就会形成狂风暴雨；二气如果过于不合，甚至会凝结成冰雹。如今正是久旱无雨的季节，一点阴云都没有出现，骄阳如火，气候干燥，我怀疑是阴阳二气甚为不合才凝结成了冰雹，怎么能说是人为造成的灾害呢？如果不是这样，那么呼风唤雨，风摧雷击，樊哙的神灵岂不是太残暴了吗？

# 非非堂记

权衡之平物①，动则轻重差，其于静也，锱铢不失②。水之鉴物③，动则不能有睹，其于静也，毫发可辨。在乎人，耳司听，目司视，动则乱于聪明，其于静也，闻见必审。处身者不为外物眩晃而动，则其心静，心静则智识明，是是非非，无所施而不中。夫是是近乎谄，非非近乎讪，不幸而过，宁讪无谄。是者君子之常，是之何加？一以观之，未若非非之为正也。予居洛之明年④，既新厅事⑤，有文纪于壁末。营其西偏作堂，户北向，植丛竹，辟户于其南，纳日月之光。设一几一榻，架书数百卷，朝夕居其中。以其静也，闭目澄心，览今照古，思虑无所不至焉。故其堂以"非非"为名云。

[题解]

本文作于明道元年（1032年），是作者踏入仕途的第二年。他写这篇小文章，实际上是在借一间小堂的修建表明自己的人生态度：一切都要本着实事求是的原则，万一有时候把握不准确，也不可以无原则地俯就错误的行为和言论，这才是一个君子应该具有的态度和境界。

[注释]

①权衡之平物：用秤来称量物品。权衡，称量物体轻重的器具。权，秤锤；衡，秤杆。②锱铢不失：一点都不会差。锱铢，指极少的分量。一锱为六

铢,即一两的四分之一;一铢为一两的二十四分之一。③鉴物:照物体。鉴,古镜。④居洛之明年:即明道元年(1032年)。据《欧阳文忠公年谱》载,欧阳修天圣九年(1031年)三月到西京洛阳赴任。⑤既新厅事:把办公的地方整修过后。

[译文]

　　用秤来称量物品,动不动就会出现差错,而物品处在静止状态时,却一点区别也没有。用水来照物体,水动的时候什么也看不清,而当水静止的时候,一根汗毛一根头发都看得清清楚楚。在人来说,耳朵是管听的,眼睛是管看的,运动的状态下耳朵和眼睛都会感到混乱,而当静下来的时候,听觉和视觉都会非常灵敏。人在天地间立身处世,如果不被外界事物诱惑驱动,那么他的心就会宁静,内心宁静了心智就会聪明,认为正确的事就去做,认为不正确的事就不去做,那就会做什么都能做好。对正确了的行为进行肯定似乎接近于谄媚,对不正确的行为进行否定又似乎接近讥嘲,万一没把握准确出现了偏差,那么宁可偏向于讥嘲也千万不要偏向于谄媚。这是君子处事的常理,还有什么道理能超乎这些呢?总的来说,没有什么能比对不正确的行为进行否定更为难得的了。我来到洛阳的第二年,把办公的厅堂整修好后,又作了一篇记文书写在影壁上面。开辟厅堂西面又建了一间小堂,门朝北开,种植了几丛翠竹,在堂的南面开了一扇窗户,用来映射太阳和月亮的光。其下放置了一张小几和一方床榻,书架上摆放着几百卷的书,早早晚晚住在这里。因为这里很静,闭上眼睛静下心来,阅览古往今来的种种事情,思虑想到哪里心就会跟到哪里,所以给这间堂取了个名字叫"非非堂"。

# 戕竹记

洛最多竹，樊圃棋错①。包箨榢笋之赢②，岁尚十数万缗，坐安厚利③，宁肯为渭川下④？然其治水庸⑤，任土物⑥，简历芟养⑦，率须谨严。家必有小斋闲馆在亏蔽间⑧，宾欲赏，辄腰舆以入⑨，不问辟疆⑩，恬无怪让也，以是名其俗为好事。壬申之秋⑪，人吏率持廉斧⑫，亡公私谁何⑬，且戕且桴⑭，不竭不止。守都出令⑮：有敢隐一毫为私，不与公上急病⑯，服王官为慢⑰，齿王民为悖⑱。如是累日，地榛园秃，下亡有啬色少见于颜间者⑲，由是知其民之急上。噫！古者伐山林，纳材苇，惟是地物之美，必登王府，以经于用，不供谓之畔废⑳，不时谓之暴殄㉑。今土宇广斥，赋入委叠，上益笃俭，非有广居盛囿之侈。县官材用㉒，顾不衍溢朽蠹，而一有非常，敛取无艺。意者营饰像庙过差乎㉓？《书》不云："不作无益害有益㉔。"又曰："君子节用而爱人㉕。"天子有司所当朝夕谋虑，守官与道，不可以忽也。推类而广之，则竹事犹末。

[题解]

明道元年（1032年）八月，朝廷大内发生了火灾，于是宰相吕夷简下令京畿地区必须无条件向朝廷供应竹木，以应急需。当作者看到吏人们如狼似虎的凶相时，内心深感不满。他认为朝廷向百姓索取材料应该遵守自己定下的规矩，不能想要就要，不问百姓愿意与否。文章的最后，作者又感叹道：在当时，砍伐竹子这样的事算不得很大，比这更不合理的索求何止一二。

[注释]

①樊圃棋错：竹园像棋局上的棋子一样到处都是。樊圃，花园，此处特指有竹的园子。②包篛樀笋之赢：谓卖竹与竹笋的收入。樀，直立之貌。③坐安厚利：不费力就能坐收丰厚的利润。④渭川下：指渭川的竹。《史记·货殖列传》说："陈夏千亩漆，齐鲁千亩桑麻，渭川千亩竹，此其人皆与千户侯等。"⑤治水庸：修建浇水的沟渠。⑥任土物：包养好土壤。⑦简历芟养：选择、保护、修剪、培养。芟（shān），修剪枝条。⑧亏蔽：竹林深处的空地。⑨腰舆：古代一种小型的轿子。⑩辟疆：晋代顾辟疆的名园，旧址在今江苏吴中区。此处代指竹园的主人。⑪壬申：明道元年，公元1032年。⑫廉斧：即镰刀斧头。⑬亡公私谁何：也不问是公家的还是私家的，张三的还是李四的。亡，通"无"。⑭且戕且桴：一边砍伐一边丢弃。戕（qiāng），砍伐。桴（fú），本意指鼓槌，这里意思是把好端端的竹子砍得秃秃，只能看做是鼓槌了。⑮守都：指当地最高行政官员。洛阳在北宋为西京，朝廷在这里设置西京留守司，主管西京留守司公事即最高领导人。⑯与：供给。上：官府。急病：急需。⑰服王官为慢：当官的被看做简慢。⑱龁王民为悖：老百姓责备看做与官府对抗。⑲吝色：吝惜的表情。⑳畔废：即叛废，谓背叛官府，抗拒向官府缴纳供物。㉑不时谓之暴珍：不按时收取地产之物，叫做暴珍。㉒县官：朝廷或官府。㉓像庙：塑有神像的庙宇。㉔不作无益害有益：不要做没有好处的事妨害本来很好的事。语出《尚书·旅獒》："不作无益害有益，功乃成；不贵异物贱用物，民乃足。"㉕君子节用而爱人：语出《论语·学而》："子曰：'道千乘之国，敬事而信，节用而爱人。'"

[译文]

洛阳的竹林相当多，有竹的园圃如同棋盘上的棋子到处都是。当地人出卖竹子或竹笋的收入，每年都要在几十万缗，不费太大气力就能收获厚利，谁还肯到渭河两岸去种竹啊？然而养竹需要修建水道，保养土壤，选择、保护、修剪、培养，样样都要认真仔细。每家都有小斋亭馆建在竹林的深处，宾客要观赏竹子时，可以坐着小轿进到那里，完全不必问那片竹林的主人是谁，当地人对这种习惯没有任何的责怪，因此外地人都说洛阳人好客。明道元年的秋天，突然闯进一些吏人，每个人都拿着镰刀斧头，不问三七二十一，一边砍伐一边丢弃，不砍尽不算完。因为留守大人发了命令：有胆敢隐藏一丝一毫留作私用，不积极献纳给官府急用的，有官身的被视为简慢，老百姓则被视为对抗官府。就这样砍了好几天，满地荒芜，园子也都成了秃秃一片，再看老百姓，竟然没有一个脸上带着吝惜的表情，根据他们的表情就知道这些百姓由衷地理解官府用竹的急切。啊！古代砍伐山林，缴纳木材芦荻，的确是要根据当地物产的多寡，有一部分要上缴给官府，以备官府不时之用，倘若不上缴就叫做背叛官府，不按时收获地里的东西叫做暴殄天物。如今国家地域广大，收取的赋税积聚得很多，皇帝却越发地简朴，并没有扩建居室和园林的奢侈。官府里堆积的建筑材料，只怕是已经朽烂腐败了，然而一旦有急需之用，就会像这样无限度地搜刮。我猜想大概是修建庙宇和神像还差一些材料吧？《尚书》中不是说吗："不要因为制作无益之物妨害了有益的事。"又说："君子应该节约用度爱惜人民。"天子和相关部门都应该随时随地考虑到这些，遵守为官的规矩，不能忽视百姓的利益。由此类推，那么砍竹子实在算不得太大的事。

# 养鱼记

折檐之前有隙地，方四五丈，直对非非堂①，修竹环绕荫映，未尝植物，因洿以为池②。不方不圆，任其地形；不甃不筑③，全其自然。纵锸以浚之④，汲井以盈之。湛乎汪洋，晶乎清明，微风而波，无波而平，若星若月，精彩下入。予偃息其上，潜形于毫芒⑤；循漪沿岸，渺然有江湖千里之想⑥。斯足以舒忧隘而娱穷独也⑦。乃求渔者之罟⑧，市数十鱼，童子养之乎其中。童子以为斗斛之水不能广其容，盖活其小者而弃其大者。怪而问之，且以是对。嗟乎！其童子无乃嚚昏而无识矣乎⑨！予观巨鱼枯涸在旁不得其所，而群小鱼游戏乎浅狭之间，有若自足焉，感之而作《养鱼记》。

[题解]

本文是作者明道元年（1032年）担任西京留守推官时写的一篇杂文。文中所说的巨鱼，比喻那些有才华却不得志的才子，小鱼则是指平庸之辈。作者所要表达的是：在这个世界上，卓有才华的人往往找不到施展能力的场所，那些平庸之徒，却能在他们适应的狭小环境里得到好处。

[注释]

①非非堂：作者在洛阳为官时所建的堂名。见前《非非堂记》。②洿以为池：挖成池塘。洿（wū），本指低凹之地，此处指挖低。③甃（zhòu）：用

砖石垒砌。④锸（chā）：铁锹。⑤毫芒：喻极微小。⑥江湖千里之想：指隐居的生活。⑦忧隘：忧愁郁闷。穷独：困顿无助。⑧罟（gǔ）：鱼网。⑨嚚（yín）昏：愚蠢昏昧。

[译文]

  房檐转角处的前面有块空地，长宽约四五丈，直对着非非堂，四周修竹环绕而形成竹荫，没有种植其他的花草，于是我依照空地的地形，挖了一个既不方也不圆的池塘。没用砖石砌壁，也没有用泥土涂抹，尽量保存它原有的特征。我用铁锹挖成沟渠疏通水道，又从井里提水灌进池塘，池水满满，清澈透明。有风时荡起微波，没风时平静清澈，星星和月亮都能倒映在水面之上。我在池塘旁边休息，连眉毛和头发都能看得一清二楚。沿着池边欣然散步，会有一种飘然之感，仿佛已经处在了千里江湖之上，所有的忧郁和孤独都能得到解脱。我找到一个大鱼网，买了几十尾鱼，命小童将它们放进池塘里养起来。小童认为池塘存水太少容不下多少鱼，便把小鱼放进池塘，而把大鱼丢在了一旁。我觉得很奇怪，问他为什么这样做，他才把他的想法告诉了我。唉，这个小童，真是愚昧糊涂没有见识！我看见那些大些的鱼渐渐枯死却得不到水，那些小鱼游戏在又浅又窄的池塘里，却显得悠然得意。我由此有所感悟，于是写了这篇《养鱼记》。

# 伐树记

署之东园,久芜不治①。修至,始辟之,粪瘠溉枯②,为蔬圃十数畦,又植花果桐竹凡百本。春阳既浮,萌者将动。园之守启曰:"园有樗焉③,其根壮而叶大。根壮则梗地脉,耗阳气,而新植者不得滋;叶大则阴翳蒙碍,而新植者不得畅以茂。又其材拳曲臃肿,疏轻而不坚,不足养,是宜伐。"因尽薪之。明日,圃之守又曰:"圃之南有杏焉,凡其根庇之广可六七尺,其下之地最壤腴,以杏故,特不得蔬,是亦宜薪。"修曰:"嘻!今杏方春且华,将待其实,若独不能损数畦之广为杏地邪?"因勿伐。既而悟且叹曰:"吁!庄周之说曰:樗、栎以不材终其天年④,桂、漆以有用而见伤夭⑤。今樗诚不材矣,然一旦悉翦弃。杏之体最坚密,美泽可用,反见存。岂才不才各遭其时之可否邪?"

他日,客有过修者,仆夫曳薪过堂下,因指而语客以所疑。客曰:"是何怪邪?夫以无用处无用,庄周之贵也。以无用而贼有用,乌能免哉?彼杏之有华实也,以有生之具而庇其根,幸矣。若桂、漆之不能逃乎斤斧者,盖有利之者在死,势不得以生也,与乎杏实异矣。今樗之臃肿不材,而以壮大害物,其见伐,诚宜尔,与夫才者死、不才者生之说又异矣。凡物幸之与不幸,视其处之而已。"客既去，修然其言而记之。

[题解]

本文作于天圣九年（1031年），是作者踏入仕途的第一年。文章对于庄子提出的有用之材必遭砍伐、无用之材可得天年的观点，提出了不同的看法，他认为人才"幸之与不幸，视其处之而已"。表达了自己立志有所作为的决心。

[注释]

①茀（fú）：草多而路阻。②粪瘠溉枯：在荒瘠之处添加肥料，在干燥之处浇上水。③樗（chū）：即臭椿树。④樗、栎以不材终其天年：出自《庄子·逍遥游》。文中说："惠子谓庄子曰：'吾有大树，人谓之樗。其大本臃肿而不中绳墨，其小枝卷曲而不中规矩。立之途，匠者不顾。'"栎（lì），麻栎树，落叶乔木。叶长椭圆形；初夏开花，黄褐色；坚果卵圆形；幼叶可饲柞蚕。⑤桂、漆以有用而见伤天：出自《庄子·人间世》："桂可食，故伐之；漆可用，故割之。人皆知有用之用，而莫知无用之用也。"

[译文]

府署的东园，荒草连天，很久没有人治理了。欧阳某到任之后，才开始修整它，在贫瘠之处施上肥料，给干裂之处浇上水，开辟出十几畦菜地，又种植了花草果树以及桐木翠竹，总共有几百株。春天的太阳高挂在天空，草木都已开始萌动。东园的看园人对我说："园子里面有一棵臭椿树，它的根长得粗壮叶又肥大。树根粗壮就会多占土地，消耗阳气，而新种植的其他树木都很难生长了；叶子肥大就会形成浓荫遮蔽其下，而新种植的其他树木就没法茂盛地生长了。再说它的树干又弯曲又臃肿，材质也疏松不坚固，不值得养它，这棵树真该砍掉呢。"于是将它破成了柴火。第二天，看园人又对我说："园子的南面有一棵杏树，被它的根占据的地足有六七尺，树下的土地是园中最肥沃的，就因为这棵杏树的缘故，不能种植蔬菜，我看这棵树也该砍掉当柴火。"我对他说："啊！如今杏树正当新春要开花的时候，我们还等着它结果呢，你就不能少开几畦地留给这棵杏树吗?"于是没同意他砍掉。接着有所感悟地叹道:"嗨!庄周曾经说过:臭椿树和麻栎树因为不成材料得终天年,桂树和漆树因为有用而被人砍伐割伤不能得终天年。如今这棵臭椿树的确不成材料,一朝之间却被砍掉了;杏树的材质最为坚密,树纹也光鲜可用,反而被保留下来。这是不是说成材的和不成材的遭遇时机有所不同呢?"

有一天,有位宾客来到我这里做客,仆人拽着些柴火经过堂前,于是我指着柴火向他说出了我内心的疑惑。客人说:"这有什么奇怪的?因为自己没有用处而处在没有用处的境地,这是庄周的可贵之处。更有一些本没用处的东西却要把有用的东西伤害,又有谁能够免于灾难呢?那棵杏树是有花又结果的,用它的自身来庇护它的根,已经很幸运了。像桂树、漆树之所以逃不过斧头的砍伐,是因为有人需要它们去死,按照情理它就不可能存活得太久,和杏树的情况还不一样。比如臭椿树长得弯曲臃肿不成材料,又要用它粗大的形体妨害其他的树,它被伐掉,应该是合情合理的,和那些有材料却非要被砍伐割裂而死、因为不成材料却能长生的说法又有所不同。大凡事物有幸和不幸,还是要看它处在何种情况之下而定。"客人走了之后,我认为他的话颇有道理,所以将此事记了下来。

# 偃虹堤记①

有自岳阳至者②,以滕侯之书、洞庭之图来告曰③:"愿有所记。"予发书按图,自岳阳门西距金鸡之右,其外隐然隆高以长者,曰偃虹堤。问其作而名者,曰:"吾滕侯之所为也。"问其所以作之利害,曰:"洞庭天下之至险,而岳阳,荆、潭、黔、蜀四会之冲也④。昔舟之往来湖中者,至无所寓,则皆泊南津,其有事于州者远且劳,而又常有风波之恐,覆溺之虞。今舟之至者皆泊堤下,有事于州者,近而且无患。"问其大小之制,用人之力,曰:"长一千尺,高三十尺,厚加二尺,而杀其上,得厚三分之二,用民力万有五千五百工,而不逾时以成。"问其始作之谋,曰:"州以事上转运使,转运使择其吏之能者行视可否,凡三反复,而又上于朝廷,决之三司⑤,然后曰可,而皆不能易吾侯之议也。"曰:"此君子之作也,可以书矣!"

盖虑于民也深,则谋其始也精,故能用力少而为功多。夫以百步之堤,御天下至险不测之虞,惠其民而及于荆、潭、黔、蜀,凡往来湖中,无远迩之人,皆蒙其利焉。且岳阳四会之冲,舟之来而止者,日凡有几!使堤土石幸久不朽,则滕侯之惠利于人物,可以数计哉?夫事不患于不成,而患于易坏。盖作者未始不欲其久存,而继者常至于殆废。自古贤智之士,为其民捍患兴利，其遗迹往往而在。使其继者皆如始作之心，则民到于今受其赐，天下岂有遗利乎？此滕侯之所以虑，而欲有纪于后也。滕侯志大材高，名闻当世。方朝廷用兵急人之时，常显用之。而功未及就，退守一州，无所用心，略施其余，以利及物。夫虑熟谋审，力不劳而功倍，作事可以为后法，一宜书。不苟一时之誉，思为利于无穷，而告来者不以废，二宜书。岳之民人与湖中之往来者，皆欲为滕侯纪，三宜书。以三宜书不可以不书，乃为之书。庆历六年月日记。

[题解]

本文作于庆历六年（1046年），当时作者被贬为滁州知州，而滕子京则被贬在岳州。滕宗谅在岳州做了很多有益于百姓的实事，作者认为这种"以利及物"的为官态度，是值得大力弘扬的，所以写了这篇记文。

[注释]

①偃虹堤：庆历中滕子京任岳州知州时修建的一座堤坝。②岳阳：宋朝时为岳州，属荆湖北路，在今湖南岳阳。③滕侯：岳州知州滕宗谅，字子京，河南（今河南洛阳）人。与范仲淹同年进士，西夏元昊反叛，除知泾州。西北帅臣范仲淹举荐他自代，擢知庆州。御史梁坚劾奏他在泾州时耗费公钱十六万贯，降知岳州，后改知苏州，卒。洞庭：洞庭湖，在今湖南最北部。④荆、潭、黔、蜀四会之冲：指岳州当荆湖北路、荆湖南路、夔州路、益州路四路的要冲。荆，指以江陵为中心的湖北地区。潭，潭州，在今湖南长沙，为荆湖南路安抚使司所在地。黔，指夔州路，指长江三峡往西一带地区。蜀，指以四川成都为中心的川中地区。⑤三司：北宋前期主管全国经济运转的部门，包括户部司、度支司和盐铁司。三司最高长官的地位相当于副宰相，北宋称为"计相"。

[译文]

有位从岳州到滁州来的人，带着滕侯的书信、洞庭湖的全图对我说道："希望能为滕侯所建的新堤写一篇记文。"我打开书信和地图，见从岳阳门到金鸡堤的右方，有一道隆起的标记，又高又长，

偃虹堤记　105

名叫偃虹堤。我问来人此堤是何人所修，客人回答说："是我岳州郡守滕大人修建的。"我又问修建这道堤坝能带来何种利益，客人回答说："洞庭湖乃是天下最险要的去处之一，而岳州又当湖北、湖南、夔州、成都四路的要冲。以往在湖中来往的船舶，进到湖中却无处停泊，故而都只能停靠在南岸津渡，那些需要到岳州办事的人，到州衙十分遥远，往来也很辛苦，又经常遇到狂风巨浪的袭击，有颠覆沉没的危险。如今到岳州的船只都可以停靠在偃虹堤下，需要到州衙办事的，既便捷又没有危险。"我继续询问此堤的大小规模、用了多少劳力，客人答道："堤长一千尺，高三十尺，厚度是自上而下增加二尺，堤的最上部厚度相当于底部的三分之二，总共用了一万五千五百个劳力，没用一季就建成了。"我又问此堤修建之前是如何谋划的，客人回答说："州里把这个计划上报给转运司，转运使选择有能力的官吏视察该计划是否可行，反复了数次，最终上报朝廷，由三司来最后决定，三司审议后认为可行，这些上级部门一概没有改变我们滕侯的方案。"客人说完催促我道："这是有德之人的举动，完全值得为此写一篇记文。"

　　大凡考虑百姓利益比较深入的人，在谋划某些事情时都是十分精审的，所以能做到用工少而取得的功效却很大。就是这道百步之长的堤坝，却可以抵御天下最险恶的风波和无法预料的凶险，惠及了当地百姓，同时也方便了湖北、湖南、夔州、成都广大地区出行之人，只要是往来于湖中的人，不论远近，都会享受到这道堤坝带来的便利。而岳阳又是四路往来的要冲，每天往来船只需要在此地停泊的，不知道要有多少艘呢！如果堤坝的土石有幸长久不坏，那么滕太守惠及的人事，还能用数字来计算吗？事情不怕做不成，只怕时间久了容易损坏。建筑者最初并不是不想让它长久坚牢，然而后来者却经常会把它荒废弃置。自古以来那些有道德有才干的仁人，总想着为百姓兴利除弊，他们留下的遗迹到处都能见到。如果后来者都能像初建者那样用心，那么百姓直到今天依然能够得到实惠，普天之下还有不受恩惠的事情发生吗？这也正是滕太守担心的事，所以托我写篇记文留给后来者。滕太守志向远大、才干超群，是当世颇有名声的良吏。眼下正是朝廷用兵用人的时候，他曾经得到过朝廷的重用。还没能建立丰功伟业，便被迫退下担任了一州太守，其实他并没有用太多的心思，只是略施其余，希望能给一州百姓带来一点恩惠。由于他深思熟虑，故而事半功倍，这种做事的方法很值得后来者效法，这是我写这篇记文的第一个理由。不单纯为了博取当世人的赞誉，而是考虑如何让子孙万代都由此获利，告诫后来者不要将它废弃，这是我写这篇记文的第二个理由。岳州百姓与洞庭湖中往来的人们，都希望有人为滕太守留下一篇记文，这是我写此文的第三个理由。有上述三个理由就不能不写了，于是写下了此篇文字。庆历六年某月某日记。

# 大明水记[①]

世传陆羽《茶经》[②],其论水云:"山水上,江水次,井水下。"又云:"山水,乳泉、石池漫流者上。瀑涌湍漱勿食,食久,令人有颈疾。江水取去人远者,井取汲多者。"其说止于此,而未尝品第天下之水味也。至张又新为《煎茶水记》,始云刘伯刍谓水之宜茶者有七等[③],又载羽为李秀卿论水次第有二十种[④]。今考二说,与羽《茶经》皆不合。谓山水上,乳泉、石池又上,江水次而井水下。伯刍以扬子江为第一,惠山石泉为第二,虎丘石井第三,丹阳寺井第四[⑤],扬州大明寺井第五,而松江第六[⑥],淮水第七,与羽说皆相反。秀卿所说二十水:庐山康王谷水第一,无锡惠山石泉第二,蕲州兰溪石下水第三[⑦],扇子峡虾蟆口水第四[⑧],虎丘寺井水第五[⑨],庐山招贤寺下方桥潭水第六,扬子江南零水第七,洪州西山瀑布第八[⑩],桐柏淮源第九[⑪],庐山龙池山顶水第十,丹阳寺井第十一,扬州大明寺井第十二,汉江中零水第十三,玉虚洞香溪水第十四[⑫],武关西水第十五[⑬],松江水第十六,天台千丈瀑布水第十七[⑭],郴州圆泉第十八[⑮],严陵滩水第十九[⑯],雪水第二十。如虾蟆口水、西山瀑布、天台千丈瀑布,皆戒人勿食,食之生疾,其余江水居山水上,井水居江水上,皆与羽《经》相反。疑羽不当二说以自异,使诚羽说，何足信也？得非又新妄附益之邪？其述羽辨南零岸时，怪诞甚妄也。水味有美恶而已，欲求天下之水一二而次第之者，妄说也。故其为说，前后不同如此。然此井，为水之美者也。羽之论水，恶淳浸而喜泉源⑰，故井取汲者，江虽长，然众水杂聚，故次山水。惟此说近物理云。

[题解]

本文作于庆历八年（1048年），当时作者任扬州知州。作者是一位很喜欢钻研的学者，他对唐人陆羽、张又新等人对水的议论感到疑惑，所以提出"水味有美恶而已，欲求天下之水一二而次第之者，妄说也"的理论，说明他们那种排序完全没有科学性和合理性。

[注释]

①大明水：扬州大明寺的井水。②陆羽《茶经》：陆羽字鸿渐，自号桑苎翁，又号竟陵子，复州竟陵人。所著《茶经》传于世。③刘伯刍谓水之宜茶者有七等：唐代的张又新写过一部《煎茶水记》，论茶者大都要引用张又新这部著作。刘伯刍是张又新的丈人。《煎茶水记》说："故刑部侍郎刘公讳伯刍，于又新丈人行也。为学精博，颇有风鉴。称较水之与茶，宜者凡七等：扬子江南零水第一，无锡惠山寺石水第二，苏州虎丘寺石水第三，丹阳观音寺水第四，扬州大明寺水第五，吴松江水第六，淮水最下第七。"④羽为李秀卿论水次第有二十种：《煎茶水记》说："代宗朝，李季卿刺湖州，至维扬，逢陆处士鸿渐。李素熟陆名，有倾盖之欢，因之赴郡。陆曰楚水第一，晋水最下。李因命笔口授而次第之。"按：李秀卿的"秀"字当作"季"，作者偶然笔误。⑤丹阳寺：指江苏丹阳广福寺前的玉乳泉。⑥松江：指今流入上海的吴淞江。⑦蕲州：在今湖北蕲春。⑧扇子峡：在长江三峡之一的西陵峡，因长江南岸之扇子山而得名。虾蟆口：西陵峡著名景点之一，在扇子峡南岸。峰巅有洞，凸出一块椭圆形巨石，形状酷似虾蟆，故名。⑨虎丘寺：古寺名，在今苏州。⑩洪州：唐代州名，在今江西南昌。⑪桐柏：山名，在今河南南阳地区。淮源：淮河发源于桐柏山。⑫玉虚洞：在今湖北秭归，为道教洞天之一。香溪：在玉虚洞前。⑬武关：在今陕西商州。⑭天台：山名，在今浙江台州境内。

⑮郴州：在今湖南郴州。⑯严陵滩：又名严陵濑，汉代严子陵隐居之处，在今浙江桐庐南。⑰渟浸：汇聚不流动的蓄水。

[译文]

　　世间流传陆羽所著的《茶经》，陆氏论水说："山水为上等，江水次之，井水为下等。"又说："山间之水，香乳之泉、石间以及池水缓流者为上等。瀑布湍急奔涌的水不要饮用，饮用久了，会使人患颈项方面的疾病。江水要饮用那些离居民较远的，井水要汲取那些水位较深的。"他的论述只有这些，却没有把天下之水的味道加以品尝排序。到了张又新，写了一本《煎茶水记》，才说刘伯刍曾讲到适合煮茶的水有七等，又记载陆羽为李季卿论水的次第共有二十种。如今考察以上两种说法，和陆羽的《茶经》所载全都不合。他说的是山间之水为上等，香乳之泉、石间以及池水缓流者为更上一等，江水次之，井水为最次。刘伯刍认为扬子江的水为第一，无锡惠山寺石泉的水为第二，苏州虎丘寺石井的水为第三，丹阳古寺的井水为第四，扬州大明寺的井水为第五，而松江水为第六，淮河水为第七，和陆羽所说全都相反。李季卿所说的二十种水为：庐山康王谷的水为第一，无锡惠山寺石泉的水为第二，蕲州兰溪石下的水为第三，峡州扇子峡虾蟆口的水为第四，苏州虎丘寺井水为第五，庐山招贤寺下方桥的潭水为第六，扬子江南零水为第七，洪州西山瀑布的水为第八，桐柏山淮河发源处的水为第九，庐山龙池山顶的水为第十，丹阳古寺的井水为第十一，扬州大明寺的井水为第十二，汉江中零水为第十三，秭归玉虚洞前香溪水为第十四，商州武关关西的水为第十五，松江的水为第十六，天台山千丈瀑布水为第十七，郴州圆泉的水为第十八，桐庐严陵滩的水为第十九，雪水为第二十。其中提到的归州虾蟆口水、洪州西山瀑布水、天台山千丈瀑布水，都告诫人们不要饮用，饮了会生病，其余所说江水排在山间水的前面，井水排在江水的前面，都和陆羽《茶经》相反。我怀疑陆羽不可能出现两种自相矛盾的说法，就算都是陆羽所说，又有什么可信度？会不会是张又新妄自附会他自己的说法呢？该书在叙述陆羽辨识南零水岸时，言语离奇，尤其荒诞。水的味道有好有不好而已，想要遍求天下的水逐一为它们排个次序，根本就是胡说。所以他们在品第诸水的时候，前面和后面互相抵牾，自相矛盾。然而大明寺的井水，的确是水中味道非常好的。陆羽论水，不喜欢停滞不动的，而喜欢泉水、江河水等流动的，所以他说井水要取用水位深的。江河虽然流动距离很长，但众多的水杂然汇聚，所以次于山间之水。只有这种说法还算符合事物的规律。

# 菱溪石记①

菱溪之石有六：其四为人取去；其一差小而尤奇，亦藏民家；其最大者，偃然僵卧于溪侧，以其难徙，故得独存。每岁寒霜落，水涸而石出，溪傍人见其可怪，往往祀以为神。菱溪，按图与经皆不载。唐会昌中，刺史李渍为《荇溪记》②，云水出永阳岭③，西经皇道山下④。以地求之，今无所谓荇溪者。询于滁州人，曰：此溪是也。杨行密有淮南⑤，淮人为讳其嫌名，以荇为菱，理或然也。溪傍若有遗址，云故将刘金之宅⑥，石即刘氏之物也。金，伪吴时贵将⑦，与行密俱起合淝，号三十六英雄，金其一也。金本武夫悍卒⑧，而乃能知爱赏奇异，为儿女子之好⑨，岂非遭逢乱世，功成志得，骄于富贵之佚欲而然邪？想其陂池、台榭、奇木、异草，与此石称，亦一时之盛哉。今刘氏之后散为编民⑩，尚有居溪旁者。

予感夫人物之废兴⑪，惜其可爱而弃也⑫，乃以三牛曳置幽谷⑬，又索其小者，得于白塔民朱氏，遂立于亭之南北⑭。亭负城而近，以为滁人岁时嬉游之好。夫物之奇者，弃没于幽远，则可惜，置之耳目，则爱者不免取之而去。嗟夫！刘金者虽不足道，然亦可谓雄勇之士，其平生志意岂不伟哉？及其后世，荒堙零落，至于子孙泯没而无闻，况欲长有此石乎？用此可为富贵者之戒。而好奇之士闻此石者，可以一赏而足，何必取而去也哉？

[题解]

本文作于仁宗庆历六年（1046年），当时作者因受到权臣的排挤，被贬到滁州担任知州。文章追述了菱溪石的来历，感慨人事兴衰的无情。又因这里的几块石头分别被人们取回自己家中而发出感慨，作者认为，君子对于美好的事物，持一种欣赏的态度就行了，没有必要为玩好之物而你争我夺。表现了一个胸怀阔大的知识分子以天下为家的高远境界。

[注释]

①菱溪：在滁州东，源出永阳岭，南入清流河。②刺史李渍为《荇溪记》：《全唐文》卷七六一载："李渍，武宗朝官洛阳令，迁滁州刺史。"他曾写过一篇《荇溪新亭记》，今收录在《全唐文》中。③永阳岭：在滁州北三里。④皇道山：在滁州东北十七里。⑤杨行密有淮南：唐末大乱时，合肥人杨行密曾被唐王朝封为弘农郡王。后来唐朝失去了对国家的控制，杨行密便占据淮南一带，自称吴王。⑥刘金：《新唐书·杨行密传》载，乾宁二年（895年），杨行密袭击濠州（今安徽钟离），俘虏了濠州刺史张璲，命部将刘金守卫。《十国春秋·刘金传》载，刘金担任濠州团练使，威名大震，为濠州人所称颂。天祐二年（905年）十一月刘金死后，梁太祖命他的儿子刘仁规知濠州。刘仁规死后，他的儿子刘崇俊继续担任濠州刺史，三世驻守濠州，为一时之盛事。滁州菱溪傍即刘金故宅的基址。⑦伪吴时贵将：谓刘金是杨行密政权非常知名的大将。⑧金本武夫悍卒：刘金原本只是个武夫。⑨为儿女子之好：谓刘金竟然有如此的雅兴。⑩编民：编入官府民籍的固定居户。⑪予感夫人物之废兴：我对于历史上人和事的兴起衰败颇有感慨。⑫惜其可爱而弃也：可惜它非常可爱却遭到废弃。⑬幽谷：幽谷泉，也在滁州。作者有不少歌咏幽谷泉的诗歌。⑭于亭：指修建丰乐亭。《嘉庆重修一统志》卷一三〇载，丰乐亭在滁州西南琅邪山幽谷泉上。

[译文]

菱溪的巨石共有六块：其中四块已经被人取走了；另一块虽然体积不大形状却很奇特，也被当地百姓收藏在家中；那块最大的，还静静地仰卧在溪水之旁，因为它太难搬动，故而得以存留在这里。每到天气转寒秋霜降落溪水干涸后，大石便显露出来，溪旁的人见此石形状怪异，往往把它当成神灵来祭祀。菱溪这条小溪，当地方志的图画和正文都没有记载。唐朝会昌年间，滁州刺史李渍写过一篇《荇溪记》，说此水是从永阳岭流出来的，向西经过皇道山之下。到实地探求考察，如今并没有叫做荇溪的溪流。再向滁州人打听，人们都说：这条小溪就是荇溪。杨行密占据淮南的时候，淮南人因为要避讳他的名字，才改"荇"字为"菱"字。这种说法于理是讲得通的。菱溪旁边好像还有一片遗址，当地人说那是五代时期大将刘金的宅基，巨石就是刘金家的旧物。刘金是伪吴政权时颇受宠信的将军，和杨行密一道从合肥起兵，当时号称三十六英雄，刘金就是其中之一。刘金原本是个武夫健卒，居然能够懂得珍爱欣赏世间奇异之物，有斯文雅致的爱好，是不是因为遭逢乱世功成志满、因过于富贵而骄奢安逸才使他产生了这样的雅兴呢？追想他当年的池塘、台榭、奇木、异草，和这块巨石是很相称的，也算得上是一时的盛事了。如今刘氏的后代散居在滁州成为一般的农户，还有居住在菱溪旁的。

我感慨人事的兴废无常，又因此石状貌可爱却遭到遗弃深感可惜，于是找来三头牛将它拉到幽谷泉旁，又寻找那块比较小的，在白塔镇民朱氏家找到了，于是将它们分别立在丰乐亭的南面和北面。丰乐亭挨着城墙离城里很近，可以作为滁州百姓逢年过节游玩观赏的景物。世间事物当中那些出奇的，丢弃在幽暗荒远之处，是很可惜的，放置在人的耳目所及之处，喜爱它们的人又难免取回自己家里。啊！刘金这个人虽然没什么值得称道的，然而毕竟也算个雄杰勇武的人，他平生的志向难道不宏伟吗？等到他身死之后，不过是一片荒芜零落，他的子孙也都沉沦民间默默无闻，还能指望永久拥有这些石头吗？这个故事可以作为对富贵之人的告诫。而喜好珍奇玩物的人听到有这样的奇石，前来欣赏就已十分满足了，何必非要取回自己家里去呢？

# 浮槎山水记①

　　浮槎山在慎县南三十五里②,或曰浮阆山,或曰浮巢山。其事出于浮图、老子之徒荒怪诞幻之说③。其上有泉,自前世论水者皆弗道④。余尝读《茶经》⑤,爱陆羽善言水⑥。后得张又新《水记》⑦,载刘伯刍、李季卿所列水次第⑧,以为得之于羽,然以《茶经》考之,皆不合。又新妄狂险谲之士,其言难信,颇非羽之说。及得浮槎山水,然后益以羽为知水者。浮槎与龙池山⑨,皆在庐州界中,较其水味,不及浮槎远甚。而又新所记,以龙池为第十⑩,浮槎之水弃而不录,以此知其所失多矣。羽则不然,其论曰:"山水上,江次之,井为下。山水,乳泉、石池漫流者上。"其言虽简,而于论水尽矣。浮槎之水,发自李侯。

　　嘉祐二年,李侯以镇东军留后出守庐州⑪,因游金陵,登蒋山⑫,饮其水。既又登浮槎,至其山,上有石池,涓涓可爱,盖羽所谓乳泉漫流者也。饮之而甘,乃考图记,问于故老,得其事迹。因以其水遗余于京师。予报之曰:李侯可谓贤矣。夫穷天下之物,无不得其欲者,富贵者之乐也。至于荫长松,藉丰草,听山溜之潺湲,饮石泉之滴沥,此山林者之乐也⑬。而山林之士视天下之乐,不一动其心。或有欲于心,顾力不可得而止者,乃能退而获乐于斯。彼富贵者之能致物矣,而其不可兼者,惟山林之乐尔。惟富贵者而不得兼，然后贫贱之士有以自足而高世。其不能两得，亦其理与势之然欤！今李侯生长富贵，厌于耳目，又知山林之为乐，至于攀缘上下，幽隐穷绝，人所不及者皆能得之，其兼取于物者可谓多矣。李侯折节好学，喜交贤士，敏于为政，所至有能名。凡物不能自见而待人以彰者有矣，其物未必可贵而因人以重者亦有矣。故予为志其事，俾世知斯泉发自李侯始也。三年二月二十有四日，庐陵欧阳修记。

[题解]

本文是作者为庐州太守李端愿发现的浮槎山泉水写的一篇记文。唐宋人酷爱饮茶，用什么样的水来煮茶，也就自然而然地成为士大夫们关注的问题。本文表面上是赞赏李端愿在水的问题上有所贡献，更深的意义则在于表达一种对大自然的热爱。

[注释]

①浮槎山：在安徽合肥东八十里。②慎县：宋代庐州所属县，在今安徽肥东县东北。③"其事出于"句：意谓此山的名称来源于佛教、道教传说。上文的"浮阇"即佛徒之意；而"浮槎"或"浮巢"都出于道家传说。相传唐代有仙人乘槎上天。而"巢"字则是"槎"字的音转，浮巢即浮槎。④弗道：没有人提到过。⑤《茶经》：唐代陆羽所写的一部论茶专著。⑥陆羽：字鸿渐，湖北竟陵人。性嗜茶，始创煎茶法。又撰《茶经》三卷，行于世。⑦张又新《水记》：唐代涪州刺史张又新写的一部论煮茶之水的专著。张又新字孔昭，因攀附奸臣李训坐贬，终官左司郎中。⑧载刘伯刍、李季卿所列水次第：《煎茶水记》中说："故刑部侍郎刘公讳伯刍，于又新丈人行也。为学精博，颇有风鉴。称较水之与茶，宜者凡七等：扬子江南零水第一，无锡惠山寺石水第二，苏州虎丘寺石水第三，丹阳观音寺水第四，扬州大明寺水第五，吴松江水第六，淮水最下第七。"⑨龙池山：在今安徽合肥东五十里。⑩又新所记，以龙池为第十：参上《大明水记》正文及注释。⑪李侯以镇东军留后出守庐州：《宋史·李端愿传》载，李端愿知襄、鄆二州，移知庐州。英宗初年回朝，任同提举在京诸司库务。镇东军留后，是李端愿所带的军职名。⑫蒋

山：在今江苏南京朝阳门外。诸葛亮曾对孙权说："钟山龙盘，石城虎踞。"故名。后孙权避祖讳，改名蒋山。⑬山林者之乐：喜好山水林间之乐的人。

[译文]

　　浮槎山在慎县以南三十五里，又名浮阇山或浮巢山。它的名字出自佛家、道家一些荒诞怪异的传说。山上面有泉，而前代论水的学者都没有提到过。我曾阅读《茶经》，喜欢陆羽善于品评水的优劣。后来又得到张又新写的《煎茶水记》，书中记载着刘伯刍、李季卿所排列的水的次序，我本以为他是从陆羽那里继承来的，然而拿来《茶经》对比考察，完全不相符合。张又新是个妄狂阴险的士子，他的话很难令人相信，他对陆羽的说法有很多贬抑。等到我获得了浮槎山上的泉水之后，更认为陆羽是真正了解水的专家。浮槎山和龙池山都在庐州所辖地界当中，比较两者水的味道，龙池山的水比浮槎山的泉水差多了。而张又新所记，却把龙池山的水列为天下第十，浮槎山泉水竟然放弃不加采录，根据这一点，就可以判断他的失误是很多的。陆羽就不是这样，他论水说："大山的水为上等水，江水次之，井水为下等水。山间之水，香乳之泉，以及巨石塘池缓缓流淌的水更是上等的水。"他的话虽然简洁，但对于水的议论已经相当精辟了。浮槎山上的泉水，是李侯最先发现的。

　　嘉祐二年，李侯以镇东军留后之官出任庐州知州，因为他到金陵游览，登临蒋山，喝到了蒋山的水。随后又登上浮槎山，到了山上，见有一座巨石围成的水池，水流涓涓，十分可爱，正符合陆羽所说"乳泉漫流"的状态。饮用此水，十分甘甜，于是考察当地图经，向当地耆老询问，终于了解到了此水的来龙去脉，而后将此水给我带到京城。我回信答谢道：李侯真可谓是位贤者。可以穷究天下所有事物，没有一桩是不能达到目的的，这是富贵者的乐趣。至于那种以高高的松树为荫，以厚厚的青草为褥，听山间溪流潺潺流淌，饮用石泉缝隙滴下的清水，那是山林者的乐趣。而隐居山林的高士看待天下享乐之事，没有一件能够撩动他的心。即使是对那些享乐有所欲望，也因没有能力获取而不得不断绝欲望，才能退身遁世而从山水之间获取快乐。那些富贵者能够获取任何的享乐，而他们无法得到的，却只有山林之乐。正因为富贵者不能兼得山林之乐，故而贫贱的士子才能以此满足自我而傲视世俗。二者不可能兼得，也正是情势道理之必然吧？如今李侯生长于富贵之家，厌倦了耳目的娱乐，又晓得山林能给人带来什么样的快乐，故而不惜爬高上低，深入到人迹罕至的险绝之地，人们所不能到的地方他都走遍了，他兼取种种事物可谓很多了。李侯下决心读书学习，喜欢结交贤士大夫，又很善于处理民政，所到之处都留下了很好的名声。世间无力自我展现而需要有人发现它才能著称于世的事物不在少数，这些事物未必可贵，但由于发现它的人很有名气而被人看重的事物也不在少数。所以我为李侯记录此事，以便世人都知道此泉的发现是从庐州知州李侯开始的。嘉祐三年二月二十四日，庐陵人欧阳修谨记。

# 有美堂记①

嘉祐二年,龙图阁直学士、尚书吏部郎中梅公出守于杭②。于其行也,天子宠之以诗,于是始作有美之堂,盖取赐《诗》之首章而名之,以为杭人之荣。然公之甚爱斯堂也,虽去而不忘,今年自金陵遣人走京师,命予志之,其请至六七而不倦。予乃为之言曰:夫举天下之至美与其乐,有不得而兼焉者多矣。故穷山水登临之美者,必之乎宽闲之野、寂寞之乡而后得焉;览人物之盛丽、夸都邑之雄富者,必据乎四达之冲、舟车之会而后足焉。盖彼放心于物外③,而此娱意于繁华,二者各有适焉。然其为乐,不得而兼也。今夫所谓罗浮④、天台⑤、衡岳⑥、庐阜⑦,洞庭之广⑧,三峡之险⑨,号为东南奇伟秀绝者,乃皆在乎下州小邑、僻陋之邦,此幽潜之士、穷愁放逐之臣之所乐也。若乃四方之所聚,百货之所交,物盛人众,为一都会,而又能兼有山水之美,以资富贵之娱者,惟金陵、钱塘,然二邦皆僭窃于乱世⑩。

及圣宋受命,海内为一,金陵以后服见诛⑪,今其江山虽在,而颓垣废址,荒烟野草,过而览者,莫不为之踌躇而凄怆。独钱塘自五代时知尊中国,效臣顺,及其亡也,顿首请命,不烦干戈⑫，今其民幸富完安乐。又其俗习工巧，邑屋华丽，盖十余万家⑬。环以湖山，左右映带。而闽商海贾，风帆浪舶，出入于江涛浩渺、烟云杳霭之间，可谓盛矣。而临是邦者⑭，必皆朝廷公卿大臣若天子之侍从，又有四方游士为之宾客，故喜占形胜，治亭榭，相与极游览之娱。然其于所取，有得于此者必有遗于彼。独所谓有美堂者，山水登临之美，人物邑居之繁，一寓目而尽得之。盖钱塘兼有天下之美，而斯堂者，又尽得钱塘之美焉，宜乎公之甚爱而难忘也。梅公清慎好学君子也，视其所好，可以知其人焉。四年八月丁亥，庐陵欧阳修记。

[题解]

本文是作者为杭州知州梅挚所建有美堂写的一篇记文。文章首先从金陵与杭州的比较中突出杭州，继而又把杭州的美集中于有美堂；先说有美堂之美，继而说梅公为政之美，由物及人，舒卷有度，是欧阳修叙事散文的名篇。

[注释]

①有美堂：在杭州吴山最高处。嘉祐二年（1057年），梅挚出守杭州，仁宗赐诗，有"地有湖山美"之句，梅挚到任后，建堂以此为名。②梅公出守于杭：据《乾道临安志》载，梅挚任杭州知州在嘉祐二年（1057年）九月，嘉祐三年（1058年）六月，改知江宁府。③放心于物外：求得尘外的清静。④罗浮：山名，在广东惠州东江北岸。晋葛洪曾在此修道，道教称为第七洞天。⑤天台：在今浙江台州北，亦为古代道教名山。⑥衡岳：即南岳衡山，位于湖南中部。⑦庐阜：即庐山，在今江西九江南。⑧洞庭：洞庭湖，在湖南北部，长江以南。⑨三峡：在今四川、湖北两省境内，是长江中上游瞿塘峡、巫峡和西陵峡的合称。⑩二邦皆僭窃于乱世：谓五代十国时期的南唐和吴越两个国家。南唐李氏建都于金陵，吴越钱氏建都于钱塘。⑪金陵以后服见诛：谓南唐后主李煜拒不听从宋太祖赵匡胤的劝降，宋太祖于开宝末年出兵攻打金陵，李煜兵败被俘，南唐宣告灭亡。⑫顿首请命，不烦干戈：意谓吴越国没有进行武力对抗，而是主动投降宋朝。据《十国春秋·吴越本纪》载，太宗太平兴国三年（978年）二月，吴越王钱俶从杭州出发归降宋朝。到达汴京后，朝见

太宗于崇德殿，太宗赐宴于长春殿。⑬十余万家：柳永《望海潮》词："东南形胜，三吴都会，钱塘自古繁华。烟柳画桥，风帘翠幕，参差十万人家。"⑭临是邦者：在杭州担任知州的官员。

[译文]

嘉祐二年，龙图阁直学士、尚书吏部郎中梅公出任杭州知州。他临行之前，天子特地作诗为他壮行，于是开始营建有美堂，是取所赐诗的第一章来命名的，并把它看做是杭州人的荣耀。梅公对此堂非常喜爱，即使离开了杭州，还是念念不忘，今年特地从金陵派人到京城，请我为有美堂写篇记文，其请求多达六七次都没有放弃，我才回复他说：整个天下的至美之物和它所带来的快乐，无法兼得的很多很多。所以想要走遍高山大川极尽登临之美的，一定要到那些宽敞辽阔的旷野、寂寥无人的乡间才能有所收获；体验人情风物的繁盛壮丽、赞叹名城大都的，一定要到那些四通八达、舟车往来交会的地方才能饱览。前者属于求得尘外的清静，后者属于感受繁盛华丽的氛围，两者各有其惬意之处。然而它们所带来的快乐，却无法兼而有之。比如人们经常提到的罗浮山、天台山、衡山、庐山，洞庭湖的广阔，三峡的险峻，号称东南地区最为奇伟秀美的景物，却都在下等州郡所在的小城、偏僻困穷之处，这是喜欢清幽沉潜的士子、穷愁放逐的大臣们认为惬意的地方。至如四面八方通达会聚，百千货物汇集交易，物品丰富人烟密集，作为一大都会，而又能兼有山水之美，以供人们享乐的地方，只有金陵、杭州两地而已，然而这两大都会都曾被伪国乘乱割据。

到了大宋朝承受天命，四海统一，以金陵为都的南唐因拒不归降而被责以重罪，如今南唐的故都虽然还保留着，但残垣断壁，荒烟野草，经过并游览此地的，没有人不为此而感到遗憾和凄凉。只有杭州，自从五代割据时起便知道尊奉中原政权，以臣子的身份侍奉正统，等到气数已尽，便主动向大宋俯首请命，故而没有经历一

有美堂记

点战乱，直到如今，那里的百姓依旧富裕安乐。再加上那里的风俗习惯一向崇尚精致奇巧，屋宇华丽，民户多达十余万。四周有湖山，在城的左右相映成趣。福建以及海外的客商，驾着风帆冲破巨浪，出入于浩渺的江涛、旖旎的烟云之中，可谓非常壮观。来到这里担任太守的，几乎都出自朝廷的公卿大臣或者天子的近侍官员，又有四面八方的游士担任幕僚宾客，所以都喜欢选择形胜之地修建亭榭，彼此相邀尽情游览。然而他们所获取的享乐，却一定是此处有所得则彼处必然有所失。唯独这座有美堂，山水登临的美景，人物城市的繁华，来到此处都可以一览无余。因为杭州本来就兼有天下之美，而此堂又尽得杭州之美，怪不得梅公对它如此钟爱、难以忘却呢。梅公是位清廉谨慎爱好学习的君子，看他的雅好，便可以了解他的为人了。嘉祐四年八月丁亥，庐陵人欧阳修谨记。

# 岘山亭记①

岘山临汉上②,望之隐然,盖诸山之小者。而其名特著于荆州者③,岂非以其人哉?羊祜叔子④、杜预元凯是已⑤。方晋与吴以兵争,常倚荆州以为重,而二子相继于此,遂以平吴而成晋业⑥,其功烈已盖于当世矣。止于风流余韵蔼然被于江汉之间者,至今人犹思之,而于思叔子也尤深⑦。盖元凯以其功⑧,而叔子以其仁⑨,二子所为虽不同,然皆足以垂于不朽。余颇疑其反自汲汲于后世之名者⑩,何哉?传言叔子尝登兹山⑪,慨然语其属,以谓此山常在,而前世之士皆已湮灭于无闻,因自顾而悲伤,然独不知兹山待己而名著也。元凯铭功于一石,一置兹山之上,一投汉水之渊。是知陵谷有变,而不知石有时而磨灭也。⑫岂皆自喜其名之甚,而过为无穷之虑欤?将自待者厚,而所思者远欤?山故有亭,世传以为叔子之所游止也。故其屡废而复兴者,由后世慕其名而思其人者多也。

熙宁元年,余友人史君中辉以光禄卿来守襄阳⑬。明年,因亭之旧,广而新之,既周以回廊之壮⑭,又大其后轩,使与亭相称。君知名当世,所至有声,襄人安其政而乐从其游也,因以君之官,名其后轩为光禄堂,又欲纪其事于石,以与叔子、元凯之名并传于久远。君皆不能止也,乃来以记属于余。余谓君知慕叔子之风而袭其遗迹,则其为人与其志之所存者可知矣。襄人爱君而安乐之如此,则君之为政于襄者又可知矣。此襄人之所欲书也。若其左右山川之胜势,与夫草木云烟之杳霭,出没于空旷有无之间,而可以备诗人之登高,写《离骚》之极目者,宜其览者自得之。至于亭屡废兴,或自有记,或不必究其详者,皆不复道。熙宁三年十月二十有二日,六一居士欧阳修记。

[题解]

本文作于熙宁元年(1068年),作者当时担任蔡州知州,年纪已经很高,故而当襄阳太守史炤来求记文时,作者则以高屋建瓴的境界写了这篇文章,指出为政理民,一定要以惠爱为本,又不必强求在后世留下赫赫之名。身后之名不是忧虑就能获得的,只要实实在在为当地百姓做了好事,他们是不会把你忘记的。

[注释]

①岘山:一名岘首山,在今湖北襄阳南九里。②临汉上:面对汉水。③荆州:古地名,在今湖北江陵。④羊祜叔子:晋泰山南城人,字叔子。历官秘书监。武帝受禅,官尚书右仆射、都督荆州诸军事,卒,追赠太傅。羊祜在襄阳时,曾经登临岘山,卒后,人为其立碑,杜预称之为堕泪碑。《晋书》卷三十四有传。⑤杜预元凯:武帝泰始中,官河南尹、秦州刺史。拜度支尚书,任职七年,出为镇南大将军,都督荆州诸军事,以平吴功,封当阳侯。卒,赠征南大将军。《晋书》卷三十四有传。⑥平吴而成晋业:《晋略·羊祜传》载,咸宁元年(275年),羊祜除征南大将军。咸宁二年(276年)十月,上疏称:孙皓之暴,侈于刘禅;吴人之困,甚于巴蜀;大晋兵力,盛于往时。可趁此机会一举平吴。⑦于思叔子也尤深:对羊祜的思念尤其深重。⑧元凯以其功:谓杜预受到襄阳荆州人的思念是因为他有平吴之功。《晋书·杜预传》载,羊祜死后,杜预继拜镇南大将军、都督荆州诸军事。杜预至镇后,缮甲兵,耀威武,袭击吴西陵都督张政,大破之,以功增封三百六十万户。孙皓既平,以功进爵为当阳县侯。⑨叔子以其仁:谓羊祜受到襄阳人的思念则完全是由于他的仁政。《晋书·羊祜传》载,羊祜立身清俭,所有俸禄都用来赏赐军士,家无

余财。⑩余颇疑其反自汲汲于后世之名:我倒很怀疑他们为什么对后世的名声还那么在意。⑪叔子尝登兹山:《晋书·羊祜传》说,羊祜喜好山水,每到风景佳丽之时,必登岘山游览,与宾客置酒赋诗,终日不倦。后襄阳百姓在羊祜平生游憩之所建碑立庙,岁时飨祭。望其碑者莫不流涕,杜预因名为堕泪碑。⑫"元凯铭功于一石"五句:《晋书·杜预传》载,杜预好为后世之名,经常提到:"高岸为谷,沉谷为陵。"故而刻石为二碑,纪其勋绩,一沉于万山之下,一立在岘山之上,说:"焉知此后不为陵谷乎?"⑬史君中辉:史炤,字中辉。《长编》卷二二三载,熙宁四年(1071年)五月,光禄卿史炤为襄州知州。⑭既周以回廊之壮:意谓在岘山亭的四围新修了回廊,使之更加壮观。

[译文]

　　岘山前临汉水,看上去隐隐约约,属于当地众山之中较小的一座。而此山在荆州一带名气很大的原因,难道不是由于人的因素造成的吗?我说的是晋朝的羊祜字叔子、杜预字元凯两位前哲。当年晋和吴两国交兵,经常倚赖荆州为军事重镇,而这两个人相继在此地镇守,最终削平吴国,为晋朝建立了丰功伟业,他们的功绩在当时就已经人人皆知。二人遗留下的风流余韵,如同烟霭般笼罩在江汉之间,直到今天,人们还在怀念着他们,而对于羊祜的思念尤其深沉。这是因为杜预留下更多的是战功,而羊祜留下的则更多的是仁惠,两个人的行为事迹虽然不同,但都足以永垂不朽。只是我很怀疑他们对身后的名声非常在意,究竟为了什么?据说羊祜曾登临此山,颇为感慨地对他的僚属说,这座山是永远存在的,但前世那些和此山有关的士子们却已经湮灭无闻了,因此想到自己,不免顿生悲切,可他完全想不到这座山是由他才名声大著。杜预把功业刻在石头上,一块安放在此山之上,一块投进汉水深处。他只知道深谷为陵高山为谷的变化,却不知道石头有时候也能磨灭。这究竟是因为过分爱惜自己的名声,而平添无穷无尽的忧虑呢?还是对自己非常看重,才考虑得如此久远呢?山上原本有座亭子,相传那里就是当年羊祜经常游览止息之处。亭子之所以毁了就重修,全是由于后世之人仰慕他的大名，怀念他的人很多。

  熙宁元年，我的朋友史炤字中辉以光禄卿之官来担任襄阳太守。第二年，因亭子已经敝旧，对它进行了增修，使它焕然一新。除了在亭的四周添置了壮美的回廊之外，还扩建了亭后面的轩屋，使它和亭子遥相对应。史君为当世名臣，所到之处都有美好的名声，襄阳百姓对他的为政感到很满意，也很乐于跟从他游历山水，于是根据他的官职光禄卿，给亭后小轩取了个名字叫做"光禄堂"，又打算将此事记录下来并镌刻在石上，使他和羊祜、杜预之名一同流传到后世。史君对这两件事都无力制止，于是到我这里来请求我为此写一篇记文。我说：史君知道仰慕羊祜的高风并继续履行羊祜的惠政与足迹，那么他的为人和他的志向所在就很容易了解了。襄阳人热爱史太守并安其政、乐其俗到了如此地步，那么史太守在襄阳所施之政也很容易了解了。这就是襄阳人想要将此事书写下来的原因。至于此山左右的高山大川如何壮丽，草木云烟如何缥缈荡漾，出没在空旷的天空、若有若无的山岚之间，可以供诗人们登高临眺极目远望而写出《离骚》之类深情诗篇的景物，应该留给他们自己去体味。而此亭屡废屡修，的确应该有篇记文，但可以不必深究其过程的每个细节，因此也就没有必要再详细记录了。熙宁三年十月二十二日，六一居士欧阳修谨记。

# 吉州学记①

庆历三年，天子开天章阁②，召政事之臣八人③，赐之坐，问治天下其要有几，施于今者宜何先，使书于纸以对。八人者皆震恐失措，俯伏顿首，言："此事大非愚臣所能及，惟陛下幸诏臣等。"于是退而具述，为条列。明年正月，始诏州郡吏以赏罚劝农桑。三月，又诏天下皆立学，惟三代仁政之本，始于井田而成于学校④。《记》曰："国有学，遂有序，党有庠，家有塾。⑤"其极盛之时大备之制也。凡学本于人性，磨揉迁革，使趋于善，至于风俗成而颂声兴。盖其功法施之，各有次第；其教于人者勤，而入于人者渐⑥。勤则不倦，渐则迟久而深。夫以不倦之意，待迟久而成功者，三王之用心也。故其为法必久，而后至太平，而为国者皆至六七百年而未已⑦，此其效也。三代学制甚详，而后世罕克以举，举或不知，而本末不备。又欲于速，不待其成而殆，故学之道常废而仅存。惟天子明圣，深原三代致治之本，要在富而教之，故先之农桑而继以学校，将以衣食饥寒之民而皆知孝慈礼让，是以诏书再下，吏民感悦，奔走执事者以后为羞⑧。

其年十月，吉州之学成。州即先夫子庙为学舍于城西，而未备。今知州事、殿中丞李侯宽之至也⑨，谋与州人迁而大之，事方上请而诏已下，学遂以成。李侯治吉，敏而有方。其作学也，吉之士率其私钱一百五十万以助。用人之力积二万一千工，而人不以为劳；其良材坚甓之用⑩，凡二十二万三千五百，而人不以为多；学有堂筵斋讲⑪，有藏书之阁，有宾客之位，有游息之亭，严严翼翼⑫，壮伟闳耀，而人不以为侈。既成，而来学者常三百余人。予世家于吉⑬，滥官于朝廷⑭，进不能赞明天子之盛美，退不能与诸生揖让乎其中⑮。惟幸吉之学，教者知学本于勤渐迟久，而不倦以治，毋废慢天子之诏。使予他日因得归荣故乡，而谒于学门，将见吉之士，皆道德明秀而可为公卿，过其市而贾者不鬻其淫⑯，适其野而耕者不争垄亩，入其里闾，而长幼和孝慈于其家；行其道途，而少者扶羸老、壮者代其负荷于路⑰，然后乐学之道成。而得从乡先生席于众宾之后，听乡乐之歌，饮射壶之酒⑱，以诗颂天子太平之功。而周览学舍，思咏李侯之遗爱，不亦美哉？故于其始成也，刻辞于石，而立诸其庑。

[题解]

本文作于庆历四年（1044年），当时作者在谏院任职。庆历初年，仁宗采纳范仲淹等人的建议，下诏在全国各州县建立学校。本文即吉州知州李宽建成州学后，请作者写的一篇记文。文章首先强调人才在建设国家中的极端重要性，又提出人才的培养不可能一蹴而就，需要不断陶冶反复教化，才能成其大器。

[注释]

①吉州：属江南东路，在今江西吉安。②天章阁：北宋内廷殿阁名，为天子与重臣议事之阁。③政事之臣八人：当时被仁宗召入天章阁的有杜衍、范仲淹、富弼、韩琦、章得象、晏殊、贾昌朝、王拱辰八人。其中杜衍、范仲淹、富弼、韩琦四人为后起之秀，被仁宗寄予极大期望。④井田：西周时期使用的一种土地制度，将土地分割成九个方块，形状像"井"字，因此称为

"井田"。其周边为私田，中央为公田。⑤国有学，遂有序，党有庠，家有塾：《礼记》的原文是："古之教者，家有塾，党有庠，术（遂）有序，国有学。"意谓上古的教育，家族中有私塾，乡党间有小学，城邑中有学校，都城中有太学。古以五百家为党，两千五百家为遂。⑥入于人者渐：教导人民，是一点一点耐心细致地讲论并使人民接受的。⑦为国者皆至六七百年而未已：掌管天下国家六七百年也没有覆亡。指王朝持续的年代很长久。⑧奔走执事者以后为羞：意谓那些当地方官的人，争先恐后地响应天子的号召建立学校，把落在人后看成耻辱。⑨殿中丞：指吉州知州李宽所带的官名，意思是李宽以殿中丞的资格担任吉州知州。李宽，《宋史》无传。⑩良材坚甓：优良的木料和坚固的砖石。⑪堂筵斋讲：指学校里修建的正堂、教室、报告厅等各种设施。⑫严严翼翼：既庄重又齐整。⑬予世家于吉：作者老家是吉州永新人。永新为吉州属县，故曰家于吉。⑭滥官于朝廷：在朝廷中当了个滥竽充数的官。此为作者谦逊的说法。⑮诸生：在校的学生。揖让：以古礼彼此交往。⑯贾者不鬻其淫：商人们不要弄占便宜的手段。⑰负荷：古代以背上背重物为负，肩上挑担子为荷。⑱射壶之酒：古代乡党间士子有乡饮酒礼，又有投壶等娱乐活动。此处合二者为一，意思是畅饮投壶中盛着的美酒。

[译文]

庆历三年，天子打开天章阁，召见参与国家政事的重臣八人，赐给他们座位，向他们询问治理天下最重要的问题有几件，哪几件是应该尽快施行于当今的，命他们写在纸上仔细回答。八位大臣都感到震惊惶恐，言语失措，伏跪于地，顿首而言："此事绝不是愚臣等人所能议论的，没想到陛下会召见臣等。"于是退下之后分别陈述，列为数条。次年的正月，朝廷下诏到各个州郡，命当地官员制定赏罚条例来劝课农桑。三月，又下诏天下所有州县都要建立学校。三代推行仁政的根本，始于井田之制而成功于设立学校。《礼记》中说："国都有大学，城邑有学校，乡党有小学，家族有私塾。"这是当时极盛时代非常完备的制度。大凡教学都要从人性出发，不断地磨砺浸染感化教导，使人们趋向于善良，直到美好的风俗形成而歌颂的声音响起。这些制度的施行，需要各有先后；人们受到的教育经久不懈，人们受到的感化就会越来越显现。教育辛勤而经久不倦，对人们的感化就会持久而深远。以孜孜不倦的教育态度，等待持久而深远的结果，这是三王的良苦用心。所以那时制定法律一定要考虑长久，而后才能达到太平盛世，那几代天子都把天下维持到六七百年还没有覆亡，是教育为他们带来了非凡的成效。三代时期的学校制度记载得非常详尽，可惜后世很少有按照当时制度施行于世的，即使施行，也弄不清应该如何落到实处，致使虽有学校却连本应具有的设施都难以完备。又想尽快培养人才，没等到人才养成就已经懈怠，所以学校的建设经常被废弃，能够存留下来的很少很少。现在天子英明神圣，深知三代时期天下大治的根本，关键的两条是要国家富强和培养人才，所以先提倡劝课农桑，接着提倡兴建学校，要让百姓都吃饱穿暖并且懂得子孝父慈知礼谦让，因此两次发下诏书，官吏和百姓都深感欣悦，地方官员争先恐后地响应天子的号召建立学校，把落在人后看成是自己的耻辱。

　　今年十月，吉州的州学落成。前任知州将原来城西的孔子庙改建为学舍，规模还远远不够。当今知州事、殿中丞李侯宽到任之后，与州中百姓商议将学校迁移并加以扩建，此事刚刚上报，朝廷建学的诏书便颁布下来了，于是州学顺利建成。李侯治理吉州，思路清晰又颇有办法。他建这所学校，吉州百姓拿出自家钱财达一百五十万相助，所用人工合计达两万一千之多，而人们并没有感觉到劳苦；使用的上好木料和优质砖瓦，达到二十二万三千五百块，而人们并没有认为太多；学校里建有课堂讲席及各种设施，有藏书的阁楼，有宾客的专位，有游玩休息的园亭，既庄重又齐整，既壮丽又宽敞，而人们也没有认为过于奢侈。学校建成后，前来就学的人经常保持在三百多人。我祖辈都是吉州人，而我偶然在朝廷中当了官，进身不能赞颂圣明天子的美德善政，退处又不能与诸生在学校中以礼相交。如今为吉州有了本州的学校而深感庆幸，教学者应该明白教育要勤苦善诱日积月累，孜孜不倦地开导学生，不要无视轻慢天子的圣诏。我异日能够荣归故里时，希望能拜谒于学校之门，见到的吉州士子，都是具有道德并且聪明清秀可以担当公卿大任的人，经过吉州的街市而商贾们不再耍弄奸猾，进到田间耕种者不再为垄亩中小利争夺不休，走进里巷之间，家家户户长幼和睦子孝父慈；行走于道路之上，而年轻人搀扶羸弱老人、力壮者帮助他们背负物品，然后我为教学有成而感到满意和欣慰。并能跟从乡里耆旧进入宾客之席，听家乡的乐歌，投壶饮酒，用诗歌颂扬天子治理天下的太平之功。随后游览学舍，怀念李侯留下的遗爱，不也是很美的事吗？所以在学校刚刚建成之际，应该将这些文字镌刻在石上，并立在学校的廊庑之间。

# 五代史伶官传序①

呜呼！盛衰之理②，虽曰天命③，岂非人事哉④？原庄宗之所以得天下⑤，与其所以失之者⑥，可以知之矣。世言晋王之将终也⑦，以三矢赐庄宗，而告之曰："梁，吾仇也⑧；燕王，吾所立⑨；契丹与吾约为兄弟⑩，而皆背晋以归梁。此三者，吾遗恨也。与尔三矢，尔其无忘乃父之志⑪！"庄宗受而藏之于庙⑫，其后用兵，则遣从事以一少牢告庙⑬，请其矢，盛以锦囊，负而前驱，及凯旋而纳之⑭。

方其系燕父子以组⑮，函梁君臣之首⑯，入于太庙，还矢先王⑰，而告以成功，其意气之盛，可谓壮哉！及仇雠已灭⑱，天下已定，一夫夜呼，乱者四应⑲。仓皇东出⑳，未及见贼而士卒离散，君臣相顾，不知所归。至于誓天断发㉑，泣下沾襟。何其衰也！岂得之难而失之易欤？抑本其成败之迹，而皆自于人欤！

《书》曰："满招损，谦受益。㉒"忧劳可以兴国，逸豫可以亡身㉓，自然之理也。故方其盛也，举天下之豪杰莫能与之争。及其衰也，数十伶人困之㉔，而身死国灭，为天下笑。夫祸患常积于忽微㉕，而智勇多困于所溺㉖，岂独伶人也哉！作《伶官传》。

[题解]

本文是欧阳修所作史书《五代史》（即今二十四史中的《新五代史》）中《伶官传》的序言。后唐庄宗李存勖从十六岁就开始带兵打仗，颇著战功。后继承父位，发誓要实现父亲的遗志，其后用了十六年，击败了契丹、扫平燕王刘守光、消灭后梁末帝朱友贞。而当他称霸中原、盛极一时之际，却沉湎俳优杂戏、宴饮歌舞，导致朝政混乱。称帝三年，便被他所宠幸的伶人们杀死了。作者明确地告诉人们：朝代的盛衰，天命仅仅是一种理念，真正的原因还在于人事。这也是对后世帝王的谆谆告诫。

[注释]

①五代史：指欧阳修所编的记载五代十国历史的《新五代史》。伶官传：《新五代史》中的一类人物传记。旧时称演戏的人为伶人。五代时宫廷中亦有这样一批人，他们本身有官职，故称为伶官。②盛衰之理：王朝兴盛和衰败形成的规律。③天命：上天的意志。④岂非人事哉：难道不是主要由人事造成的吗？⑤原：考察，探究。庄宗：后唐庄宗李存勖。他于公元923年灭掉后梁朱氏，自立为帝，国号唐，史称后唐。⑥与其所以失之者：以及他如何又把天下葬送的原因。⑦晋王：庄宗的父亲李克用，沙陀族人，本姓朱邪，因事于唐，赐姓李，唐僖宗时，为大同军防御使。因镇压黄巢起义有功，拜河东节度使。唐昭宗乾宁中封为晋王。⑧梁，吾仇也：朱梁是我的仇人。梁，指后梁朱温，他原是黄巢起义军中的将领，后投降唐朝，官至四镇节度使。他为了和李克用争夺势力范围，曾设计杀害李克用。据《新五代史·唐本纪》载，李克用过汴州，于封禅寺休军，朱温假意请李克用饮酒，夜间伏发，李克用的侍从郭景铢灭烛，把李克用藏在床下。正赶上天降大雨，火灭，李克用才在部将薛铁山等人的护卫下縋城逃脱，从此与朱温结下世仇。⑨燕王，吾所立：燕王指刘仁恭。刘原为幽州小官，后投在李克用麾下，李克用任他为幽州节度留后，并为他请命，拜为卢龙节度使。后李克用举兵攻罗弘信，向刘仁恭借兵，刘仁恭不与，并执李克用使者以叛。李克用将兵讨伐，反遭大败，从此两家结下不解之仇。⑩契丹：东胡系少数民族名，居住在今辽宁、吉林二省。唐末，契丹首领耶律阿保机建国契丹，后改称辽。唐哀帝天祐二年（905年），李克用与阿保机会于云州东城，握手约为兄弟，并相约合兵攻打朱温。后阿保机背弃盟约，

与朱温通好。⑪乃父：你的父亲。⑫受而藏之于庙：接受三矢，并把它们收藏在祖庙中。⑬从事：部从。少牢：古代祭祀，把用牛、羊、猪三牲者称太牢，凡用其中两牲者，称为少牢。告庙：祭告祖庙，带有宣誓的意味。⑭及凯旋而纳之：待得胜返回时再放进庙中。⑮系燕父子以组：用绳索捆绑燕王父子。燕父子，指燕帅刘仁恭和他的儿子刘守光。后梁乾化元年（911年），刘守光自称燕帝。次年，李存勖发兵攻打幽州，俘刘仁恭。刘守光逃到沧州，亦被俘获。⑯函梁君臣之首：把梁君臣的头颅装在匣中。梁君臣，指后梁末帝朱友贞及其部将皇甫麟等人。后唐同光元年，李存勖举兵攻大梁，朱友贞、皇甫麟等兵败自杀。⑰还矢先王：把箭还给了先王。意谓三仇已报，作为誓物的三支箭已经完成了使命，可以告慰先人之灵了。⑱仇雠：仇敌。⑲"一夫"二句：后唐同光四年（926年），贝州军士皇甫晖等聚赌不胜，遂作乱，后邢州、沧州等地驻军相继作乱。⑳仓皇东出：贝州乱后，庄宗由洛阳向大梁进兵，走到中牟万胜镇，听说他派去镇压叛乱的李嗣源已经占领大梁，只得返回洛阳。出洛阳时，护从兵卒二万五千人，返至汜水时，已失万余骑。㉑誓天断发：庄宗带领将士回到洛阳城东，在野外置酒，问部下有何良策，随从的百余名将士援刀断发，表示断头不屈，上下一片哭号。㉒"满招损"二句：语出《尚书·大禹谟》。意思是说自满就要招致祸患，谦虚才能使自己受益。㉓逸豫：安逸享乐。㉔数十伶人困之：李存勖称帝后，迷恋伶人，乃至与伶人同台共戏，伶人郭门高等人于是用事。李嗣源攻占大梁时，郭门高等也率部下作乱，李存勖被乱箭射死。㉕忽微：极细微的小事。㉖智勇多困于所溺：智勇之人往往为迷恋之事所耽溺。

[译文]

啊！国家强盛衰微的变化规律，虽然说是由天命所决定，难道就和人事完全没有关系吗？考察后唐庄宗夺取天下及其最终又把天下失去的原因，就可以明白这个道理了。世人传说晋王即将辞世时，将三支箭赐给了他儿子庄宗，并叮嘱他说："朱梁是我的仇敌，而燕王是我一手扶持起来的，契丹也曾和我相约结拜为兄弟，而他们竟然都背叛了我去归顺朱梁。这三家是我死不瞑目的遗恨。如今给你三支箭，你万万不可忘记了为父的遗愿！"庄宗接过三支箭，并将它们供奉在宗庙之中。其后凡出兵打仗，便命部将用一副少牢到宗庙向晋王祷告，并虔诚地取出那几支箭，放入锦囊，命人背着它走在队伍的最前面，等到凯旋之后，再把它放回宗庙。

当庄宗用绳子捆绑起燕王父子，用匣子装着后梁君臣的头颅，送进宗庙，把箭交还给先王，并把大捷的消息报告给已故的父王时，他当时的意气，真可谓无比壮观！等到仇敌已经消灭，天下已经扫平，有一个人在夜间突然发出一声大喊，叛乱者闻声后四面响应。庄宗竟然仓皇向东逃窜，还没来得及与乱贼交锋，自己的军队早已四散了。君与臣相互呆看，竟不知道该向何处去。以至于剪断头发，对天起誓，泪水沾湿了衣襟。为什么会衰落呢？究竟是因为得天下难而失天下容易呢？还是探究他所以成功所以失败的规律，都是出自人为原因呢？

《尚书》中说："自满便会招来损害，谦虚才能得到补益。"处于忧患辛劳当中便可以振兴国家，处在安逸舒适当中则可能连性命都难以保住，这是很自然的道理。当庄宗意气强盛之时，天下的豪杰，没有一个能够与他争雄；等到他进入衰败之期，几十个优伶向他发难，居然能使他丧命亡国，受到天下人的讥笑。祸患常常在细微的小事上逐渐积聚而成，智慧和勇敢又常常在沉湎嗜好中受到困厄，难道完全是优伶造成的祸害吗？因而作《伶官传》。

# 苏氏文集序

予友苏子美之亡后四年①,始得其平生文章遗稿于太子太傅杜公之家②,而集录之③,以为十卷。子美,杜氏婿也,遂以其集归之,而告于公曰:"斯文,金玉也。弃掷埋没粪土,不能销蚀。其见遗于一时④,必有收而宝之于后世者。虽其埋没而未出,其精气光怪,已能常自发见⑤,而物亦不能掩也。故方其摈斥摧挫⑥,流离穷厄之时⑦,文章已自行于天下,虽其怨家仇人及尝能出力而挤之死者⑧,至其文章,则不能少毁而掩蔽之也。凡人之情,忽近而贵远⑨,子美屈于今世犹若此,其伸于后世宜如何也?公其可无恨⑩。"

予尝考前世文章政理之盛衰,而怪唐太宗致治几乎三王之盛⑪,而文章不能革五代之余习⑫。后百有余年,韩、李之徒出⑬,然后元和之文始复于古⑭。唐衰兵乱,又百余年而圣宋兴,天下一定⑮,晏然无事。又几百年⑯,而古文始盛于今。自古治时少而乱时多。幸时治矣,文章或不能纯粹,或迟久而不相及⑰,何其难之若是欤?岂非难得其人欤?苟一有其人,又幸而及出于治世,世其可不为之贵重而爱惜之欤?嗟吾子美,以一酒食之过⑱,至废为民,而流落以死,此其可以叹息流涕,而为当世仁人君子之职位宜与国家乐育贤材者惜也[19]。

子美之齿少于予[20]，而予学古文反在其后。天圣之间[21]，予举进士于有司[22]，见时学者务以言语声偶摘裂[23]，号为"时文"，以相夸尚，而子美独与其兄才翁及穆参军伯长作为古歌诗杂文[24]，时人颇共非笑之，而子美不顾也。其后天子患时文之弊，下诏书讽勉学者以近古，由是其风渐息，而学者稍趋于古焉。独子美为于举世不为之时，其始终自守[25]，不牵世俗趋舍，可谓特立之士也[26]。

子美官至大理评事、集贤校理而废[27]，后为湖州长史以卒[28]。享年四十有一。其状貌奇伟，望之昂然，而即之温温[29]，久而愈可爱慕。其材虽高，而人亦不甚嫉忌，其击而去之者，意不在子美也[30]。赖天子聪明仁圣，凡当时所指名而排斥，二三大臣而下[31]，欲以子美为根而累之者[32]，皆蒙保全，今并列于荣宠[33]。虽与子美同时饮酒得罪之人，多一时豪俊，亦被收采[34]，进显于朝廷。而子美独不幸死矣，岂非其命也？悲夫！庐陵欧阳修序。

[题解]

这篇文章是作者为长辈加朋友杜衍的女婿苏舜钦文集写的序。当时的保守派为了彻底击败改革派首领杜衍，便在他女婿苏舜钦身上打起了主意，最终将苏舜钦削职为民，杜衍也因此下野。作者对苏舜钦的不幸遭遇表示了深深的同情，同时更对他文章复古的精神给予了极高的评价。北宋古文运动的旗手本该是欧阳修，但作者在这里却称苏舜钦才是开文章复古先河的领军人物，表现了作者一贯谦逊的大家风范。

[注释]

①苏子美：名舜钦，子美是他的字。原籍梓州铜山（今四川中江）人，生于开封。二十七岁中进士，历蒙城、长垣二县令，大理评事、集贤校理等职，由于他在政治上倾向于力主改革的范仲淹、杜衍一边，又是杜衍的女婿，加之数次上疏论朝廷大事，语侵权贵，所以遭到打击陷害，仁宗庆历四年

（1044年）免官，庆历八年（1048年）十二月卒于苏州。②太子太傅：官名，负责辅导太子，或作为闲官，并不直接负责教导太子。杜公：杜衍，越州山阴（今浙江绍兴）人，仁宗时的宰相，他主张革除当朝弊政。后以太子太傅致仕。③集录：编成文集并抄录清楚。④见遗：遭到遗弃。一时：当世。此句言苏舜钦的文集在当世没有得以广泛流传。⑤发见：现出。⑥摈斥：排挤。庆历四年（1044年）秋，进奏院祠神时，苏舜钦与右班殿直刘巽用卖旧纸的钱召妓女佐酒，多会宾客。当时与杜衍、范仲淹政见不合的御史中丞王拱辰得知，命御史鱼周询劾奏舜钦，意在动摇杜衍等人。事下开封府，苏舜钦坐自盗免死除名，同时与会十余人皆得罪被逐。事后王拱辰自喜道："吾一举网尽矣！"⑦流离穷厄：苏舜钦除名后，携妻子卜居苏州，筑沧浪亭以自娱。⑧能出力：敢于公开劾奏。挤之死：将苏舜钦置于死地。⑨忽近而贵远：对当世文章往往忽略，而偏爱往古之作。⑩无恨：不必遗憾。⑪致治：励精图治。几乎：差不多达到。三王：远古三位圣王，指夏禹、商汤、周文王。⑫五代：指南北朝的梁、陈、周、齐和隋。这个时期的文风崇尚华靡。⑬韩、李：指中唐散文大家韩愈和李翱，二人都是力倡文章复古的重要人物。⑭元和：唐宪宗年号，公元806年至820年。⑮一定：安定统一。⑯几百年：将近百年。⑰迟久而不相及：过了很长时间，文风之盛还赶不上政治的清明。⑱一酒食之过：指苏舜钦用卖旧纸的钱召会宾客一事。⑲职位：当官的人。与：参与，此处指负有为国家培育人才责任的人。⑳齿：年龄。㉑天圣：宋仁宗年号，公元1023年至1032年。㉒有司：有关部门。唐宋科举考试由礼部主持，故此具体指礼部贡举官。㉓言语声偶：指专意追求词句声韵的华美和谐。摘裂：割裂选取前人词语。㉔才翁：苏舜钦的哥哥苏舜元，字才翁。穆参军：穆修。宋初文学家。㉕自守：坚持自己的主张。㉖特立：在世俗中岿然挺立。㉗大理评事：官名，大理寺中的详断官。集贤校理：即集贤殿校理，掌校理经书典籍。元丰改制后废。㉘湖州：在今浙江湖州。长史：官名，为州郡中的主要僚属。苏舜钦庆历八年被重新起用为湖州长史，未赴任，卒于苏州。㉙即之：接触他，与他交往。温温：态度谦和。㉚意不在子美：指王拱辰等人并非嫉恨苏舜钦，矛头实际上是指向杜衍等人的。㉛二三大臣：指革新派的主要大臣，如范仲淹、杜衍、富弼等人。㉜为根：为主。累之者：受到株连的人。㉝并列荣宠：都授以高官。㉞收采:得到进用。

**[译文]**

  我的好友苏子美死后四年,我才在太子太傅杜公家中见到了他一生所写全部文章的遗稿,我集结整理这些诗文,将它编为十卷。子美是杜公的女婿,文集整理完,我便将文稿交还给杜公,并对杜公说道:"子美的文章,篇篇都是金玉之言,即使将它抛滞埋没在粪壤之中,也永远不会销蚀腐朽。即便它在某一时期被人忽略遗忘,到了后世也一定有人将它收藏起来视如珍宝。即便是暂时埋没不得流传于世,它的精神与光辉,也会不由自主地显现放射出来,任何外在的事物都无法将它掩盖。当他遭到排斥、遇到挫折、流离困窘的时候,他的文章已经流传于天下;连他的冤家对头,以及曾经出力排挤陷害他要将他置于死地的人,对于他的文章,也不能有丝毫的损毁和贬抑。人之常情,往往是忽视近世而重视古代,苏子美困窘地生活在当今之世,他的文章尚且如此受人重视,到了将来,这些作品该是怎样地受到人们的喜爱啊!杜公完全可以不必遗憾了。"

  我曾经考察过前代文章、政治的兴盛与衰败,深感奇怪的是,唐太宗将天下治理得兴盛太平,几乎接近于三代圣王在位的时代,可是在文章方面,却无法革除齐、梁等朝浮靡文风的残余习气。又过了一百多年,韩愈、李翱等人出现,直至元和时期,才逐渐恢复了古文的传统。后来唐朝衰败灭亡,战乱频仍,又过了一百多年宋朝兴起,天下重归于统一安定。又过了将近一百年,古文才在今天大行其道。古往今来,太平的时期少,战乱的时期多。幸而遇到太平了,而文章却未必能写得纯正精粹,有时候甚至过若干年之后还无法与那个时代相适应。为什么如此之难呢?是不是因为难以得到能够振兴文风的人才呢?一旦有了那样的贤哲,又幸运地出现在太平时代,世人难道可以不为此而重视他、珍惜他吗?可惜我的好友子美，只因为一顿酒席的小过，竟然被削职为民，流落于外地而死。这实在值得人们叹息流泪，使人们为当时那些担任要职本该为国家积极培养优秀人才的仁人君子感到可惜啊。

苏子美的年龄比我小，可我学习古文反而在他之后。天圣年间，我参加礼部进士会试，见到当时学习写文章的人，只注意追求文辞声韵对偶和摘取古人的成句，称之为"时文"，还以此相互夸耀推崇。唯独子美和他哥哥苏舜元才翁、参军穆修伯长，写作古诗和杂文。当时人们对他们的做法横加讥嘲，子美却丝毫不顾这些。后来天子对时文甚为不满，下诏劝勉学士都要学习古文的优良传统，那股浮靡风气才渐渐退去，写文章的人也逐渐趋向于古文了。苏子美在举国上下都厌弃古文的时候写古文，自始至终坚守着自己的主张，不受世俗好恶的影响，称得上是特立独行不染世俗的人了。

苏子美官做到大理评事、集贤校理便遭到了罢免，后来被任命为湖州长史而旋即病故，享年四十一岁。他体貌雄壮，看上去令人感觉到一副昂然之气，接触过他之后，却又会感到他和蔼可亲，而且时间越久，越觉得他值得人钦慕。他虽然才干超群，但很少有人嫉恨他，那些小人攻击陷害并将他驱逐出京城，其意图并不都在子美身上。仰仗皇上聪明仁圣，凡是当时被点名遭受排斥的，自宰辅以下，小人们想借苏子美进奏院事件进行株连陷害的官员，都被保全了下来，如今都已得到了应有的荣耀与恩宠。当时那些因与子美共同饮宴而获罪的人，都是一时杰出的人才，如今也被召回朝廷，担任了重要的职务，可惜只有子美不幸过世，这难道就是他的命运吗？真令人感到悲痛！庐陵人欧阳修谨序。

# 送徐无党南归序①

　　草木鸟兽之为物，众人之为人，其为生虽异，而为死则同，一归于腐坏、澌尽、泯灭而已②。而众人之中有圣贤者，固亦生且死于其间③，而独异于草木鸟兽众人者，虽死而不朽，逾远而弥存也④。其所以为圣贤者，修之于身，施之于事，见之于言，是三者⑤，所以能不朽而存也。修于身者，无所不获，施于事者，有得有不得焉，其见于言者，则又有能有不能也。施于事矣，不见于言可也。自《诗》、《书》、《史记》所传⑥，其人岂必皆能言之士哉⑦？修于身矣，而不施于事，不见于言，亦可也。孔子弟子，有能政事者矣⑧，有能言语者矣。若颜回者⑨，在陋巷⑩，曲肱饥卧而已⑪，其群居则默然终日如愚人，然自当时群弟子皆推尊之，以为不敢望而及，而后世更百千岁，亦未有能及之者。其不朽而存者，固不待施于事，况于言乎。予读班固《艺文志》、唐《四库书目》⑫，见其所列，自三代、秦、汉以来，著书之士，多者至百余篇，少者犹三四十篇。其人不可胜数，而散亡磨灭，百不一二存焉。予窃悲其人，文章丽矣，言语工矣，无异草木荣华之飘风，鸟兽好音之过耳也。方其用心与力之劳，亦何异众人之汲汲营营⑬？而忽焉以死者，虽有迟有速，而卒与三者同归于泯灭⑭。夫言之不可恃也盖如此⑮。今之学者，莫不慕古圣贤之不朽，而勤一世以尽心于文字间者，皆可悲也。东阳徐生⑯，少从予学为文章，稍稍见称于人⑰。既去⑱，而与群士试于礼部，得高第，由是知名。其文辞日进，如水涌而山出。予欲摧其盛气而勉其思也⑲，故于其归，告以是言。然予固亦喜为文辞者，亦因以自警焉。

[题解]

徐无党是欧阳修的学生，他曾为欧阳修所著的《五代史》作过注释。本文是徐无党离开京师回故乡时欧阳修写给他的临别赠言，鼓励他仔细思考立德、立功、立言三者之间的关系，告诫他单靠立言是不够的，更要按照立德、立功的高标准来要求自己。

[注释]

①徐无党：曾师从欧阳修，仁宗皇祐四年（1052年）会试第一名。②澌尽：消亡。③固：同样。生且死于其间：指与众人与万物相同，都免不了生和死。④弥存：还活在后人心中。⑤是三者：指修身、施事、见言。《左传·襄公二十四年》说："太上有立德，其次有立功，其次有立言，虽久不废，此之谓不朽。"意谓此三者能使人永远不朽。⑥《诗》：《诗经》。《书》：《尚书》。《史记》：司马迁编著的我国历史上第一部纪传体史书。⑦其人：指上面三部经书中所记载的历史人物。⑧政事：善于从政。孔子把他的弟子分成德行、言语、政事、文学四科。《论语·先进》载："德行：颜渊、闵子骞、冉伯牛、仲弓；言语：宰我、子贡；政事：冉有、季路；文学：子游、子夏。"⑨颜回：字子渊。贫而好学，列于孔门德行科，在孔子弟子中最贤。孔子称其不迁怒，不贰过。年二十九，发尽白。年三十二卒。⑩陋巷：穷巷。《论语·雍也》载孔子赞美颜回说："贤哉，回也！一箪食，一瓢饮，在陋巷，人不堪其忧，回也不改其乐。"⑪曲肱：弯着胳膊作枕。《论语·述而》载孔子说："饭疏食，饮水，曲肱而枕之，乐亦在其中矣。"⑫班固：东汉人，《汉书》的作者。《艺文志》：即《汉书·艺文志》，记载文献存留情况的目录学著作。唐《四库书目》：唐开元、天宝间由国家主持编写的大型目录著作《群书四录》，共二百卷。唐代把书籍分为经、史、子、集四部，故称四库。⑬汲汲营营：耗费心

血,以求有成。⑭三者:指鸟兽、草木和众人。⑮言:即想通过立言而求得不朽。不可恃:靠不住,指望不得。⑯东阳:宋代叫婺州,在今浙江金华。⑰稍稍:渐渐地。见称:受到称赏。⑱既去:指徐无党离开自己之后。⑲摧其盛气:摧折他以文章自负的傲气。勉其思:敦促他仔细思考。

[译文]

把花草树木飞禽走兽归类为"物",世间的众人则被归类为"人",他们生存在世界上的形态虽然各不相同,但最终要走向死亡却是完全相同的,统统都要化为腐朽、消亡殆尽、最终一切都变成了虚无。茫茫人海当中有圣贤之人,他们也无法摆脱生与死的自然规律,而他们能够和花草树木飞禽走兽乃至芸芸众生有所区别的,是他们能够在身死之后还能永垂不朽,而且时间越是久远,他们就越能够活在后人心中。之所以称他们为圣贤而不朽,就在于他们树立了德行,建立了功业,写出了著作。这三方面的建树,是他们能够永远不朽永世长存的根本。能够修养自身的人,没有什么不可以获得;想建立个人功业的人,可能有所获得也可能一无所获;那些想要靠语言书籍传世的人,也会出现有能力的和没有能力的。建立丰功伟业的人,即使没有留下著作也并无妨碍。看《诗经》、《尚书》、《史记》等著作当中所记载的那些人物,其中有多少人是能够完成著作的呢?修养自身的人,并没有去建功立业,也没有著作流传于世,也是可以的。孔子的弟子当中,有能够建立功业的,有能够著书立说的。拿颜渊来说,他独居在简陋的里巷当中挨饿受冻,与人相处时又终日沉默寡言,旁人或许认为他蠢笨无能,然而当时孔子众多的弟子都非常尊重颜渊,没有谁敢和他相比。其后经历了成百上千年,也没有谁能在德行上面胜过颜渊。从颜渊能够永存不朽的原因来看,的确不是凭着他建立了什么功业,更不用说是因为有什么著作了。

我阅读《汉书·艺文志》、唐《四库书目》等著作,发现书中所列举的上古至于秦汉有著作传世的士人，作品多的达到一百多篇，少的也有三四十篇。这样的士人多得数不胜数，但后来渐渐散失消亡，至今还能存留于世的，充其量不过百分之一二而已。我私下为这些士人感到悲哀，他们的文章可谓华丽了，他们的文字可谓工稳了，但却如同花木被风吹而很快飘散，鸟兽鸣叫掠过耳边很快消失一样。当初他们创作时所耗费的精神和心血，和世间众人为生活忙碌奔波有什么区别呢？而最终或早或迟地死去，他们的情况和花草树木、飞禽走兽、芸芸众生没有任何区别，全部归于泯灭消失，由此可知所谓"立言"实在是靠不住的。当今追求学问的人，全都羡慕古代圣贤能够名声不朽，可他们只懂得用一辈子的时间在著述上下功夫，那就太可悲了。

  婺州人徐无党，从少年时起便跟随我学写文章，渐渐为人所称道。离开我以后，又与天下举子共同参加了礼部进士考试，结果名列前茅，他也从此名气大增。他的文章日渐进步，如同泉水喷涌山峰耸出。我却想摧挫摧挫他的锐气，促使他认真考虑如何更加进步，故而在他即将南归之时，把以上这番话告诉他。当然，我本人也是非常喜爱写作文章的人，所以也把本文当作是对自己的警示。

# 释秘演诗集序

予少以进士游京师①,因得尽交当世之贤豪,然犹以谓国家臣一四海②,休兵革,养息天下以无事者四十年③,而智谋雄伟非常之士,无所用其能者,往往伏而不出,山林屠贩④,必有老死而世莫见者,欲从而求之不可得。

其后得吾亡友石曼卿⑤。曼卿为人,廓然有大志⑥,时人不能用其材,曼卿亦不屈以求合。无所放其意,则往往从布衣野老,酣嬉淋漓,颠倒而不厌⑦。予疑所谓伏而不见者,庶几狎而得之⑧,故尝喜从曼卿游,欲因以阴求天下奇士⑨。

浮屠秘演者⑩,与曼卿交最久,亦能遗外世俗⑪,以气节相高。二人欢然无所间⑫。曼卿隐于酒,秘演隐于浮屠,皆奇男子也。然喜为歌诗以自娱,当其极饮大醉,歌吟笑呼,以适天下之乐⑬,何其壮也!一时贤士皆愿从其游,予亦时至其室。十年之间,秘演北渡河,东之济、郓⑭,无所合⑮,困而归,曼卿已死⑯,秘演亦老病。嗟夫!二人者,予乃见其盛衰,则余亦将老矣夫。

曼卿诗辞清绝,尤称秘演之作,以为雅健,有诗人之意。秘演状貌雄杰,其胸中浩然⑰,既习于佛,无所用,独其诗可行于世。而懒不自惜⑱,已老,胠其橐⑲,尚得三四百篇,皆可喜者⑳。曼卿死,秘演漠然无所向㉑,闻东南多山水,其巅崖崛崒㉒,江涛汹涌,甚可壮也,遂欲往游焉。足以知其老而志在也。于其将行,为叙其诗,因道其盛时,以悲其衰。庆历二年十二月二十八日㉓,庐陵欧阳修。

[题解]

本文中提到的石曼卿和高僧秘演,都是欧阳修相交多年的朋友。文章对石曼卿、秘演两位卓尔不群的人才得不到当世所用,不得不放浪形骸、游于天地诗酒之间感到愤懑和惋惜,同时对他们自由自在了此一生的豁达襟怀表示了由衷的钦羡,侧面表达了身在官场的无聊与无奈。

[注释]

①以进士游京师:为应进士试而来到京师开封。作者曾于仁宗天圣五年、天圣八年两次进京应礼部试。②臣一四海:统一天下。③天下以无事者四十年:真宗景德元年(1004年)与契丹在澶渊订立盟约,至仁宗庆历初,约四十年时间。④山林屠贩:隐于山林薮泽、屠夫商贩中的智谋雄伟之士。⑤亡友:已经故世的朋友。石曼卿:即石延年,字曼卿,宋城(今河南商丘)人,累举进士不第,真宗时为三班奉职,历大理寺丞,迁太子中允,同判登闻鼓院。曾上备边之策,未被采纳。曼卿喜剧饮,世称"酒仙"。⑥廓然:襟怀广阔磊落。⑦颠倒:狂饮大醉后的样子。⑧庶几:差不多。狎而得之:在与曼卿的亲近中求得了这种人。⑨阴求:暗中访求。⑩浮屠:佛教徒。⑪遗外世俗:把世俗荣利恩怨置于度外。⑫无所间:没有隔膜。⑬以适天下之乐:以放情适意于天地之间、无所拘束感到欢乐。⑭济、郓:宋代两个州名,济州在今山东东阿县西北,郓州在今山东东平。⑮无所合:没有找到同道之人。⑯曼卿已死:石延年卒于康定二年(1041年)二月四日。⑰浩然:胸怀阔大,磊落有正气。⑱懒不自惜:性情疏懒,不愿多写,写后又随意遗弃。⑲胠其橐:打开他的行囊。胠(qū),打开。橐(tuó),口袋。⑳可喜:清丽喜人。㉑漠然无所向:孤独寂寞,无人倾诉交游。㉒崛崒(jué lù):高耸挺立的样子。㉓庆历:仁宗赵祯的年号,公元1041年至1048年。

[译文]

我年轻时因参加进士会试而寄居于汴京,故而有机会广泛交结当时的贤士豪杰。然而还是觉得:国家统一了四方,停止了战争,使人民休养生息以至天下太平近四十年,那些具有非凡智慧谋略却无处发挥其才干的士子,往往蛰伏不出,隐居在山林草泽之间,做着屠宰贩运之事,也会有老死其间而不被世人发现的,想去访求他们,与之结交却很难寻找到他们。

后来才有幸认识了已故朋友石曼卿。曼卿的为人,胸怀开阔而有大志向,当今朝廷不能用他的才干,曼卿也不肯委屈自己迁就别人,故而没有能施展才干的去处,往往与布衣百姓一起饮酒嬉戏,直到饮得痛快淋漓意态癫狂,似乎还没能尽兴。所以我怀疑所谓蛰伏而未被发现的人才,或许能在狎游玩乐中偶然遇到,因此常喜欢跟曼卿一起游玩,想借此机会暗中访求天下的奇士。

高僧秘演和曼卿交往最久,也能将自己遗弃于红尘之外,以崇尚气节相推重。两个人相处十分融洽毫无嫌隙。曼卿在酒中隐藏自己,秘演则是在佛教中隐藏自己,所以都称得上是奇男子,而他们又都很喜欢作诗自娱。他们狂饮大醉的时候,往往是又唱又吟,又笑又叫,以纵横天下为最乐,这是何等的豪气!当时的贤士,都愿意与他们交游,我也时常到他们家里去。十年之间,秘演北渡黄河,又往东到了济州、郓州,都没有遇到契合于心的朋友,于是困顿而归。此时曼卿已经过世,秘演也已经又老又病。唉!这两个人,我目睹了他们从壮年到衰老的过程,而我自己也正在慢慢地走向衰老。

曼卿的诗歌清丽不凡,而他更称道秘演的诗作,认为秘演的作品典雅朗健,有古诗作的意境。秘演雄壮伟岸,胸中又存有浩然正气,然而既已入了佛门,不可能再为世所用,只有诗歌能流传于后世。而他又情性懒散不加爱惜,年纪已老,打开他的箱子,还能见到三四百首诗作，都是饶有情致的佳作。

曼卿死了以后，秘演孤独寂寞无处可去。听说东南地区多名山秀水，那些高险的山峰峭拔峻伟，长江的波涛汹涌澎湃，非常壮观，于是想到那里去游览。这足以看出他人虽已老，志气却并没有消磨。他临行之际，我为他的诗集写了这篇序言，借此称道他壮年时的倜傥，并为他的衰老而表示悲哀。庆历二年十二月二十八日，庐陵人欧阳修谨序。

# 梅圣俞诗集序①

予闻世谓诗人少达而多穷②,夫岂然哉③?盖世所传诗者,多出于古穷人之辞也。凡士之蕴其所有,而不得施于世者,多喜自放于山巅水涯之外,见虫鱼草木、风云鸟兽之状类,往往探其奇怪,内有忧思感愤之郁积,其兴于怨刺④,以道羁臣寡妇之所叹⑤,而写人情之难言⑥,盖愈穷则愈工;然则非诗之能穷人⑦,殆穷者而后工也。

予友梅圣俞,少以荫补为吏⑧,累举进士,辄抑于有司⑨,困于州县⑩,凡十余年,年今五十,犹从辟书⑪,为人之佐。郁其所蓄⑫,不得奋见于事业。其家宛陵⑬,幼习于诗,自为童子,出语已惊其长老。既长,学乎六经仁义之说⑭。其为文章,简古纯粹,不求苟说于世,世之人徒知其诗而已。然时无贤愚,语诗者必求之圣俞,圣俞亦自以其不得志者乐于诗而发之⑮,故其平生所作,于诗尤多。世既知之矣,而未有荐于上者。昔王文康公尝见而叹曰⑯:"二百年无此作矣!"虽知之深,亦不果荐也⑰。若使其幸得用于朝廷,作为雅、颂⑱,以歌咏大宋之功德,荐之清庙⑲,而追商、鲁、周颂之作者,岂不伟欤?奈何使其老不得志,而为穷者之诗,乃徒发于虫鱼物类、羁愁感叹之言?世徒喜其工,不知其穷之久而将老也,可不惜哉!

圣俞诗既多，不自收拾，其妻之兄子谢景初㉓，惧其多而易失也，取其自洛阳至于吴兴已来所作㉔，次为十卷㉒。予尝嗜圣俞诗㉓，而患不能尽得之，遽喜谢氏之能类次也，辄序而藏之。其后十五年，圣俞以疾卒于京师㉔，余既哭而铭之㉕，因索于其家，得其遗稿千余篇，并旧所藏，掇其尤者六百七十七篇㉖，为一十五卷。呜呼！吾于圣俞诗论之详矣，故不复云。庐陵欧阳修序。

[题解]

梅尧臣是北宋时期最著名的诗人之一，也是欧阳修最要好的朋友。本文在哀叹梅尧臣为士不遇的同时，也肯定了他在矫正宋初浮艳诗风方面作出的巨大贡献。

[注释]

①梅圣俞：北宋诗人梅尧臣，字圣俞。曾任河南府主簿。仁宗时召试，赐同进士出身，累迁尚书都官员外郎，修《唐书》，卒。他在河南府时，曾与欧阳修同为官，二人终生为诗友，而欧阳修自以为不及。②少达而多穷：很少显达者，大多是穷困潦倒之人。③夫岂然哉：难道真是如此吗？④怨刺：怨愤讥刺。⑤羁臣：被贬谪的官员。羁臣寡妇之所叹，指忧谗畏讥的感慨和惋叹。⑥人情之难言：种种难以摹状的复杂感情。⑦非诗之能穷人：并非喜好作诗就会使人困厄。⑧以荫补为吏：宋代有恩荫制度。梅尧臣的叔父梅询官翰林学士，可以荫子为官，梅询便转给梅尧臣受荫为官。⑨抑于有司：为有司所阻遏。此处有司指礼部主考。⑩困于州县：困顿于州县佐吏。梅尧臣入仕后，历桐城、河阳等三县主簿，建德、襄城二县令等低级官吏。直至仁宗嘉祐元年（1056年），才因得到赵概举荐入为国子监直讲。⑪犹从辟书：尚且依赖地方长官的征辟。宋代地方官可自辟僚佐，其聘任的文书称为辟书。⑫所蓄：蓄积于心的经邦治民的谋策。⑬宛陵：旧郡名，宋代为宣州，在今安徽宣州。⑭六经：指《诗》、《书》、《礼》、《乐》、《易》、《春秋》六部儒家经典。⑮乐于诗而发之：希望通过诗歌途径来宣泄内心的苦闷。⑯王文康公：王曙，死后谥文康。仁宗嘉祐元年，继钱惟演之后担任西京留守，当时欧阳修、梅尧臣都在其

幕府中任职。⑰不果荐：没有诚心举荐他。⑱雅、颂：《诗经》中的两类。雅包括大雅、小雅，颂包括商颂、周颂、鲁颂。⑲清庙：帝王的祖庙。⑳谢景初：判太常礼院谢绛之子，字师厚，庆历中进士，以屯田郎中致仕。博学能文，尤长于诗，黄庭坚是他的女婿。梅尧臣的妻子是谢绛的妹妹。㉑自洛阳至于吴兴已来所作：梅尧臣天圣九年（1031年）在河南县任主簿，至庆历四年（1044年）离湖州监税之任，共计十四年时间。㉒次：编纂次第。㉓嗜：酷爱。㉔以疾卒于京师：嘉祐五年（1060年）春，开封大疫，梅尧臣即卒于此时。㉕铭之：欧阳修写过《梅圣俞墓志铭》，今存《欧阳文忠公集》中。㉖掇其尤者：选择其中最优秀的诗歌进行编纂。

[译文]

　　我经常听到人们说：诗人在仕途上顺利的少，遭到困厄的却很多。事实果真如此吗？世上流传的诗歌，大多都出于古代困厄之士的笔下。大凡胸中蕴涵才智又不能充分施展于世的士子，都喜欢居处于山中水畔远离嚣尘的地方，见到虫鱼草木风云鸟兽等事物，往往探究它们的奇特怪异之处，内心有忧愁感叹愤慨的郁积，便会将这些情感转化为诗情，寄托在诗歌的怨讽当中，发出逐臣寡妇的慨叹，写出常人所难言的人生感悟。境遇越是艰难，诗作就越能写得工稳。然而这并不说明写诗会使士子陷入困顿艰难，只说明好诗都是士子遇到困顿艰难之后才能够激发出来的。

　　我的朋友梅圣俞，年轻时由荫补成为低级官吏，多次参加进士考试，总是遭到主考官员的压抑，在州县属吏任上辗转奔波了十多年。今年已经五十岁了，还要凭借高官的征聘，去给他们担任属吏。郁积于心中的才能与智慧，始终无法在应有的事业上得到充分的展示。他的家乡在宛陵，年纪很小时就开始学习诗歌，他还是个孩子的时候，写出的诗就已经使家乡父老深感惊异了。等到长大成人，涉足于六经及仁义道德，再写出的文章便更加古雅纯正，他并不希望毫无原则地取悦于当世，因此当世之人只晓得他是个会写诗的人而已。世人不论贤者愚者，谈论起诗歌来，都必然会想到要向圣俞请教,圣俞也习惯于将自己愤懑不得志的心情,通过诗歌进行宣泄,所以他平时所写的文字当中,诗歌的数量尤其多。世人大都对他有所了解,却很少有人向朝廷举荐他。以前文康公王曙看到他的诗作,慨叹道:"二百年来没有这样的好作品了!"虽然对他了解很深,还是没有认真推荐他。假如他有幸得到朝廷的任用,写出《诗经》中雅、颂那样的佳作,来赞颂朝廷的功业和仁德,献到宗庙之中,使他与商颂、周颂、鲁颂的作者等量齐观,难道不是很壮观的事业吗?为什么让他直到老年也没能得志,只能吟诵困厄艰难者那类诗歌,白白在虫鱼鸟兽一类事物上抒写艰难愁苦的感叹?人们只喜爱他诗歌的工稳清丽,却不知道他困顿很久即将老死了,这难道还不值得长长叹息吗?

　　圣俞的诗数量甚巨,自己却从不收拾整理。他的内侄谢景初担心他诗作太多容易散失,选取了他从洛阳到湖州这段时间的作品,编成了十卷。我曾经酷爱圣俞的诗作,又担心不能全部得到它,非常高兴谢氏能为它分类编排,便为诗集作序并加以保存。

　　从那时算又过了十五年,圣俞因病在京师去世,我流着泪水为他写了墓志铭,继而向他家人求取诗作,得到其遗作一千多篇,连同以前所保存的那一部分,选取其中最佳作品共计六百七十七篇,分为十五卷。我对圣俞的诗作已经发过很多评论了,故而这里不想再重复。庐陵人欧阳修谨序。

# 书旧本韩文后

予少家汉东①,汉东僻陋无学者,吾家又贫无藏书。州南有大姓李氏者,其子尧辅颇好学。予为儿童时,多游其家,见有弊筐贮故书在壁间,发而视之,得唐《昌黎先生文集》六卷,脱落颠倒无次序②,因乞李氏以归。读之,见其言深厚而雄博,然予犹少,未能悉究其义,徒见其浩然无涯,若可爱。是时天下学者杨、刘之作③,号为时文,能者取科第,擅名声,以夸荣当世,未尝有道韩文者。予亦方举进士,以礼部诗赋为事。年十有七试于州④,为有司所黜。因取所藏韩氏之文复阅之,则喟然而叹曰⑤:"学者当至于是而止尔!"因怪时人之不道,而顾己亦未暇学,徒时时独念于予心,以谓方从进士干禄以养亲,苟得禄矣,当尽力于斯文,以偿其素志。

后七年,举进士及第,官于洛阳⑥。而尹师鲁之徒皆在,遂相与作为古文。因出所藏《昌黎集》而补缀之,求人家所有旧本而校定之。其后天下学者亦渐趋于古,而韩文遂行于世,至于今盖三十余年矣,学者非韩不学也,可谓盛矣。呜呼!道固有行于远而止于近,有忽于往而贵于今者,非惟世俗好恶之使然,亦其理有当然者。而孔、孟惶惶于一时,而师法于千万世。韩氏之文没而不见者二百年,而后大施于今,此又非特好恶之所上下,盖其久而愈明，不可磨灭，虽蔽于暂而终耀于无穷者，其道当然也。予之始得于韩也，当其沉没弃废之时，予固知其不足以追时好而取势利，于是就而学之，则予之所为者，岂所以急名誉而干势利之用哉？亦志乎久而已矣。故予之仕，于进不为喜、退不为惧者，盖其志先定，而所学者宜然也。集本出于蜀⑦，文字刻画，颇精于今世俗本，而脱缪尤多。凡三十年间，闻人有善本者，必求而改正之。其最后卷秩不足，今不复补者，重增其故也。予家藏书万卷，独《昌黎先生集》为旧物也。呜呼！韩氏之文、之道，万世所共尊，天下所共传而有也。予于此本，特以其旧物而尤惜之。

[题解]

本文作于嘉祐三年（1058年）作者担任翰林学士之时。此前一年，作者担任会试的主考官，对于那些继续宗奉西昆体、言之无物华而不实的考卷统统不予录取，而对苏轼等人的优秀古文则给予了极高的评价。为此，那些自认为文辞典雅而落选的举子对欧阳修进行了围攻和殴打，尽管如此，萎靡了数十年的文风却从此改变。本文叙述作者从少年时期就对韩愈的古文爱不释手，中进士后，也时时以韩文为样板进行写作，持之以恒。作者之所以成为宋代文学改革的旗手并不是偶然，是和他多年来孜孜不倦地学习和倡导古文分不开的。

[注释]

①予少家汉东：《欧阳文忠公年谱》载，欧阳修父亲死后，他母亲带着他到湖北的随州投靠他叔叔生活。汉东，随州的郡名，在今湖北随州。②脱落颠倒无次序：意谓书中的字句多有错误，有的是丢字，有的则是前后颠倒了。③杨、刘：宋初文学家杨亿、刘筠。他们的诗文崇尚辞采华美，讲求声律，但缺少实际的内容，和韩愈所提倡的文以载道完全相背离。④年十有七试于州：《欧阳文忠公年谱》载，天圣元年（1023年），欧阳修在随州参加地方考试，题目是《左氏失之诬论》。但因文章超出了官韵，定为不合格而未能考中。⑤喟然：长叹的样子。⑥"后七年"三句：《欧阳文忠公年谱》载，天圣八年（1030年）正月礼部会试时，翰林学士晏殊知贡举，欧阳修考了第一。当年三

月,最后一关崇政殿殿试,排在第十四名。五月,授为西京留守推官,到洛阳赴任。⑦集本出于蜀:谓欧阳修得到的那个旧本出自蜀中所刻。唐末五代时期,蜀中因地在偏远,局势相对安定,所以那时候蜀中刻书比较多。

[译文]

  我少年时在汉东随州居住,随州荒远偏僻没有好学之人,我家又贫穷没有藏书。州南有一家姓李的大户,他儿子尧辅很喜欢学习。我还在儿童时,就经常到他家去,见他家有个破旧的箩筐装了些旧书放在墙壁间,掀开箩筐看时,发现了唐朝的《昌黎先生文集》六卷,文字脱落颠倒,缺乏编排的次序,我向李家借了这本书回到家里。阅读此书时,发现其中的言语十分深厚而且雄辩广博,然而当时我年岁太小,还不能详细理解那些文章的含义,仅仅是感到它的气势宏大浩然无边,很惹人喜爱。那个时候天下的学者都尊奉杨亿、刘筠的作品,号称"时文",学得好的能取得科举功名,名扬天下,并以此在当世获得荣誉,没有关注韩愈文章的。我也是刚刚打算考进士,以礼部规定的诗赋作为主攻课业。十七岁时在随州参加了考试,被主考人裁黜掉了。于是拿出收藏的韩愈文章再次翻阅,不由感叹道:"学写文章的人应该到达这个境界才能停止啊!"由此为当时人们为什么不关注韩文而感到很奇怪,然而为了科第的原因我也没时间去学习,只是时时把这个人的文章挂记在心里,暗想现在只能集中精力考取进士获取俸禄孝养母亲,一旦得到俸禄,就该认真地研读学习他的文章,来实现自己的志向。

  那之后七年,我考取了进士,在洛阳做了官。当时尹师鲁等人都在那里为官,于是彼此切磋学习写作古文,并取出珍藏已久的《昌黎文集》来对它进行补充整理,寻求别人家里所藏的旧本对它加以校定。后来天下的学者也渐渐趋向于作古文,韩愈的文章才在当世流行起来,到如今大约三十多年了,学者们几乎是非韩愈的文章都不再学,可以说达到了极盛时期。啊!文章之道,本来就有可以流传甚远却在近世被埋没的，有忽略前世而看重当今的，并不是由于世俗的好恶才出现这种情况的，也是自然存在的规律吧。孔子、孟子在当世都是凄凄惶惶得不到重用，后来却成了万世师表。韩愈的文章隐没无闻将近二百年，却在今天大行其道，这又不仅仅是喜欢还是不喜欢所能决定其优劣的，他的文章越是往后流传就会越加灿烂，不可磨灭，虽然在一定时期内被埋没过，终归会在无尽的未来大放异彩，这是公道所决定的。我最初得到韩文，是在他根本不被人关注的时候，我当时就很清楚这样的文章不足以追逐时尚而获取实际的利益，还是认认真真地学起来，那时我的做法，难道是想用来尽快求取名声进而获取实际的利益吗？不过是有志于古文很久而已。所以我做官，对于升迁没感到惊喜，对于贬黜也没感到畏惧，是因为自己的志向已经确定，而所学的道理让我认定这样做是完全应该的。韩愈这个文集出于蜀中所刻，文字的刻画，比当今市面上流传的本子更精美，只是脱漏和错误太多。三十年来，只要听说谁有比较好的刻本，一定要寻来对校并改正其中的错误。该刻本的最后面卷数不够，如今不再增补，是为了更加慎重，不敢轻易对它进行增补。如今我家的藏书达万卷之多，只有这部《昌黎先生集》是旧时之物。啊！韩愈的文章、韩愈的大道，应该得到千秋万代共同的尊重，天下人都应该去传习并且拥有它才是啊。我对于这个藏本，因为它是旧物而尤其珍惜它。

# 七贤画序①

某不幸,少孤。先人为绵州军事推官时②,某始生,生四岁,而先人捐馆③。某为儿童时,先妣尝谓某曰:"吾归汝家时④,极贫。汝父为吏至廉,又于物无所嗜,惟喜宾客,不计其家有无以具酒食。在绵州三年,他人皆多买蜀物以归,汝父不营一物,而俸禄待宾客,亦无余已。罢官,有绢一匹,画为《七贤图》六幅。此七君子,吾所爱也。此外无蜀物。"后先人调泰州军事判官,卒于任⑤。比某十许岁时,家益贫,每岁时设席祭祀,则张此图于壁,先妣必指某曰:"吾家故物也。"

后三十余年,图亦故暗。某忝立朝,惧其久而益朽损,遂取《七贤》,命工装轴之,更可传百余年。以为欧阳氏旧物,且使子孙不忘先世之清风,而示吾先君所好尚。又以见吾母少寡而子幼,能克成其家,不失旧物。盖自先君有事后二十年⑥,某始及第。今又二十三年矣,事迹如此,始为作赞并序。

[题解]

本文作于皇祐五年(1053年),当时作者正在江西为亡母守丧,见到了其父在蜀中做官时留下的那幅《竹林七贤图》,为之写下了这篇序文。本文回忆了父亲为官的清廉、母亲持家的艰苦,接着说到不管生活如何艰难,做人的基本品德是永远不可改变的。这幅《七贤图》的意义在于:它可以让后世子孙永远记住先祖为官清正廉洁的一身正气。

[注释]

①七贤：晋代阮籍、嵇康、山涛、刘伶、向秀、阮咸、王戎等七人，因与当世不合，隐居于山阳（今河南修武一带）竹林，"弃经典而尚老庄，蔑礼法而崇放达"，史称"竹林七贤"。②绵州：宋州名，在今四川绵阳。③生四岁，而先人捐馆：据《欧阳文忠公年谱》载，欧阳修的父亲死于真宗大中祥符三年（1010年），当时担任泰州军事判官。他的叔父欧阳晔担任着随州军事推官，欧阳修随其母到随州投靠叔父。④吾归汝家：我嫁到你们欧阳家当媳妇时。⑤卒于任：死在官任上。⑥先君有事后二十年：先父死后二十年。据《欧阳文忠公年谱》载，欧阳修天圣八年（1030年）二十四周岁时考中进士第十四名，距其父去世恰二十年。

[译文]

欧阳某很不幸，少年时便成为孤儿。先父担任绵州军事推官时，我刚刚出生，长到四岁时，先父不幸去世。我还在儿童时，母亲就曾对我说："为娘嫁到你们欧阳家时，家里非常贫穷。你父亲当官极为廉洁，对于享乐之事又一无所好，只喜欢交结宾客，不考虑他家里有多少钱财，每每都要准备像样的酒食。在绵州为官三年，别人都大量购买蜀中特产回归内地，你父亲却不留心任何物产，用他的俸禄款待宾客，也就没有什么剩余了。官满卸任时，家里仅有一匹细绢，画成了《竹林七贤图》六幅。这七位君子，也是我十分珍爱的。除此之外没有一点点蜀中物产了。"其后先父调任泰州军事判官，死在了官任上。等到我十来岁时，家里更加贫穷，每年按时铺设席褥祭祀先父时，就将这幅图画张挂在墙上，母亲一定会指着我说："这是我们欧阳家的旧物。"

又过了三十多年，那幅图画变得越来越破旧灰暗。其后我做了朝廷高官，担心图画再过若干时间会更加腐朽坏损，于是取出《七贤图》，请工匠重新装裱更换画轴，这样至少能再往后流传一百多年，仍旧作为欧阳家族的传家旧物，让子孙们不忘记他们先人的清廉高风，同时展示我先父的志趣所好，还能记起我母亲年轻守寡孩子幼小，却能撑起家业，没有把旧物遗失。先父去世后二十年，我才进士及第。如今又过了二十三年了，以往的事迹就是这样，至今才为此图作赞和序文。

# 送陈经秀才序①

伊出陆浑②，略国南，绝山而下③，东以会河。山夹水东西，北直国门，当双阙④。隋炀帝初营宫洛阳，登邙山南望⑤，曰："此岂非龙门邪！"世因谓之龙门，非《禹贡》所谓导河自积石而号龙门者也⑥。然山形中断，岩崖缺呀，若断若镞。当禹之治水九州，披山斩木，遍行天下，凡水之破山而出之者，皆禹凿之，岂必龙门？然伊之流最清浅，水溅溅鸣石间。刺舟随波⑦，可为浮泛；钓鲂捉鳖，可供膳羞。山两麓浸流，中无岩崭颓怪盘绝之险，而可以登高顾望。自长夏而往，才十八里，可以朝游而暮归。故人之游此者，欣然得山水之乐，而未尝有筋骸之劳，虽数至，不厌也。然洛阳西都，来此者多达官尊重，不可辄轻出。幸时一往，则驺奴从骑，吏属遮道，唱呵后先，前候旁扶，登览未周⑧，意已怠矣，故非有激流上下与鱼鸟相傲然，群为徙倚之适也⑨。然能得此者，惟卑且闲者宜之。

修为从事，子聪参军⑩，应之主县簿⑪，秀才陈生旅游，皆卑且闲者，因相与期于兹。夜宿西峰，步月松林间，登山上方⑫，路穷而返。明日，上香山石楼⑬，听八节滩⑭，晚泛舟，傍山足夷犹而下⑮，赋诗饮酒，暮已归。后三日，陈生告予且西。予方得生，喜与之游也，又遽去，因书其所以游，以赠其行。

[题解]

这是一篇颇为别致的赠序文字。开篇详细介绍洛阳的美景,已经撩人;接着说在此地游览的人几乎没有感到厌倦的,即使经常来游,依然兴致盎然。古人说"仁者乐山,智者乐水",洛阳龙门恰恰有山有水,可惜那些达官显贵却因官身不由己,很难有这样的雅兴。最后才说到和陈经秀才同游的友情,为了无法忘却的纪念,作者把这次同游的经历和感受写成文章作为临别赠言,既意味隽永,又出人意料。

[注释]

①陈经:即陆经,字子履,越州(今浙江绍兴)人。其母再嫁陈见素,冒姓陈。景祐二年(1035年),见素卒,复姓陆。庆历元年(1041年),为集贤校理。神宗熙宁五年(1072年),判太常寺。十年,知河中府。《宋史》有传。②伊出陆浑:伊指的是伊水,流经洛阳龙门的一条河流。陆浑,古地名,亦称瓜州,原指今甘肃敦煌一带。春秋时秦、晋二国使居于其地之"允姓之戎"迁居伊川,以陆浑名之。汉置县,五代废。故城在今河南嵩县东北。③绝山而下:从山的高处下来。④双阙:即洛阳附近的伊阙。《大明一统志》载,阙塞山在洛阳府城西南三十里,一名伊阙,又名阙口。《水经注》载,伊水东北过伊阙,当年大禹疏龙门以通水,两山相对,望之如阙,伊水历其间,故谓之伊阙。⑤邙山:在洛阳城北十里左右,山连偃师、巩、孟津三县,绵延四百余里。东汉诸陵及唐宋名臣的坟墓多在此山脚下。⑥《禹贡》所谓导河自积石而号龙门者:《尚书·禹贡》载:"黑水、西河惟雍州:弱水既西,泾属渭汭,浮于积石,至于龙门西河,会于渭汭。"按:禹所谓龙门在今山西津市,此处是借用隋炀帝的话而称洛阳龙门。⑦刺舟:撑船。⑧登览未周:还没有游览完一遍。⑨群为徙倚之适:一群一伙地徘徊往来之乐。⑩子聪参军:杨愈,字子聪,是作者在洛阳结交的好友之一。参军,此处指司户参军,掌户籍、赋税、仓库交纳等事。⑪应之主县簿:张谷,字应之,也是作者在洛阳结交的好友。作者曾为张谷作《尚书屯田员外郎张君墓表》。⑫上方:上方阁,在洛阳香山。⑬香山石楼:白居易所建的一座小楼。《新唐书·白居易传》称他"构石楼香山,凿八节滩,自号醉吟先生"。⑭八节滩:白居易《开龙门八节滩诗序》说:东都龙门潭之南,有八节滩、九峭石,船筏过此,例及破伤。

会昌四年（844年），有悲智僧道遇，适同发心，经营开凿，贫者出力，仁者施财。从古有碍之险，未来无穷之苦，忽于一旦尽除去之。⑮夷犹：犹豫；迟疑不前。

[译文]

　　伊水出于陆浑山，流经陆浑以南，从山上倾泻而下，向东与黄河相汇。陆浑山夹在伊水的东西两面，其正北为洛阳城门，和双阙迎面相对。当年隋炀帝开始兴建洛阳宫殿时，登上北邙山向南眺望，说道："这里难道不是龙门吗？"后世因此也称这里为龙门，但不是《尚书·禹贡》篇里所说疏导黄河从积石山到达龙门的那个龙门。然而山形从当中断开，悬崖巨石或耸或凹，既像是断裂又像是被镌刻。当年大禹治水形成九州时，披凿高山砍伐林木，几乎走遍了天下，凡是水流穿过山谷而涌出的地方，大都是大禹开凿过的，何止龙门一处？伊水在诸水中是最清最浅的，水奔涌迸溅的声音在山石间鸣响。划着船跟随水波而行，可以自行浮在水面；钓到的鲂鱼和鳖，足够我们美餐一顿。山的两麓浸泡在水流之中，那里没有岩石凹凸回旋的险境，还可以登到高处四下眺望。从长夏向下游漂流，总共才十八里，清晨出发，日暮便可以回来。故而人们在这段水域游玩的，都能十分轻松地尽享山水带来的乐趣，从来不会有劳累疲惫的感觉，即使来过多次，也都不会感到无趣。然而洛阳毕竟是国家的西京，到这里来的大多数是达官显贵，这些人不是总有机会来此地观光游览的。偶尔有幸赶上有机会来此游玩一番，又往往是前呼后拥，人马遮道，吆喝声一阵接着一阵，前面有向导引路旁边有侍从搀扶，登临游览还没看完，心里已经感到厌倦了，所以很难享受到在激流中上下翻腾、看着鱼和鸟儿自鸣得意、成群结伙地飞来游去的快意了。所以真正能够体验这种享受的，只有地位低微颇有闲暇的人比较适合。

　　欧阳某作为西京留守推官，子聪兄为司户参军，应之兄任县里的主簿,秀才陈生和我们一道游玩,都是些官位低微多有闲暇的人,于是结伴到这里同游。夜里歇息在西峰之上,踏着月色漫步在松树林间,又登山到达上方阁,直到没了路才重新返回。第二天,来到香山的石楼,聆听八节滩的潺潺流水,晚间叫来小船,沿着山脚战战兢兢地走到船上,赋诗饮酒,直到暮色很深了才回到官衙。其后三天,陈生告诉我说他将要西行。我刚刚和陈生相交,很喜欢和他一起游览,可惜他很快又要离去,故而记下我们如何惬意地游览此地,作为给他临行的赠言。

# 送王圣纪赴扶风主簿序<sup>①</sup>

前年五月，大霖雨杀麦，河溢东畿<sup>②</sup>，浸下田。已而不雨，至于八月，菽粟死高田。三司有言："前时溢博州<sup>③</sup>，民冒河为言，得免租者盖万计。今岁秋当租，惧民幸水旱，因缘得妄免，以亏兵食，慎敕有司谨之。"朝廷因举田令，约束州县吏。吏无远近，皆望风恶民言水旱，一以农田敕限，甚者笞而绝之。畿之民诉其县，不听；则诉于开封，又不听；则相与聚立宣德门外<sup>④</sup>，诉于宰相。于是遣吏四出视诸县。视者还，而或言灾，或言否，然言否者十七八。最后视者还，言民实灾，而吏徒畏约束以苟自免尔。天子闻之恻然，尽蠲畿民之租。

余尝窃叹曰：民生幸而为畿民，有缓急<sup>⑤</sup>，近而易知也。雨降于天，河溢于地，与赤日之出，是三者，物之易见也。前二三岁，旱蝗相连<sup>⑥</sup>，朝廷岁岁随其灾之厚薄，蠲其赋之多少，至兵食不足，则岁籴或入粟以爵而充之。是在上者之爱人，而仁人之心易恻也。以易知之近，言易见之事，告易恻之仁，然吏一壅之，几不得达。况四海之大，几万里而远，事之难知，不若霖潦赤日之易见者何数！使上有恻之之心不得达于下，下有思告之苦不得通于上者，吏居其间而壅之尔，可胜叹哉！扶风为县，限关之西，距京师在千里外，民之不幸而事有隐微者何限⑦？其能生死曲直之者，令与主簿、尉三人⑧。而民之志得不壅而闻于州，州不壅而闻于上，县不壅而民志通者⑨，令与主簿、尉达之而已。王君圣纪主簿于其县，圣纪好学有文，佐是县也，始试其为政焉，故以夫素所叹者告之。景祐三年二月二十四日，庐陵欧阳修序。

[题解]

本文作于景祐三年（1036年），作者当时任馆阁校勘。王圣纪要到扶风县担任主簿，作者认为此官虽然不为显赫，但却直接关系到一县百姓的辛酸苦痛能不能得以上闻、进而得到朝廷的救助这样一个非常重要的问题，提醒他为官务必以民事为重。本文的入手很巧妙，很长一段文字，只在叙述京畿之民受灾后的种种行事，直到最后才笔锋陡转，把已经非常明朗的论点轻轻点出。

[注释]

①扶风：北宋县名，属秦凤路凤翔府，在今陕西眉县东北。②河溢东畿：谓黄河泛滥于汴京之东地区。③博州：属河北东路，在今山东聊城。④宣德门：北宋京师开封的南门。⑤缓急：紧急情况。⑥前二三岁，旱蝗相连：《宋史·仁宗纪》载，明道元年（1032年）三月，江、淮旱，七月，以蝗旱，去尊号"睿圣文武"四字，以告天地宗庙。⑦民之不幸而事有隐微者何限：意谓扶风县虽然与汴京远隔千里，但百姓的冤屈痛苦却并没有地域的限制。⑧尉：县尉，宋代县中僚属，掌阅习弓箭手、息奸禁暴等事。⑨县不壅而民志通：谓天子仁恩下降于州，州不壅而达于县，县不壅而及于百姓。

[译文]

前年五月，大雨把麦地彻底毁坏了，黄河在京东地区泛滥成灾，淹没了低洼之地。随后又干旱不雨，一直持续到八月，高敞之地种植的豆子和杂粮都旱死了。三司曾发下文书说："前一段时间黄河在博州决口，当地百姓将河水造成的损失报告了官府，获准免除当年租税达万石之多。今年秋季应当缴纳的租税，担心当地百姓再次强调水旱损失，以此为借口侥幸希望再次免除，那样会对军粮供应带来亏缺，望相关部门谨慎处置。"朝廷因而下发了关于租税的法令，约束州县官员。这些官员不论在近畿还是远方，都顺承上面的意思，绝不再说本州本县遭受水旱之灾，一概根据现有农田下达租税额度，情况严重的竟有因鞭笞而致百姓死亡的。近畿的老百姓告到县里，县官不予理睬；又告到开封府，府尹还是不予理睬；百姓进而彼此相约，来到宣德门外站立，把冤情告到宰相那里。于是宰相派官员到四面八方视察开封所属各县。视察的人回来后，有的汇报说的确受了灾，有的则说没有受灾，而说没受灾的占到百分之七八十。最后视察的人回来，说百姓确实是受了灾害，那些官吏只是惧怕受到政令的惩罚想侥幸逃脱罪责而已。天子听罢心中恻然，于是全部免除了京畿百姓的租税。

我曾经私下慨叹道：百姓有幸生在开封附近成为京畿之民，有了紧急情况，离朝廷近所以朝廷还容易了解到。雨从天上降落下来，河水泛滥在广阔的大地上，还有骄阳暴晒，这三种灾害，是种种事物中最容易被看见的。前两三年，旱灾蝗灾接连不断，朝廷每年都要根据灾情的轻重，决定免除赋税的额度，由此造成的军粮不足，只能靠每年收买余粮以及用卖官收粮的办法来补充。这说明帝王是爱护百姓的，仁爱之君总是对受灾之民抱有恻隐怜悯之心，很容易感受到。在很容易了解到真情的近地，诉说很容易见到的实际灾害，告到很容易生发怜悯之心的仁爱天子面前，那些猾吏还要极力阻隔，几乎传达不到朝廷之中。何况四海之广大，将近万里之远，实情之难以了解，不像大雨、骄阳那样容易被人看见的灾难，多得数都数不清！使天子的恻隐爱民之心不得传达到百姓，百姓有想要诉的苦处又无法通达到天子的，是官吏们处在两者之间极力阻碍而已，这种局面，真令人感慨万端啊！扶风作为一个县，处在函谷关以西，距离京城远在千里之外，那里的百姓有什么不幸而事实又被隐瞒起来的会有多少？那里能够掌握百姓生与死、曲与直的人，只有县令和主簿、县尉三个人。使百姓的心愿不受阻遏顺利申告到知州那里，知州不加阻遏而顺利地让朝廷得知，使县民不受阻遏而心愿能够畅通无阻的，还要靠县令和主簿、县尉为他们转达而已。王君圣纪将到扶风去任县主簿之官，圣纪喜好学习很有文采，到扶风去担任县的僚佐，是朝廷对他初次问政的一次测试，所以我把以往那些令我感叹的问题告诉他。景祐三年二月二十四日，庐陵欧阳修谨序。

# 送杨寘序①

予尝有幽忧之疾②,退而闲居,不能治也。既而学琴于友人孙道滋,受宫声数引③,久而乐之,不知疾之在其体也。夫疾,生乎忧者也。药之毒者,能攻其疾之聚,不若声之至者,能和其心之所不平。心而平,不和者和,则疾之忘也宜哉。夫琴之为技小矣,及其至也④,大者为宫,细者为羽,操弦骤作,忽然变之,急者凄然以促,缓者舒然以和。如崩崖裂石,高山出泉,而风雨夜至也;如怨夫寡妇之叹息,雌雄雍雍之相鸣也⑤。其忧深思远,则舜与文王、孔子之遗音也;悲愁感愤,则伯奇孤子⑥、屈原忠臣之所叹也。喜怒哀乐,动人心深。而纯古淡泊,与夫尧、舜、三代之言语,孔子之文章,《易》之忧患,《诗》之怨刺无以异。其能听之以耳,应之以手,取其和者,道其堙郁⑦,写其忧思⑧,则感人之际亦有至者焉,是不可以不学也。

予友杨君,好学有文,累以进士举,不得志。反从荫调⑨,为尉于剑浦⑩,区区在东南数千里外,是其心固有不平者。且少又多疾,而南方少医药,风俗饮食异宜。以多疾之体,有不平之心,居异宜之俗,其能郁郁以久乎?然欲平其心以养其疾,于琴亦将有得焉。故予作《琴说》以赠其行,且邀道滋酌酒进琴以为别。

[题解]

本文作于庆历七年（1047年），当时作者任滁州知州，自己的心情本来已很压抑，其友人杨寘屡考进士不中，只得走荫补之路，到南方去做小官。作者想到他的情绪一定不好，于是劝他以琴自娱。文章情感深沉，立意寻常而表现手法却很新颖：先说杨寘必然不愉快的理由，然后才说可以借助于琴来排遣忧郁，使文字具有了很强的张力。

[注释]

①杨寘：欧阳修所交的布衣之友。②幽忧之疾：类似今天所说的忧郁症。③宫声：古代乐律五音宫、商、角、徵、羽当中的正音。《左传·昭公二十五年》："章为五声。"孔颖达疏解说："土为宫，金为商，木为角，火为徵，水为羽。"引：古代乐曲体裁名，有序奏之意。此处所说的"受宫声数引"是个泛称，意谓学习了几支琴曲。④及其至：等到学到真谛。⑤雍雍：鸟鸣之声。《诗经·大雅·卷阿》："凤皇鸣矣，于彼高冈。梧桐生矣，于彼朝阳。萋萋萋萋，雍雍喈喈。"⑥伯奇：古代遭到流放的一位士子。《汉书·冯奉世传》说："谗邪交乱，贞良被害，自古而然。故伯奇放流，孟子宫刑，申生雉经，屈原赴湘。"颜师古注解引《说苑》说："王国子，前母子伯奇，后母子伯封，兄弟相重。后母欲令其子立为太子，乃谮伯奇，而王信之，乃放伯奇也。"⑦堙郁：窒塞不明。⑧写其忧思：宣泄自己的忧愁烦闷。写，"泻"的古字。⑨荫调：宋代士子入仕途经之一，即因长辈资历和功业而受到荫补直接做官。⑩为尉于剑浦：到剑浦县去做县尉。剑浦在今福建南平。尉，县令的主要属官，掌一县抓捕盗贼整饬治安等事。

[译文]

我曾经得过忧郁之病，回到家中静静闲居，也没有好转。不久向朋友孙道滋学习弹琴，学了几支古曲，时间一长便喜欢上了弹琴，而不再感受疾病的折磨了。疾病大都是由于忧郁而生的。那些药性剧烈的药物，适合攻治积聚已久的重病，不如乐声传达到内心，能够使内心的压抑变得平和。心境平和了，原本不平和的郁结都清除了，那么把疾病遗忘也就是顺理成章的事了。琴作为技能属于小道，等到你学得深了，声音激越的为宫调，声音柔细的属于羽调，拨弄琴弦快速弹奏时，忽然改变它的调子，拨弄急切时声音急促，感觉格外凄凉，拨弄舒缓时声调缓慢，感觉舒畅平和。有时候如悬崖崩塌巨石断裂，有时候又如高山涌出清泉，或是夜间有风雨袭来；又像怨夫寡妇的叹息之声，或像雌雄鸟儿相对啾鸣。说起忧怨之深思虑之远，可谓是虞舜和周文王、孔子时代的遗音；说起悲愤愁苦伤感怨愤，可谓是遭受谗害的孤儿伯奇、矢志不渝的忠臣屈原发出的哀叹。喜怒哀乐，打动人心极为深刻。而纯粹古雅淡泊之气，和唐尧、虞舜以及三代时期的言语，孔子的文章，《周易》当中表现出的忧患，《诗经》当中表现出的哀怨讽刺，没有任何的区别。琴能用耳朵去聆听，能和自己的手相协和，取它表现出的平和，来抒发自身的淤塞和抑郁，宣泄自身的忧愁和烦闷，那么琴声感动人心之时也就会有所触动了，这种技艺是不能不学的。

  我的朋友杨君，爱好学习又有文采，多次参加进士考试，一直没能得志，反而由荫补入仕为官，任命为剑浦县尉，远在东南方几千里之外，故而他内心是有所不平的。况且杨君自少年时就疾病缠身，南方缺医少药，风俗和饮食各方面都和他的习性不相同。凭着一个多病的身体，带着一颗不平的心，居处在风俗饮食都与习性不同的地方，他能够坚持很久吗？然而要想使其心归于平和来保养他的有病之身，只有在琴中才会得到益处。所以我写下这篇《琴说》来为他送行，还特地邀请了孙道滋，为他敬酒送琴作为道别。

# 送曾巩秀才序①

广文曾生来自南丰②,入太学,与其诸生群进于有司。有司敛群材,操尺度,概以一法,考其不中者而弃之。虽有魁垒拔出之材,其一累黍不中尺度,则弃不敢取。幸而得良有司,不过反同众人叹嗟爱惜③,若取舍非己事者,诿曰:"有司有法,奈不中何④?"有司固不自任其责,而天下之人,亦不以责有司,皆曰:"其不中,法也⑤。"不幸有司尺度一失手⑥,则往往失多而得少⑦。呜呼!有司所操,果充法邪⑧?何其久而不思革也。况若曾生之业,其大者固已魁垒,其于小者亦可以中尺度,而有司弃之⑨,可怪也。

然曾生不非同进,不罪有司⑩,告予以归,思广其学而坚其守。予初骇其文⑪,又壮其志。夫农不咎岁而菑播是勤⑫,其水旱则已,使一有获,则岂不多邪?曾生橐其文数十万言来京师,京师之人无求曾生者,然曾生亦不以干也⑬。予岂敢求生,而生辱以顾予。是京师之人既不求之,而有司又失之,而独余得也。于其行也,遂见于文,使知生者可以吊有司⑭,而贺余之独得也。

[题解]

本文作于庆历二年(1042年),作者知太常礼院。这一年江西生员曾巩参加礼部会试遭到弃置，欧阳修为此深感不公，同时对僵化的程式化考试表示十分反感。他认为国家要想得到真正的贤才，必须改革考试制度，不拘一格，只有那样，真正的人才才能脱颖而出。

[注释]

①曾巩：字子固，建昌南丰人。生而警敏，过目成诵。欧阳修见其文，深为赞赏。《宋史》有传。②广文：广文馆，唐代七学之一。天宝九年（750年），国子监增开广文馆，设博士、助教等职，领国子学中修进士业者。宋代广文馆建于哲宗元祐时，此处代指宋初的太学。南丰：宋代县名，属江南西路建昌军，在今江西南丰。③不过反同众人叹嗟爱惜：意谓有幸遇上有同情心的主考官，也不过受到对待一般士子那样的表示遗憾可惜而已，谁也不会力荐。④奈不中何：没有考中，有什么办法呢？⑤其不中，法也：意谓此人没有考中，是因为他的答卷不符合规矩程式。⑥不幸有司尺度一失手：偶尔碰上主考官掌握的尺度不准确。⑦则往往失多而得少：失去的人才多而录取的人才反而更少。⑧果充法邪：真的能代表法度吗？⑨而有司弃之：谓主考官往往取其小道而中尺度者，于其大而魁者，反倒弃而不取。⑩不非同进，不罪有司：谓曾巩虽然落第，既不贬低同考中第者，也不埋怨主考官压抑人才没有录取自己。⑪初骇其文：先是对他的文章感到震撼。⑫农不咎岁而菑播是勤：农民不埋怨年成不好，只管辛勤地耕耘播种。菑（zī），初耕的田地。此处指耕地。⑬曾生亦不以干也：意谓曾巩也没有拿自己的文章去干谒权贵，以求荐引。⑭使知生者可以吊有司：吊有司，谓非常遗憾地为有司所摈弃，这句话说得比较复杂，颇有"其实不是有司炒了曾巩，而是曾巩炒了有司"的愤懑。

[译文]

广文馆学生曾巩来自江西南丰，进入太学后，与其他诸生一道参加礼部的会试。主考官选拔人才，立下严格的规矩尺度，一律按照这些规矩和程式决定去取，考试不符合程式的都被弃而不用。就算有卓然出众的杰出人才，只要有一点点不合于程式，便弃而不敢录取。有幸遇到个好的考官，也不过是和众人一样表示叹嗟和可惜而已，如果碰上那种录取不录取不关自己痛痒的考官，便推诿说：

"相关部门立下了严格的法度,他们没能合乎规矩,我有什么办法?"礼部根本不会去担这个责任,而天下所有的人,也不会因此而责怪礼部考官,都说:"他没有考中,是根据法度决定的。"不幸的是如果礼部考官掌握的法度稍有误差,那么往往是放弃的多而录取的少。啊!礼部考官所掌握的规矩,真的就能代表法度吗?为什么沿用了这么久还不思变革?何况像曾巩的文章,写得好的足可以成为当世样板,随手而写的小文章,也足以符合考试的规矩,而考官们竟然把他放弃,真是太不可思议了。

  然而曾巩没有怨恨一同参考而考中的举子,也没有责怪主考官员,只是告诉我他准备回乡,打算再将学问做深厚些,同时坚持自己的信念。我最初是看了他的文章感到惊异,如今又为他的壮志感到钦佩。农夫不埋怨年成不好而只管辛勤地耕耘播种,遇到水灾旱灾也就罢了,假如遇到丰年有了收成,所获岂不是非常之多吗?曾巩带着他写的几十万字文章来到京城,京城的人们没有向他求文的,而曾巩也不用这些文章去干谒权势人物。我哪里敢对他有所求?而曾巩却能主动来看顾我。如此看来,京城里的人没有对他提出请求的,礼部考官又摈弃了他,只有我一个人是有所获得的。在他将要离开京城的时候,我写下这篇送行的序文,使知道曾巩的人替考官们哀悼,同时庆贺我个人的有幸获得。

# 章望之字序①

校书郎章君，尝以其名望之来请字，曰："愿有所教，使得以勉焉而自勖者②。"予为之字曰表民，而告之曰：古之君子所以异乎众人者，言出而为民信，事行而为世法，其动作容貌，皆可以表于民也。故纮綖冕弁以为首容③，佩玉玦环以为行容，衣裳黼黻以为身容④。手有手容，足有足容，揖让登降，献酬俯仰，莫不有容。又见其宽柔温厚、刚严果毅之色，以为仁义之容。服其服，载其车，立乎朝廷而正君臣，出入宗庙而临大事，俨然人皆望而畏之，曰：此吾民之所尊也。非民之知尊君子，而君子者能自修而尊者也。

然而行不充于内⑤，德不备于人，虽盛其服，文其容，民不尊也。名山大川，一方之望也；山川之岳渎，天下之望也。故君子之贤于一乡者，一乡之望也；贤于一国者，一国之望也；名烈著于天下者，天下之望也；功德被于后世者，万世之望也；孝慈友悌达于一乡，古所谓乡先生者⑥，一乡之望也。春秋之贤大夫，若随之季良、郑之子产者⑦，一国之望也。位于中，而奸臣贼子不敢窃发于外，如汉之大将军⑧；出入将相，朝廷以为轻重，天下系其安危，如唐之裴丞相者⑨，天下之望也。其人已没，其事已久，闻其名，想其人，若不可及者，夔、龙、稷、契是也⑩。其功可以及百世，其道可以师百王，虽有贤圣，莫敢过之者，周、孔是也。此万世之望，而皆所以为民之表也。《传》曰："其在贤者，识其大者远者⑪。"若此数者，皆可自择而勉焉者也。今章君儒其衣冠，气刚色仁，好学而有志。其洁然修乎其外，而辉然充乎其内，以发乎文辞，则又辩博放肆而无涯。是数者，皆可以自择而勉焉者也，是固能识夫远大者矣。虽予，何以勖焉？第因其志、广其说以塞请⑫。庆历三年六月日序。

[题解]

本文作于仁宗庆历三年（1043年），当时作者任职谏院。文章虽然从为一个人取字的小处说起，但气象越来越宏大，黄震的《黄氏日钞》评此文说："列一乡一国，以至天下万世之望。"最终将话题归结到：君子活在世上，就应该树立远大志向，时时自勉，才能得到当时和后世的尊重和景仰。

[注释]

①章望之：字表民，建州浦城（今福建浦城）人。为文辩博，长于议论。求举贤良方正，伯父章得象为宰相，以嫌不得参考，浮游于江、淮之间。翰林学士欧阳修、韩绛，知制诰吴奎、刘敞、范镇同荐其才，知乌程县，不赴，卒。其文喜议论，宗孟轲言性善，排荀卿、扬雄、韩愈、李翱之说，著《救性》七篇。欧阳修论魏、梁为正统，望之以为非，著《明统》三篇。字：古人除了名之外所取的表字。②勖（xù）：勉励。③纮綖冕弁以为首容：纮綖，古代冠冕上装饰的绳带。《左传·桓公二年》："衡、紞、纮、綖，昭其度也。"孔颖达疏解说："此四物者，皆冠之饰也。"④黼黻：古代礼服上所绣的华美花纹。⑤行不充于内：此句与下句"德不备于人"为互文修辞用法，意思是德行不具备于自身，不施于别人。⑥乡先生：古代乡党中德高望重的君子或老师。⑦郑之子产：郑国大夫，名公孙侨，字子产，春秋时郑国国相。执政二十余年，使处于晋、楚大国压迫之下的郑国得以安定和发展。⑧汉之大将军：指西汉大将军霍光。《汉书·霍光金日磾传赞》说他"匡国家，安社稷，拥昭立宣，光为师保，虽周公、阿衡，何以加此"。⑨唐之裴丞相：裴度，字中立，唐宪宗时宰相。擒蔡州刺史吴元济，以功封晋国公。度功高持正，不为朝臣所

喜，数起数罢。新、旧《唐书》均有传。⑩夔：舜时乐官。龙：舜的谏官。稷：周之先祖，名弃，舜命为农官，教民耕稼，称为"后稷"。契：商的祖先，帝喾之子，佐禹治水有功，任为司徒，封于商，赐姓子氏。⑪其在贤者，识其大者远者：《左传·襄公三十一年》："子皮曰：'善哉！吾闻君子务知大者、远者，小人务知小者、近者。'"⑫塞请：满足他人的请求。

[译文]

校书郎章君，曾递上他的名字"望之"二字到我这里请求取个字，他说："希望这个字能对我有所教益，使我能够以此时时自勉自励。"我给他取了个字叫"表民"，并告诉他说：古代的君子之所以能与众不同，是因为他们的话说出来就被万民所信任，事做出来就能成为当世的准则，他们的一举一动音容笑貌，都能成为万民的表率，故而用绳带冠冕弁作为头上的仪容，佩戴美玉玦环作为行走时的仪容，衣裳图案作为身上的仪容。手上有手上的仪容，脚上有脚上的仪容，揖礼逊让登阶降阶，进献酬答一俯一仰，没有一处不需要讲究仪容。还能见到他们的宽和温厚、刚毅果敢的面色，作为内心仁义的表现。穿他们该穿的衣裳，乘他们该乘的车子，立于朝堂之上能使君臣感到一身正气，出入于宗庙之间能面对各种大事，庄严凝重的仪表让人们一看就感到可敬可畏。可以这样说：这是万民都尊敬的人。这不是因为万民懂得尊重君子，而是君子能勤于自我修养而懂得自尊自重。

然而如果德行不蕴藏在内心，也不施与他人，即使是穿上再华美的衣服，打扮得再齐整，百姓也不会去尊重他。名山大川，是一方民众所仰望的；山川当中的四岳和五渎，是天下万民所仰望的。所以说君子在一乡当中有贤德的，就会成为一乡人所仰望的对象；在一国当中有贤名的，就会成为一国人民所仰望的对象；声名功烈昭著于天下的，就会成为天下所有人仰望的对象；功业仁德流传于后世的，就会成为千秋万代人所仰望的对象；仁孝慈爱友善知礼的美名彰显于一乡，即古代所说的乡先生，是一乡人仰望的对象。春秋时期各国的贤大夫，比如随国的季良、郑国的子产，是一国人民仰望的对象。在朝廷中为官，奸臣贼子就不敢在外藩轻举妄动，比如汉朝的大将军霍光；出将入相，朝廷倚重他作为柱石，天下之民的安危系于一身，比如唐朝的丞相裴度，是天下万民所仰望的对象。有些人已经死了，他们的事迹也已经过去了很久很久，但听到他们的名字，想象他们的风采，后人感觉是根本无法企及的，比如夔、龙、稷、契。他们的功业可以绵延万代，他们的道德可以成为所有君王的师表，即使又出现贤人圣人，也不敢说有所超越的，是周公和孔子。这两个人是万世之民所仰望的对象，又是万民的师表。经传中说："那些贤德之人，考虑的是大事和长远之事。"像上述这些人，都是可以自己去选择并勉励自己向他们看齐的。如今章君穿的是儒者之服、戴的是儒者之冠，气度刚毅面色宽和，爱好学习而胸有大志。外表上十分的儒雅修洁，而仁义之光辉充盈于内心，表现在文章辞藻上，则是渊博奔放一泻千里。像上述这些人，也都是可以自行选择并勉励自己努力向他们看齐的，因为他们原本就都是高瞻远瞩的人。即使是我自己，又凭什么不以他们为榜样而自励自勉呢？故而按照章君的志向，把理由说得透彻深入一些，来满足他的请求。庆历三年六月某日序。

# 郑荀改名序

三代之衰，学废而道不明，然后诸子出。自老子厌周之乱，用其小见，以为圣人之术止于此，始非仁义而诋圣智①。诸子因之，益得肆其异说，至于战国，荡而不反。然后山渊、齐秦、坚白异同之论兴②，圣人之学，几乎其息。最后荀卿子独用《诗》、《书》之言，贬异扶正，著书以非诸子③，尤以劝学为急④。

荀卿，楚人。尝以学干诸侯，不用，退老兰陵⑤，楚人尊之。及战国平，三代《诗》、《书》未尽出，汉诸大儒贾生⑥、司马迁之徒莫不尽用荀卿子，盖其为说，最近于圣人而然也。荥阳郑昊⑦，少为诗赋。举进士已中第，遂弃之曰："此不足学也。"始从先生长者学问，慨然有好古不及之意。郑君年尚少，而性淳明，辅以强力之志，得其是者而师焉，无不至也。将更其名，数以请，予使之自择，遂改曰荀。于是又见其志之果也。夫荀卿者，未尝亲见圣人，徒读其书而得之。然自子思、孟子已下，意皆轻之。使其与游、夏并进于孔子之门⑧，吾不知其先后也。世之学者，苟如荀卿，可谓学矣，而又进焉，则孰能御哉？余既嘉君善自择而慕焉，因为之字曰叔希⑨，且以勖其成焉。

[题解]

本文是一篇为改名而作的序文，这种文章往往蕴涵着对对方极高的欣赏、期待和祝福。作者认为，荀子最突出的特点就是好学，故而在开列出的数个名字当中包含了这个字，当郑昊选择了"荀"字后，作者感到无比欣慰，并祝愿他能真的像荀子一样学有所成。

[注释]

①非仁义而诋圣智：《老子》说："绝圣弃智，民利百倍；绝仁弃义，民复孝慈。"仁义，指儒家所提倡的仁爱和正义。②山渊、齐秦、坚白异同之论：指战国时期各种不经之论。《荀子·不苟》说："怀负石而投河，是行之难为者也，而申徒狄能之；然而君子不贵者，非礼义之中也。'山渊平'，'天地比'，'齐秦袭'，'入乎耳，出乎口'，'钩有须'，'卵有毛'，是说之难持者也，而惠施、邓析能之。然而君子不贵者，非礼义之中也。"《史记·孟子荀卿列传》说："赵亦有公孙龙为坚白同异之辩。"③著书以非诸子：《荀子》中有《非十二子》篇，对当时各种不经之论加以批评驳正。④劝学：《荀子·劝学》篇说："学不可以已。青，取之于蓝而青于蓝；冰，水为之而寒于水。"又说："不登高山，不知天之高也；不临深溪，不知地之厚也；不闻先王之遗言，不知学问之大也。"⑤退老兰陵：《史记·孟子荀卿列传》载，荀子年五十游学于齐。当时稷下学宫有驺衍、淳于髡、田骈等很多名流，而荀子的名气最大。后来担任了齐国的祭酒（太学最高领导）。有人上谗言，于是荀子离开齐国来到楚国，春申君命他担任兰陵令。春申君死后，荀子也罢了官，因家于兰陵。⑥贾生：西汉初年的学者贾谊。⑦荥阳：北宋郑州所属县，在今河南荥阳。⑧游、夏：孔子弟子子游和子夏。子游名言偃，曾为武城宰，孔子以为子游习于文学。子夏名卜商，曾为魏文侯的老师。⑨叔希：叔是表示排行的，即古人遵循的伯、仲、叔、季。由此可知郑昊的排行为老三。希是表示勉励郑昊不断追求既定的人生目标。

[译文]

三代衰落之后，学问荒废而大道不再光明，然后诸子纷纷而出。最初是老子厌倦了周代的混乱，用他卑微的见识，认为圣人的治国之术不过如此，开始对仁义进行批评，并指责仁圣和智慧都无补于世。后来的诸子遵循这种理念，各自阐述他们的种种奇谈怪论，到了战国时期，异端之说如同江河冲荡不可逆转，诸如"山渊"、"齐秦"、"坚白异同"的理论纷纷而起，圣人的学说，几乎到了快消亡的地步。最后是荀子独家采用《诗》、《书》当中的言论，贬斥异端之说匡扶正统之论，著书立说来批判诸子之论，尤其强调人们都要认真地学习圣人之言。

  荀卿是楚国人，曾凭着他的学问希求得到诸侯的容纳，结果却没有谁重用他，只得退居于兰陵而死在那里，楚国人对他十分尊敬。到了战国结束，三代时的《诗》和《书》还没有全部昭显于世，汉朝的大儒贾谊、司马迁等人没有哪个不是从荀子的思想中受益，他们那些论说，最接近于圣人的大道。荥阳人郑昊，少年时学习写作诗赋。参加进士考试已经考中，却放弃了后续的努力，他说："这类东西不值得去学。"开始师从饱学的先生们探究学问，慨然有追慕古人唯恐不及的意志。郑君年纪还轻，而性情淳厚聪明，如果能够激励他的远大志向，得到真正的良师作为老师，没有什么目标达不到。他打算更改自己的名字，向我请求了多次，我给了他几个名字让他自己选择，于是他改名叫荀。从这上面又可以看出他是多么有志于学习。荀卿没能赶上亲眼见到圣人，仅仅是读圣人的书而得到启迪，于是从子思、孟子往下的学者，都从心里轻视他。但如果能给他机会让他和子游、子夏一起登进孔子的大门，我还真不知道谁学得更好呢。世上的学者，能像荀卿那样，就算是真正的好学了，如果能再进一步，还有谁能比得过他呢？我为郑昊能选择这个名字而感到欣慰，甚至有些敬慕，故而又给他取了个字叫叔希，是想勉励他学有所成的意思。

# 《归田录》序①

　　《归田录》者,朝廷之遗事,史官之所不记,与夫士大夫笑谈之余而可录者,录之以备闲居之览也。有闻而诮余者曰:"何其迂哉!子之所学者,修仁义以为业,诵六经以为言,其自待者宜如何?而幸蒙人主之知,备位朝廷②,与闻国论者,盖八年于兹矣。既不能因时奋身,遇事发愤,有所建明,以为补益;又不能依阿取容③,以徇世俗,使怨嫉谤怒丛于一身,以受侮于群小。当其惊风骇浪卒然起于不测之渊,而蛟鳄鼋鼍之怪方骈首而闯伺④,乃措身其间,以蹈必死之祸。赖天子仁圣,恻然哀怜,脱于垂涎之口而活之,以赐其余生之命。曾不闻吐珠衔环⑤,效蛇雀之报。盖方其壮也,犹无所为,今既老且病矣,是终负人主之恩,而徒久费大农之钱⑥,为太仓之鼠也⑦。为子计者,谓宜乞身于朝,远引疾去,以深戒前日之祸⑧,而优游田亩,尽其天年,犹足窃知止之贤名。而乃裴回俯仰,久之不决。此而不思,尚何归田之录乎!"余起而谢曰:"凡子之责我者,皆是也。吾其归哉,子姑待。"治平四年九月乙未,欧阳修序。

[题解]

　　本文作于治平四年(1067年),正是作者因濮议争端受到很多大臣排挤而被贬到亳州(今安徽亳州)的时候。作者此时已经心力交瘁,对仕途没有丝毫留恋了，他把自己多年来的一些杂记归为一书，取名叫做《归田录》，表达了作者渴望摆脱世俗回归自然的强烈愿望。

[注释]

①《归田录》：欧阳修所作的一本笔记，分上、下两卷。②备位朝廷：在朝廷重臣中有一席之地。此处指欧阳修担任参知政事已经数年。③依阿取容：阿谀逢迎，见风使舵。④蛟鳄鼋鼍：蛟龙、鳄鱼、大鳖、猪婆龙，都是水中的凶猛动物。骈首而阄伺：并着脑袋窥伺，时时想要蹿过来伤人。言小人之凶恶。⑤吐珠：《淮南子·览冥》高诱注解说："随侯见大蛇伤断，以药傅之。后蛇于江中衔大珠以报之。因曰'随侯之珠'，盖明月珠也。"衔环：相传东汉杨宝九岁时，至华阴山北，见一黄雀为鸱枭所搏，坠于树下，宝取雀以归，置巾箱中，食以黄花，百余日毛羽成，乃飞去。其夜有黄衣童子自称西王母使者，以白环四枚与宝曰："令君子孙洁白，位登三事（三公），当如此环矣。"事见南朝梁吴均《续齐谐记》。⑥大农：即大司农。《史记·平准书》："桑弘羊为治粟都尉，领大农。"此言空费朝廷俸禄。⑦太仓：京师储谷的大仓。《史记·平准书》："太仓之粟，陈陈相因。"⑧深戒前日之祸：作者曾几次无端遭受小人的谗害，第一次因指责御史中丞高若讷顺从权相吕夷简对范仲淹遭贬无动于衷，被贬为夷陵县令；第二次又因朝廷起用杜衍、范仲淹、富弼等直臣，起用他为谏官而受到小人的嫉恨，被贬为滁州知州。这就是作者所谓的"前日之祸"。

[译文]

《归田录》这本小书，所记的都是些朝廷的轶闻琐事，是史官不屑于记载的，以及和士大夫笑谈之余认为值得记录的文字，记录下来留着到闲居的时候再翻阅。有听说此事而讥笑我的人对我说："你是何等的迂腐啊！你这辈子所学的，是把修养仁义道德作为事业，吟诵六经作为自己的言谈，你想想应该如何看待自己摆正位置呢？有幸得到天子的知遇，在朝廷之中担任了重臣，参与国家大事的议论，到现在已经整整八年了。既不能够抓住时机奋身立功，遇到大事奋发有为，有所建树彰显清明，作为对自身的补益；又不能够见风使舵得到朝廷的容纳，来迎合世俗，反倒使得怨恨诽谤嫉妒恼怒集中于一身，忍受一群小人的肆意侮辱。赶上惊涛骇浪从深不可测的深渊突然兴起，蛟龙鳄鱼大鳖猪龙纷纷探着脑袋时刻想把你吞掉的时候，你竟然将自身放置在危险当中，去自找必然死亡的大祸。全是靠着天子的仁爱圣明，对你发了恻隐之心，才让你逃脱了那些血盆大口使你活了下来，赏给了你残存的性命。难道没听说过随国大蛇吐出夜明宝珠和华阴黄雀衔环报恩的故事吗？你也应该效仿大蛇和黄雀对朝廷有所回报啊。正当壮年的时候，尚且无所作为，如今又老又病了，这真是辜负了天子的恩德，白白地浪费国家的银钱，成了国家粮仓里的老鼠了。为你着想，我认为你应当向朝廷请求退休致仕，离开朝廷越远越好，并且要深刻反省曾经遇到的那些灾祸而引以为戒，到田野乡间去优哉游哉，颐养天年，还能获取知足知止的好名声。可你却还是犹豫不决得过且过，这么久了还没拿定主意。不趁着此时考虑退身之计，还说什么归田之录啊！"我起身答谢说："凡是你数落我的这些话，都是正确的。我很快就要真的归田了，你再耐心等几天看。"治平四年九月乙未，欧阳修序。

# 上范司谏书①

月日,具官谨斋沐拜书司谏学士执事:前月中得进奏吏报②,云自陈州召至阙拜司谏③,即欲为一书以贺,多事忽卒未能也④。司谏七品官尔,于执事得之不为喜,而独区区欲一贺者,诚以谏官者,天下之得失、一时之公议系焉。今世之官,自九卿、百执事⑤,外至一郡县吏,非无贵官大职可以行其道也。然县越其封,郡逾其境,虽贤守长不得行,以其有守也。吏部之官不得理兵部⑥,鸿胪之卿不得理光禄⑦,以其有司也。若天下之失得、生民之利害、社稷之大计,惟所见闻而不系职司者,独宰相可行之,谏官可言之尔。故士学古怀道者仕于时⑧,不得为宰相,必为谏官,谏官虽卑,与宰相等。天子曰不可,宰相曰可,天子曰然,宰相曰不然,坐乎庙堂之上,与天子相可否者,宰相也。天子曰是,谏官曰非,天子曰必行,谏官曰必不可行,立殿陛之前与天子争是非者,谏官也。宰相尊,行其道;谏官卑,行其言。言行,道亦行也。九卿、百司、郡县之吏守一职者,任一职之责,宰相、谏官系天下之事,亦任天下之责。然宰相、九卿而下失职者,受责于有司;谏官之失职也,取讥于君子。有司之法行乎一时,君子之讥,著之简册而昭明⑨,垂之百世而不泯,甚可惧也。夫七品之官,任天下之责,惧百世之讥,岂不重邪！非材且贤者，不能为也。

近执事始被召于陈州，洛之士大夫相与语曰："我识范君，知其材也。其来不为御史，必为谏官。"及命下，果然，则又相与语曰："我识范君，知其贤也。他日闻有立天子陛下，直辞正色，面争庭论者，非他人，必范君也。"拜命以来，翘首企足，伫乎有闻，而卒未也，窃惑之。岂洛之士大夫能料于前而不能料于后也？将执事有待而为也？

昔韩退之作《争臣论》，以讥阳城不能极谏⑩，卒以谏显⑪。人皆谓城之不谏盖有待而然，退之不识其意而妄讥，修独以谓不然。当退之作论时，城为谏议大夫已五年，后又二年，始庭论陆贽，及沮裴延龄作相，欲裂其麻⑫，才两事尔。当德宗时，可谓多事矣，授受失宜，叛将强臣罗列天下，又多猜忌，进任小人。于此之时，岂无一事可言，而须七年耶？当时之事，岂无急于沮延龄、论陆贽两事也？谓宜朝拜官而夕奏疏也。幸而城为谏官七年，适遇延龄、陆贽事，一谏而罢，以塞其责。向使止五年六年，而遂迁司业⑬，是终无一言而去也，何所取哉？今之居官者，率三岁而一迁，或一二岁，甚者半岁而迁也，此又非一可以待乎七年也。

今天子躬亲庶政，化理清明，虽为无事，然自千里诏执事而拜是官者，岂不欲闻正议而乐谠言乎？然今未闻有所言说，使天下知朝廷有正士，而彰吾君有纳谏之明也。夫布衣韦带之士⑭，穷居草茅，坐诵书史，常恨不见用。及用也，又曰彼非我职，不敢言；或曰我位犹卑，不得言；得言矣，又曰我有待，是终无一人言也，可不惜哉？伏惟执事思天子所以见用之意，惧君子百世之讥，一陈昌言⑮，以塞重望，且解洛之士大夫之惑，则幸甚幸甚！

[题解]

明道二年（1033年），朝廷把时任陈州（今河南淮阳）知州的范仲淹调回朝廷，任命为谏官，这个消息使当时很多士子感到非常振奋。然而范仲淹到任后的一段时间里，并没有发表什么议论，于是身为西京留守推官的欧阳修慨然给他写了这封信，希望他不要冷了天下士子的心，辜负了百官对他的殷切期望。文章写得情真意切，毫无隐讳，可以体会到北宋前期士子们一心为国毫不考虑个人得失的高尚情操和高远境界。

[注释]

①范司谏：范仲淹。他此时担任右司谏，故称。②进奏吏：进奏院的官吏。北宋的进奏院负责将三省、枢密院、六曹、寺监等部门的符牒颁下各路。外来的章奏，也要经此部门帖说以进。③自陈州至阙拜司谏：《续资治通鉴》卷三十九载，明道二年（1033年）四月，召通判陈州范仲淹赴阙。④多事忽卒未能也：因为事情较多，忙乱之间忽略了回信。⑤九卿：秦代设立的九个中央办事部门，包括太常卿、大理卿、司农卿、宗正卿、鸿胪卿等，此处泛指朝廷高官。百执事：朝廷各部门的主要官员。⑥吏部：隋、唐时期六部之一，主管文武官员的选试、拟注、资任、迁叙、荫补、考课、封爵、策勋、赏罚等事务。北宋元丰改制之前，为文臣所带的职官。兵部：隋、唐时期六部之一，主管兵卫、仪仗、卤簿、武举、民兵、厢军、土军、蕃军以及四夷官封承袭之事，元丰改制之前，也是文臣的带职官阶。⑦鸿胪：秦、汉以来九卿之一，掌四夷朝贡、宴劳、给赐、送迎之事，元丰改制之前，也是文臣的带职官阶。光禄：秦、汉以来九卿之一，掌祭祀、朝会、宴飨酒醴膳馐之事，元丰改制之前，为文臣的带职官阶。⑧学古怀道：学习古礼胸怀仁义大道。⑨昭明：明明白白。⑩讥阳城不能极谏：韩愈《昌黎全集》卷十四有一篇《争臣论》，说："或问：谏议大夫阳城于愈，可以为有道之士乎哉？学广而闻多，不求闻于人也。大臣闻而荐之，天子以为谏议大夫。人皆以为华，阳子不色喜。愈应之曰：今阳子在位，不为不久矣；闻天下之得失，不为不熟矣；天子殆之，不为不加矣，而未尝一言及于政。视政之得失，若越人视秦人之肥瘠，忽焉不加喜戚于其心。问某官，则曰谏议也；问其禄，则曰下大夫之秩也；问其政，则曰我不知也。有道之士，固如是乎哉？"阳城字亢宗，定州北平人。及进士第

后,隐于中条山。陕虢观察使李泌荐之于朝,召为著作佐郎。当初阳城隐居时,人们对他非常敬重,及至为谏官,不肯多言。韩愈作《争臣论》讥之,阳城不屑,日夜剧饮。及裴延龄诬逐陆贽、张滂、李充等,满朝无人敢言,阳城乃约拾遗王仲舒等守延英阁上疏,极论裴延龄罪,慷慨引义,累日不止。⑪卒以谏显:最终还是因敢谏扬名于天下。⑫裂其麻:扯碎任命裴延龄的圣旨。古代的圣旨是在麻纸上书写的,所以圣旨又称为麻制。⑬司业:古代太学中的主管官员。⑭韦带:古代平民或未仕者所系的没有任何装饰的皮带。⑮昌言:于国家和人民有用的言论。

[译文]

某月某日,某官欧阳修谨洁斋沐浴再拜上书于范司谏学士阁下:上个月中收到进奏院吏人的文书,说阁下由陈州通判召回朝廷,拜为司谏之职,那时就想写封信表示祝贺,因诸事繁忙,竟然一直没能下笔。司谏只是七品的微官而已,对于阁下来说,得到这样的官职算不得什么喜事,而我却想诚心诚意地表示一番祝贺,实在是因为谏官这个职位,关系到天下的得失成败,也能反映出一段时间的人心向背。当今的官员,从九卿、各部门主管,外到一郡一县的官吏,并不是没有显官高职可以施行他的设想。然而一县之长超越了他的辖境,一郡之太守逾越了他的州郡,再贤能的太守县令也无法推行他的仁义,因为他们都是有具体职守的。吏部的官员不得插手兵部事务,鸿胪寺的首长不得管理光禄寺的事务,因为他们也各有所司。说到天下的得失、百姓的利害、社稷江山的大计,纵然是百官都能有所见闻,却不隶属于具体部门,只有宰相才可以去研究施行,但谏官却有权对他们加以批评。所以那些学习古礼心怀大道的人在当时做官,如果当不了宰相,一定要去当谏官,因为谏官地位虽然卑下,职权却和宰相大体相当。天子说某事不能做,宰相说此事可以做,天子说某事是对的,宰相说此事是不对的,端坐在朝堂之上,和天子相与议论对错的,是宰相。天子说某事是对的,谏官说此事是不对的,天子说某事必须施行,谏官说此事不能施行,站立在殿阶之前和天子争论是非的,则是谏官。宰相地位尊显,可以推行他的政令;谏官地位卑微,可以施行他的言论。言论得以施行,政令也就随之施行了。九卿、朝廷各部门、郡县太守县令谨守一个具体职位的人,只对他的职事负责,宰相和谏官关系到天下的大事,也就应该对天下负责。宰相、九卿以下的失职者,只在他那个部门里受到指责;谏官如果失职了,会被天下君子所讥笑。各部门的法令只在一定时期内施行,而君子的讥笑,要在史书上写得明明白白清清楚楚,流传百代也不会泯灭消亡,那是非常可怕的。一个七品之官,要对国家天下负责,还要担心受到后世的讥嘲,这样的职位还不重要吗?没有才干缺乏贤明的人,是当不成这种官的。

近来阁下从陈州被召回朝,洛阳的士大夫彼此议论说:"我认识范君,了解他的才干。他这次回朝不担任御史,也肯定会担任谏官。"等到圣旨颁下,果然如此,则又彼此议论说:"我认识范君,知道他是个贤君子。日后听到有立在天子陛阶之下,谠言正色,敢于与人当面争论甚至当庭辩论的,不会是别人,一定是范君。"阁下接受任命以来,士大夫们翘首跷脚,静待阁下的谠言宏论,然而最终却没有听到,我私下感到十分纳闷。难道洛阳的士大夫能预料到任命之前而不能预料到阁下上任之后?还是阁下蓄积待时而准备大有作为呢?

当年韩愈写作《争臣论》,讥讽阳城不能直言极谏,而阳城最终还是以敢谏扬名于天下。人们都说阳城最初没有谏言是有所等待而后发制人,韩愈不了解阳城的本意胡乱讥嘲他,而我却不那么认为。当韩愈写那篇论文时,阳城担任谏议大夫已经五年之久,其后又过了两年,他才开始在朝堂之上论陆贽之事,以及谏阻裴延龄担任宰相,想将任命裴延龄的圣命撕碎,总共只有这么两件事而已。德宗在位的时代,朝廷可谓多事,处理很多大事都有所失误,叛将和强臣几乎布满天下,德宗又容易猜忌别人,选拔任用的大多是邪佞小人。在那样的时期,难道真的没有一件事值得谏言,而要等上七年之久吗?当时的事,难道就没有比阻止裴延龄当宰相、议论陆贽两件事更急切的吗?我认为他应该是早晨上任晚上就有奏疏才对。幸亏阳城当了七年的谏官,恰巧碰上了裴延龄、陆贽两件事,一次进谏便遭到了罢免,可以为他塞责、堵住别人的嘴了。如果只让阳城当五年或者六年的谏官,然后迁转为国子司业,那岂不是没有留下一句话就走了?有什么值得赞扬的呢?当今这些为官的人,大部分都是三年就改官,有的只有一年两年,更有甚者半年就会改换官职,这样的制度根本不可能让人等上七年之久。

当今天子亲自主持国政,天下受化政治清明,虽然没有太大的事,然而从千里之外宣召阁下授予这样一个官职,难道是不想听到正直的议论和忠谠的话语吗?可惜至今还没有听到阁下发表什么议论,使天下士民知道朝廷里有了正直之士,从而彰显圣明的天子有勇于纳谏的英明。那些身穿布衣腰系韦带的读书人,居处在贫寒的茅草屋里,认认真真地诵读书史,时常为得不到朝廷任用而深深遗憾。等到朝廷任用了他们,又说:那不是我想得到的职位,故而不敢多说,或者说:我的地位还很卑微,不能多说;等到有了可以直言的机会,又会说:我在等待时机。这样下去,最终也没有一个敢于开口的人了,我能不为此感到惋惜吗?希望阁下认真考虑天子所以召用的心意,对后世君子的讥嘲有所戒惧,尽快拿出有利于国家朝廷的忠直之论,来满足天下士子的殷殷盼望,同时解除洛阳士大夫的疑惑,那便是最大的幸事了!

# 与高司谏书①

　　修顿首再拜,白司谏足下②:某年十七时,家随州③,见天圣二年进士及第榜④,始识足下姓名。是时予年少,未与人接,又居远方⑤,但闻今宋舍人兄弟与叶道卿、郑天休数人者⑥,以文学大有名,号称得人⑦。而足下厕其间⑧,独无卓卓可道说者⑨,予固疑足下,不知何如人也。其后更十一年⑩,予再至京师,足下已为御史里行⑪,然犹未暇一识足下之面。但时时于予友尹师鲁问足下之贤否⑫,而师鲁说足下正直有学问,君子人也,予犹疑之。夫正直者不可屈曲,有学问者必能辨是非。以不可屈之节,有能辨是非之明,又为言事之官⑬,而俯仰默默⑭,无异众人,是果贤者耶?此不得使予之不疑也。自足下为谏官来,始得相识。侃然正色⑮,论前世事,历历可听⑯,褒贬是非,无一谬说。噫,持此辩以示人⑰,孰不爱之?虽予亦疑足下真君子也。是予自闻足下之名及相识,凡十有四年,而三疑之。今者推其实迹而较之⑱,然后决知足下非君子也⑲。

　　前日范希文贬官后⑳,与足下相见于安道家㉑。足下诋诮希文为人㉒,予始闻之,疑是戏言。及见师鲁,亦说足下深非希文所为㉓,然后其疑遂决㉔。希文平生刚正,好学通古今,其立朝有本末㉕,天下所共知,今又以言事触宰相得罪。足下既不能为辩其非辜㉖,又畏有识者之责己,遂随而诋之㉗,以为当黜,是可怪也㉘。夫人之性,刚果懦软㉙,禀之于天㉚,不可勉强,虽圣人,亦不以不能责人之必能㉛。今足下家有老母,身惜官位,惧饥寒而顾利禄,不敢一忤宰相以近刑祸㉜,此乃庸人之常情㉝,不过作一不才谏官尔㉞。虽朝廷君子,亦将闵足下之不能㉟,而不责以必能也。今乃不然,反昂然自得㊱,了无愧畏㊲,便毁其贤以为当黜㊳,庶乎饰己不言之过㊴。夫力所不敢为,乃愚者之不逮㊵;以智文其过㊶,此君子之贼也㊷。且希文果不贤邪?自三四年来,从大理寺丞至前行员外郎㊸,作待制日㊹,日备顾问㊺,今班行中无与比者㊻,是天子骤用不贤之人㊼?夫使天子待不贤以为贤,是聪明有所未尽㊽。足下身为司谏,乃耳目之官。当其骤用时,何不一为天子辨其不贤,反默默无一语,待其自败,然后随而非之?若果贤邪㊾,则今日天子与宰相以忤意逐贤人,足下何得不言?是则足下以希文为贤,亦不免责㊿;以为不贤,亦不免责;大抵罪在默默尔。

昔汉杀萧望之与王章㉛,计其当时之议㉜,必不肯明言杀贤者也,必以石显、王凤为忠臣㉝,望之与章为不贤而被罪也。今足下视石显、王凤果忠邪?望之与章果不贤邪?当时亦有谏臣,必不肯自言畏祸而不谏,亦必曰当诛而不足谏也。今足下视之,果当诛邪?是直可欺当时之人㊾,而不可欺后世也。今足下又欲欺今人,而不惧后世之不可欺邪?况今之人未可欺也!伏以今皇帝即位已来㊿,进用谏臣,容纳言论,如曹修古、刘越㊽,虽殁犹被褒称㊾。今希文与孔道辅㊿,皆自谏诤擢用㊿。足下幸生此时,遇纳谏之圣主如此,犹不敢一言,何也?前日又闻御史台榜朝堂㊿,戒百官不得越职言事。是可言者惟谏臣尔㊿。若足下又遂不言，是天下无得言者也。足下在其位而不言，便当去之，无妨他人之堪其任者也㊷。

昨日安道贬官，师鲁待罪，足下犹能以面目见士大夫㊸，出入朝中，称谏官，是足下不复知人间有羞耻事尔！所可惜者，圣朝有事㊹，谏官不言，而使他人言之。书在史册，他日为朝廷羞者㊺，足下也。《春秋》之法㊻，责贤者备㊼。今某区区犹望足下之能一言者㊽，不忍便绝足下㊾，而不以贤者责也㊿。若犹以谓希文不贤而当逐，则予今所言如此，乃是朋邪之人尔㊛。愿足下直携此书于朝，使正予罪而诛之，使天下皆释然知希文之当逐㊜，亦谏臣之一效也㊝。

前日足下在安道家，召予往论希文之事，时坐有他客，不能尽所怀，故辄布区区㊞，伏惟幸察。不宣㊟。修再拜。

[题解]

仁宗景祐三年（1036年），范仲淹因论事触怒宰相吕夷简，被贬为饶州知州。当时余靖、尹洙等人上书论救，一概遭到贬斥。身为谏官的高若讷此时却附和吕夷简，认为范仲淹当贬，并四处散布范仲淹所作所为太不应该。欧阳修出于义愤，写了这封信，斥责高若讷为了保住个人官位而不知羞耻。文章笔锋犀利，论说深刻，把作者嫉恶如仇的情感表达得非常充分。

[注释]

①高司谏：仁宗时的左司谏高若讷，字敏之，并州榆次（今山西晋中）人，后任御史中丞。②足下：古代对平辈或同僚的敬称。③随州：在今湖北随州。欧阳修四岁时丧父，其叔父欧阳晔当时在随州为官，母亲带他投奔随州，遂在此定居。④天圣：仁宗年号。天圣二年，公元1024年。进士及第榜：进士及第的名册。⑤又居远方：又居住在远僻之地。指随州。⑥今：如今任官的。宋舍人兄弟：指宋庠、宋祁兄弟，他们都是湖北安陆人。宋庠字公序，曾官同修起居注，后官至宰相。宋祁字子京，曾任史馆修撰、翰林学士，累官工部尚书、翰林学士承旨。宋氏兄弟未及第时，文名已经耸动天下，当时号为二宋。舍人，即起居舍人，又叫同修起居注。叶道卿：叶清臣，字道卿，长洲

(今江苏省吴县)人,少年时即有文名,故欧阳修在随州已闻其名。郑天休:郑戬,字天休,与叶清臣同里,少年时客于京师,拜学士杨亿为师,以文学知名于时,后官至枢密副使。⑦号称得人:这一榜进士选拔出了真正的人才。⑧厕其间:跻身其中,与之同列。⑨独无卓卓可道说者:却并没有听到您有什么值得钦敬的事。卓卓,出色。⑩更十一年:过了十一年。⑪御史里行:全称为监察御史里行,官名,行监察御史之职,但仅相当于见习监察御史。⑫尹师鲁:尹洙,字师鲁,河南(今河南洛阳)人,仁宗天圣二年(1024年)与高若讷同榜进士,初任馆阁校勘,历渭、庆、晋州知州。欧阳修与尹洙为友,年轻时曾与尹洙同在河南留守钱惟演幕下为同僚,以诗文相唱和。⑬言事之官:宋代称御史和谏官为言官,掌纠察弹劾百官之职。⑭俯仰默默:与时俯仰,随波逐流,当言而不言。⑮侃然正色:议论侃侃,正言厉色。⑯历历可听:每件事都很值得听取。⑰持此辩:具有如此雄辩的言论。示人:表现给众人。⑱推其实迹:考察你的实际行动。⑲决知:真正了解。⑳范希文:范仲淹,字希文,吴县人,真宗大中祥符八年(1015年)进士。北宋前期著名的政治家,一生为改革时弊而奋斗,但几次遭贬,未能得志。㉑安道:余靖,字安道,曲江(今广东韶关)人,此时担任集贤校理,后为右正言,以直谏知名,终官工部尚书。㉒诋诮:诋毁指责。㉓深非希文所为:极力反对范仲淹的所作所为。㉔其疑遂决:自己以往对您的怀疑终于被印证了。㉕本末:始终。立朝有本末,意谓他在朝廷中自始至终坚持原则。㉖非辜:无辜而遭打击。㉗随而诋之:跟在别人后面诋毁范仲淹。㉘是可怪也:这种做法让人感到十分奇怪。㉙刚果懦软:刚强坚毅或是怯懦怕事。指人的种种性格。㉚禀之于天:都是先天赋予的。㉛不以不能责人之必能:不强求人做他根本做不到的事。㉜一忤:稍稍触犯。近刑祸:受刑遭祸。㉝庸人:平常的人。㉞不才谏官:不够称职的谏官。㉟闵:通"悯",同情。㊱昂然自得:理直气壮,自以为得计。㊲了无愧畏:一点也不感到羞愧自责。㊳便毁:巧言诋毁。㊴庶乎:侥幸希望。饰己不言之过:遮掩自己不为范仲淹主持公道的过错。㊵愚者之不逮:不逮愚者,逮,及,赶上。㊶以智文其过:要小聪明掩饰自己的过错。㊷贼:败类。㊸大理寺丞:官名,大理寺职事官名,参议审断刑狱之事。又称详断官。前行员外郎:唐宋时期尚书省六部分为前、中、后三行,吏、兵二部为前行,礼、户二部为中行，刑、工二部为后行。同级官吏的迁转，由后至前为升，由前至后为降，如吏部郎中平调为工部郎中，实际属于暗降。前行员外郎，指范仲淹所任的吏部员外郎。范仲淹天圣七年（1029 年）任大理寺丞，景祐二年（1035 年）除吏部员外郎，权知开封府，升迁甚速。㊹待制：宋代学士官名。宋代的阁学士分为待制、直学士、学士三级，没有具体的职掌，仅作为文官的学士衔。㊺日备顾问：每天侍奉天子以备咨询。㊻班行：同列、同僚。㊼骤用：越级任用。㊽聪明有所未尽：天子未能明察。这是一种委婉的话，意思是天子把不贤之人当做贤人越级重用，说明天子愚蠢，这可能吗？㊾若果贤邪：如果确属贤人。邪，通“耶”，语气词。㊿不免责：逃脱不了众议的指责。(51)萧望之：字长倩，兰陵（今山东枣庄）人，汉元帝时宰相。他反对宦官当权，于是宦官弘恭、石显诬告他结党营私，专擅权势，为臣不忠。下狱后饮鸩自尽。王章：字仲卿，钜平（今山东宁阳）人，汉成帝时为谏议大夫，京兆尹。当时大将军王凤专权用事，王章上奏王凤凌驾天子之上，弄权营私，遂为王凤诬陷下狱而死。(52)计：考虑，揣摸。当时之议：当时大臣们的议论。(53)石显：汉元帝时宦官，当时任中书令，为谗害萧望之的主谋。王凤：汉成帝的国舅，当时以大将军领尚书事，权倾朝野。(54)直：只能，仅仅。(55)今皇帝：仁宗赵祯。天圣元年（1023 年）即位，嘉祐八年（1063 年）崩，在位四十二年。(56)曹修古：字述之，建安（今福建建瓯）人，真宗时进士，仁宗朝历官监察御史、殿中侍御史，立朝慷慨，敢于直谏。刘太后临朝，权幸用事，修古遇事辄言，忤刘太后，出知兴化军。刘越：字子长，大名（今河北大名）人，真宗朝进士。明道中宫中失火，下诏严治后宫。刘越当时为秘书丞，上疏谏，并请太后归政于仁宗。(57)褒称：赞颂称道。(58)孔道辅：字延鲁，孔子后裔。初知仙源县，召为左正言，权御史中丞。性耿直，遇事弹劾无所回避。后知郓州，卒于赴任途中。仁宗明道二年（1033 年），左司谏范仲淹、御史中丞孔道辅极力谏阻废郭皇后，二人均受贬谪。(59)皆自谏诤擢用：都从御史、谏官得到重用。(60)御史台：官署名，掌监察弹奏百官。(61)是：如此一来。(62)堪其任者：适于担当谏官职务的人。(63)以面目见士大夫：意思是还有脸面对士大夫。(64)有事：有事关朝廷的大事。(65)为朝廷羞者：给朝廷带来羞辱的人。(66)《春秋》之法：指孔子修《春秋》的褒贬原则。(67)责贤者备：要求贤人必须具备完美的道德。

⑱区区：内心。⑲不忍便绝足下：不忍心把你看成不可救药的人。⑳不以贤者责：不用《春秋》时贤人的标准要求你。㉑朋邪之人：与奸邪之人结为党羽的人。㉒释然：真心相信，没有疑虑。㉓亦谏臣之一效：也算是你当谏官的一点业绩。㉔辄布区区：直抒胸臆写下这几句话。㉕不宣：不再重复问候。这是古人写信终了时的客套话。

[译文]

  欧阳修顿首再拜禀告高司谏足下：我十七岁时，家住在随州，看到天圣二年进士及第的榜文，知道了足下的姓名。当时我年纪尚小，和别人没有什么交往，又住在僻远之处，只听到榜文上面所说的宋舍人兄弟，以及叶道卿、郑天休等人，都因其文学成就而有名于天下，因此这次考试号称得到了人才。而阁下也在其中，却没有太多值得称道之处，因此我内心疑惑，不知道阁下是个什么样的人。此后又过了十一年，我第二次来到京城，阁下已经担任了监察御史里行，可还是没有机会与阁下见上一面，只是经常向我的朋友尹师鲁打听阁下贤能与否，尹师鲁称阁下为人正直颇有学问，是位君子，我还是有些疑惑：所谓正直，就是不可弯曲；所谓有学问，就一定能够明辨是非才是。凭着宁折不弯的气节，具有明辨是非的睿智，又担任着以言事为主的职，临到有事，却随波逐流默默无语，和一般士子没有任何区别，这能称得上是贤者吗？这不能不令我更加怀疑了！自从阁下担任了谏官之后，我们才有机会认识。见到阁下正言厉色，纵论前代大事，每件事都很值得听取。褒扬正义，贬斥奸邪，没有一句话讲得不妥。啊，以这样的才辨向别人展示，谁能对阁下没有爱戴之情呢？即便是我，也暗自认为阁下应该是位真君子吧？这是我自从听说阁下的大名直到与阁下相识，十四年中三次产生疑惑的原因。而如今推究观察阁下的实际作为重新仔细分析，便能断然肯定阁下确实不是君子。

  前几天范希文遭到贬谪，我和阁下在张安道家里见了面，阁下极力诋毁讥嘲范希文的为人。我最初听到这些话，还怀疑阁下是在说笑话。等到遇见尹师鲁，他也说到阁下对范希文的所作所为深感不满，直到这时我的内心才不再怀疑。范希文这个人平生刚毅正直，爱好学习博通古今，他为官立朝很有原则，这是天下士子都了解的事实，如今又因为议论朝政触怒宰相而获罪。阁下既不能替他的无辜遭贬加以辩解，又害怕有道德之士对阁下有所指责，于是跟着大溜也对范希文进行诋毁，认定他理当贬黜，这种做法真令人感到奇怪。人的情性，有的刚毅果断有的懦弱畏谨，是先天造成的，是不可以勉强的，就算是古代圣人，也不能拿人家不擅长的方面去要求他必须去做那些事。如今阁下家里还有老母亲，自己又珍惜官位，惧怕忍受饥寒而贪恋利禄，不敢对宰相有丝毫的违忤而使自身受到殃及甚至定罪受刑，这都是凡庸之人的常见情态，大不了当个不太称职的谏官而已。就是朝廷当中的君子，也会对阁下不甚贤能表示谅解，而不会指责阁下必须要胜任自己的职事。如今却并非如此，阁下反而是一副昂然自得、没有丝毫惭愧畏谨的样子，公然诋毁贤人，认为他应该受到贬黜，以此来掩饰阁下不发一言的过错。假如是自己的魄力不够而不敢去做，那只是愚笨之人做不到罢了；如果是用小聪明来掩饰自己的过错，那就成了君子的大敌。况且范希文真的不贤明吗？近三四年以来，他从大理寺丞一直升到前行员外郎。担任待制的时候，他每天都要为天子随时的提问做好准备，当今同列官员中没有谁能与他相比，这能叫做天子骤然起用不贤的人吗？如果是天子把不贤明的人当做贤人加以任用，那是天子的聪明还有未尽之处。阁下身为司谏，乃是朝廷中的耳目之官，在不贤之人骤然得到重用的时候，为什么不说句话向天子论说他的不贤，反而默默无语，等待他自取败亡，然后跟随众议对他加以诋毁呢？如果范希文的确是贤能之人，那么当今天子和宰相只因他违忤了宰相的意愿就要加以贬黜，阁下凭什么可以一言不发？这样看来，阁下认为范希文是个贤人也不能免责，认为他不是个贤人，同样不能免责。阁下的罪过，其实就在默默无语上面了。

当年汉朝诛杀萧望之和王章两位大臣，也考虑到百官的议论，肯定不会有人出来明确表示朝廷是在诛杀贤人，肯定会认为石显、王凤是忠臣，而萧望之和王章是不贤之人，理应承担罪责。如今阁下再看石显和王凤真是忠臣吗？萧望之和王章真是奸臣吗？当时朝廷那些谏官，肯定也不肯亲口说他们是因为惧怕受祸而不敢直言相谏的，也肯定会说萧、王二人应当诛杀根本不值得提出谏议。如今阁下再看，他们真的应当受到诛杀吗？那种做法只能欺骗当世的人，而不可能欺骗后世。如今阁下又想欺骗当世之人，就不惧怕后世的人们是无法欺骗的吗？更何况连当今的人们也不是想欺骗就能欺骗得了的！我认为今皇帝即位以来，大力进用谏官，容纳不同的声音，比如曹修古、刘越，虽然人都死了，还照样受到今人的称道和赞扬。如今范希文和孔道辅两个人，都是从谏官之位上得到重用的。阁下有幸生活在这样的圣明时代，遇到如此能够虚心纳谏的圣主，还不敢发一言，这是为什么呢？前天又听说御史台官员在朝堂之上张贴了告示，要求百官不可以超越职权范围议论朝廷大事。这样一来，可以说话的就只剩下谏臣了。如果阁下再不肯说话，那么普天之下就没有可以说话的人了。阁下身居谏官之位却不发一言，就应该离开那个职位，不要妨碍别的有能力可以胜任其事的人进入谏院。

前几天张安道遭到贬谪，尹师鲁也在等候降罪，阁下居然还有脸去见士大夫，出入于朝堂之上，口称自己是个谏官，阁下这样的表现，真是不知道人世上还有羞耻的事！尤其可惜的，是圣朝出现了大事，谏官不发一言，而使别人去说。这样的行径写在史书当中，日后成为朝廷耻辱的，就是阁下你了。《春秋》定下的原则，对于贤者要求他们道德必须完美。如今我还在盼望着阁下能够多少说上几句话，是不忍心看着阁下走向不归之路，并没有奢望阁下还能当得起古代贤者的称谓。如果阁下坚持认为范希文不贤而理当罢黜，那么我今天说这番话，就应该认定是他的朋党邪论之人了。那么希望阁下带着这封信上朝，让朝廷和百官给我定罪加以诛杀，使天下所有人明明白白地了解范希文应该罢黜，也算是你作为谏官的一项业绩。

前几天阁下在张安道大人家里，把我叫去议论范希文的事情。当时因有其他客人在场，我不便畅所欲言，因此草草写下这封信说明心意，诚恳地希望阁下仔细思量。别不多言。欧阳修再拜上言。

# 答李诩书①

修曰：前辱示书及《性诠》三篇②，见吾子好学善辩，而文能尽其意之详③。今世之言性者多矣，有所不及也，故思与吾子卒其说④。

修患世之学者多言性，故常为说曰：夫性，非学者之所急，而圣人之所罕言也。《易》六十四卦不言性⑤，其言者，动静得失吉凶之常理也；《春秋》二百四十二年不言性⑥，其言者，善恶是非之实录也；《诗》三百五篇不言性⑦，其言者，政教兴衰之美刺也；《书》五十九篇不言性⑧，其言者，尧舜三代之治乱也；《礼》《乐》之书虽不完⑨，而杂出于诸儒之记，然其大要，治国修身之法也。六经之所载⑩，皆人事之切于世者⑪，是以言之甚详。至于性也，百不一二言之⑫，或因言而及焉⑬，非为性而言也，故虽言而不究⑭。

予之所谓不言者，非谓绝而无言，盖其言者鲜⑮，而又不主于性而言也⑯。《论语》所载七十二子之问于孔子者⑰，问孝、问忠、问仁义、问礼乐、问修身、问为政、问朋友、问鬼神者有矣，未尝有问性者。孔子之告其弟子者，凡数千言，其及于性者，一言而已⑱。予故曰：非学者之所急⑲，而圣人之罕言也。

《书》曰"习与性成"⑳,《语》曰"性相近习相远"者㉑,戒人慎所习而言也㉒。《中庸》曰"天命之谓性,率性之为道"者㉓,明性无常㉔,必有以率之也㉕。《乐记》亦曰"感物而动,性之欲"者㉖,明物之感人无不至也㉗。然终不言性果善恶,但戒人慎习与所感,而勤其所以率之者尔㉘。予故曰:因言以及之,而不究也。修少好学,知学之难。凡所谓六经之所载,七十二子之所问者,学之终身,有不能达者矣㉙;于其所达,行之终身,有不能至者矣㉚。以予之汲汲于此而不暇乎其他㉛;因以知七十二子亦以是汲汲而不暇也。又以知圣人所以教人垂世㉜,亦皇皇而不暇也㉝。今之学者,于古圣贤所皇皇汲汲者,学之行之,或未至其一二,而好为性说,以穷圣贤之所罕言而究者,执后儒之偏说㉞,事无用之空言,此予之所不暇也。

或有问曰㉟:性果不足学乎?予曰:性者,与身俱生而人之所皆有也。为君子者,修身治人而已㊱,性之善恶不必究也。使性果善邪,身不可以不修,人不可以不治;使性果恶邪,身不可以不修,人不可以不治。不修其身,虽君子而为小人㊲,《书》曰"惟圣罔念作狂"是也㊳;能修其身,虽小人而为君子,《书》曰"惟狂克念作圣"是也㊴。治道备㊵,人斯为善矣,《书》曰"黎民于变时雍"是也㊶;治道失,人斯为恶矣,《书》曰"殷顽民"㊷,又曰"旧染污俗"是也㊸。故为君子者,以修身治人为急,而不穷性以为言。夫七十二子之不问,六经之不主言㊹,或虽言而不究,岂略之哉,盖有意也。

或又问曰:然则三子言性,过欤㊺?曰:不过也。其不同何也?曰:始异而终同也。使孟子曰人性善矣㊻,遂怠而不教,则是过也;使荀子曰人性恶矣,遂弃而不教,则是过也;使扬子曰人性混矣㊼,遂肆而不教㊽,则是过也。然三子者,或身奔走诸侯以行其道(49)，或著书累千万言以告于后世，未尝不区区以仁义礼乐为急(50)。盖其意以谓善者一日不教，则失而入于恶；恶者勤而教之，则可使至于善；混者驱而率之(51)，则可使去恶就善也。其说与《书》之“习与性成”，《语》之“性近习远”，《中庸》之“有以率之”，《乐记》之“慎物所感”皆合。夫三子者，推其言则殊(52)，察其用心则一，故予以为推其言不过始异而终同也。凡论三子者，以予言而一之，则哓哓者可以息矣(53)。予之所说如此，吾子其择焉。

［题解］

李诩曾著《性诠》投给欧阳修，请欧阳修指教，他当时年轻气盛，称孟子、荀子、扬雄复生，也不能与自己的文章相敌。欧阳修为了摧折其气势，给他回了这封信，信中反映出作者以长者风度循循诱导后进之辈的谦和却又严肃的态度。同时作者还对当世学者不停地争论人性究竟是善是恶的荒诞做法提出了自己的看法，他认为人性如同人的身体，无所谓善也无所谓恶，作为君子，两件大事就是：修养自身，教化别人。

［注释］

①李诩（xǔ）：仁宗时人，至和年间官秘书丞。②辱示书：承蒙您给我来信。③文能尽其意之详：您的文章能把要说的意见表达得十分清楚。④卒其说：把性这个问题探讨透彻。⑤《易》六十四卦不言性：《周易》六十四卦中没有讨论性理的文字。⑥《春秋》：相传是孔子根据鲁国国史编成的一部编年体史书，起于鲁隐公元年（前722年），终于鲁哀公十六年（前479年），共计二百四十二年的历史。⑦《诗》三百五篇：指《诗经》，分十五国风、大小雅和三颂三大部分，共计三百零五篇，是孔子晚年在流传的三千多首诗中删定而成的一部诗歌总集。⑧《书》：指《尚书》，儒家经典之一，今存有篇目六十篇，其中《肆命》和《徂后》两篇有目无文，实存五十八篇。是虞、夏、商、周四代文件诏诰的汇编。⑨《礼》《乐》：《礼》指儒家经典中的《周礼》、《仪礼》和《礼记》；《乐》已经散佚，今《礼记》中有《乐记》一篇，是后儒收集的《乐》中一篇。不完：不完整。⑩六经：指《周易》、《尚书》、

《诗经》、《春秋》、《礼》和《乐》。⑪人事之切于世者：与世事变迁治化有密切关系的人和事。⑫百不一二：一百句中也没有一两句（言性）。⑬或因言而及焉：偶尔有因为论事时涉及性的问题而稍带说几句。⑭虽言而不究：虽然涉及了，但对这个问题从不探究议论。⑮其言者鲜：说到这个问题甚少。⑯不主于性而言：不是针对性理问题而探究议论。⑰《论语》：儒家经典之一，内容主要记载孔子与其弟子之间的言论，是一部语录体的作品。七十二子：孔子的得意弟子。《史记·孔子世家》说："弟子盖三千焉，身通六艺者七十有二人。"⑱一言：《论语》中涉及性理的议论，只有《阳货》中"性相近也，习相远也"一句。⑲非学者之所急：性理问题并不是后学者主要探究的问题。⑳习与性成：语出《尚书·太甲》上，意思是说习性不能合于仁义，应该先培养他的性。㉑性相近习相远：意谓人的性情原本很相近，但因为习行不同，所以显得相差甚远。㉒戒人慎所习而言：是为告诫人们一定要注意自己的习惯和行为而说的。㉓《中庸》：《礼记》中的一篇。到了南宋，道学家把它单独抽出，与《论语》、《孟子》、《大学》合称为"四书"。"天命"二句：意谓上天所赋予称为性，循性而为称为道。㉔明性无常：这说明性并不是一成不变的。㉕率之：任性而为之。㉖"感物"二句：有感于外界而发生某些行为，这是性本身存在的一种欲望。㉗物之感人：外界事物对人发生作用。无不至：无所不到。㉘勤其所以率之者尔：不断地加强修养，增强对任性而为的克制力。㉙有不能达者：仍有未能透彻了解之处。㉚有不能至者：仍有不能做到的事情。㉛不暇乎其他：顾不上其他事。㉜垂世：流传后世。古人有所谓"三不朽"之说，即立德、立功、立言。㉝皇皇：即"惶惶"，急急迫迫的样子。㉞执后儒之偏说：以后来儒者偏颇的议论为据。㉟或有问曰：也许有人会问。㊱修身：修养自身。治人：治民，即做官。㊲虽君子而为小人：即使处在君子之列，也只具有小人的习性心态。㊳惟圣罔念作狂：出自《尚书·多方》，意思是说圣人如果不念于善，也会成为狂夫。㊴惟狂克念作圣：亦见《尚书·多方》，意思是说狂夫如果能念于善，也会成为圣人。㊵治道备：政治清明。㊶黎民于变时雍：出自《尚书·尧典》，意思是说老百姓在清明的政治中十分和乐。㊷殷顽民：语出《尚书·多士》，意思是周王朝建立后，迁徙商的顽民。㊸旧染污俗：语出《尚书·胤征》，意谓夏民已被恶浊世俗所熏染。㊹不主言：不以性为主发表议论。㊺过欤：有什么过分吗？㊻使孟子曰人性善矣：假如孟子说人的本性已经很善良。㊼扬子：西汉文学家、哲学家扬雄。他的著作很多，除数篇辞赋外，尚有《太玄经》、《法言》等哲学著作。㊽肆：放任自流。㊾身奔走诸侯：亲身奔走于列国，游说诸侯。㊿区区：一心一意的样子。 51 驱而率之：驱集并引导他们。52 推其言则殊：从表面说法来看确有不同。53 哓哓者：争吵不休乱发议论的人。哓（xiāo），争论的样子。

[译文]

欧阳修回禀如下：前些日子承蒙足下赐予书信以及所著《性诠》三篇，深知足下喜好学问善于辩论，所写的文章也能把需要表达的意思表达清楚。当今之世谈论人性的大有人在，但都有某些不足，所以想和足下把有疑问之处说个透彻。

我很不喜欢当世学者都去讨论人性，所以曾经提到：人性问题，并不是学者急需弄清的问题，况且圣人也很少说。《周易》六十四卦里没有谈到人性，这部书关注的都是动静得失和吉凶常理；《春秋》二百四十二年也没有说到人性，这部书所讲的都是善恶是非的实际记录；《诗经》三百零五篇也不说人性，这部书里说的都是对政治教化兴衰的赞美和讽刺；《尚书》五十九篇同样不说人性，它所说的则是尧、舜三代的大治和大乱；《周礼》和《乐书》之类虽然已经残缺不全，只是时不时见于古代大儒著作的各种记载，然而它们的主要内容，也都是治理天下修养自身的方法。六经当中所记载的，都是和当世关系密切的人和事，而且都说得非常详尽。至于人性，一百句话当中也未必有一两句能涉及，有些情况下因为要说人和事而顺便提到一点，那也并非是为了说人性而说人性，所以虽然提到了也从没有人去探究它。

我所说的古书当中不说人性，不是绝对不说，只是说到这个问题的少之又少，而又不主要着眼于人性而论述。《论语》所记载的七十二子向孔子提出的问题，有问孝的、问忠的、问仁义的、问礼乐的、问修养自身的、问如何为政的、问如何与朋友相处的，也有问鬼神的，却从来没有问人性的。孔子告诫弟子的话，加起来共有几千言，涉及人性的，只有一句话而已。所以我说：人性问题不是学者们急于弄清的问题，连圣人都很少提到。

《尚书》中说："习性不能合于仁义，就应该先培养他的习性。"《论语》中说："人的性情原本很接近，因为后天的行为不同，所以显得相差很远。"是告诫人们对自己的行为习惯要格外谨慎。《中庸》：中说："上天所赋予的称为性，循性而有所为称为道。"意在阐明人性没有规律可循，必须要有榜样作为他们的表率。《乐记》也说："有感于外界而发生某些行为，这是性本身存在的一种欲望。"意在说明外界事物能感发人的欲望是无所不至的。然而始终没有说到人性究竟是善还是恶，仅仅在于告诫人们对自己的习惯和外界的诱惑要格外谨慎，从而不断地加强修养，增强循性而为的克制力而已。所以我说：因为要说人和事而顺便提到一点，虽然提到了也没有人去研究它。

我少年时便喜好学习，深知学习的艰难。大凡六经当中所记载、七十二子所提问的那些问题，即便是终生学习，也会有无法理解之处；对于已经理解的问题，希望终生去实践它，也会有无法做到之事。根据我自己的体会，汲汲于考究经典而没有闲暇顾及其他，可以推知七十二子也同样是汲汲于考究经典而没有闲暇顾及其他。同时又可以想象圣人当年的教导流传后世，也是紧紧张张无暇顾及其他。当今的学者，对于古代圣贤紧紧张张、孜孜不倦学习经典并付诸实际的情形，或许连一点都不了解，却喜欢对人性加以研究，以便将圣贤之人很少提到的问题拿来大发议论，根据后来儒者的偏执之说，说一些毫无意义的空话，这是我根本不打算顾及的闲事。

或许有人会问：人性真的不值得研究吗？我的回答是：人性是

和人的身体一块儿降生下来的，是每个人都具有的。作为君子，应当修养自身教化别人而已，人性的善与恶完全用不着追究。就算人性的确善良，自身也不可以不加修养，别人也不可以不去教化；就算人性的确凶恶，自身也不可以不加修养，别人也不可以不去教化。不修养自身，就算原本是君子也会变成小人，《尚书》所说"圣人如果不念于善，也会成为狂夫"，讲的就是这种情况；能够修养自身，就算原本是小人也会变成君子，《尚书》所说"狂夫如果能念于善，也会成为圣人"，讲的就是这种情况。政治清明了，人们也就向善了，《尚书》所说"老百姓在清明的政治中十分和乐"，讲的就是这种情况；政治混乱了，人们就会作恶了，《尚书》所说"周王朝建立后迁徙商的顽民"，又说"夏民已被恶浊的世俗所熏染"，讲的就是这种情况。所以作为君子，应该以修养自身教化他人作为当务之急，而不是穷究人性的善恶作为标榜。七十二子的问话中无性理之问，六经当中不以性为主发表议论，或者是即使涉及也不去详究，难道是无意略去的吗？其实完全是有意避开的。

或许还有人会问：既然这么说，那么古代三位哲人讨论人性，属于过分的言论吗？我的回答是：并不过分。他们的不同表现在什么地方呢？回答是：初始时不同而最终的结论却完全相同。比如如果孟子说人性本是善良的，于是怠惰而不再进行教化，那就属于过分了；又如如果荀子说人性本是凶恶的，于是抛弃他们不再进行教化，那也属于过分了；再如如果扬雄说人性本来就是善恶相混杂的，于是放任自流而不再进行教化，那也属于过分。然而这三位哲人，有的是亲身奔走在诸侯之间来推行他的仁道，有的是著书多达千万言谆谆告诫后世之人，从没有不积极地把推行仁义礼乐当做急务。我想他们的内心一定认为善良者有一天不加教诲，就会走到为恶的地步；为恶者殷勤地加以教化，就完全可以使他们归向善良；对于善恶混杂者，必须驱使他们向善并为他们做出表率，便可以使他们去除恶念而归向善良。他们的说法和《尚书》当中的"习与性成"、《论语》当中的"性近习远"、《中庸》当中的"有以率之"、《乐记》当中的"慎物所感"都是吻合的。这三位哲人,如果单纯从他们的言论上看的确是不同的,然而考察他们的用心,则是完全一致的,所以我认为他们的言论初始时不同而最终的结论却完全相同的。凡是议论这三位哲人的人,拿我的话去统一他们的看法,那么无休无止的争论很快就可以平息了。我的看法就是这样,希望足下自行选择吧。

# 答祖择之书①

修启。秀才人至②,蒙示书一通,并诗赋杂文两策③,谕之曰④:"一览以为如何?"某既陋,不足以辱好学者之问;又其少贱而长穷⑤,其素所为,未有足称以取信于人。亦尝有人问者,以不足问之愚⑥,而未尝答人之问。足下卒然及之⑦,是以愧惧不知所言。虽然,不远数百里走使者以及门,意厚礼勤,何敢不报⑧?某闻古之学者必严其师,师严然后道尊⑨,道尊然后笃敬⑩,笃敬然后能自守⑪,能自守然后果于用⑫,果于用然后不畏而不迁⑬。三代之衰⑭,学校废。至两汉,师道尚存,故其学者各守其经以自用⑮。是以汉之政理文章与其当时之事,后世莫及者,其所从来深矣。后世师法渐坏,而今世无师。则学者不尊严⑯,故自轻其道⑰。轻之则不能至⑱,不至则不能笃信⑲,信不笃则不知所守,守不固则有所畏而物可移。是故学者惟俯仰徇时⑳,以希禄利为急㉑,至于忘本趋末㉒,流而不返㉓。夫以不信不固之心㉔,守不至之学㉕,虽欲果于自用,莫知其所以用之道,又况有禄利之诱、刑祸之惧以迁之哉㉖?此足下所谓志古知道之士世所鲜,而未有合者㉗,由此也。

足下所为文,用意甚高,卓然有不顾世俗之心㉘,直欲自到于古人㉙。今世之人用心如足下者有几？是则乡曲之中能为足下之师者谓谁㉚？交游之间能发足下之议论者谓谁？学不师则守不一㉛，议论不博则无所发明而究其深。足下之言高趣远㉜，甚善，然所守未一而议论未精，此其病也。窃惟足下之交游能为足下称才誉美者不少㉝，今皆舍之，远而见及，乃知足下是欲求其不至㉞。此古君子之用心也，是以言之不敢隐。

夫世无师矣㉟，学者当师经㊱，师经必先求其意。意得则心定，心定则道纯，道纯则充于中者实㊲，中充实则发为文章辉光，施于世者果致㊳。三代、两汉之学，不过此也。足下患世未有合者，而不弃其愚㊴，将某以为合㊵，故敢道此。未知足下之意合否？

[题解]

祖无择是北宋中后期名臣，这和他孜孜不倦地追求学问是分不开的，本文便是他向散文巨擘欧阳修求教得到的指点文字。作者在文章中强调：文章不是单纯的事物，它的优劣和学者自身的学问及道德修养密切相关，只有认真提高自己的道德修养，明白古代圣贤的良苦用心，掌握儒学大义，吃透儒学精髓，文章才会快速提高，达到古人"文以载道"的境界。这些道理对于今天的人们来说，依然具有很强的指导意义。

[注释]

①祖择之：祖无择，字择之，上蔡（今河南上蔡）人，年轻时曾师从欧阳修学为文。中进士后，历直集贤院、知通进银台司。王安石执政后，寻其罪而贬崇信军节度副使，知信阳军而卒。欧阳修写此文时，祖无择尚未中第。②秀才：对祖无择的尊称，言其为俊秀之才。人至：派来的人已经到我这里。③两策：即两册。④谕之：嘱咐我。这是作者自谦的说法，把祖无择的请求说成是对自己的教谕。⑤其：自己。少贱而长穷：少年时贫贱，如今官职也很低微。⑥不足问之愚：不值得别人请教。⑦卒然及之：突然问我。⑧何敢不报：岂敢不作回复。⑨道尊：师道才能显示它的尊严。⑩笃敬：十分诚敬。此处指懂得了师道尊严，才懂得怎样尊重别人。⑪能自守：有了自己的操守。⑫果于

用；做事有决断。⑬不畏而不迁：不惧怕刑罚祸患，不为名利而改变操守。⑭三代：夏、商、周。⑮各守其经：两汉时期，六经各有师传，叫做家法。各家对经书的解释有很大不同，所以形成了各抱一经的局面，比如《诗经》，就有齐、鲁、韩、毛等家。⑯学者不尊严：学者失去了尊严。⑰自轻其道：对自己所学本身就不看重。⑱轻之则不能至：轻视学习，就无法真正理解领会。⑲不至则不能笃信：没有真正的理解，就不会实实在在地信服它。⑳俯仰徇时：随波逐流，迎合时尚之需。㉑希禄利为急：把求取功名科第作为当务之急。㉒忘本趋末：忘记了根本而汲汲于末道。欧阳修以为君子有所守是根本，至于为官取俸，不是首先应当追求的。㉓流而不返：完全违背了古人修养自身的本意，变得一发而不可收。㉔不信不固之心：没有信仰没有操守之心。㉕不至之学：肤浅的学识。㉖迁之：动摇自己的内心。㉗未有合者：找不到同志同道之人。㉘卓然：越群拔俗。㉙直欲自到于古人：要求自己达到古人信念坚定、操守牢固的境界。㉚乡曲：乡里、故乡。㉛学不师则守不一：学习不拜师长，所守就不会专一。㉜趣远：意趣高远。㉝窃惟：暗自认为。这是古人书信中常用的一种谦逊说法。㉞求其不至：向人请教自己的文章为什么不能炉火纯青的原因。㉟世无师矣：当今之世，很难找到堪为人师的人。㊱师经：以六经为师。㊲充于中者：指内心所获得的感受。㊳果致：坚持不懈而达到预期的效果。㊴不弃其愚：不以我为愚，虚心向我求教。㊵将某以为合：把我看成你志同道合的人。

[译文]

欧阳修谨启：祖秀才派来的人已经到达，承蒙赐给书信一封，另有诗赋杂文两册，并嘱咐我说："请求一览，认为如何？"我学问简陋，不值得好学之士向我询问；又因为我少年时贫贱成人后困穷，一向的所作所为没有什么值得称道并取信于人的。此前也曾有人向我询问，因为自知愚钝不值得别人询问，故而没有回答人家。如今足下突然来信说到学问之事，这使我羞愧惭惧不知该说些什么。虽然如此，足下不远数百里派使者来到我的家门，情意深厚礼数殷勤，怎敢没有回音？

我听说古代的学者一定要找到一位严师，老师严格了师道才能尊重，师道尊重之后学生才能笃信并尊敬他，笃信并尊敬老师之后，学生才能守住自己的学问，能守住自己的学问之后，才能将它用在实践当中，能将它用在实践当中之后，就既没有畏惧也没有见异思迁之想了。三代衰微的时期，学校遭到废弃，直到两汉时期，师道还是存在的，故而那时的学者能够各自恪守他所学的经典并应用于实际当中，因此汉代关于政治理论的文章和当时那些学问之事，后代没有能赶得上的，是因为学问根底由来深远。后代的师法渐渐败坏，到了今天几乎已经没有称得上老师的人了。那么学者便失去了尊严，他们本身就没把所学之道看重。轻视自己所学之道那就肯定无法达到精深的地步，无法达到精深的地步便不可能对大道坚信不疑，不能对大道坚信不疑便不知道自己应该恪守什么，所守不坚的话，必然有所畏惧，也可能见异思迁。就因为这个缘故，当今的学者只知道随着世俗俯仰追逐，以孜孜追求利禄为最迫切的急务，以至于忘掉了文章的根本而去追逐其末梢，随波逐流迷途不返。凭着自己都不坚信的心，去守护根本没到深层的浮夸学问，就算是勇于自用，也找不到应该如何去应用的途径，更何况还有功名利禄的诱惑、刑罚祸患的威胁来改变他的所学呢？这正是足下说到的所谓有志于古文明白道德的士子当世太少，因而很少有能够与足下契合者，就是因为上述的原因。

　　足下所写的文章，立意很高，卓然有将世俗远远甩在身后的气势，一心想要达到古人的高度。当今世上的士人像足下这样下功夫的能有几个？足下所为如此，那么乡党之间能够充当足下老师的能有谁呢？朋友之间能够发表足下这般议论的又有谁呢？学习不拜师长则学问就不会一以贯之，议论不丰富就会无所发明而难以探求更深的学问。足下的言辞高妙志向远大，这是很好的，然而所尊奉的大道似乎还没有纯一，所发的议论也还不够精辟，这是足下的一点不足。我私下以为足下的朋友当中能够称赏足下才能给予足下赞誉的人是不少的，如今全都避而远之，却要不远数百里来向我询问，由此可知足下这是真心想要征求自己的文章还有什么不足。这正是古代君子的良苦用心，故而将话说出，不敢有所隐晦。

今世没有可信的老师了，学者应当拿经典当做老师，把经典当做老师一定要先弄懂经文大意。大意了解清楚了心才会宁静，心绪宁静了道德才能纯一，道德纯一之后，充塞于内心的学问才能真实，内心的学问真实了，用在文章上便能闪耀光辉，用在救世上便能产生预期的实效。三代、两汉时期的学问，不过如此而已。足下慨叹今世没有能够契合的人，而不厌弃我的愚钝，把我看做是可以契合的人，所以才敢说上述那些话，不知道是不是真的合于足下的心意？

# 答吴充秀才书①

修顿首白，先辈吴君足下②。前辱示书及文三篇，发而读之，浩乎若千万言之多③，及少定而视焉，才数百言尔。非夫辞丰意雄④，沛然不可御之势，何以至此！然犹自患伥伥莫有开之使前者⑤，此好学之谦言也。

修材不足用于时，仕不足荣于世，其毁誉不足轻重⑥，气力不足动人。世之欲假誉以为重⑦，借力而后进者，奚取于修焉⑧。先辈学精文雄，其施于时，又非待修誉而为重，力而后进者也。然而惠然见临⑨，若有所责⑩，得非急于谋道⑪，不择其人而问焉者欤⑫？

夫学者未始不为道⑬，而至者鲜焉⑭；非道之于人远也，学者有所溺焉尔⑮。盖文之为言⑯，难工而可喜⑰，易悦而自足。世之学者往往溺之，一有工焉，则曰：吾学足矣。甚者至弃百事不关于心，曰：吾文士也，职于文而已⑱。此其所以至之鲜也。

昔孔子老而归鲁，六经之作，数年之顷尔⑲。然读《易》者如无《春秋》⑳，读《书》者如无《诗》，何其用功少而至于至也！圣人之文虽不可及，然大抵道胜者文不难而自至也㉑。故孟子皇皇㉒，不暇著书，荀卿盖亦晚而有作㉓。若子云、仲淹㉔，方勉焉以模言语㉕，此道未足而强言者也。后之惑者，徒见前世之文传，以为学者文而已㉖，故愈力愈勤而愈不至。此足下所谓"终日不出于轩序，不能纵横高下皆如意"者㉗，道未足也㉘。若道之充焉，虽行乎天地，入于渊泉，无不之也㉙。

先辈之文浩乎沛然㉚，可谓善矣。而又志于为道，犹自以为未广，若不止焉㉛，孟、荀可至而不难也。修学道而不至者，然幸不甘于所悦而溺于所止㉜。因吾子之能不自止，又以励修之少进焉㉝。幸甚幸甚！修白。

[题解]

本文主要阐述道与文的关系。作者主张文章应该追求"道"，而不应该过分地追求辞采的华美，他认为"道胜者，文不难而自至也"。当然这并不是说文章可以不要文采，只是反对士子们脱离社会实际，空谈文章的技巧。

[注释]

①吴充：字冲卿，建州浦城（今福建松溪北）人。由福建来京师，以所为文投欧阳修求教。本文即欧阳修给他的回信。②先辈：对年长者的敬称。③浩乎：指吴充的文章虽然短小，但言简意赅，给人以磅礴浩大的感觉。④辞丰意雄：语辞丰富，笔意雄健。⑤伥伥：无所适从的样子。开之使前：敦促自己，使自己不断进取。⑥毁誉不足轻重：别人对我的毁谤和赞誉在士君子中无足轻重。⑦世之欲假誉以为重：世间后学想借我的名望以求进取。按：唐宋科举考试，举子们大都需要把自己的诗文投献给当时名流或显宦，以求得他们的延誉和举荐。假誉以为重即指这种情况。⑧奚取于修焉：从我身上能有何取用呢？这是欧阳修自谦的说法。⑨惠然见临：承蒙错爱而把文章交给了我。⑩若有所责：即"若有所求"，像是对我提出了要求。⑪得非急于谋道：莫不是急于探讨学问之道。⑫不择其人而问焉者欤：没有找到合适的人而找到了我吗？⑬未始不为道：意谓学者未尝不探求古人之道。⑭至者鲜焉：真正领悟真谛的人却很少。⑮有所溺：有沉迷不悟之处。⑯文之为言：文章的言辞。⑰难工：很难做到工稳。⑱职于文：我的大事就是作文章。⑲数年之顷：孔子周游列国后返回鲁国，删《诗》、《书》，作《春秋》，序《书》传，序《周易》之《彖》、《系辞》、《象》、《说卦》、《文言》，大约只用了

五年的时间。⑳读《易》者如无《春秋》：阅读《周易》，似乎并没有想到《春秋》也是孔子所作。此句及以下一句意谓孔子删订六经虽然时间不多，但著作各有各的特色，达到了极高的境界。㉑道胜者文不难而自至也：道德淳美者，他的文章就不难达到高境界了。㉒皇皇：即"惶惶"，急急迫迫的样子。㉓荀卿盖亦晚而有作：荀卿，战国时著名思想家荀况。他先在齐国，后到楚，晚年时由于春申君的举荐担任兰陵令。春申君死后，居于兰陵，埋头著述。今存《荀子》即在兰陵著成。㉔子云：汉代辞赋家和思想家扬雄，字子云，他曾模仿《周易》作《太玄经》，模仿《论语》作《法言》。仲淹：隋代大儒王通，字仲淹，号文中子，他曾模仿《论语》作《中说》。㉕勉焉：极力。㉖以为学者文而已：认为学者不过是著书而已。㉗"终日"二句：是吴充给欧阳修信中的话，意思是说终日闭门造车的人并不能把文章写好。㉘道未足也：原因是道德修养还没有达到高的境界。㉙无不之也：无处不可到。㉚浩乎沛然：文笔汪洋恣肆，气势磅礴。㉛若不止焉：如果能坚持下去，不就此停止。㉜"幸不甘于"句：所幸自己头脑清醒，不甘心于自己看了满意就知足，也不沉溺于仅为作文而作文。㉝少进：稍有进取。

[译文]

欧阳修顿首先辈吴君足下：前此承蒙足下寄上书信并大作三篇，阅读之后，深感其气浩然，似有千言万语之多。等到我稍微定下神来仔细一看，才几百字啊。如果不是文辞丰厚，文意雄伟浩然盛大势不可挡，何以能达到这种地步呢？然而足下还担心没有人开导，自感无所适从，这是先辈好学自谦的话啊！

我的才能不足以为当世所用，所居官职也不足以显荣于当世，我对别人的批评和赞赏也无足轻重，我本身的气势和力量也不足以打动他人。当世那些希望通过他人的赞誉增重声望，希望凭借他人的能量加以引进的人，对于我欧阳修或许是不应抱有任何期待的。吴先辈的学问丰厚精湛，文章气势宏伟，已经施用于当今之世，这完全不是靠我的赞誉而得到士子们尊重的，而是靠先辈自己的努力后来居上的。然而吴先辈既然肯于欣然来信与我相交，希望我说上几句，难道不是急于谋求为文之道以至无暇选择贤明之人才找到我的吗？

求学的人在初始时没有一个不是为了合于圣人之道，而真正能达到那样高度的人却很少很少；并不是说大道离学者太远，而是学者本身有沉迷不悟之处。文章作为言事之物，难以做到工稳却很容易使自己得意，容易自我欣赏而得到满足。世上的学者往往就迷惑在这方面，稍微显得工稳了些，就会说：我学习作文已经到家了。甚至有人抛弃世事什么都不再关心，说：我是文士，职责就是写文章嘛。这就是为什么达到高境界的人少之又少的原因。

当年孔子年纪大了以后回到鲁国，六经的写作，不过数年的时间而已。然而读《易经》时好像根本不理会《春秋》的存在，读《尚书》时又好像根本不理会《诗经》的存在，他所用之功是多么少而达到的境界又是多么的高啊！圣人的文章，后人虽然不可能望其项背，然而想以大道取胜的文章就不难到达较高的水平。所以孟子一辈子凄凄惶惶，没有工夫静下心来写书，荀卿也是到了晚年才开始写作的。再如扬雄、王通等人，正所谓是勉强模仿圣人的言语，他们属于道德不足而勉强著书的人。后来心存疑惑的人，只看见前代的文章流传到了后世，便认为学习不过是要弄清如何措辞用语而已，所以用力越多越是勤奋就越是达不到古人的高度。这正是足下所说的"一天到晚也不迈出大门槛，还是无法达到纵横论说高下相得处处令人满意"的问题，原因是道德还没充足。如果道德已经充盈于心，纵然是想在天地之间驰骋，在大海深渊中出没，也没有达不到的。

吴先辈的文章已经称得上是浩然磅礴，可以说很好了。而又有志于修养道德，还自认为道德不深不厚，让人感到永无止境，要达到孟子、荀子的高度应该是没有太大问题的。我属于学习道德却没有达到高境界的那种人，却并不甘心于自己看着高兴因而迷惑不清浅尝辄止。因为吴先辈能够做到自强不息，故而又会激励我多少取得一些进步。这是我的幸事！欧阳修谨上。

# 与荆南乐秀才书①

修顿首白,秀才足下。前者舟行往来,屡辱见过②,又辱以所业一编,先之启事③,及门而贽④。田秀才西来⑤,辱书;其后予家奴自府还县⑥,比又辱书。仆有罪之人⑦,人所共弃,而足下见礼如此,何以当之。当之未暇答,宜遂绝⑧,而再辱书;再而未答,宜绝,而又辱之。何其勤之甚也⑨!如修者,天下穷贱之人尔,安能使足下之切切如是邪⑩?盖足下力学好问,急于自为谋而然也⑪,然蒙索仆所为文字者,此似有所过听也⑫。

仆少从进士举于有司⑬,学为诗赋⑭,以备程试⑮,凡三举而得第⑯。与士君子相识者多,故往往能道仆名字;而又以游从相爱之私⑰,或过称其文字⑱。故使足下闻仆虚名,而欲见其所为者,由此也。

仆少孤贫,贪禄仕以养亲,不暇就师穷经以学圣人之遗业⑲。而涉猎书史,姑随世俗作所谓时文者⑳,皆穿蠹经传㉑,移此俪彼㉒,以为浮薄㉓,惟恐不悦于时人,非有卓然自立之言如古人者。然有司过采,屡以先多士㉔。及得第已来,自以前所为不足以称有司之举而当长者之知㉕,始大改其为㉖,庶几有立㉗。然言出而罪至,学成而身辱。为彼则获誉㉘,为此则受祸㉙,此明效也。

夫时文虽曰浮功，然其为巧，亦不易也㉚。仆天资不好而强为之，故比时人之为者尤不工。然已足以取禄仕而窃名誉者，顺时故也㉛。先辈少年志盛，方欲取荣誉于世㉜，则莫若顺时。天圣中㉝，天子下诏书，敕学者去浮华㉞，其后风俗大变。今时之士大夫所为，彬彬有两汉之风矣㉟。先辈往学之，非徒足以顺时取誉而已，如其至之㊱，是直齐肩于两汉之士也。若仆者，其前所为既不足学，其后所为慎不可学，是以徘徊不敢出其所为者，为此也。

在《易》之《困》曰："有言不信㊲。"谓夫人方困时，其言不为人所信也。今可谓困矣，安足为足下所取信哉？辱书既多且切，不敢不答。幸察。

[题解]

本文虽为书信，但通篇都在谈论文章的写作。作者是北宋古文运动的旗手，一直致力于改变浮靡的文风，此处所说，也是他的一贯主张。作者认为，"时文"只能作为求取功名的敲门砖，要想使自己的文章流传千古，必须要向古人学习，言之有物，文以载道。

[注释]

①荆南：宋代府名，在今湖北江陵。乐秀才：欧阳修贬为峡州夷陵令时，途经荆南，停留十余天，乐秀才曾多次拜访，并投献诗文请教于欧阳修。这篇文章是欧阳修给乐秀才的回信。②屡辱见过：多次承蒙您前来过访。③启事：陈述事情的书函。④及门而贽：登门还带来了礼物。⑤田秀才：指田昼，字文初，当时从荆南府往万州（今四川万县）探亲，途经夷陵，与欧阳修相交较密。⑥自府还县：从江陵府署回到夷陵县衙。⑦有罪之人：欧阳修因斥责御史高若讷不为范仲淹之冤辩解，触怒权相，被贬为夷陵令，此时正在贬谪之中，故自称有罪之人。⑧宜遂绝：理当与我断绝来往。⑨勤：殷勤恭谨。⑩切切：诚恳真挚之情。⑪急于自为谋而然也：理当为自己考虑。意思是劝乐秀才不要与自己这个有罪之人多有过从。⑫过听：意谓误听了他人的褒扬。这是作者自谦的说法。⑬少从进士举于有司：指少年时应进士举。宋代的科举考试要先经

州郡乡试,中举后再赴京师应礼部会试。有司,指主持考试的部门。⑭学为诗赋:唐及北宋前期的科举考试都考诗赋,故举子们自小都要学习诗赋。⑮程试:科举考试。⑯三举而得第:欧阳修于仁宗天圣初应乡试不中,至天圣四年(1026年)方中举,次年应礼部会试,又未考中,直到天圣八年(1030年)才中进士。⑰游从相爱之私:出于交游的友情。⑱过称其文字:过分地褒奖我的文章。⑲就师穷经:拜师学习,熟读六经。⑳时文:为时人喜爱的庸俗文章。㉑穿蠹经传:对经传肆意割裂,穿凿附会。㉒移此俪彼:用经书的语言去粉饰时文。㉓浮薄:轻浮浅薄的文章。㉔屡以先多士:多次在考试中名列前茅。欧阳修于天圣七年(1029年)国子监试中名列第一,第二年礼部试又获第一。多士,众多参试的士子。㉕当长者之知:受到前辈的青睐。㉖始大改其为:这才一改此前所为。㉗庶几有立:希望尽可能在文章上有所建树。㉘为彼则获誉:写庸俗的时文则受到赞誉。㉙为此则受祸:写言之载道的古文却遭受祸患。㉚"然其"二句:然而把时文作好作巧,也不是件容易的事。㉛顺时故也:是因为迎合了时俗的口味。㉜方欲取荣誉于世:想要在当世夺取科第功名。㉝天圣:仁宗的年号,公元1023年至1032年。㉞敕学者去浮华:天圣七年(1029年),宋仁宗下诏戒除文章浮华之弊,并规定礼部考试不取浮华雕饰的文章。㉟彬彬:形式与内容相映生辉。㊱如其至之:如果您能达到这样的境界。㊲有言不信:谓巧言能辞,人所不信。

[译文]

欧阳修顿首禀告乐秀才足下:前些日子乘船往来,多次承蒙足下前来相见,又承足下带来所作的文章,先投下约见书信,还带来了见面的礼物。田秀才从西方前来,已有书信赐教;其后我的家奴从荆南府回到本县,不久又承赐书。我乃是有罪在身的贬谪之人,理应受到人们的厌弃,而足下对我如此礼遇,我怎么能担当得起?就算担当得起却没有及时回信,按理说也应该与我断绝关系了,而足下再次赐书;我再次没有回复,就更应该断绝联系,而足下竟然再三赐书,足下对我的期待是何等的殷勤啊!像我这样的人,不过是在天下走入穷途的卑贱之人而已,怎么值得足下对我殷切到这个地步呢？这完全是由于足下勤于学习喜好询问急于为自身前途而考虑所致，然而承蒙足下向我索要写过的文字，这样做似乎稍嫌过分了。

我年轻时因为要随从众多举子到京城参加进士考试，不得已学习写诗作赋，以备应对朝廷规定的程试，共参加了三次考试才算考中。这期间和士子们相识的较多，所以他们往往能说出我的名字；又因为有些士子与我交游很合得来而产生感情，便过分地夸赞我的文章，故而使足下得知了我的虚名，而想看到我曾经写过的文章，一定是这个缘故。

我年少丧父一直十分贫困，贪图仕禄以便孝养母亲，没有足够的时间拜师研读经典来学习圣人的教诲。涉猎于图书史籍，暂且跟从世俗写了些所谓的时文，都是对经传穿凿附会，这里拿来移到那里，拼凑成轻浮浅薄的文字，唯恐不能取悦于当世之人，根本不是卓然自成一家、如同古人那样的言论。幸而得到考官过分地看重，几次在众多士子中名列前茅。自从中进士以来，自认为以前所写的文章不足以符合朝廷科举的要求，也不足以得到前辈的赞赏，才开始从根本上改变主张，希望或许能有自立的机会。然而只要话一出口，罪名便随之而至，学有所成却身受其辱。作那些空洞文章倒能获得美誉，写这些言之有物的文章却要招来祸患，我本人就是最好的例子。

时髦的文字虽然浮夸不实，但这些文字当中的技巧要想把握好，也不是件容易的事。我的天分不好却要勉强去做，所以和当世之人比起来尤其算不上工巧。即便是这样的东西，就足以来谋取利禄官职并窃取名誉，完全是顺从当下潮流的缘故。足下年少志大，要想在当世取得荣耀和声誉，那倒不如顺应时事。天圣年间，天子颁布诏书，敕命学者们务必去掉浮夸华艳之气，此后文风大为改观。如今的士大夫所写的文章，彬彬然已有了两汉的文风。足下如果向他们学习，不仅仅足以顺应时俗取得荣誉而已，如果您能达到这样的境界，那就可以和两汉的文士们并驾齐驱了。像我这样的人，以前所写的东西已经不足为样板，以后所写的东西，为谨慎起见又不可以学，所以彷徨犹豫不敢把自己的文字拿出来，就是因为这些。

《周易》的《困卦》中说："巧言善辩能说会道的人，人们不会相信他。"讲的是人处在困顿之中时，他的话往往是不被人信任的。如今我真称得上处在困境当中了，怎么可以被足下信任呢？足下来信又多，态度又十分恳切，所以我不敢不作此回答。希望能得到足下的谅解才是。

# 答宋咸书①

某启：去年冬承惠问，时以奉使契丹②，不皇为答③。兹者人至，辱书，岂胜感愧！某区区于此，无补当时，徒于京师大众中汩汩人事④，旧学都废，耳不闻仁义之言久矣。惟君子不以甘荣禄、走声利之徒见待⑤，时有所教，幸甚幸甚！天日之高，以其下临于人者不远，而自古至今，积千万人之智测验之，得其如此。故时亦有差者，由不得其真也。圣人之言，在人情不远，然自战国及今，述者多矣，所以吾侪犹不能默者，以前人未得其真也。然亦当积千万人之见，庶几得者多而近是，此所以学者不可以止也。足下以为如何？尚或不然，当赐教。向热，为政外自重，以副所怀。不宣。某再拜。

[题解]

这篇书信写于嘉祐元年（1056年），当时作者官知通进银台司兼门下封驳事。文中说出了一个哲理：对任何事物的探究，都是没有止境的，对于圣贤之道，当然也需要不断地学习和研究。

[注释]

①宋咸：字贯之，建州建阳（今福建建阳）人。天圣二年（1024年）进士乙科。博通群书，著有《小尔雅注》、《法言注》、《孔丛子注》、《易补注》等。《宋史翼》有传。②奉使契丹：欧阳修于至和二年（1055年）八月，充贺

契丹国母生辰使,后改充贺登位国信使。③不皇:没有来得及。④汩汩人事:忙忙碌碌无休无止的政务杂事。⑤见待:看待我。

[译文]

欧阳修敬启:去年冬天承蒙惠问,当时因要奉命出使契丹,没有来得及回复。如今所派的人来到了我府,承蒙赐给我书信,内心何等感激愧疚。我在这里一事无成,对当世没有丝毫的补益,白白在京城众多的官员当中处理着毫无意义的人与事,以往所学几乎都忘光了,两耳不闻仁义之言已经很久了。难得足下以大君子之心,没有把我当成热心于功名利禄、趋走于声望功利的人来看待,而是时时有所教诲,真是我极大的幸运!天上太阳高悬,其实它下临于人世不算太远,然而从古到今,汇聚了成千上万人的智慧测验它,想得到它到地面的距离,而时不时还有误差的原因,是没有得到它的准确定位。圣人的话,离人之常情并不算远,然而从战国时期直到如今,论述的人很多,我辈依旧不能缄默继续探究的原因,是因为前人还没有真正领悟它的精髓。这同样需要汇聚了成千上万学者的见解,才能更加接近于准确,这正是当今学者们不可以中止的原因。足下认为这么说如何?如果还不正确,盼望能赐以教诲。天气已经转热,问政之外务必保重自己,以合于我的期盼。别不多言。欧阳修再拜书。

# 与黄校书论文章书

修顿首启：蒙问及丘舍人所示杂文十篇，窃尝览之，惊叹不已。其《毁誉》等数短篇尤为笃论①，然观其用意，在于策论，此古人之所难工，是以不能无小阙。其救弊之说甚详，而革弊未之能至。见其弊而识其所以革之者，才识兼通，然后其文博辩而深切，中于时病而不为空言。盖见其弊，必见其所以弊之因，若贾生论秦之失，而推古养太子之礼②，此可谓知其本矣③。然近世应科目文辞④，求若此者盖寡，必欲其极致⑤，则宜少加意，然后焕乎其不可御矣。文章系乎治乱之说，未易谈，况乎愚昧，恶能当此？愧畏愧畏！修谨白。

[题解]

本文作于景祐元年（1034年）或二年，当时作者担任馆阁校勘。文章虽然短小，内容却很丰富，而且主要是在和别人讨论如何能把文章写好。作者始终认为，文章应该承载治理国家和天下的重任，不认真学习圣贤的经典，不把自己放在利民利天下的高境界，想写好文章也是不可能的。所以作者既强调"文章系乎治乱之说"，又强调"见其弊而识其所以革之者，才识兼通，然后其文博辩而深切，中于时病而不为空言"。尽管此时作者还很年轻，但这些观点，和作者一生努力追求的目标是完全一致没有改变的。

[注释]

①笃论：信实可靠的议论。②"贾生论秦之失"二句：贾谊议论秦朝的

失误,进一步论述培养太子的极端重要性。贾谊《过秦论》下篇说:"借使子婴有庸主之材,而仅得中佐,山东虽乱,三秦之地可全而有,宗庙之祀未宜绝也。二世受之,因而不改,暴虐以重祸。子婴孤立无亲,危弱无辅,三主之祸,终身不悟,亡不亦宜乎?"③知其本:了解了事情的本源。④应科目文辞:应付科举考试的文章。⑤极致:把文章写到最纯粹。

[译文]

欧阳修顿首启报:承蒙问到丘舍人见示的杂文十篇,我已经私下阅读过了,深为惊叹不已。其中《毁誉》等几个短评尤其堪称信实之论,然而仔细揣摩作者的用意,似乎仅仅是在于完成一篇策论。这类论文就是古人也很难写得出色,因此这几篇文章也不可能没有小小的毛病。文章对于拯救弊端论述得很详细,但如何革除弊端却没能说清楚。只有看到弊端而又能认识到如何革除弊端的文章,才能算得上是文采和见识都贯通了,然后其文章就会辩论宏博而深切,切中时弊而不作空泛的议论。能够见到弊端,一定能够见到形成这些弊端的原因,就像汉朝贾谊论述秦朝的失误,进一步推论加强培养太子的礼制,这就称得上是了解事物的根源了。尽管如此,近世那些为了应付科举的文章,想找一篇这样的佳作也是很不容易的,如果一定要把文章写到炉火纯青,还需要多少再努把力,才能使文章焕然夺目无人可敌。文章关系到国家治乱的分析,不便在信里详细论说,何况凭着我的愚昧,怎么能当得起指导的重任?惭愧惭愧!欧阳修谨上。

# 与刁景纯学士书①

修顿首启：近自罢乾德，遂居南阳②，始见谢舍人③，知丈丈内翰凶讣④，闻问惊怛，不能已已。丈丈位望并隆，然平生亦尝坎轲，数年以来，方履亨途⑤，任要剧，其去大用尺寸间尔，岂富与贵不可力为，而天之赋予多少有限邪？凡天之赋予人者，又量何事而为之节也？前既不可诘，但痛惜感悼而已。某自束发为学，初未有一人知者。及首登门，便被怜奖，开端诱道，勤勤不已，至其粗若有成而后止。虽其后游于诸公而获齿多士，虽有知者，皆莫之先也。然亦自念不欲效世俗子，一遭人之顾己，不以至公相期，反趋走门下，胁肩谄笑，甚者献谀谄而备使令，以卑昵自亲，名曰报德，非惟自私，直亦待所知以不厚。是故惧此，惟欲少励名节，庶不泯然无闻，用以不负所知尔。

某之愚诚，所守如此，然虽胥公⑥，亦未必谅某此心也。自前岁得罪夷陵，奔走万里，身日益穷，迹日益疏，不及再闻语言之音，而遂为幽明之隔。嗟夫！世俗之态既不欲为，愚诚所守又未克果，惟有望门长号，临枢一奠，亦又不及，此之为恨，何可道也！徒能惜不永年与未大用，遂与道路之人同叹尔。知归葬广陵，遂谋京居，议者多云不便，而闻理命若斯，必有以也。若须春水下汴，某岁尽春初，当过京师，尚可一拜见，以尽区区。身贱力微，于此之时当有可致，而无毫发之助，惭愧惭愧！不宣。某再拜。

[题解]

胥偃是位老臣，在湖北当地方官时，最先发现了欧阳修的才能，于是不遗余力地将欧阳修带到汴京，帮助他取得了功名科第。应该说没有胥偃就没有欧阳修。这封信是欧阳修身处谪籍时听到胥偃去世，给友人刁约写的一封信，信中说到自己对胥偃的无比深情，但又不愿像世俗之人那样极尽谄媚之能事，而是希望自己能把立足士林、为国家作出贡献作为对恩人的报答。这种大君子情操，值得所有人尤其是官场上的人深深思考。

[注释]

①刁景纯：刁约，丹徒（今江苏丹徒）人。天圣八年（1030年）进士，为诸王宫教授。宝元中，入为馆阁校勘。庆历初，与欧阳修同知太常礼院。②自罢乾德，遂居南阳：据《欧阳文忠公年谱》载，宝元二年（1039年）二月，谢绛出为邓州知州，梅尧臣任襄城县令，与谢绛同行。当年六月，时任乾德县令的欧阳修改任武成军节度判官厅公事。自乾德县奉母夫人到邓州待命。③谢舍人：谢绛，此时为邓州知州。④丈丈内翰凶讣：谓欧阳修的丈人胥偃去世的消息。《宋史·胥偃传》载，胥偃曾判三司度支勾院、修起居注。累迁尚书刑部员外郎，知制诰，入翰林为学士，权知开封府。卒。⑤亨途：通达之路。⑥胥公：指胥偃，是最先青睐欧阳修的人。胥偃曾携欧阳修从随州到京师，张扬于公卿之间，并将女儿嫁给了欧阳修。

[译文]

欧阳修顿首书：近日离开了乾德县令之任，随后暂居在南阳，才见到谢舍人，得知了丈人内翰去世的凶信，听闻之间震惊凄惨，几乎无法自控。丈人地位尊显声望也很高，然而平生仕途多有坎坷，近些年来，才算走上了平坦之路，担任繁剧的职位，他离高居宰辅已经很近很近了，难道是富和贵不能凭人力追求，而上天的赋予多或少是有定限的吗？凡是上天能赋予人的，又根据什么来确定分寸呢？人死了无法再追究这些，剩下的只有悲痛惋惜感怆哀悼而已。我自从束发求学，最初没有一个人了解我。我第一次登胥公的门，便受到他的爱怜和夸奖，开启我的智慧诱导我的学习，殷勤不倦，到我稍稍有所进步之后便中止了。此后我和许多公卿大夫相交往并在众多士子中得以容身立足，虽然也有对我青睐的，但没有谁能比他更早。而我也考虑不愿效仿世俗的士子，一朝得到人家的关照，不把人家看做是出以公心，反而趋走于人家的门下，耸肩诌笑，过分者甚至会进献谄谀的奉承而甘愿受人家的驱使，拿降低自己人格的代价去讨好人家，名为报德，其实无非是出于一己之私，这样做其实是对有知遇之恩的人一种不忠厚的回馈。因此我很惧怕这样的人，我只想砥砺自己的名节，希望自己或许能够不像凡夫俗子那样泯没无闻，来表示没有辜负人家的知遇之恩而已。

  我这种近乎愚拙的诚恳，想要恪守的就是这些，然而即使是胥公本人，也未必能体谅到我的内心。自从前两年获罪贬到夷陵，奔走了水陆万里，自身日益困顿，行迹日益疏远，不能够再听到他的教导之言，如今竟然成了阴阳相隔的人。唉！我既不想做那些随俗浮沉的事，愚拙的忠诚、有所恪守又没得到什么益处，只剩下望胥公之门而大哭，面对灵柩浇酒祭奠，可惜连这点心意也无力去表达，这样的遗憾，怎么才能诉说清楚啊！我只能怜惜胥公不终天年与未得重用，与道路上的人们一同哀叹而已。得知胥公将归葬于广陵，于是开始谋求在京居住，议论者却有很多人认为这样做不妥，而我闻听胥公的遗命如此，必然会有这样的考虑。如果能等到明年开春再沿汴水南下，那么我今年年末或明年初春，应当会经过京城，还可以有拜见学士的机会，以表达内心的感慨。身在下贱之中能力卑微，此时理当有心意上的表示，却没有能力提供一丝一毫的帮助，实在惭愧，实在惭愧！别不多言。欧阳修再拜书。

# 上杜中丞论举官书①

具官修谨斋沐拜书中丞执事：修前伏见举南京留守推官石介为主簿②，近者闻介以上书论赦被罢，而台中因举他吏代介者。主簿于台职最卑，介一贱士也，用不用，当否，未足害政，然可惜者，中丞之举动也。介为人刚果有气节，力学喜辩是非，真好义之士也。始执事举其材，议者咸曰知人之明。今闻其罢，皆谓赦乃天子已行之令，非疏贱当有说，以此罪介，曰当罢，修独以为不然。然不知介果指何事而言也？传者皆云："介之所论，谓朱梁、刘汉不当求其后裔尔。"若止此一事，则介不为过也。然又不知执事以介为是为非也。若随以为非，是大不可也。且主簿于台中，非言事之官，然大抵居台中者，必以正直、刚明、不畏避为称职。今介足未履台门之阈，而已用言事见罢，真可谓正直、刚明、不畏避矣。度介之才，不止为主簿，直可任御史也。是执事有知人之明，而介不负执事之知矣。

修尝闻长老说，赵中令相太祖皇帝也③，尝为某事择官，中令列二臣姓名以进，太祖不肯用。他日又问，复以进，又不用。他日又问，复以进，太祖大怒，裂其奏，掷殿阶上④。中令色不动，插笏带间，徐拾碎纸，袖归中书。他日又问，则补缀之，复以进。太祖大悟，终用二臣者。彼之敢尔者⑤，盖先审知其人之可用，然后果而不可易也。今执事之举介也，亦先审知其可举邪，是偶举之也？若知而举，则不可遽止；若偶举之，犹宜一请介之所言，辩其是非而后已。若介虽忤上，而言是也，当助以辩；若其言非也，犹宜曰所举者为主簿尔，非言事也，待为主簿不任职，则可罢请，以此辞焉可也。且中丞为天子司直之臣，上虽好之，其人不肖，则当弹而去之；上虽恶之，其人贤，则当举而申之，非谓随时好恶而高下者也。

今备位之臣百十，邪者正者，其纠举一信于台臣。而执事始举介曰能，朝廷信而将用之，及以为不能，则亦曰不能。是执事自信犹不果，若遂言他事，何敢望天子之取信于执事哉？故曰主簿虽卑，介虽贱士，其可惜者，中丞之举动也。况今斥介而他举，必亦择贤而举也。夫贤者固好辩，若举而入台，又有言，则又斥而他举乎？如此，则必得愚暗懦默者而后止也。伏惟执事如欲举愚者，则岂敢复云？若将举贤也，愿无易介而他取也。今世之官，兼御史者例不与台事⑥，故敢布狂言，窃献门下，伏惟幸察焉。

[题解]

本文作于景祐二年（1035年）作者任馆阁校勘之时。按照当时的制度，非御史台的官员是不可以参与台中事务的，但作者认为御史中丞杜衍屈于舆论压力，对他举荐的石介进行了否定，这种做法很不可取，希望杜衍能坚持原则，继续举荐石介入台。欧阳修如此提醒杜衍还有一层考虑，那就是石介在当时是位最敢说话的直臣，他到御史台，必然会对朝政的清明做出努力，对朝廷是只有好处没有害处的。北宋前期，由于宋太祖的涵育，士子们大都敢于直言，民主的风气是很浓的，这一点从本文也能深深感受到。

[注释]

①杜中丞：杜衍，越州（今浙江绍兴）人。据《长编》卷一一六载，景祐二年（1035年）二月，知天雄军杜衍为御史中丞。②举南京留守推官石介

为主簿：荐举南京留守推官石介担任御史台主簿。南京，北宋陪都名，在今河南商丘。主簿，宋代设在各部门的主要属官，类似于今办公厅主任一类的官。据欧阳修为石介写的《徂徕石先生墓志铭》，石介先任郓州观察推官，改任南京留守推官。御史台征辟主簿官，石介还没有到汴京，便因故"罢不召"。③赵中令：北宋开国时期的名臣赵普，字则平，幽州蓟（今天津蓟县）人。他辅佐赵匡胤夺取了天下，又为赵匡胤出谋划策，解除了很多将帅的兵权。宋朝建国之后担任枢密使，乾德二年（964年），为门下侍郎、平章事、集贤殿大学士。中令，即中书令。④掷殿阶上：《宋史·赵普传》载，赵普能以天下事为己任。曾在太祖面前奏荐某人为某官，太祖不用。赵普明日再奏其人，太祖还是不用。第三天，赵普又以其人奏，太祖大怒，"碎裂奏牍掷地"。赵普颜色不变，跪而拾之以归，"他日补缀旧纸，复奏如初。太祖乃悟，卒用其人"。⑤彼之敢尔者：赵普之所以敢于那样坚持的原因。⑥兼御史者例不与台事：北宋前期，监察御史为带职，非在御史台供职之官，故云不与台事。

[译文]

某官欧阳修谨洁斋沐浴拜书于中丞大人阁下：下官此前已经得知阁下荐举南京留守推官石介担任御史台主簿，近来又听说石介因为曾上书议论赦官的事被言官弹劾罢免了，而御史台中因此改举别的官员代替石介。主簿在御史台里虽然属于最低的官职，石介也只是一个微贱的小官，用他不用他，应当用他还是不应当用他，都不足以损害朝廷大政，然而下官认为可惜的是中丞大人曾经亲口举荐过他现在又对他否定。石介为人刚毅果断很有气节，学习努力又喜欢和人家辩论是非，堪称是个仗义的士子。当初阁下举荐他的才干时，参与议论的人都说阁下有明察人才的本事。如今听到石介罢免的消息，又都说赦免的命令是天子已经颁下的圣旨，不是微贱小官应该随便议论的，并以此为由指责石介有罪，说石介应该罢免，下官却认为这样的做法完全没有道理。然而下官还不知道石介究竟针对什么事发表议论的？传闻此事的人都说：石介在奏疏中提到：朝廷不应该寻求后梁朱全忠的后代和北汉刘继元的后代。如果只因为这件事，那么石介本没有什么过错，又不知道阁下认为石介这样说是对呢还是不对。如果随俗认为这样说不对，那是完全不应该的。况且主簿官在御史台里，并不属于言事的官，然而大凡能在御史台里做官的人，一定要以清廉正直、刚毅果断、不畏强权不避人言为称职。如今石介的脚还没踏进御史台的门槛，就已经被言事官弹劾罢黜了，这恰恰说明石介称得上是清廉正直、刚毅果断、不畏强权不避人言的人。下官揣度石介的才干，绝不仅仅是当个主簿的材料，甚至都可以胜任御史之职。这么说来，阁下真的有明察人才的本事，石介也不会辜负阁下的信任。

  下官曾听老人们说过，中书令赵普在太祖朝里当宰相的时候，曾因为某件事需要选择官员，赵中令拟定了两个官员的名字求见太祖，太祖不肯任用他们。改天赵中令又来求见，并再次将那两个人的名字摆到了太祖面前，太祖还是不肯任用。过了几天赵中令又来求见，仍旧将那两个人的名字呈给太祖，太祖勃然大怒，把赵普的奏章撕得粉碎，扔在大殿的台阶上。赵中令神色不变，把笏板插在腰间，俯下身去将碎纸捡起来，揣在衣袖里回到政事堂。过了些天他打算再次求见，于是把那些碎纸粘贴完整，重新进呈给太祖。太祖这才恍然大悟，终于任用了那两位官员。赵中令之所以敢于那样坚持的原因，是事先了解到他们值得重用，然后才固执自己的见解不肯动摇。如今阁下举荐石介，究竟是事先已经了解到他可以任用了呢，还是偶然不经意举荐的呢？如果是经过了解之后才举荐的，那就不应当突然中止；如果是不经意间偶然举荐的，也应当允许石介本人发表意见，把他所言的是非正误交代清楚才算有个了结。如果石介果真是违忤了圣意，而所言之事站得住脚，阁下就该帮助他进行申辩；如果他的言论的确不对，也应该向言事之臣讲清楚：我举荐的只是御史台的主簿而已，并不是举荐言事官员。如果石介担任了主簿不能胜任，当然可以罢免他，用他不称职为理由是完全讲得通的。况且杜中丞作为替天子主持正义的重臣，即使是天子对某人有所偏爱，只要他没有才干，也应当弹劾罢黜他；天子对某人有成见，只要那个人处事贤明，也应当举荐彰显他的长处，不能屈从于天子的好恶而决定举荐或不举荐。

　　如今朝廷里当官的人有成百上千，谁个奸邪谁个正直，对他们的纠察检举都取决于御史台大臣。而阁下当初举荐石介时说此人颇有才干，朝廷当然相信并准备任用他，等到有人说他不可以任用，阁下也跟着说他不可以任用。如此做法，连阁下本身的自信都不能持之以恒，如果接着再说别的事，还怎么指望天子会对阁下十分地信任呢？所以我还是要说：主簿虽然只是个卑微的小官，石介虽然只是个微贱之士，最令人痛惜的，还是中丞大人本身的举动。况且如今斥退石介转而荐举别人，肯定也是选择贤能之士加以荐举的，贤能的人本来就喜好争论是非，如果举荐后来者进入御史台，那个人再说出什么话来，难道也要将他罢黜另行荐举吗？如果真是这样，那只能等得到愚蠢糊涂懦弱不敢说话的人才能为止。阁下如果真想举荐个愚蠢懦弱的人，下官哪里还敢再说？如果是打算举荐贤能之士，希望阁下不要免除石介而另行举荐。当今的官员，兼任御史的人一律不得参与台中事务，所以斗胆口吐狂言，只能私下里呈献给阁下，诚恳地希望阁下能够细细推敲此事。

# 回丁判官书①

九月十四日,宣德郎、守峡州夷陵县令欧阳修,谨顿首复书于判官秘校足下:修之得夷陵也,天子以有罪而不忍即诛,与之一邑,而告以训曰:"往字吾民,而无重前悔。②"故其受命也,始惧而后喜,自谓曰幸,而谓夷陵之不幸也。夫有罪而犹得邑,又抚安之曰"无重前悔",是以自幸也。昔春秋时,郑詹自齐逃来,传者曰:"甚佞人来,佞人来矣!③"此不欲佞人入其邦,而恶其来甚之之辞也④。修之是行也,以谓夷陵之官相与语于府,吏相与语于家,民相与语于道,皆曰"罪人来矣"。凡夷陵之人,莫不恶之,而不欲入其邦,若鲁国之恶郑詹来者,故曰夷陵不幸也。及舟次江陵之建宁县⑤,人来自夷陵,首蒙示书一通,言文意勤,不徒不恶之,而又加以厚礼,出其意料之外,不胜甚喜,而且有不自遂之心焉⑥。

夫人有厚己而自如者,恃其中有所以当之而不愧也。如修之愚,少无师传,而学出己见,未一发其蕴,忽发焉,果辄得罪,是其学不本实,而其中空虚无有而然也。今犹未获一见君子,而先辱以书,待之厚意。以空虚之质,当甚厚之意,窃惧既见而不若所待,徒重愧尔!且为政者之惩有罪也,若不鞭肤刑肉以痛切其身,则必择恶地而斥之,使其奔走颠踬窘苦,左山右壑,前岨虎而后蒺藜⑦,动不逢偶吉而辄奇凶⑧,其状可为闵笑。所以深因辱之者,欲其知自悔而改为善也,此亦为政者之仁也。故修得罪也,与之一邑,使载其老母寡妹,浮五千五百之江湖,冒大热而履深险,一有风波之厄,则叫号神明,以乞须臾之命。幸至其所,则折身下首以事上官,吏人连呼姓名,喝出使拜,起则趋而走。设有大会,则坐之壁下,使与州校役人为等伍,得一食,未彻俎而先走出。上官遇之,喜怒诃诘,常敛手栗股,以伺颜色,冀一语之温和不可得。所以困辱之如此者,亦欲其能自悔咎而改为善也。故修之来也,惟困辱之是期。今乃不然,独蒙加以厚礼,而不以有罪困辱之,使不穷厄而得其所为,以无重悔如前训,可谓幸矣,然惧其顽心而不知自改也。夫士穷,莫不欲人之闵己,然非有深仁厚义君子之闵矣,则又惧且惭焉。谨因弓手还,敢布所怀,不胜区区,伏惟幸察。

[题解]

本文是作者景祐三年(1036年)任夷陵县令时作。这一年的年初,知开封府范仲淹因言事触怒了宰相吕夷简,被贬为饶州知州。当时身为谏官的高若讷因惧怕权相,对范仲淹遭受不公正待遇一言不发。年轻气盛的欧阳修写信痛斥若讷。五月,欧阳修被贬为峡州夷陵县令。本文写的是自己有幸遇到了丁元珍这位仁义君子,不但没有羞辱他,反而对他礼敬有加,使他在夷陵的日子里基本上没受什么屈辱。从这封信的字里行间,还是能体会到作者的满腹委屈,尤其是自嘲"少无师传,而学出己见,未一发其蕴,忽发焉,果辄得罪",实际上则是对吕夷简专权、排斥忠良的嘲讽。作者虽然反复强调有罪之人理应受到困辱,但内心却始终坚信自己没有做错。突出丁元珍对他以礼相待,恰恰说明正直的士子都明白他是受到奸臣迫害才遭到贬谪的。

[注释]

①丁判官:丁宝臣,字元珍,常州晋陵人,景祐元年(1034年)进士。当时任峡州军事判官。夷陵为峡州属县。②往字吾民,而无重前悔:此句是当时贬欧阳修圣旨中的一句话,意谓到那里去养育朕的子民,不要再重复以前的

悔恨。字,养育,抚养。重,重复。③甚佞人来,佞人来矣:《春秋公羊传·庄公十七年》载:齐人执郑詹。郑詹者何?郑之微者也。此郑之微者,何言乎齐人执之?书甚佞也。秋,郑詹自齐逃来。何以书?书甚佞也。曰:"佞人来矣!佞人来矣!"④恶其来甚之之辞:讨厌他来到本国的发狠之辞。甚,表示程度极深。⑤江陵:宋代府名,在今湖北江陵。建宁:宋代县名,在今湖北监利县西南。⑥不自遂之心:和自己的料想差距很大,以致出现不知所措的感觉。和今所谓"受宠若惊"有相通之处。⑦前虺虎而后蒹藜:谓身边尽是毒蛇猛兽和荒榛毒草。虺,蝮蛇一类的毒蛇。⑧动不逢偶吉而辄奇凶:奇,单数;偶,同"耦",双数。《周易·系辞下》:"阳卦奇,阴卦耦。"

**[译文]**

九月十四日,宣德郎、峡州夷陵县令欧阳修,谨顿首回信给判官秘阁校理丁君足下:修今日得以来到夷陵县,是圣明天子因我有罪又不忍诛杀,所以给了我一个小县,叮嘱训诫我说:"到那里去养育朕的子民,不要再重复以前的悔恨。"所以才受命而来,最初我非常惧怕,来到之后又十分欣喜,认为这是自己的大幸,倒是夷陵县的大不幸。有了罪行还能得到县邑,并安抚我说"不要再重复以前的悔恨",这确实是我的大幸。春秋时期,郑詹从齐国逃到鲁国,为《春秋》作传的君子说:"最邪佞的人来了,邪佞的人来了!"这是人们不愿意邪佞之徒进入自己的国家,对他的到来感到非常憎恨的记录文字。我此次的夷陵之行,料想的情况是当地官员彼此在官府里转告,小吏们彼此转告各家,百姓彼此谈论于道路之上,都会说"有罪的人来到我们夷陵了"。凡是夷陵境内的人,没有一个不痛恨我的,很不愿意我进入县境,就像当年鲁国人憎恨郑詹进入他们的国境一样,所以说我的此行是夷陵的大不幸。到船只抵达江陵建宁县时,有从夷陵来的人,递上一封书信,言辞温和情意真诚,不但没有憎恨我,反而给了我很优厚的礼遇,实在出乎我意料,欣喜之情难以言表,甚至让我感到有些不知所措了。

人有珍爱自己而处事自如的,那是靠他内心有足以面对挫折而不感到羞愧的情怀。像我这样的愚钝之人，从小没有名师的传授，学到的知识完全是自己感悟出来的，从来没有把所学应用于世，偶尔一次用之于世，果然随即获罪，这是由于学术没能本着实用，以及内心原本空虚没有真正的学问所造成的。如今还没能一睹丁君的容颜，丁君却先给了我书信，向我表达了深厚的诚意。凭着我这么一个空虚无实的人，面对丁君无比深厚的情意，私下真担心见到之后会更加不知所措，白白增重自己的愧怍！况且为政者对于有罪之人的惩戒，如果不是鞭抽棍打使他浑身痛苦，就肯定是寻找荒远薄恶的地方将他安置在那里，使他奔走颠簸受尽困苦，左边是山右边是壑，前边是狼虫虎豹后边是荆棘蒺藜，很少遇到吉祥却动不动就会遇到凶险，那时他的形貌一定非常可笑，也很值得怜悯。之所以要狠狠地困辱他，就是想让他自知后悔然后改过为善，这也可以说是为政者的仁慈之心了。因此我这次获罪，给了我一个小县，使我能运载着老母亲和守寡的妹妹，走过五千五百里之远的江湖水路，冒着酷热又经历凶险，每当遇到大风大浪的侵袭，没有一次不是大声哀号，祈求神明保佑，以求保全一时的性命。有幸到达了贬所，就应该弯下身躯来侍奉长官，吏人们会接连不断地呼叫自己的姓名，吆喝着命我出列拜见，起身之后便要小步快走离开那里。如果遇到大的宴会，就应该自觉坐在墙角之下，把自己摆在和州中小校及杂役之人等同的位置上，得到一饭就该满足，一定要在宴席没有结束之前先行离席。长官遇见自己，无论是喜是怒是训斥还是诘责，都要垂下两手双腿战栗，恭恭敬敬地伺候着，想得到一句温和之言是根本不可能的。之所以要如此地困辱我，也是希望我能够深刻反省改过从善。所以我这次前来，早就做好了忍受困辱的打算。如今竟全然不是这样，幸运地承蒙丁君以隆厚的礼节待我，却不把我当成犯官加以困辱，使我不至于落到穷愁困厄的地步，还能够想做什么就做什么，给了我不再重复以前悔恨的余地和前景，真可谓大幸了，然而担心的是那颗顽劣之心会因此又不懂得痛改前非了。士子途穷之际，没有谁不希望有人来怜悯自己，然而如果没有大仁大义的真君子来怜悯自己的话，又会感到惧怕和羞惭。谨由于弓手要回州里，冒昧地表述我的感激之情，三言两语难以表尽内心之意，还望丁君能够明察。

# 六一居士传

六一居士初谪滁山,自号醉翁。既老而衰且病,将退休于颍水之上,则又更号六一居士。客有问曰:"六一,何谓也?"居士曰:"吾家藏书一万卷,集录三代以来金石遗文一千卷,有琴一张,有棋一局,而常置酒一壶。"客曰:"是为五一尔,奈何?"居士曰:"以吾一翁,老于此五物之间,是岂不为六一乎?"客笑曰:"子欲逃名者乎,而屡易其号,此庄生所诮畏影而走乎日中者也①。余将见子疾走大喘渴死,而名不得逃也。"居士曰:"吾固知名之不可逃,然亦知夫不必逃也。吾为此名,聊以志吾之乐尔。"客曰:"其乐如何?"居士曰:"吾之乐可胜道哉!方其得意于五物也,太山在前而不见,疾雷破柱而不惊。虽响九奏于洞庭之野②,阅大战于涿鹿之原③,未足喻其乐且适也。然常患不得极吾乐于其间者,世事之为吾累者众也。其大者有二焉,轩裳珪组劳吾形于外,忧患思虑劳吾心于内,使吾形不病而已悴,心未老而先衰,尚何暇于五物哉?虽然,吾自乞其身于朝者三年矣④。一日天子恻然哀之,赐其骸骨,使得与此五物偕返于田庐,庶几偿其夙愿焉。此吾之所以志也。"客复笑曰:"子知轩裳珪组之累其形,而不知五物之累其心乎?"居士曰:"不然。累于彼者已劳矣,又多忧;累于此者既佚矣,幸无患。

吾其何择哉？"于是与客俱起，握手大笑曰："置之，区区不足较也！"已而叹曰："夫士少而仕，老而休，盖有不待七十者矣。吾素慕之，宜去一也。吾尝用于时矣，而讫无称焉，宜去二也。壮犹如此，今既老且病矣，乃以难强之筋骸贪过分之荣禄，是将违其素志而自食其言，宜去三也。吾负三宜去，虽无五物，其去宜矣，复何道哉？"熙宁三年九月七日，六一居士自传。

[题解]

这是作者非常有名的一篇"自传"。说是传记，实则是作者在厌倦了仕宦生涯后的一种感悟。作者认为自己一生都在为朝廷鞠躬尽瘁，但却历尽了艰辛，遭受了无数的诽谤和排斥陷害，直到心力交瘁，才知道名利场上的日子是何其无聊。此时的作者特别希望能早些摆脱官场的倾轧，回归到一个诗酒弦歌的自然状态。

[注释]

①庄生所谓畏影而走乎日中者：《庄子·渔父》篇说："人有畏影恶迹而去之走者，举足愈数而迹愈多，走愈疾而影不离身，自以为尚迟，疾走不休，绝力而死。不知处阴以休影，处静以息迹，愚亦甚矣。"意谓人有惧怕自己影子而跑的人，越跑影子跟得越紧。他认为是自己跑得还不够快，于是不停地猛跑，最终力绝而死。②九奏：古代行礼奏九曲之乐。《尚书·益稷》说："《箫》《韶》九成，凤凰来仪。"孔安国注解说："备乐九奏而致凤凰。"洞庭：这里指的不是洞庭湖，而是传说中的一片旷野。《庄子·天运》篇说："帝张《咸池》之乐于洞庭之野。"成玄英疏解说："洞庭之野，天池之间，非太湖之洞庭也。"③涿鹿：古地名，故址在今河北涿鹿县南，为当年黄帝与蚩尤大战的战场。④自乞其身：自己主动请求辞官退休。

[译文]

六一居士刚刚被贬谪到滁州之后，便为自己取了个号叫做醉翁。如今更加衰老并且多病，很快将要致仕退休于颍水之滨的颍州，于是又改了号叫做六一居士。宾客中有人问我说："六一，指的是什么呢？"六一居士回答说："我家有藏书一万卷，集录三代以来金石遗文一千卷，有琴一张，有棋一局，而经常自备酒一壶。"宾客说："这才五个一呀，怎么能说是六一呢？"六一居士答道："以我这么一位老翁，老在这五种事物之间，这难道还不是六一吗？"宾客笑着说道："先生是个想要逃名的高士吗？多次更改自己的号，这是庄子所讥笑的那位'惧怕自己影子而走到日中的人'。我将会看见先生快步行走大口喘气最后渴死，而名声还是不可能逃得掉。"六一居士说道："我很清楚名声是难逃脱的，然而更清楚名声本来也不必逃。我给自己取这么个号，无非是寄托自己的乐趣而已。"宾客又问："先生的乐趣是什么呢？"六一居士答道："我的乐趣是一两句话能说完的吗？假如我陶醉在这五者当中，泰山在我眼前也看不见，惊雷击毁楹柱我也不会震惊。即使是在洞庭之野奏响九成的《箫》《韶》，在涿鹿的旷野上观看鏖战，也不足以和我的快乐相比。我只是担心不能长久快乐在这五个一之中，因为世俗当中牵累我的事情还太多。最大的牵累有两个，官服和珪玉是身外的牵累，忧患和思虑是内在的牵累，迫使我身体无病却形容憔悴，心还没老却已经衰败，还哪里有闲暇在五个一当中享受快乐呢？即使如此，我主动请求从朝廷退身也已经三年之久了。有朝一日天子恻然哀怜于我，恩赐我这剩余无用的老骨头，使我得以和这五个一一道返回田间庐舍，差不多才能偿了我的夙愿。这就是我之所以改号明志的原因。"宾客接着笑问："你只知道官服和珪玉牵累你的身，却不知那五个一也会牵累你的心吗？"六一居士答道："不。被官服、珪玉那些东西所牵累已经非常劳累了，况且还总有忧虑；牵累于五个一则非常适意，还绝不会有什么祸患，你说我应该选择哪一个？"于是我和宾客一起起身，握手大笑说道："不再说了，这些小事没必要争来争去！"随即又感叹说："士子年轻时入仕做官，老了以后便辞官休息，此前多有不等到七十岁便告老的。我一向很羡慕他们，这是我应该辞官的理由之一。我也曾受到朝廷的重用，但始终没有多少建树,这是我应该辞官的理由之二。壮年时尚且如此,如今已经衰老而且多病,竟然还想凭着难以勉强的身体贪图过分的功名利禄,这也将违背我素来的志趣并且自食其言,这是我应该辞官的理由之三。我背负着三个应该辞官的理由,就算没有所谓的五个一,辞去官职也是合情合理的呀,还有什么可说的呢?"熙宁三年九月七日,六一居士自传。

# 读李翱文

予始读翱《复性书》三篇①，曰："此《中庸》之义疏尔②。智者诚其性③，当读《中庸》。愚者虽读此，不晓也，不作可焉。"又读《与韩侍郎荐贤书》，以谓翱特穷时④，愤世无荐己者，故丁宁如此⑤，使其得志，亦未必然。以韩为秦、汉间好侠行义之一豪隽⑥，亦善论人者也⑦。最后读《幽怀赋》，然后置书而叹，叹已复读⑧，不自休。恨翱不生于今，不得与之交；又恨予不得生翱时，与翱上下其论也⑨。凡昔翱一时人⑩，有道而能文者，莫若韩愈。愈尝有赋矣，不过羡二鸟之光荣⑪，叹一饱之无时尔。此其心使光荣而饱，则不复云矣。若翱独不然，其赋曰："众嚣嚣而杂处兮，咸叹老而嗟卑。视予心之不然兮，虑行道之犹非。"又怪神尧以一旅取天下⑫，后世子孙不能以天下取河北，以为忧。呜呼！使当时君子皆易其叹老嗟悲之心，为翱所忧之心，则唐之天下，岂有乱与亡哉？然翱幸不生今时，见今之事，则其忧又甚矣。奈何今之人不忧也？余行天下，见人多矣，脱有一人能如翱忧者⑬，又皆贱远⑭，与翱无异。其余光荣而饱者，一闻忧世之言，不以为狂人，则以为病痴子，不怒则笑之矣。呜呼！在位而不肯自忧，又禁他人使皆不得忧，可叹也夫！景祐三年十月十七日，欧阳修书。

[题解]

本文作于景祐三年（1036年），当时作者担任馆阁校勘。虽然官职卑微，但作者始终怀着一颗忧国忧民的心，对于那些坐食国家俸禄而不对国家负责任的高官，表示了极大的不满。

[注释]

①《复性书》：李翱对韩愈性三品之说（人分为圣人、中人和恶人三品）的发展，以为人性分三品过于绝对，不便为众人所接受。《李文公集》卷二《复性书》上篇说："子思，仲尼之孙，得其祖之道，述《中庸》四十七篇，以传于孟轲。……于戏！性命之书虽存，学者莫能明，是故皆入于庄、列、老、释，不知者谓夫子之徒不足以穷性命之道，信之者皆是也。有问于我，我以吾之所知而传焉，遂书于书以开诚明之原，而缺绝废弃不扬之道，几可以传于时。"②此《中庸》之义疏尔：这只能称作是《中庸》篇的注解而已。《中庸》，《礼记》中的篇名，为孔子之孙子思所作。③智者诚其性：智慧的人如果希望具备诚实的品质。④特穷：只是在仕途无望之时。特，仅仅。⑤丁宁：议论。⑥"以韩为"句：如果韩愈是秦、汉时期的一位豪杰之士。⑦善论人者：善于评论人的人。⑧叹已复读：感慨完了接着又读。⑨上下其论：反复地讨论。⑩昔翱一时人：当年和李翱同时代的人。⑪美二鸟之光荣：羡慕那两只鸟的际遇。韩愈《感二鸟赋》说："贞元十一年五月戊辰，愈东归。癸酉，自潼关出息于河之阴，时始去京师，有不遇时之叹。见行有笼白乌、白鹨鹆而西者，号于道曰：'某土之守某官，使使者进于天子。'东西行者皆避路，莫敢正目焉。因窃自悲，幸生天下无事时，承先人之遗业，不识干戈耒耜攻守耕获之勤，读书著文，自七岁至今，凡二十二年，其行己不敢有愧于道。其闲居思念前古当今之故，亦仅志其一二大者焉。选举于有司，与百十人偕进退，曾不得名荐书，齿下士于朝，以仰望天子之光明。今是鸟也，惟以羽毛之异，非有道德智谋，承顾问、赞教化者，乃反得蒙采擢荐进，光耀如此，故为赋以自悼。"⑫神尧以一旅取天下：当年唐高祖凭着一支军队夺取了天下。神尧，唐高祖的谥号。⑬脱有：哪怕只有。⑭又皆贱远：也都处在卑贱荒远之地。

[译文]

我最初阅读李翱的《复性书》三篇，说道："这不过是为《中庸》作的注解罢了。聪明人如果想具备诚信的品性，就应该去阅读《中庸》；愚蠢的人即使阅读这篇论文，也不会得到什么收获，也就无法自立。"后来又读他的《与韩侍郎荐贤书》，认为那只是李翱仕途困顿的时候，因为没有举荐自己的人，才这样饶舌的，假如他志得意满了，也未必要写那样的文章。不过他把韩愈比做秦、汉时期一位敢于行侠仗义的豪杰之士，也算是善于论人了。最后读到他的《幽怀赋》，然后将书放下慨然而叹，感叹之后接着再读，几乎无法释手。很遗憾李翱没有生在今天，没法和他交往；又遗憾自己没能生在李翱那个时代，可以和李翱反复讨论。凡是和李翱同时代的，胸有正道而又能写文章的人，没有能超越韩愈的了。韩愈曾经写过一篇赋，不过是羡慕那两只鸟的幸运，感慨自己还没有求得一饱的机会。当时他的内心所想，如果有那两只鸟那样的运气能够幸运吃饱，就不会再发什么牢骚了。李翱却不是如此，他的《幽怀赋》中说："众人嚣嚣然混杂在一起啊，都在感叹自己既衰老又卑微。再看我的心却不是如此啊，我更感慨国家大道还没有走上正轨。"又诧异当年高祖皇帝凭着一支军队夺取天下，而后世子孙却不能凭着天下的军队攻取河北一地，把此事当做最大的忧虑。啊！如果能让当时的士大夫把他们感叹自己既衰老又卑微的心换成李翱担忧国运的心，那么唐王朝的天下，还能有战乱和灭亡吗？然而幸亏李翱没有生在当今的时代，目睹今天的景况，如果他生在今天，他的忧虑不知又会增加多少呢？为什么今天的人们就不懂得忧虑呢？我几乎走遍了整个天下，见到的人太多了，偶尔有个别人具有李翱那样的忧虑，也都在卑贱之位荒远之地，和李翱当年的处境没什么两样。其余那些有幸能吃饱饭的人，一听到为国家担忧的话，不是认为他是狂人，就是认为他是病人傻子，不是发怒就是讥笑他。唉！身在高位却不肯有一点忧患意识，还要禁止别人有忧患意识，真是可悲可叹哪！景祐三年十月十七日，欧阳修书。

# 杂　说

　　夏六月，暑雨既止，欧阳子坐于树间，仰视天与月星行度①，见星有殒者。夜既久，露下，闻草间蚯蚓之声益急。其感于耳目者，有动乎其中，作《杂说》。

　　蚓食土而饮泉，其为生也，简而易足。然仰其穴而鸣，若号若呼，若啸若歌，其亦有所求邪？抑其求易足而自鸣其乐邪？若其生之陋而自悲其不幸邪？将自喜其声而鸣其类邪②？岂其时至气作，不自知其所以然，而不能自止者邪？何其聒然而不止也！吾于是乎有感。

　　星殒于地，腥矿顽丑，化为恶石。其昭然在上而万物仰之者，精气之聚尔；及其毙也，瓦砾之不若也。人之死，骨肉臭腐，蝼蚁之食尔，其贵乎万物者，亦精气也。其精气不夺于物，则蕴而为思虑，发而为事业，著而为文章，昭乎百世之上而仰乎百世之下，非如星之精气，随其毙而灭也，可不贵哉！而生也利欲以昏耗之，死也臭腐而弃之，而惑者方曰："足乎利欲，所以厚吾身。"吾于是乎有感。

　　天西行，日月五星皆东行。③日一岁而一周。月疾于日④，一月而一周。天又疾于月⑤，一日而一周。星有迟有速，有逆有顺。是四者，各自行而若不相为谋，其动而不劳，运而不已，自古以来，未尝一刻息也。是何为哉？夫四者，所以相须而成昼夜、四时、寒暑者也。一刻而息，则四时不得其平，万物不得其生，盖其所任者重矣。人之有君子也，其任亦重矣。万世之所治，万物之所利。故曰："自强不息⑥"，又曰"死而后已⑦"者，其知所任矣。然则君子之学也，其可一日而息乎？吾于是乎有感。

[题解]

本文作于嘉祐元年（1056年），作者在汴京担任知通进银台司兼门下封驳事。这是一篇随想，虽然文字不多，却很发人深省。从蚯蚓的鸣叫，作者认识到天生万物都有它们自身的喜怒哀乐，人也是如此，这是造物者赋予他们的特有属性。从流星陨落化为恶石，作者感悟到人之所以区别于万物，是因为造物者特别赋予了他们智慧，只有人可以做到死而不朽，但这种不朽，是君子终生不懈的努力才能换来的。如果天生是个贪图利欲的小人，也就和万物一样，只要一死便化为腐臭。从天道运行永无休止，作者又领悟到了君子应该"自强不息"、"死而后已"的人生箴言。

[注释]

①行度：日月五星运行的度次。古人根据岁星（木星）绕天一周为十二年，将黄道划分为十二星次，进一步划分为三百六十度。②将：选择连词，或。鸣其类：呼叫它的同类。③天西行，日月五星皆东行：《晋书·天文志》上说："天旁转如推磨而左行，日月右行，随天左转，故日月实东行，而天牵之以西没。譬之蚁行磨上，磨左旋而蚁右去，磨疾而蚁迟，故不得不随磨以左转焉。"④月疾于日：意谓月亮旋转一周的时间要比太阳旋转一周快。⑤天又疾于月：意谓一昼夜要比月亮旋转一周快。天，指一个昼夜。⑥自强不息：出自《易·乾卦》："天行健，君子以自强不息。"⑦死而后已：出自《三国志·蜀书·诸葛亮传》注引《汉晋春秋》："臣鞠躬尽力，死而后已，至于成败利钝，非臣之明所能逆睹也。"这是诸葛亮的话。

[译文]

今年夏六月，天气暑热，雨过之后，欧阳子坐在树间，仰头望天和月亮、星星的运行次度,见到星星有殒落下来的。夜已经很深,露水滴下,听得荒草之中蚯蚓蠕动的声音很快。耳闻目睹了这些现象顿生感想,像是对内心有所触动,于是写下以下三篇《杂说》。

蚯蚓吃的是土饮的是泉,它的生活既简单又容易满足。然而它从洞穴里探出头来鸣叫,那声音像在悲号又像在呼唤,既像是长啸又像是在唱歌,是它在表达着内心的祈求呢,还是祈求已经得到满足在那里自鸣得意呢?抑或是觉得自己的生命过于卑陋在那里哀叹其不幸呢?再或是对自己的声音颇为得意而高声呼叫着它的同类呢?又或是时令到来它在按照自然的规律运动气血,并不明白自己如此发声究竟是为了什么,仅仅是无法自控呢?为什么如此聒噪不知休止啊!于是我对它们产生了感慨。

星星殒落在地上,气味腥膻形象丑陋,最终化为人们很不喜欢的顽石。它们在天上闪耀着光辉并得到地上人们的仰望,是因为精气凝聚在身的缘故;等到它们跌落到地上,比瓦砾还要不值钱。人死了之后,骨肉发臭腐烂,成为蝼蚁的美餐而已,他们比万物都要高贵的原因,也是由于精气的存在。他们的精气不会被任何外物所侵夺,于是便蕴积起来有了思虑,继续发展则能够做成事业,写在纸上就成了文章,昭然光耀于百世之前,同时受到百世之后人们的敬仰,而不像流星的精气,随着它的陨落而消亡,怎么能不认为人是尊贵的呢?如果是天生下来就被财利贪欲冲昏了头脑,死了之后同样是发臭腐烂被人丢弃,那些糊涂人却说:"财利贪欲得到了满足,才是对自己最大的爱护。"于是我对他们也产生了感慨。

天是从东往西运行的,日月五星都是从西往东运行的。太阳每年围着地球转动一周。月亮比太阳快得多,一个月就会围着地球转动一周。每天又比每个月快得多,一天就围着地球转动一周。群星则是有的快有的慢,有的是逆着地球运转的方向而转,有的则顺着地球运动的方向而转。这四种物体,各自运转各自的,谁也不和谁商量,它们不停地运动却永远不知疲倦,并且永远保持着运动的状态,自从盘古开天地,从来没有休息过一时一刻。这是为什么呢?因为这四种物体,彼此配合交替运动才形成了白天和黑夜、春夏秋冬四个季节、寒和暑两种气候。如果它们休息片刻,那么春夏秋冬就会发生紊乱,世间万物就没办法生长,所以它们担负的责任是相当重大的啊。人群当中之所以有君子,他们的责任也是相当重大的。他们关系到千秋万代的治理,万物群生的利益,所以有"自强不息"的说法,又有"死而后已"的说法,他们理应知道身上担负的责任了。如此说来,君子对于学习,难道可以有一天的懈怠吗?于是我对这些物体产生了感慨。

# 富贵贫贱说

贫贱常思富贵,富贵必履危机①,此古人之所叹也。惟不思而得、既得而不患失之者,其庶几乎。富贵易安而患于难守,贫贱难处而患于易夺。居富贵而能守者,周公也;在贫贱而能久者,颜回也②。然为颜回者易,为周公者难也。君子、小人之用心常异趣,于此见之。小人莫不欲富贵,而不知所以守,是趣祸罪而惟恐不及也。君子莫不安于贫贱,为小人者不闵则笑③,是闵笑人之不舍其所乐而趋于祸罪也。其为大趣相反如此④,则其所为,不得不事事异也。故与小人共事者难于和同,凡事不和同则不济。古之君子,有用权以合正者⑤,为至难也。若其事君之忠主于诚信,有欲济其事,顾不害其正,亦有用权之助者,此可以理得,难以言传,孔子所以置而不论也。推诚以接物,有害其身者,仁人不悔也,所谓杀身以成仁⑥。然其所济者远矣,非常情之可企至也。

[题解]

本文属于随笔心得。作者从人性出发,论述了贫贱者渴望富贵,富贵者渴望持久等不同人生态度,然而又不能一概而论,比如颜回,是贫贱而安于贫贱的代表,周公,是富贵而不留恋富贵的代表——贫贱者和富贵者当中都有君子和小人,当然,小人大大多于君子也是不争的事实。由此而生发出无奈的感叹：有时候为了保持君子的正直，真的需要有杀身成仁、舍生取义的胆略。

[注释]

①富贵必履危机：取得富贵肯定要经受很多危机。②颜回：孔子最得意的弟子。《论语·雍也》说："子曰：'贤哉，回也！一箪食，一瓢饮，在陋巷，人不堪其忧，回也不改其乐。贤哉，回也！'"③为小人者不闵则笑：不是被小人们怜悯就是被小人们嘲笑。④大趣：人生的志趣。⑤用权：采用权宜变通的手段。⑥杀身以成仁：出自《论语·卫灵公》："子曰：'志士仁人，无求生以害仁，有杀身以成仁。'"

[译文]

贫贱者经常会想让自己富贵起来，然而要得到富贵肯定要经历很多的危机，这正是古人时常感叹的。只有想得到却没有得到或是已经得到而不担心再失去的人，算是比较适中的。富贵之后容易满足却担心难以持久，贫贱之中难以居处而很容易受到诱惑。居于富贵之中又能持久的人，当属周公；处在贫贱之中又能自得其乐的人，当属颜回。然而做颜回比较容易，做周公就难了。君子和小人的用心经常不同，从以上两个人的处境就能体会出来。小人没有不希望自己变得富贵的，却不知道该如何持之以恒，等于是奔向灾难和犯罪唯恐落在后面。君子没有一个不是安贫守道的，却不是受到小人们的怜悯就是受到小人们的嘲笑，等于说在怜悯和嘲笑他们舍不得丢弃其享乐而奔向灾难和犯罪。他们的人生态度和志趣竟然是如此的不同，那么他们的所作所为，自然也肯定是事事不同。所以和小人共事很难取得一致的意见，大凡做事不能和谐就很难做好。古代的君子，有采用权宜变通手段使小人趋同于正道的，那是相当困难的。如果他侍奉君主是出于忠诚又主张诚信，用这种手段把事情做好，对正义还不会造成什么伤害；也有采用权变之术协助君子的，这种做法只能从道理去体会，很难用准确的语言表达出来，所以连孔子都避而不谈。用至诚之心待人接物，有因此伤害了自身的，仁义之士是不会因此感到后悔的，这就是经典当中所说的宁愿用自己的生命去换取仁义。这种态度所造成的影响就相当深远了，不是一般人的意志能够企及的。

# 夏日学书说

夏日之长，饱食难过①，不自知愧，但思所以寓心而销昼暑者。惟据案作字，殊不为劳。当其挥翰若飞，手不能止，虽惊雷疾霆，雨雹交下，有不暇顾也。古人流爱②，信有之矣。字未至于工，尚已如此，使其乐之不厌，未有不至于工者。使其遂至于工，可以乐而不厌，不必取悦当时之人，垂名于后世，要于自适而已③。嘉祐七年正月九日补空。

[题解]

这篇小文是作者在天气酷热难以正常写作时随手写的几句话，所谓"补空"，就是填补一天没写正儿八经的文字的空白。虽然寥寥数语，但可以体会到作者珍视人生、不愿有限的生命有丝毫的浪费的情感。又说到人做任何事，不要首先考虑功利，在使自身得到陶冶之后，社会给予何种评价，其实都是无足轻重的。

[注释]

①饱食难过：即使吃饱了也很难挨过去。②流爱：极端喜爱，永不舍弃。③自适：自得其乐而排除其他。《庄子·大宗师》说："伯夷、叔齐、箕子、胥余、纪他、申徒狄，是役人之役，适人之适，而不自适其适者也。"

[译文]

夏天白昼之长，就是吃饱了也很难挨过，我没有考虑到不自量力，只想到如何能够让自己心有所喜地度过酷热的夏日，所以伏在案子上不停地写字，一点也不感到劳累。逢到挥笔如飞时，手想停都停不下来，纵然有惊天动地的霹雳雷霆，或是暴雨冰雹交相落下，也没有工夫去顾及它。古人所说的爱到痴迷，那种情绪看来肯定是有的。字没达到精美的地步，尚且已经如此着迷，如果能让自己乐此不疲，没有达不到精美的。一旦达到了精美的程度，更可以乐而不厌，也没有必要取悦于当时的人，或是企图在后世留下美名，主要是让自己感到惬意罢了。嘉祐七年正月九日，欧阳修填补今日空白。

# 祭苏子美文①

维年月日，具官欧阳修谨以清酌庶羞之奠，致祭于亡友湖州长史苏君子美之灵曰②：

哀哀子美，命止斯邪？小人之幸，君子之嗟。子之心胸，蟠屈龙蛇。风云变化，雨雹交加。忽然挥斧，霹雳轰车。人有遭之，心惊胆落。震仆如麻，须臾霁止。而回顾百里，山川草木，开发萌芽。子于文章，雄豪放肆。有如此者，吁可怪邪？

嗟乎世人，知此而已。贪悦其外，不窥其内。欲知子心，穷达之际。金石虽坚，尚可破坏。子于穷达，始终仁义。惟人不知，乃穷至此。蕴而不见，遂以没地。独留文章，照耀后世。

嗟世之愚，掩抑毁伤。譬如磨鉴③，不灭愈光。一世之短，万世之长。其间得失，不待较量。哀哀子美，来举予觞。尚飨！

[题解]

苏舜钦在突遭王拱辰等人陷害后，来到苏州，把一腔愤懑寄托于山水之中。后来复官任湖州长史，当年病死，年仅四十一岁。欧阳修不仅赞赏苏舜钦的为文，更赞赏他的为人。作者盛赞子美在穷达之际始终能保持仁义，又强调文章的重要，认为文章乃千古之事，能够流传并照耀后世。

[注释]

①苏子美：苏舜钦的字。苏舜钦是当时宰相杜衍的女婿，由于保守派执

意要扳倒杜衍,又找不到杜衍的错处,于是借其女婿苏舜钦假日里私自用进奏院卖废纸的钱摆设宴席及召官妓佐酒等微过大做文章,结果苏舜钦受到革职为民的处分,杜衍也因受到牵连而离开了朝廷。苏舜钦在苏州闲居十年,被重新起用为湖州长史,还没赴任,便病死于苏州,年仅四十一岁。②长史:唐、宋时期州郡长官的主要幕僚。③磨鉴:磨镜子。古代的镜子是铜制成的,需要精心地打磨。

**[译文]**

某年某月某日,某官欧阳修谨以清酒和珍馐之供品,致祭于已故好友湖州长史苏君子美的亡灵。祭词如下:

可怜的子美啊,你的生命难道就该止于这个年纪吗?你的去世是小人们的大幸,却又是君子们的嗟伤。你的心胸之内,如同蟠屈着巨龙长蛇,任凭着风云的变化,雨雹的交加。忽然之间恶魔挥起斧头,晴天霹雳如轰隆之车。他人若是遭到这般打击,定然会心惊胆战,震惊倒地心乱如麻,不过很快便雨过天晴。回顾百里之远的山川草木,又开始萌发出新的嫩芽。你的文章,雄健豪迈汪洋恣肆,你能处变不惊如此镇定,还有什么值得奇怪的呢?

嗟叹世间的人们啊,只知道这些事实而已。只喜欢赞美你的刚强外表,却没有窥测你的内心。想要了解你的内心,必须要待到面临穷达的关键时刻。金石虽然十分坚固,也是能够毁坏的。而你对于人生的穷通,却能自始至终本着仁义。人们哪里能够想到,你的困穷竟然如此地深重。你把一切的痛苦都掩藏起来从不外露,直到离开这个世界。你只把美好的文章留在身后,让它光耀于万古后世。

你嗟叹世人的愚昧无知,掩藏起自己无比的哀伤。就好比精心打磨的铜镜,永不磨灭愈久愈明亮。你的生命虽然短暂,你的精神却有万世之长。其间的得与失,用不着与谁细细较量。我可怜的子美啊,请你接受我为你举起的酒杯!安享吧!

# 祭石曼卿文①

维治平四年七月日，具官欧阳修谨遣尚书都省令史李敭至于太清②，以清酌庶羞之奠，至祭于亡友曼卿之墓下，而吊之以文曰：

呜呼曼卿！生而为英，死而为灵。其同乎万物生死而复归于无物者，暂聚之形；不与万物共尽而卓然其不朽者，后世之名。此自古圣贤，莫不皆然，而著在简册者，昭如日星。

呜呼曼卿！吾不见子久矣，犹能仿佛子之平生。其轩昂磊落，突兀峥嵘，而埋藏于地下者，意其不化为朽壤，而为金玉之精③。不然生长松之千尺，产灵芝而九茎④。奈何荒烟野蔓，荆棘纵横，风凄露下，走磷飞萤。但见牧童樵叟，歌唫而上下⑤，与夫惊禽骇兽，悲鸣踯躅而咿嘤。今固如此，更千秋而万岁兮，安知其不穴藏狐貉与鼯鼪⑥？此自古圣贤亦皆然兮，独不见夫累累乎旷野与荒城？

呜呼曼卿！盛衰之理，吾固知其如此，而感念畴昔，悲凉凄怆，不觉临风而陨涕者，有愧乎太上之忘情。尚飨！

[题解]

本文作于治平四年（1067年），当时作者担任参知政事。石延年是作者相交多年的朋友，一生没有做过什么官，但作者对他的感情却永远都无法磨灭，这也是欧阳修一贯的交友态度。文章充满着哀伤情绪，更透出作者本人对生命的思考和感叹——如今他也已经是位六十岁的老人了。

[注释]

①石曼卿：石延年。其事迹可参见本书《释秘演诗集序》。②尚书都省令史：吏名，隶尚书都省，编制十四人。第一名、第二名令史监官印，第三名点检开拆房文书。其余充诸房行道人，管诸房事务，从八品。尚书都省，北宋前期中央部门名，掌管由中书省发下之文书的复核转达、集议、定谥、祠祭、受警戒，在京文武官封赠、注甲，发付选人、出雪投状，二十四司吏员迁补等具体事务。太清：石曼卿先祖坟茔所在地。《石曼卿墓表》："既卒之三十七日，葬于太清之先茔。"③金玉之精：永不销蚀的精灵。④产灵芝而九茎：灵芝是古人心目中的祥瑞之草。九茎的灵芝，则是祥瑞中的祥瑞。⑤唫：同"吟"。《汉书·息夫躬传》颜师古注："唫，古吟字。"⑥狐貉：狐与貉。鼯鼪：鼯，鼯鼠；鼪，鼬鼠，即俗所谓黄鼠狼。

[译文]

治平四年七月某日，参知政事欧阳修恭谨地派遣尚书都省令史李敭奔赴太清，以清酒和各种美味作为祭奠之物，祭于已故好友石氏曼卿的墓前，并作此文凭吊。祭文如下：

啊，曼卿！你生前既然是英雄豪杰，死后也必然是上天的神灵。世间与万物一样有生有死，最终归于荡然无存的，是你由精气临时聚合的身躯；那不与万物同归于尽，出类拔萃永远不朽的，是你流传于后世的美名。自古以来的圣贤之人，没有不是如此的；那些已载入史册的姓名，就如同太阳星辰一样光辉灿烂。

啊！曼卿！我已经很久没有见到你了，可还能想象出你生前的模样。你是那样的气宇轩昂光明磊落，你是那样的突兀超群意气峥嵘，纵然已经深埋在地下，我猜想你也不会化为腐朽的土壤，一定能成为黄金美玉的精华，不然就是生长为千尺之高的青松，或者是滋长为一枝九茎的灵芝。怎奈你的坟墓已经弥漫着荒烟长满了野草，到处是荆棘交错纵横，阴风凄然零露落下，萤火虫闪着磷光到处飞动。但见放牧的孩童和打柴的樵叟，唱着歌儿在那里忽上忽下，加上那些受惊的禽鸟和警觉的野兽，在你的墓前徘徊悲鸣。如今已经变得如此凄凉，千秋万代之后啊，怎么知道这里不成为狐狸、老鼠、黄鼬等兽挖穴藏身的地方？自古以来圣贤之人无不如此啊，难道没见过旷野之中和荒城之外一座接一座的坟墓？

啊，曼卿！事物由盛而衰的道理，我原本是早已知道的。但怀念起过往的日子，越发感到悲凉凄怆，不知不觉迎风掉下眼泪的我，深愧于自己达不到圣人那样淡然忘情的境界。希望你来享用我带来的祭品。

# 泷冈阡表①

呜呼！唯我皇考崇公②，卜吉于泷冈之六十年③，其子修始克表于其阡，非敢缓也，盖有待也。

修不幸，生四岁而孤，太夫人守节自誓④，居穷，自力于衣食，以长以教⑤，俾至于成人。太夫人告之曰："汝父为吏廉，而好施与，喜宾客，其俸禄虽薄，常不使有余，曰：毋以是为我累。故其亡也，无一瓦之覆，一垄之植，以庇而为生⑥。吾何恃而能自守邪？吾于汝父，知其一二，以有待于汝也。自吾为汝家妇，不及事吾姑⑦，然知汝父之能养也。汝孤而幼，吾不能知汝之必有立，然知汝父之必将有后也。吾之始归也，汝父免于母丧方逾年。岁时祭祀，则必涕泣曰：祭而丰，不如养之薄也。间御酒食，则又涕泣曰：昔常不足，而今有余，其何及也？吾始一二见之，以为新免于丧适然耳。既而其后常然，至其终身未尝不然。吾虽不及事姑，而以此知汝父之能养也。汝父为吏，尝夜烛治官书⑧，屡废而叹。吾问之，则曰：此死狱也，我求其生不得尔。吾曰：生可求乎？曰：求其生而不得，则死者与我皆无恨也。矧求而有得邪⑨？以其有得，则知不求而死者有恨也。夫常求其生，犹失之死，而世常求其死也！回顾乳者抱汝而立于旁，因指而叹曰：术者谓我岁行在戌将死⑩。使其言然，吾不及见儿之立也。后当以我语告之。其平居教他子弟，常用此语，吾耳熟焉，故能详也。其施于外事，吾不能知。其居于家，无所矜饰，而所为如此，是真发于中者邪？呜呼！其心厚于仁者邪！此吾知汝父之必将有后也。汝其勉之！夫养不必丰，要于孝；利虽不得博于物，要其心之厚于仁。吾不能教汝，此汝父之志也。"修泣而志之，不敢忘。

先公少孤力学，咸平三年进士及第⑪，为道州判官⑫，泗、绵二州推官⑬，又为泰州判官⑭。享年五十有九，葬沙溪之泷冈。

太夫人姓郑氏，考讳德仪，世为江南名族。太夫人恭俭仁爱而有礼，初封福昌县太君，进封乐安、安康、彭城三郡太君。自其家人少微时，治其家以俭约，其后常不使过之，曰："吾儿不能苟合于世，俭薄所以居患难也。"其后修贬夷陵，太夫人言笑自若曰："汝家故贫贱也，吾处之有素矣。汝能安之，吾亦安矣。"

自先公之亡二十年，修始得禄而养⑮。又十有二年，列官于朝，始得赠封其亲。又十年，修为龙图阁直学士、尚书吏部郎中、留守南京⑯，太夫人以疾终于官舍，享年七十有二。又八年，修以非才，入副枢密，遂参政事⑰，又七年而罢⑱。自登二府，天子推恩，褒其三世，故自嘉祐以来，逢国大庆，必加宠锡。皇曾祖府君，累赠金紫光禄大夫、太师、中书令，曾祖妣累封楚国太夫人。皇祖府君，累赠金紫光禄大夫、太师、中书令兼尚书令，祖妣累封吴国太夫人。皇考崇公，累赠金紫光禄大夫、太师、中书令兼尚书令，皇妣累封越国太夫人。今上初郊，皇考赐爵为崇国公，太夫人进号魏国。

于是小子修泣而言曰：呜呼！为善无不报，而迟速有时，此理之常也。惟我祖考，积善成德，宜享其隆。虽不克有于其躬，而赐爵受封，显荣褒大，实有三朝之锡命⑲，是足以表见于后世，而庇赖其子孙矣。乃列其世谱，具刻于碑，既又载我皇考崇公之遗训，太夫人所之以教而有待于修者，并揭于阡，俾知夫小子修之德薄能鲜，遭时窃位，而幸全大节，不辱其先者，其来有自。熙宁三年岁次庚戌四月辛酉朔十有五日乙亥，男推诚保德崇仁翊戴功臣、观文殿学士、特进、行兵部尚书，知青州军州事，兼管内劝农使、充京东东路安抚使、上柱国、乐安郡开国公，食邑四千三百户，食实封一千二百户修表。

[题解]

本文是欧阳修根据旧的《先君墓表》增改成的一篇墓道碑文。文章以深深的情思，细腻地追述了母亲对自己的辛勤养育以及道德人品方面的教诲。记述条理清晰，裁剪得当，每用一词一语，都能体现出母亲形象的光辉。

[注释]

①泷冈：作者家乡安葬父母的地方，在江西永丰南凤凰山。阡表：墓表、墓碑，古代叙述亡人事迹或家世的一种实用文体。②皇考：父亲。崇公：崇国公的省称，是欧阳修的父亲被追封的封号。欧阳修之父名欧阳观，很早就去世了。欧阳修从四岁便跟着寡母艰难度日，后来他当了高官，按照朝廷的规矩，其前代祖、父可以受到封赠。③卜吉：通过堪舆师傅选择的吉地。④太夫人：欧阳修的母亲。守节自誓：发誓不再改嫁，恪守贞节。⑤以长以教：一面抚养我成长一面教导我认字读书。⑥庇而为生：作为你生活的资助。庇，庇佑；而，通"尔"，你。⑦不及事吾姑：没赶上侍奉我的婆婆。欧阳修的祖母也很早就去世了。⑧官书：官府里关于刑狱案件的文书。⑨矧求而有得邪：何况求而有得呢。矧（shěn），何况。⑩岁行在戌：太岁走到"戌"这一次的时候。古代纪年用天干和地支的搭配，这里即指戌年。⑪咸平三年：公元1000年。⑫道州：宋代州名，在今湖南道县。判官：道州是军事州（宋朝的州郡分为节度、团练、刺史、军事四等），所以这里的判官全称应该是军事判官，主管州内案件审理宣判的属官。⑬泗：泗州，在今江苏盱眙。绵：绵州，在今四川

绵阳。推官：与判官同为州郡负责刑狱的属官。推官偏重于推问审理。⑭泰州：在今江苏泰州。⑮得禄而养：指考中进士得到官职，有了俸禄可以孝养母亲了。⑯留守南京：指担任南京留守。北宋除了东京汴京之外，还有三个陪都，即西京河南府（河南洛阳）、南京应天府（河南商丘）和北京大名府（河北大名）。在这三个府担任最高首长的官员不单称知府，而称为知某府兼某京留守，实际地位相当于知府之职。《欧阳文忠公年谱》载：皇祐二年（1050年）七月丙戌，欧阳修知应天府兼南京留守司事。皇祐四年（1052年）三月壬戌，丁母夫人忧，归颍州。四月，起复旧官。公固辞。八月，许之。⑰入副枢密，遂参政事：指担任枢密副使，升任参知政事。据《宋史·宰辅表》载，欧阳修嘉祐五年（1060年）十一月辛丑拜枢密副使，嘉祐六年（1061年）闰八月辛丑，转户部侍郎、参知政事。⑱又七年而罢：据《欧阳文忠公年谱》载，欧阳修熙宁元年（1068年）八月乙巳转兵部尚书，改知青州，充京东东路安抚使。⑲锡命：即赐命。

[译文]

唉，我的父亲崇国公，在泷冈占卜吉地安葬六十年后，他的儿子修才能够在墓道上立碑，不是我有意迟缓，而是因为有所等待。

我很不幸，四岁时父亲就去世了，母亲立志守节，虽然家境贫困，她还是努力靠自己的力量操持家事，还要抚养我、教育我，使我长大成人。母亲告诉我说："你父亲为官清廉，乐于助人，又爱结交朋友，他的薪俸微薄，常常所剩无几，可他却说：'不要让钱财使我受累！'他去世后，没有留下赖以生存的家产，我靠什么守节呢？我对你父亲有所了解，因而把希望寄托在你身上。我成为你们欧阳家媳妇的时候，没赶上侍奉婆婆，但我知道你父亲很孝敬父母。你自幼失去父亲，我不能断定你将来有成就，但我知道你父亲一定后继有人。我初嫁到你家时，你父亲为他母亲守孝期满后刚一年，岁末祭祀祖先，他总是流着眼泪说：'祭祀再丰富，也不如生前的微薄奉养啊。'偶然吃些好的酒菜，他也会流泪说：'从前娘在时常常不够吃，如今富足有余，又无法让她老人家品尝到了！'刚开始我遇到这种情形,还以为他是刚服完丧不久才会这样。后来经常如此,直到他去世为止。我虽然没来得及侍奉婆婆,可从这一点能看出你父亲很孝敬父母。你父亲做官,曾经在夜里点着蜡烛看案卷,他多次停下来叹气。我问他,他会说:'这是一个判了死罪的案子,我想为他求得一条生路却办不到。'我又问:'可以为死囚找生路吗?'他说:'想为他寻求生路却无能为力,那么,死者和我就没有遗憾了,何况去寻求生路而又办到呢?正因为有得到赦免的,才明白不认真推求而被处死的人可能会有遗恨啊。经常为死囚求生路,尚且难免错杀无辜;为什么世上却总有人想置犯人于死地呢?'他回头看见奶娘抱着你站在旁边,于是指着你叹气说:'算命的说我遇上戌年就会死。假如他的话应验了,我就看不见儿子长大成人了,将来你要把我的话告诉他。'他也常常用这些话教育其他晚辈,我听惯了,所以记得很清楚。他在外面怎么样,我不知道;但他在家里,从不装腔作势,他行事厚道,是发自内心的!唉,他是很重视仁的一个人啊!因此我就断定你父亲一定会有好的后代。你一定要努力啊!奉养父母不一定要丰厚,最重要的是孝敬;利益虽然不能遍施于所有的人,重在仁爱之心。我没什么可教你的,这些都是你父亲的愿望。"我流着泪记下了这些教诲,从来不敢忘记。

先公自从少年时就失去了父亲,但能勤苦学习,咸平三年考中了进士,担任了道州军事判官,又任泗州、绵州两个州的推官,最后担任泰州判官而卒,享年五十九岁,葬在家乡沙溪的泷冈。

太夫人姓郑,她父亲名叫德仪,历代都是江南有名望的大族。太夫人为人谦恭俭朴仁爱而有礼,最初封为福昌县太君,后又几次进封为乐安、安康、彭城三郡太君。自从家道开始中落时,她就以勤俭节约的态度治家,以后的日子也不允许超过那时,她说:"我的儿子不能苟且求合于当世,勤俭度日,是为了应对随时而来的艰难。"后来我贬为夷陵县令,太夫人谈笑自若,对我说:"你们家本来就很贫贱，我已经待得很习惯了。你能平安，我也就平安了。"

先父死后二十年，我才考中进士，有了俸禄能够赡养母亲了。又过了十二年，我在朝廷里做官，才得以享受封赠父亲的荣耀。又过了十年，我官为龙图阁直学士、尚书吏部郎中、主管南京留守司事，太夫人因病在官舍去世，享年七十二岁。此后八年，并无才干的我进入枢密院担任了副使，不久又晋升参知政事，七年之后免除此职。自从进入枢密院和中书省，天子推广恩德，褒封我的三代祖先，所以从嘉祐年间开始，每逢国家庆典，肯定会为祖先加封。曾祖父府君，累加封赠为金紫光禄大夫、太师、中书令，曾祖母累加封赠为楚国太夫人。祖父府君，累加封赠为金紫光禄大夫、太师、中书令兼尚书令，祖母累加封赠为吴国太夫人。父亲崇国公，累加封赠为金紫光禄大夫、太师、中书令兼尚书令，母亲累加封赠为越国太夫人。今皇帝第一次南郊祭天，父亲再赐爵为崇国公，母亲则进号为魏国夫人。

于是欧阳修流泪言道：啊！行善的人没有不得善报的，只不过有早有晚，这是最普通的道理。我的几代祖先，一向积德行善，享受隆重的封赠也是当之无愧的。虽然他们在世时没能亲身沐浴皇恩，但不断地赐以爵位受到封赠，使他们的名声显贵荣耀，拥有三代皇帝的屡次封赠，也足以夸耀于后世，庇护他们的子孙了。于是我排列了欧阳氏的世谱，将其镌刻在石碑之上，不久又把父亲崇国公的遗训和太夫人如何教导我、对我寄托何种期望的话，一并刻于阡表，使后人了解我虽然德行浅薄才干低下但能遭遇时机叨窃高位，又有幸保全了人臣大节，没有辱没自己的祖先，是有深厚的渊源的。熙宁三年岁次庚戌，四月辛酉朔日，十五日乙亥，男儿推诚保德崇仁翊戴功臣、观文殿学士、特进、行兵部尚书，知青州军州事，兼管内劝农使、充京东东路安抚使、上柱国、乐安郡开国公，食邑四千三百户，食实封一千二百户欧阳修谨表识于此。

# 尹师鲁墓志铭

师鲁河南人①,姓尹氏,讳洙。然天下之士识与不识,皆称之曰"师鲁",盖其名重当世。而世之知师鲁者,或推其文学,或高其议论,或多其材能。至其忠义之节,处穷达②,临祸福,无愧于古君子,则天下之称师鲁者未必尽知之。师鲁为文章,简而有法。博学强记,通知今古,长于《春秋》。其与人言,是是非非,务穷尽道理乃已,不为苟止而妄随③,而人亦罕能过也。遇事无难易,而勇于敢为,其所以见称于世者,亦所以取嫉于人,故其卒穷以死。师鲁少举进士及第,为绛州正平县主簿④、河南府户曹参军⑤、邵武军判官⑥。举书判拔萃⑦,迁山南东道掌书记⑧、知伊阳县⑨。王文康公荐其才⑩,召试,充馆阁校勘⑪,迁太子中允。天章阁待制范公贬饶州⑫,谏官、御史不肯言⑬,师鲁上书言:"仲淹臣之师友,愿得俱贬。"贬监郢州酒税⑭,又徙唐州⑮。遭父丧⑯,服除,复得太子中允、知河南县⑰。

赵元昊反,陕西用兵,大将葛怀敏奏⑱,起为经略判官。师鲁虽用怀敏辟,而尤为经略使韩公所深知⑲。其后诸将败于好水⑳,韩公降知秦州㉑,师鲁亦徙通判濠州㉒。久之,韩公奏,得通判秦州,迁知泾州㉓,又知渭州兼泾原路经略部署㉔。坐城水洛与边臣异议㉕,徙知晋州㉖。又知潞州㉗,为政有惠爱,潞州人至今思之。累迁官至起居舍人、直龙图阁。师鲁当天下无事时独喜论兵,为《叙燕》、《息戍》二篇行于世。自西兵起,凡五六岁,未尝不在其间,故其论议益精密,而于西事尤习其详。其为兵制之说,述战守胜败之要,尽当今之利害。又欲训土兵代戍卒,以减边用,为御戎长久之策。皆未及施为,而元昊臣,西兵解严,师鲁亦去而得罪矣。然则天下之称师鲁者,于其材能,亦未必尽知之也。

初,师鲁在渭州,将吏有违其节度者,欲按军法斩之而不果。其后吏至京师,上书讼师鲁以公使钱贷部将㉘,贬崇信军节度副使㉙,徙监均州酒税㉚。得疾,无医药,舁至南阳求医。疾革,隐几而坐,顾稚子在前,无甚怜之色,与宾客言,终不及其私。享年四十有六以卒。

师鲁娶张氏,某县君。有兄源㉛,字子渐,亦以文学知名,前一岁卒。师鲁凡十年间,三贬官,丧其父,又丧其兄。有子四人,连丧其三。女一适人,亦卒。而其身终以贬死。一子三岁,四女未嫁,家无余资,客其丧于南阳不能归。平生故人无远迩㉜,皆往赙之,然后妻子得以其柩归河南,以某年某月某日葬于先茔之次。余与师鲁兄弟交,尝铭其父之墓矣,故不复次其世家焉。铭曰:藏之深,固之密。石可朽,铭不灭。

[题解]

本文作于庆历八年(1048年),当时作者任扬州知州。作者中进士后的第一任官是西京留守推官,当时尹洙也在西京留守钱惟演幕下担任幕僚,二人遂成为朋友。当时在洛阳的还有诗人梅尧臣、后来的宰相富弼等一大批有为之士,他们在一起畅谈人生抱负,畅谈诗文应该载道,是一群志同道合的精英之士。后尹洙虽然屡屡得到范仲淹、韩琦等名臣的青睐,终因仕途坎坷屡遭陷害而英年早逝。作者没有对尹洙的仕履过多陈述,而对于他那些"见称于世者,亦所以取嫉于人"的高贵品质、杰出才能则予以了极大的表彰和高度的评价，其中当然也寄托了作者本人的爱与恨。全文简洁深沉，沧桑而有张力，最后的铭文都只有十二个字，体现出作者运用语言的高超能力。

[注释]

①河南：北宋府名，在今河南洛阳。②穷达：谓士子得志与失意。③不为苟止而妄随：自己认为正确的事，不会随随便便地中止；自己认为不好的事，也不会随随便便地跟着别人去做。④绛州正平县：北宋州、县名。绛州在今山西新绛，正平是绛州州治所在县。⑤户曹参军：宋代州郡属僚名，掌户籍赋税、仓库受纳等事。⑥邵武军：宋代军名，属福建路，在今福建邵武。⑦举书判拔萃：谓尹洙中进士后，又参加了书判拔萃制科的考试并顺利考中。据《长编》卷一百七载，仁宗天圣七年（1029年）闰二月，置书判拔萃科，"以待选人之应书者"。⑧山南东道：京西南路襄州的军额。《元丰九域志》卷一载："襄州，望，襄阳郡，山南东道节度。治襄阳县。"掌书记：即节度掌书记，幕职官名，为节度州属官，与节度推官共掌本州节度使印，有关本州军事文书，与节度推官共签署、用印，协助长吏治本州事。⑨伊阳：北宋县名，在今河南嵩县西南。⑩王文康公：王曙，字晦叔，河南人，太宗淳化三年（992年）进士。预修《册府元龟》。大中祥符末知益州，入为给事中兼太子宾客。历知汝州、永兴军、陕州、河南府，公至参知政事。卒，谥文康。《东都事略》、《宋史》有传。⑪馆阁校勘：宋代三馆中的官员。《宋史·职官志》载，端拱元年（988年），建秘阁于（崇文）院中。昭文馆、史馆、集贤院皆沿唐制立名，但有书库寓于崇文院庑下。三馆、秘阁、崇文院各置帖职官。又有集贤殿修撰、直龙图阁、校勘，通谓之馆职。⑫天章阁待制范公贬饶州：指范仲淹因言事触怒宰相吕夷简而被贬到饶州担任知州。饶州，属江南东路，在今江西波阳。⑬谏官、御史不肯言：指谏官高若讷在此事上保持沉默，不为范仲淹辩解。《宋史·欧阳修传》载："范仲淹以事贬，在廷多论救，司谏高若讷独以为当黜。修贻书责之，谓其不复知人间有羞耻事。"⑭贬监郢州酒税：韩琦《安阳集·崇信军节度副使检校尚书工部员外郎尹公墓表》说："时文正范公治开封府，每奏事见上，论时政，指丞相过失，贬知饶州。……公慨然上书曰：'臣以仲淹忠谅有素，义兼师友，以靖比臣，臣当从坐。'贬崇信军节度

掌书记，监郢州商税。"郢州，在今湖北郢州。⑮唐州：属京西南路，在今河南唐河。⑯遭父丧：尹洙父亲名叫尹仲宣，其丧在景祐四年（1037年）三月七日。⑰河南县：北宋西京河南府治所所在县，在今河南洛阳。⑱大将葛怀敏：宋初大将葛霸之子。《宋史·葛怀敏传》载："庆历二年（1042年），元昊寇镇戎军，怀敏出瓦亭砦，督砦主都监许思纯、环庆路都监刘贺、天圣砦主张贵，及缘边都巡检使向进、刘湛、赵瑜等御敌。军次安边砦……怀敏驱马东南驰二百里，至长城壕，路已断，敌周围之，遂与诸将皆遇害。"⑲而尤为经略使韩公所深知：《宋史·尹洙传》载："洙虽用怀敏辟，尤为韩琦所深知。顷之，刘平石元孙战败，朝廷以夏竦为经略安抚使，范仲淹、韩琦副之，复以洙为判官。"当时韩琦担任西北的经略安抚副使。⑳诸将败于好水：《韩魏公家传》载，韩琦的部将任福没有听从韩琦的嘱咐，轻兵袭击西夏军队，结果在好水川兵败，任福也被乱兵杀死。㉑韩公降知秦州：《韩魏公家传》载，庆历二年（1042年）四月，韩琦因负有统帅责任，降知秦州。秦州，属陕西路，在今甘肃天水。㉒濠州：属淮南西路，在今安徽凤阳东北。㉓泾州：属秦凤路，在今甘肃泾川北。㉔知渭州兼泾原路经略部署：《长编》卷一四二载，庆历三年（1043年）七月，知泾州尹洙为右司谏、知渭州兼管勾泾原路安抚都部署司事。渭州，泾原路经略安抚使司所在地，在今甘肃平凉。㉕城水洛与边臣异议：《长编》卷一四八载，当时关于水洛城究竟修还是不修，边臣意见不同，永兴军知军郑戬主张修，韩琦、尹洙等主张不修。水洛城，在德顺军西七十里。㉖徙知晋州：《长编》卷一五〇载，庆历四年（1044年）六月，新知庆州尹洙知晋州。晋州，属河东路，在今山西临汾。㉗潞州：属河东路，在今山西长治。㉘上书讼师鲁以公使钱贷部将：《长编》卷一百五六载："洙前在渭州，有部将孙用者，由军校补边，自京师贷息钱，到官亡以偿，洙惜其才可用，恐以犯法罢去，尝假公使钱为偿之。又以公使钱不足，假军资钱回易充用。……洙竟坐贷公使钱与孙用，甲申，德音当追两官勒停，特有是命。"公使钱，宋代官府用于宴请、馈赠过往官员的费用。㉙贬崇信军节度副使：《长编》卷一五六载："庆历五年（1045年）七月，贬起居舍人、直龙图阁、知潞州尹洙为崇信节度副使。"崇信军，京西南路随州的军额，在今湖北随县。节度副使，宋代散官名，通常用于安置贬谪之臣，一般不签书州事。㉚均州：属京西南路,在今湖北十堰东北。㉛兄源:《宋史·尹源传》载:"尹源字子渐,少博学强记,与弟洙皆以文学知名。……范仲淹、韩琦荐其才,召试学士院。除知怀州,卒。"㉜远迩:远近。

[译文]

师鲁的祖籍为河南府,姓尹,单名叫洙。那时天下的士大夫不论认不认识他,都亲切地称他为"师鲁",可见他在当世已经是名满天下了。可是世人对师鲁的了解,有的是推崇他的文章,有的是赞赏他的议论,还有的是看重他具有多方面的才干和能力。至于他的忠义节操,身处在得意与不得意之中或是面对灾祸与奖赏,都无愧于古人所说的大君子的行止,那些尊称他师鲁的人就未必有多么详细的了解了。师鲁写文章,结构简洁却很有章法。他学问很深记忆力又很强,可谓是博古通今,对《春秋》的研究尤其精到。他和别人交谈,所有的是非正误,一定要把道理讲通讲透才算完,不会把自己认为正确的事中断,也不会随俗去做那些自己认为不正确的事,当时士子很少有能超过他的。遇到事情不管是容易做还是难做,都会一往无前,他这些被人们津津乐道的长处,也恰恰是遭受别人嫉妒的方面,所以他最终被贬谪而死。师鲁年轻时便考中了进士,担任绛州正平县的主簿、河南府的户曹参军,以及邵武军的判官。其后又考中书判拔萃科,升任山南东道掌书记、伊阳县知县。王文康公曙举荐他有才干,召他到京参加馆阁考试,其后充任馆阁校勘,迁官太子中允。天章阁待制范公仲淹贬为饶州知州,谏官、御史们都不肯替他辩解,师鲁上书说:"范仲淹是臣的良师益友,臣请求和他一道贬黜。"结果被贬为监郢州酒税官,又改为唐州监税官。赶上父亲去世,守丧期满后,恢复了太子中允之官,任命为河南县知县。

赵元昊反叛后,陕西动武用兵,大将葛怀敏奏请朝廷,于是朝廷起用他为经略判官。师鲁虽然是葛怀敏征辟的属官,却更为当时的陕西经略副使韩琦所器重。其后任福等将军在好水川打了败仗，韩公降为秦州知州。后师鲁也随之改为濠州通判。很久之后，由于韩公的奏章，他才得以改为秦州通判，迁为泾州知州，又任渭州知州兼泾原路经略部署。由于在修筑水洛城与否的问题上和边臣们产生了矛盾而获罪，改为晋州知州。后又改为潞州知州，他当官对当地百姓十分仁爱，潞州人直到今天还在怀念他。此后陆续迁官到起居舍人、直龙图阁。师鲁在天下没有战事时就很喜欢议论军事方面的问题，他写的《叙燕》、《息戍》二篇论文流传于世。自打西北战争爆发，持续了五六年，他没有一天不在西北前线，所以他的议论就非常精密，而关于西北之事，他更是了解得详详细细。他关于兵制的议论，述说战守胜败的关键，非常切合当时的实际情况。他还提出朝廷要训练士兵来代替轮戍的禁军，以此减少边境地区的军费开支，并将它当成是防御西夏的长久之策。可惜都没能落到实处，元昊便已投降称臣，西北地区解除了警报，师鲁也因获罪而离开了那里。尽管如此，天下那些称赞师鲁的人，对于他的超人才干，还是未必了解得多么详细。

当初师鲁在渭州知州任上时，将校当中有个违犯了军令的，师鲁本想按军法处死他，但没忍心那样做。其后不久这个小校跑到京城，上书告发师鲁用公使钱借贷给部将，师鲁被贬为崇信军节度副使，接着又改为监均州酒税。路上得了重病，缺医少药，被抬到南阳去医治。弥留之际，靠在几边坐着，眼看着幼小的孩子就在面前，也没有太多的伤感之情，和宾客们交谈，自始至终没有提到自家一句话。享年四十六岁便去世了。

师鲁娶妻张氏，后封为某县君。有位兄长叫尹源，字子渐，也以文学知名于时，比他早一年去世。师鲁在最后的十年当中，三次遭到贬官，父亲去世，兄长又去世。有儿子四人，接连死掉了三个，一个女儿嫁人之后也死了，而他自己最终也因为遭贬而死。余下唯一的儿子三岁，四个女儿还没出嫁，家里没有任何资财，遗体临时安放在南阳而无力运回内地。一生当中交结的朋友，不论在远在近，都到南阳去为他助丧，他的妻子才得以将其灵柩运回河南，于某年某月某日，埋葬在祖坟当中。我和师鲁的交情如同兄弟，已经为他的父亲写过墓志铭了，所以在这里不再重复他的家世传承。

铭文：埋藏于深深的地下，把灵柩封得坚固缜密。石头可能会腐朽，铭文却永远不会磨灭。

# 张子野墓志铭①

吾友张子野既亡之二年,其弟充以书来请曰:"吾兄之丧,将以今年三月某日葬于开封,不可以不铭,铭之莫如子宜。"呜呼!予虽不能铭,然乐道天下之善以传焉,况若吾子野者,非独其善可铭,又有平生之旧、朋友之恩与其可哀者,皆宜见于予文,宜其来请于予也。

初,天圣九年,予为西京留守推官②,是时,陈郡谢希深、南阳张尧夫与吾子野③,尚皆无恙。于时一府之士,皆魁杰贤豪,日相往来,饮酒歌呼,上下角逐,争相先后以为笑乐,而尧夫、子野退然其间,不动声气,众皆指为长者。予时尚少,心壮志得,以为洛阳东西之冲,贤豪所聚者多,为适然耳。其后去洛,来京师,南走夷陵,并江汉,其行万三四千里,山砠水厓,穷居独游,思从曩人,邈不可得。然虽洛人,至今皆以谓无如向时之盛,然后知世之贤豪不常聚,而交游之难得为可惜也。初在洛时,已哭尧夫而铭之;其后六年,又哭希深而铭之;今又哭吾子野而铭之④。于是又知非徒相得之难⑤,而善人君子欲使幸而久在于世,亦不可得也。呜呼,可哀也已!子野之世曰:赠太子太师讳某,曾祖也;宣徽北院使、枢密副使、累赠尚书令讳逊⑥,皇祖也;尚书比部郎中讳敏中,皇考也。曾祖妣李氏,陇西郡夫人；祖妣宋氏，昭应郡夫人，孝章皇后之妹也⑦；妣李氏，永安县太君。子野家联后姻，世久贵仕，而被服操履甚于寒儒。好学自力，善笔札。天圣二年举进士，历汉阳军司理参军⑧、开封府咸平主簿⑨、河南法曹参军⑩。王文康公⑪、钱思公、谢希深与今参知政事宋公⑫，咸荐其能，改著作佐郎、监郑州酒税，知阆州阆中县，就拜秘书丞。秩满，知亳州鹿邑县⑬。宝元二年二月丁未，以疾卒于官，享年四十有八。子伸，郊社掌坐⑭；次从，次幼未名。女五人，一适人矣。妻刘氏，长安县君。子野为人，外虽愉怡，中自刻苦，遇人浑浑不见圭角⑮，而志守端直，临事敢决。平居酒半，脱冠垂头，童然秃且白矣。予固已悲其早衰，而遂止于此，岂其中亦有不自得者邪？子野讳先，其上世博州高堂人⑯，自曾祖已来，家京师而葬开封，今为开封人也。铭曰：

嗟夫子野，质厚材良。孰屯其亨，孰短其长？岂其中有不自得，而外物有以戕？开封之原，新里之乡，三世于此，其归其藏。

[题解]

本文作于康定元年（1040年）作者任知制诰之时。这里的张子野，不是宋词大家"张三影"，而是欧阳修在洛阳时的同僚，也叫张先。这篇墓志回忆了自己在洛阳那段难忘的岁月，那么多志同道合的朋友在一起，彼此交心，毫无芥蒂，不仅仅作者对那些岁月无法忘记，就是今天，我们也会对欧阳修等人的高朋相聚钦羡。然而已经经历了官场凶险的欧阳修，对于老友张先过早去世，还是心存疑虑的，他猜想这位少年就白头的老实人，内心是不是也郁积着很多"不自得"呢？这其实是君子之流无法摆脱的烦恼。

[注释]

①张子野：张先。《宋史翼》有传。②为西京留守推官：《欧阳文忠公年谱》载："（天圣八年）五月，授将仕郎。试秘书省校书郎，充西京留守推官。

(天圣九年)三月,公至西京。"③谢希深:谢绛,当时在洛阳担任通判。张尧夫:张汝士,也是当时的洛阳幕僚。④铭之:为他作墓志铭。⑤相得:相交相知。⑥张逊:博州高唐人,驸马都尉魏咸信的同母异父兄。太宗端拱二年(989年),除签书枢密院事,改枢密副使,又知院事。淳化二年(991年),坐与寇准不和,罢为右领军卫将军。⑦孝章皇后:太祖皇帝的皇后宋氏。《宋史·后妃传》上说:"太祖孝章宋皇后,河南洛阳人,左卫上将军偓之女也。母汉永宁公主后。"⑧汉阳军:北宋前期军名,属荆湖北路,在今湖北武汉。⑨咸平:北宋开封府属县。在今河南通许。⑩法曹参军:掌议法、断刑,并与功曹参军事通掌检法。⑪王文康公:王曙,字晦叔,河南人。谥曰文康。⑫钱思公:钱惟演。谢希深:谢绛。今参知政事宋公:宋庠,《宋史·宰辅表》二载:"(宝元二年十月壬寅)宋庠自翰林学士、知制诰加谏议大夫,除参知政事。"⑬鹿邑:亳州所属县,在今河南鹿邑。⑭郊社掌坐:宋代祭祀太庙太社时负责安排座次的吏员。⑮圭角:圭玉的棱角,喻人的锋芒。⑯博州高唐:唐五代时期州、县名。博州在今山东聊城,高唐在今山东高唐。

[译文]

我的好友张子野去世后的第二年,他弟弟张充写信给我,信中请求说:"我兄长已去世,打算在今年三月某一天安葬在开封,不能没有铭文,这篇铭文没有谁比欧阳先生您来写更合适的了。"啊!我虽然不善于写铭文,然而乐于称道天下的善类并使他得以流传万世,更何况像我的友人张子野,不仅仅有善德值得铭记,还有平生的旧情、朋友的恩义和深感哀怜的记忆,这些都应该见于我的铭文,如此看来,其弟请求于我,是再合适不过的了。

当初,天圣九年时,我担任西京留守推官,那时候,陈郡人谢希深、南阳人张尧夫和张子野,身体都还很好。当时全府的士子,个个都是精英贤豪,每天彼此相互来往,饮酒唱歌,大呼小叫,上下角逐,诗酒争先,并把这些交往当做笑乐,而尧夫和子野却没有参与其间,平心静气很少跟我们一起喧闹,我们都说这两个人有长者风度。我那时候年纪还轻,心气雄壮志得意满,认为洛阳乃是东、西的交通要冲，聚集在这里的贤人豪士数量很多，感到非常惬意。后来离开洛阳，来到京师，又南行抵达夷陵，沿着长江和汉水走了一万三四千里，山路崎岖水道凶险，居处在穷乡僻壤踽踽独行，很想再和旧友一起笑乐，却已远在千里根本不可能实现。即使是洛阳人，时至今日，也都认为不像以往那样充满活力了，这才明白世上的贤人豪士不可能经常相聚，而能交游相知是多么难得多么值得珍惜。当初在洛阳时，已经哭过尧夫并为他写了墓志铭；其后六年，又为谢希深痛哭，又写了他的墓志铭；如今又哭我的朋友子野，再为他书写墓志铭。于是又晓得了不仅仅是相知相得非常之难，那些善良的君子，想要让他们有幸在人世上多活些年，也是很难做到的。啊，实在是太令人悲叹了！

子野的家世传承如下：赠太子太师名讳某，是子野的曾祖父；宣徽北院使、枢密副使、累赠尚书令名叫张逊的人，是子野的祖父；尚书比部郎中名叫敏中的，是子野的父亲。曾祖母姓李，封为陇西郡夫人；祖母姓宋，封为昭应郡夫人，乃是孝章宋皇后的妹妹；母亲姓李，封为永安县太君。子野家和前代皇后有联姻，属于世世尊贵的家族，但他的穿戴用具却比贫寒的儒士还要简陋。他勤奋好学自力自强，善于写诗做文章。天圣二年中进士，历任汉阳军司理参军、开封府咸平县主簿、河南府法曹参军。王文康公曙、钱思公惟演、谢希深公绛和当今参知政事宋公庠，都曾举荐过他的才能，于是，他改官为著作佐郎、监郑州酒税，又为阆州阆中县知县，在那个官任上拜为秘书丞。任满后，改为亳州鹿邑县知县。宝元二年二月丁未，因病死于官任，享年四十八岁。儿子张伸，官为郊社掌坐；次子张从，三子还小，没有取名。女儿五人，一位已经嫁人了。妻子刘氏，封为长安县君。子野的为人，外表上虽然总是欢快高兴，内心却对自己要求很严苛，和人打交道十分平和，很少见其棱角，有刚直的操守，遇到事情敢于作出决断。平时居处饮酒饮到半酣，往往会摘下帽子垂下脑袋，不但光秃秃，仅有的一些头发也都白了。我原本对他的早衰表示过遗憾，不想竟然走到了这一步，难道是因为他内心隐藏着不得志的忧郁吗？子野名叫先，他的前辈是博州高堂人，从曾祖以后，才在开封安家并葬在开封，如今算是开封人了。铭文说：

　　嗟叹啊子野，你本质淳厚才能超群。是谁阻碍了你前行的大道，是谁折断了你本该绵长的生命？难道你心中蕴藏着痛苦，又受到了外界的戕害吗？开封的平原，新里那个乡村，你的三代祖先都安眠在那里，你也放心地到那里休息吧。

# 孙明复先生墓志铭<sup>①</sup>

先生讳复，字明复，姓孙氏，晋州平阳人也<sup>②</sup>。少举进士不中，退居泰山之阳，学《春秋》，著《尊王发微》。鲁多学者，其尤贤而有道者石介，自介而下皆以弟子事之。先生年逾四十，家贫不娶，李丞相迪将以其弟之女妻之<sup>③</sup>。先生疑焉，介与群弟子进曰："公卿不下士久矣，今丞相不以先生贫贱而欲托以子，是高先生之行义也，先生宜因以成丞相之贤名。"于是乃许。孔给事道辅为人刚直严重<sup>④</sup>，不妄与人，闻先生之风，就见之。介执杖屦侍左右，先生坐则立，升降拜则扶之，及其往谢也亦然。鲁人既素高此两人，由是始识师弟子之礼，莫不叹嗟之，而李丞相、孔给事亦以此见称于士大夫。其后介为学官，语于朝曰："先生非隐者也，欲仕而未得其方也。"庆历二年，枢密副使范仲淹、资政殿学士富弼言其道德经术宜在朝廷，召拜校书郎、国子监直讲。尝召见迩英阁说《诗》，将以为侍讲<sup>⑤</sup>，而嫉之者言其讲说多异先儒，遂止。

七年，徐州人孔直温以狂谋捕治，索其家得诗，有先生姓名，坐贬监虔州商税<sup>⑥</sup>。徙泗州<sup>⑦</sup>，又徙知河南府长水县<sup>⑧</sup>，签署应天府判官公事<sup>⑨</sup>，通判陵州<sup>⑩</sup>。翰林学士赵概等十余人上言<sup>⑪</sup>，孙某行为世法，经为人师，不宜弃之远方，乃复为国子监直讲。

居三岁，以嘉祐二年七月二十四日以疾卒于家，享年六十有六，官至殿中丞。先生在太学时为大理评事，天子临幸，赐以绯衣银鱼。及闻其丧，恻然，予其家钱十万，而公卿大夫、朋友、太学之诸生相与吊哭，赙治其丧。于是以其年十月二十七日，葬先生于郓州须城县卢泉乡之北扈原⑫。

先生治《春秋》，不惑传注，不为曲说以乱经。其言简易，明于诸侯、大夫功罪，以考时之盛衰，而推见王道之治乱，得于经之本义为多。方其病时，枢密使韩琦言之天子⑬，选书吏，给纸笔，命其门人祖无择⑭，就其家得其书十有五篇，录之藏于秘阁。先生一子大年，尚幼。铭曰：

圣人既殁经更焚⑮，逃藏脱乱仅得存。众说乘之汩其原，怪迂百出杂伪真。后生牵卑习前闻，有欲患之寡攻群。往往止燎以膏薪，有勇夫子辟浮云。刮磨蔽蚀相吐吞，日月卒复光破昏。博哉功利无穷垠，有考其不在斯文。

[题解]

这篇墓志作于嘉祐二年（1057年），当时作者在汴京任官。作者着重叙述了孙明复在学术上的卓越贡献以及其人品道德的高尚，同时用宰相李迪把侄女嫁给他、给事中孔道辅亲自到他家里拜访、名流石介在他面前规规矩矩执弟子之礼三件事，突出了那个时代尊崇学识、尊崇哲人的良好社会风气，也进一步烘托出了孙明复做人为学的严谨。作者并没有把孙明复写成神，而是通过弟子石介之口说出他"非隐者也，欲仕而未得其方也"的真实思想，这也正符合了儒家"穷则独善其身，达则兼济天下"的处世原则。

[注释]

①孙明复：孙复，晋州（今山西临汾）人。举进士不第，退居泰山。学《春秋》，著《尊王发微》十二篇。年四十不娶。宰相李迪知其贤，以弟之女妻之。后除秘书省校书郎、国子监直讲。《宋史》有传。②晋州：属河东路，在今山西临汾。平阳：旧县名，即宋代晋州治所临汾县。③李丞相迪：李迪，

字复古，濮州鄄城（今山东鄄城）人。真宗景德二年（1005年）状元。历知郓州，为三司盐铁副使，知制诰，知亳州、永兴军，除陕西都转运使，召为翰林学士。天禧元年，为参知政事。仁宗为太子时，拜吏部侍郎兼太子少傅、同中书门下平章事。后仕途坎坷，屡有升降，卒，年七十七。谥曰文定。④孔给事道辅：孔道辅，字原鲁，孔子四十五世孙。天圣九年（1031年），为右正言，除龙图阁待制、纠察在京刑狱。出知郓州，历知青州、许州、应天府。除右谏议大夫、御史中丞。又出知泰州，徙徐州、兖州，再入为御史中丞。卒，年五十四。⑤侍讲：宋代为皇帝讲说经典的官员。⑥虔州：属江南西路，在今江西赣州。⑦泗州：属淮南东路，在今江苏盱眙。⑧长水县：北宋河南府属县，在今河南洛宁县西南。⑨签署应天府判官公事：幕职官名。宋代凡京官以上充州府判官者，称签书判官厅公事，为地方之幕职，与其他诸幕职官分案治事，分掌付受、催督簿书、案牍、文移。应天府，在今河南商丘。⑩陵州：在今四川眉山市东。⑪翰林学士赵概：字叔平，应天府虞城（今河南虞城）人。知苏州，入翰林为学士。自南京留守拜御史中丞，除枢密副使、参知政事。英宗即位，再迁吏部侍郎。神宗立，进尚书左丞。数求去位，知徐州，明年致仕，居南京十五年而卒，谥曰康靖。⑫须城：北宋县名，属京东西路郓州。在今山东东平。⑬枢密使韩琦：《宋史·宰辅表》载，嘉祐元年（1056年）八月，韩琦自三司使除拜枢密使。⑭祖无择：字择之，蔡州（今河南上蔡）人。曾师从穆修学古文，又跟从孙复受《春秋》。举进士甲科，为三司户部判官，出知陕州。召为知制诰。元丰中，判西京留司御史台，出知信阳军，卒。⑮圣人既殁经更焚：意谓孔、孟等圣人殁世之后，经书又遭秦始皇焚毁。

[译文]

先生单名叫复，字明复，姓孙，晋州平阳人。少年时参加进士考试没有考中，退居于泰山之下，学习《春秋》，撰写了《尊王发微》。鲁地的学者很多，其中尤其贤能而有道的如石介，而自石介以下的学者都以弟子之礼师从于他。先生年过四十，因家境贫寒还没有娶妻，丞相李迪打算把他弟弟的女儿嫁给他。先生心中生疑，石介和其他弟子进言说："王公九卿不懂得尊重士人已经很久了，如今李丞相不因先生贫贱反而想把侄女嫁给先生，是把先生的学行道义看得极重，先生应该成全李丞相的贤名才是。"于是先生答应了这门亲事。给事中孔道辅为人刚直严厉，从不轻易地赞许表彰人，听到了先生的高风亮节，亲自登门拜见他。石介拿着手杖鞋子侍立在先生身边，先生落座，石介便肃然站立，先生每次上阶下阶及行礼，石介都要上前来扶，先生回访答谢时也是同样。鲁地之人一向非常敬重这两个人，通过此事，更加明白了什么叫老师和弟子的礼节，没有一个人不对此啧啧叹赏，而李丞相、孔给事也因此得到了士大夫的赞赏。日后石介担任了学官，对朝士们说："孙先生并不是位隐士，他想入仕，只是没有人肯举荐他。"庆历二年，枢密副使范仲淹、资政殿学士富弼称赞先生的道德学术理应进入朝廷，于是朝廷召拜先生为校书郎和国子监直讲。先生曾被天子召见到迩英阁讲说《诗经》，天子准备升他为侍讲官，那些嫉妒先生的人贬损说：他的讲说有很多与前代大儒不同之处。于是天子打消了让他担任侍讲的念头。

庆历七年，徐州人孔直温因阴谋叛逆被逮捕，对他家进行搜查时，发现一些诗作，其中也出现了先生的姓名，因此先生被贬为监虔州商税，改监泗州商税，又改为河南府长水县知县，签署应天府判官公事，通判陵州。翰林学士赵概等十多个官员上书，称孙先生的德行堪为当世表率，经术堪为学人之老师，不应该摈弃在远方，于是朝廷重新召他担任国子监直讲。三年之后的嘉祐二年七月二十四日，先生因病死在家中，享年六十六岁，累官至殿中丞。先生在太学的时候为大理评事，天子驾幸太学，特赐给他绯衣银鱼。天子听到他去世的消息后，神情恻然，又赐给他家钱十万，而公卿大夫、朋友、太学里的学生相继前来吊唁临哭，纷纷拿出钱来为他助丧。终于在当年十月二十七日，将先生安葬在郓州须城县卢泉乡以北的崐原。

先生研读《春秋》，不被旧的传注所遮蔽，又不根据自己的臆想扰乱经典。他的解说简单明了，尤其是对当时诸侯、大夫的功劳罪恶，剖析得非常清晰，以此来考察历史盛衰，并推见王道的治与乱，合于经书本义之处比比皆是。他生病的时候，枢密使韩琦给天子提出建议，选派善于书写的官吏，给他纸和笔，并命先生的弟子祖无择负责，就在先生家里笔录了十五篇文章，收藏在秘阁当中。先生有一个儿子名叫大年，年岁还小。铭文说：

圣人去世之后经典又遭暴秦焚毁，侥幸逃过大劫的也已经脱讹散乱所存无多。众人各持己见探求其根源，奇谈怪论纷纷出笼令人真假难辨。后来学者因见识短浅只得遵从前说旧注，偶尔有自出机杼者也是寡不敌众，往往只是一星半点的修修补补而已。具有独到见解的孙先生却勇于拨开层层浮云，将原来那些微弱的亮光重新打磨彼此印证，使日月之光最终闪耀照亮了原有的昏暗。先生的解说广博宏大无边无垠，后学有所考证谁又能离开先生的论文？

# 资政殿学士户部侍郎文正范公神道碑铭①

皇祐四年五月甲子，资政殿学士、尚书户部侍郎、汝南文正公薨于徐州②，以其年十有二月壬申，葬于河南尹樊里之万安山下③。公讳仲淹，字希文。五代之际，世家苏州，事吴越。太宗皇帝时，吴越献其地，公之皇考从钱俶朝京师④，后为武宁军掌书记以卒⑤。公生二岁而孤，母夫人贫无依，再适长山朱氏⑥。既长，知其世家，感泣去之南都⑦。入学舍，扫一室⑧，昼夜讲诵。其起居饮食，人所不堪，而公自刻益苦。居五年，大通六经之旨，为文章论说必本于仁义⑨。祥符八年，举进士，礼部选第一⑩，遂中乙科⑪，为广德军司理参军⑫，始归迎其母以养。及公既贵，天子赠公曾祖苏州粮料判官讳梦龄为太保，祖秘书监讳赞时为太傅⑬，考讳墉为太师，妣谢氏为吴国夫人⑭。

公少有大节，于富贵贫贱、毁誉欢戚，不一动其心，而慨然有志于天下，常自诵曰："士当先天下之忧而忧，后天下之乐而乐也。"其事上遇人，一以自信，不择利害为趋舍。其所有为，必尽其方，曰："为之自我者当如是，其成与否，有不在我者，虽圣贤不能必，吾岂苟哉！"天圣中，晏丞相荐公文学⑮，以大理寺丞为秘阁校理⑯。以言事忤章献太后旨⑰，通判河中府、陈州⑱。久之，上记其忠，召拜右司谏⑲。当太后临朝听政，时以至日大会前殿，上将率百官为寿。有司已具，公上疏言：天子无北面，且开后世弱人主以强母后之渐。其事遂已[20]。又上书请还政天子，不报。及太后崩[21]，言事者希旨，多求太后时事，欲深治之。公独以谓太后受托先帝，保佑圣躬，始终十年，未见过失，宜掩其小故以全大德。初，太后有遗命，立杨太妃代为太后[22]。公谏曰："太后，母号也，自古无代立者。"由是罢其册命。是岁，大旱蝗，奉使安抚东南[23]。使还，会郭皇后废[24]，率谏官、御史伏阁争，不能得，贬知睦州[25]，又徙苏州[26]。岁余，即拜礼部员外郎、天章阁待制[27]。召还，益论时政阙失，而大臣权幸多忌恶之。居数月，以公知开封府[28]。开封素号难治，公治有声，事日益简。暇则益取古今治乱安危为上开说，又为《百官图》以献[29]，曰："任人各以其材而百职修，尧、舜之治不过此也。"因指其迁进迟速次序曰："如此而可以为公，可以为私，亦不可以不察。"由是吕丞相怒，至交论上前。公求对，辨语切，坐落职，知饶州[30]。明年，吕公亦罢[31]。公徙润州[32]，又徙越州[33]。

[题解]

本文作于至和元年（1054年），当时作者担任翰林学士。范仲淹在作者心目中的形象一直非常高大，作者曾因范仲淹的贬谪指斥御史高若讷，自己也被贬为夷陵县令。范仲淹死后，作者满怀深情地写了这篇神道碑，对范仲淹磊落刚直的一生给予了热烈的讴歌，并寄予了深深的思念。

[注释]

①资政殿学士：北宋学士官名，初为宠执政官之去位者，并有侍从、备顾问之名义。景祐以后，多为学士序进之职，正三品。户部侍郎：北宋前期无职事，为文臣迁转寄禄的官阶。文正：范仲淹去世后的谥号。②汝南：北宋蔡州州治所在县，在今河南汝南。③河南：河南府，在今河南洛阳。万安山：在河南宜阳县南四十五里。④钱俶朝京师：据《十国春秋》卷八十一载，太宗

太平兴国三年（978年）二月，吴越王钱俶从杭州出发。三月抵达扬州，宋朝派阁门使梁迥、内班阁承翰来赐茶酒。不久到达汴京，朝见太宗于崇德殿，太宗赐宴于长春殿。⑤武宁军：徐州军额，在今江苏徐州。掌书记：唐、宋时期节度掌书记的省称。幕职官名，为节度州属官，与节度推官共掌本州节度使印，有关本州军事文书，与节度推官共签署、用印，协助长吏治本州事。⑥长山：北宋县名，属京东路淄州，在今山东淄博西北。⑦南都：北宋南京应天府，在今河南商丘。⑧扫一室：出自《后汉书·陈蕃传》："蕃曰：'大丈夫处世，当扫除天下，安事一室乎？'"⑨仁义：仁爱和正义。《礼记·曲礼》上说："道德仁义，非礼不成。"孔颖达疏解说："仁是施恩及物，义是裁断合宜。"⑩礼部选：指科举考试中的礼部会试。⑪乙科：古代考试科目的名称。汉时博士弟子射策甲科，补郎中，乙科补太子舍人。⑫广德军：宋军名，属江南东路，在今江西广德县。司理参军：宋代州府幕职官名，掌讼狱勘鞫之事。⑬秘书监：秘书省的最高长官。此处为赠官名。⑭吴国夫人：《宋史·职官志》载："建隆三年（962年），诏定文武群臣母妻封号：宰相、使相、三师、三公、王、侍中、中书令曾祖母、祖母、母封太夫人；妻，国夫人。"⑮晏丞相荐公文学：《宋史·晏殊传》载，晏殊知应天府时，与范仲淹相知，并聘请他担任了应天府学教授。《范仲淹传》也说："晏殊知应天府，闻仲淹名，召寘府学。"⑯秘阁校理：馆职名。北宋前期无职事，为小州军、远小路分差遣官的带职。⑰以言事忤章献太后旨：《宋史·范仲淹传》载，天圣七年（1029年），章献太后将以冬至受朝，天子率百官上寿。范仲淹上书认为这属于家人之礼，不该让百官都去贺寿，并进一步提出请求太后不要继续垂帘，应该尽快把国政交还给仁宗。太后大怒，贬范仲淹为河中府通判。⑱河中府：属陕西路，在今山西永济市西。陈州：在今河南淮阳。《续资治通鉴》卷三九载，明道二年（1033年）四月癸丑，同判陈州范仲淹赴阙。⑲右司谏：宋代谏官名。⑳其事遂已：按：据《宋史》，范仲淹上书后，有司并没有采纳他的意见。《宋史·后妃传》说："天圣五年（1027年）正旦，太后御会庆殿。群臣及契丹使者班廷中，帝再拜跪上寿。是岁郊祀前，出手书谕百官，毋请加尊号。礼成，帝率百官恭谢如元日。七年（1029年）冬至，天子又率百官上寿，范仲淹力言其非，不听。"㉑太后崩：《宋史·后妃传》上载刘太后崩逝于明道元年（1032年）冬，年六十五。谥曰章献明肃，葬于永定陵之西北。㉒"太后有遗命"句：《宋史·范仲淹传》载："初，太后遗诰以太妃杨氏为皇太后，参决军国事。仲淹曰：'太后，母号也，自古无因保育而代立者。今一太后崩，又立一太后，天下且疑陛下不可一日无母后之助矣。'"杨太妃，益州郫（今四川郫县）人，年十二入皇子宫。真宗崩，遗制以为皇太后。章献遗诰尊为皇太后，居宫中，与皇帝同议军国事。㉓奉使安抚东南：《续资治通鉴》卷三九载，明道二年（1033年），右司谏范仲淹以江、淮、京东灾伤，请遣使循行，未报。范仲淹问："宫掖中半日不食，当如何？今数路艰食，安可不恤？"于是命范仲淹安抚江、淮。㉔郭皇后废：《长编》卷一一三载："初，郭皇后之立，非上意，浸见疏，而后挟章献势颇骄，后宫为章献所禁遏，希得进。及章献崩，上稍自纵。宫人尚氏、杨氏骤有宠。后性妒，屡与忿争。尚氏尝于上前出不逊语侵后，后不胜忿，起批其颊，上救之，后误批上颈。上大怒，有废后意。"㉕知睦州：《长编》卷一一三载，明道二年（1033年）十一月，范仲淹知睦州。睦州属两浙路，在今浙江建德市东。㉖又徙苏州：范仲淹改知苏州在景祐元年（1034年）九月。㉗礼部员外郎：北宋前期无职事，为文臣迁转寄禄之官阶。㉘以公知开封府：《长编》卷一一七载，景祐二年（1035年）十二月，天章阁待制范仲淹权知开封府。㉙"又为《百官图》以献"句：《宋史·吕夷简传》载，郭皇后废，孔道辅等伏阁进谏，其后范仲淹屡言事，献《百官图》，论迁除之敝，吕夷简指为狂肆，斥之于外府。㉚坐落职，知饶州：降官职贬为饶州知州。此次任命的时间在景祐三年（1036年）的五月九日。饶州属江南东路，在今江西波阳。㉛吕公亦罢：《宋史·宰辅表》载，景祐四年（1037年）四月，吕夷简自右仆射罢判许州。㉜公徙润州：《长编》卷一二〇载，景祐四年（1037年）十二月，知饶州范仲淹知润州。润州属两浙路，在今江苏镇江。㉝又徙越州：据嘉泰《会稽志》守臣题名，范仲淹于宝元二年（1039年）七月知越州。越州在今浙江绍兴。

[译文]

皇祐四年的五月甲子，资政殿学士、尚书户部侍郎、汝南范文正公薨逝于徐州，于当年的十二月壬申，安葬在河南府尹樊里的万安山下。范公名叫仲淹，字希文。五代时期，已经将家安在了苏州，属于吴越国所辖。太宗皇帝即位之后，吴越王钱俶献上他所治之地，范公的父亲也跟从钱俶一同来到汴京，后来在武宁军节度掌书记的职任上去世。范公出生两年就成了孤儿，母夫人贫苦无依，改嫁给了长山人朱氏。范公长大之后，了解到了自己的身世，大为感慨地离开家去了南京，进入南京府学，洒扫一间屋室，不分昼夜地刻苦攻读。他当时的饮食之粗劣，是别人难以忍受的，而范公却更加刻苦。在那里学了五年，对六经的精髓有了深刻的理解，所写的文章论述，没有一篇是偏离仁义之说的。大中祥符八年参加进士考试，礼部会试时被选为第一，随后考中进士乙科，出任广德军司理参军，才将亲生母亲接到身边赡养。等到范公成为高官后，天子封赠范公的曾祖父苏州粮料判官名叫梦龄的为太保，祖父秘书监名叫赞时的为太傅，父亲名叫墉的为太师，母亲谢氏被封为吴国夫人。

　　范公从少年时就有超凡的气节，对于富贵和贫贱、外界的毁誉和个人的得失，一点也没有动心，而是慨然希望为国家天下作出贡献，他曾经自己吟诵说："士大夫应当先天下之忧而忧，后天下之乐而乐。"他侍奉天子对待官员，完全是凭着满腔的自信，不因为事情对自己有利还是有害作出不同的选择。一旦他认为事情可以去做，一定会竭尽全力想尽办法去做，他说："自己力所能及的方面就应当如此，事情最终成功与否，有我无法控制的很多因素，即使是古代的圣贤，也不可能把所有想做的事情都做好，我怎么能侥幸全都成功呢？"天圣年间，丞相晏殊举荐范公文学杰出，他以大理寺丞的资格担任了秘阁校理官。因为上书言事触犯了章献刘太后的旨意，被贬为河中府通判，继而任陈州通判。过了很久，仁宗记起他的忠诚，召他回朝拜为右司谏。当时还是章献太后临朝听政，有一年冬至大会于前殿，仁宗打算带着百官为太后祝寿。有关部门已经把程式都安排妥当了，范公上疏说道：当朝天子不可以北面拜见任何人,而且这样做很容易开启削弱皇权增强母后权势的不好风气。范公的意见未被采纳,此事不了了之。又上书请求太后把问政大权交还给仁宗,没有得到应允。直到太后崩逝,一些言官秉承了宰相的意见,方方面面苛求太后在位时所犯的错误,想要对太后痛加整治。范公却反驳说:太后是受到真宗的委托,来护佑当今皇帝的,前前后后执政十年,并没有出现太大的过失,理当遮掩她那些微不足道的失误,来保全她的大德。当初太后立下遗命,要求皇帝册立杨太妃为太后来代替她。范公劝谏道:"太后是国母的称号,自古以来没有过代替太后的情况。"因此取消了立太妃为后的册命。这一年发生了严重的旱灾和蝗灾,范公奉旨前往东南地区安抚救助百姓。出使回京后,正赶上郭皇后被废为庶人,范公带领谏官和御史们伏于宰相黄阁据理力争,没有挽回,随后被贬为睦州知州,又改任苏州知州。一年多以后,拜为礼部员外郎、天章阁待制,召回朝廷。当此之时,范公越发敢于议论朝政的阙失,大臣和受宠幸的人都对他充满了忌恨。几个月后,以范公为开封府知府。开封历来号称难以治理,范公治理京城却颇有能臣的美誉,府事一天比一天减少。有了闲空便摘取关于古今治乱安危的事例讲给仁宗听,又画了一张《百官图》献给了仁宗,对仁宗说:"任用贤能要因材而用,使各个部门都做好本职工作,尧、舜的治理也不过如此而已。"随后指着图上那些人迁官快慢次序说:"如果这样的话,他们就既可以为公,也可以为私,这种情况不能放任自流。"因为这件事,宰相吕夷简再度发怒,以至在仁宗面前便激烈争论起来。范公请求与吕夷简当面论说,争辩的话语非常激烈,因此落学士之职,贬知饶州。第二年,吕丞相也被罢免了。范公徙为润州知州,继而又徙为越州知州。

已而赵元昊反河西㉞,上复召相吕公㉟。乃以公为陕西经略安抚副使㊱,迁龙图阁直学士㊲。是时新失大将,延州危㊳。公请自守鄜延扞贼㊴,乃知延州㊵。元昊遣人遗书以求和,公以谓无事请和,难信,且书有僭号,不可以闻,乃自为书,告以逆顺成败之说甚辩㊶。坐擅复书,夺一官、知耀州㊷。未逾月,徙知庆州㊸。既而四路置帅㊹,以公为环庆路经略安抚招讨使、兵马都部署。累迁谏议大夫、枢密直学士㊺。公为将务持重,不急近功小利。于延州筑青涧城㊻,垦营田,复承平、永平废寨㊼,熟羌归业者数万户。于庆州城大顺,以据要害㊽,又城细腰、胡芦㊾,于是明珠、灭臧等大族,皆去贼为中国用㊿。自边制久隳,至兵与将常不相识。公始分延州兵为六将,训练齐整,诸路皆用以为法。公之所在,贼不敢犯。人或疑公见敌应变为如何,至其城大顺也,一旦引兵出,诸将不知所向,军至柔远㊿¹,始号令告其地处,使往筑城。至于版筑之用,大小毕具,而军中初不知。贼以骑三万来争,公戒诸将:"战而贼走,追勿过河。"已而贼果走,追者不渡,而河外果有伏。贼失计,乃引去。于是诸将皆服公为不可及。

公待将吏,必使畏法而爱己。所得赐赍,皆以上意分赐诸将,使自为谢。诸蕃质子㊿²,纵其出入,无一人逃者。蕃酋来见,召之卧内,屏人彻卫,与语不疑。公居三岁,士勇边实,恩信大洽,乃决策谋取横山㊿³,复灵武㊿⁴,而元昊数遣使称臣请和,上亦召公归矣。初,西人籍为乡兵者十数万,既而黥以为军,惟公所部但刺其手,公去兵罢,独得复为民。其于两路,既得熟羌为用,使以守边,因徙屯兵就食内地,而纾西人馈挽之劳。其所设施,去而人德之,与守其法不敢变者,至今尤多。自公坐吕公贬,群士大夫各持二公曲直,吕公患之,凡直公者,皆指为党,或坐窜逐。及吕公复相㊿⁵,公亦再起被用,于是二公欢然相约勠力平贼。天下之士皆以此多二公，然朋党之论遂起而不能止。上既贤公可大用，故卒置群议而用之。

庆历三年春，召为枢密副使⑤⑥，五让不许，乃就道。既至数月，以为参知政事⑤⑦。每进见，必以太平责之。公叹曰："上之用我者至矣，然事有先后，而革弊于久安，非朝夕可也。"既而上再赐手诏，趣使条天下事，又开天章阁⑤⑧，召见赐坐，授以纸笔，使疏于前。公惶恐避席，始退而条列时所宜先者十数事上之。其诏天下兴学，取士先德行不专文辞，革磨勘例迁以别能否⑤⑨，减任子之数而除滥官⑥⑩，用农桑考课守宰等事。方施行，而磨勘、任子之法，侥幸之人皆不便，因相与腾口，而嫉公者亦幸外有言，喜为之佐佑。会边奏有警，公即请行，乃以公为河东、陕西宣抚使⑥⑪。至则上书愿复守边，即拜资政殿学士、知邠州，兼陕西四路安抚使⑥⑫。其知政事，才一岁而罢，有司悉奏罢公前所施行而复其故。言者遂以危事中之，赖上察其忠，不听。是时夏人已称臣⑥⑬，公因以疾请邓州⑥⑭。守邓三岁，求知杭州⑥⑮，又徙青州⑥⑯。公益病，又求颍州⑥⑰，肩舆至徐⑥⑱，遂不起，享年六十有四。方公之病，上赐药存问。既薨，辍朝一日。以其遗表无所请，使就问其家所欲⑥⑨，赠以兵部尚书，所以哀恤之甚厚。

公为人外和内刚，乐善泛爱。丧其母时尚贫，终身非宾客食不重肉⑦⑩，临财好施，意豁如也。及退而视其私，妻子仅给衣食。其为政，所至民多立祠画像。其行己临事，自山林处士、里间田野之人⑦⑪，外至夷狄，莫不知其名字，而乐道其事者甚众。及其世次、官爵，志于墓、谱于家、藏于有司者，皆不论著，著其系天下国家之大者，亦公之志也欤！铭曰：

范于吴越，世实陪臣⑦⑫。俶纳山川，及其士民。范始来北，中间几息。公奋自躬，与时偕逢。事有罪功，言有违从。岂公必能，天子用公。其艰其劳，一其初终。夏童跳边[73]，乘吏怠安[74]。帝命公往，问彼骄顽。有不听顺，锄其穴根。公居三年，怯勇隳完。儿怜兽扰[75]，卒俾来臣[76]。夏人在廷，其事方议。帝趣公来，以就予治。公拜稽首，兹惟难哉！初匪其难，在其终之。群言营营[77]，卒坏于成。匪恶其成，惟公是倾。不倾不危，天子之明。存有显荣，殁有赠谥。藏其子孙，宠及后世。惟百有位，可劝无怠。

［注释］

㉞赵元昊反河西：仁宗康定元年（1040 年）正月，西夏主元昊叛宋，进犯延州，并杀死了宋朝大将刘平和石元孙，成为宋、夏之战的导火索。㉟上复召相吕公：《宋史·宰辅表》载，康定元年（1040 年）五月，吕夷简自许州知州召为门下侍郎、同平章事、昭文馆大学士、监修国史。㊱以公为陕西经略安抚副使：《长编》卷一二六载，康定元年（1040 年）二月，越州知州范仲淹恢复天章阁待制，改知永兴军。㊲龙图阁直学士：宋代学士官名。龙图阁在会庆殿西，北连禁中，阁上奉太宗御书、御制文集及典籍、图画、宝瑞之物。有学士、直学士、待制、直阁等官。初为实职，后渐及朝流，为职事官所带的职名。㊳是时新失大将，延州危：《宋史纪事本末》卷三〇载，大将刘平、石元孙死于康定元年（1040 年）春正月。当时元昊大举进犯延州，延州知州范雍闻元昊将至，非常惧怕。元昊假装派人到延州讲和，一方面麻痹范雍，另一方面盛兵攻打保安军，鄜延副总管刘平、石元孙前来救援，被元昊击败杀死，元昊意欲攻破延州，正赶上天下大雪，元昊才撤兵回国，延州得以不陷。延州，属陕西路。在今陕西延安。㊴鄜延：北宋路名，治所就在延州。㊵乃知延州：《长编》卷一二八载，康定元年（1040 年）八月，陕西经略安抚副使范仲淹兼知延州。㊶“元昊遣人遗书以求和”七句：据《西夏书事》卷十四载，庆历元年（1041 年）正月，元昊下书与范仲淹约和。范仲淹见元昊来信中还在自称皇帝，没有答应替他上奏朝廷，而是私下给元昊回了一封信，向他陈述战与和的利害关系，劝他不要一意孤行。㊷知耀州：《长编》卷一三一载，庆历元年（1041 年）四月，陕西经略安抚副使兼知延州范仲淹知耀州。耀州属陕西

路，在今陕西耀州区。㊸徙知庆州：《长编》卷一三二载，庆历二年（1042年）十一月，复置陕西四路都部署、经略安抚兼沿边招讨使，命韩琦、范仲淹、庞籍等为帅臣。㊹四路置帅：四路，指的是秦凤、泾原、环庆、鄜延。范仲淹和韩琦均在泾州设帅府。㊺枢密直学士：北宋前期签署枢密院事的学士官，于宣徽院置厅事，以备顾问应对。后多为侍从官外任守臣的带职，正三品。㊻青涧城：康定元年（1040年）新修的城堡名，在延州东北一百八十五里。㊼复承平、永平废寨：《续资治通鉴》卷四十四载，庆历二年（1042年）四月，元昊陷金明、承平、塞门、安远、栲栳寨，破五龙川。此时收复。㊽于庆州城大顺，以据要害：庆历二年（1042年）年初，范仲淹决定在庆州西北的马铺寨修建城堡，以阻遏夏人的进攻。三月修完，朝廷赐名大顺城。从此以后，环庆一路的战事就很少了。据《元丰九域志》卷三，大顺城在庆州州治安化县附近。㊾又城细腰、胡芦：《长编》卷一五三载范仲淹修筑这两个城堡在庆历四年（1044年）十二月，主要的战略意义在于遏制属羌当中比较强悍的敏珠尔、密桑、康努卜三族。庆历五年（1045年）闰五月，根据范仲淹的请求，以细腰城隶于原州。㊿于是明珠、灭臧等大族，皆去贼为中国用：明珠、灭臧两大族曾接受元昊的官封，范仲淹认为二族道险难攻，派大将种世衡招谕，二族没有听从，种世衡命部下袭击其地，二族皆降。(51)柔远：古寨名，属今庆州安化。《西夏书事》卷十五载，庆历二年（1042年）正月，元昊自麟、府还，环庆副部署王仲宝与鄜延都监狄青率兵袭击，杀数百人。(52)诸蕃质子：指蕃邦各部落送到宋朝做为人质的贵族子弟。(53)谋取横山：《西夏书事》卷二十一说："夏国虽在河外，河外之兵懦而罕战，惟横山一带蕃部，东至麟、府，西至原、渭，二百余里，人马精强，惯习战斗，与汉界相附。每大入，必为前锋。"(54)灵武：即灵州，西夏所领，在今宁夏回族自治区青铜峡市东七十里。(55)吕公复相：《宋史·宰辅表》载，康定元年（1040年）五月，吕夷简自许州知州召为同平章事、昭文馆大学士。庆历三年（1043年）四月，吕夷简罢议军国大事。(56)召为枢密副使：《宋史·宰辅表》载，庆历三年（1043年）四月，范仲淹自安抚经略招讨使召为枢密副使。(57)以为参知政事：《宋史·宰辅表》载，庆历三年（1043年）七月，范仲淹自枢密副使除参知政事。(58)天章阁：宋朝大内所建阁名，收藏真宗的御集御书，后为学士官名。(59)革磨勘例迁以别能否：

意谓革除按年限迁转的老规矩，改为按实际能力升迁。磨勘，宋代主要铨法制度，包括审核官员资历及考课任职以来功过。宋初文官三年一磨勘，武官五年一磨勘，磨勘合格后方得改官。⑥减任子之数而除滥官：意谓减少高级官吏子弟凭借父祖勋劳而入官的人数，从而堵绝冗官。任子，宋代入仕的途径之一，即高官可凭借自己的资历和级别，使其子弟不经科考而直接进入仕途。⑥以公为河东、陕西宣抚使：《宋史·宰辅表》载，庆历四年（1044年）六月，范仲淹自参知政事出为陕西河东宣抚使。宣抚使，宋代临时差遣官名，掌宣布王命、抚绥边境及统护将帅、督视军旅等事，通常以二府大臣充任。⑥"拜资政殿学士"二句：《宋史·宰辅表》载，庆历五年（1045年）正月，范仲淹以资政殿学士出知邠州，兼陕西四路沿边安抚使。邠州治所在今陕西彬县。安抚使，北宋经略安抚使之省称。⑥是时夏人已称臣：《西夏书事》卷十七载，庆历四年（1044年）六月，元昊遣使入献，上誓表称臣。⑥公因以疾请邓州：《宋史纪事本末》卷二十九说："（庆历五年正月乙酉）仲淹引疾，求解边任，改知邓州。"邓州，在今河南邓州。⑥守邓三岁，求知杭州：《乾道临安志》卷三载，皇祐元年（1049年）正月，知邓州范仲淹知杭州。⑥徙青州：《乾道临安志》卷三郡守题名："（皇祐）二年（1050年）十月戊辰，加（范仲淹）户部侍郎。十一月辛酉，徙京东路安抚使、知青州。"青州，京东东路治所，在今山东青州。⑥又求颍州：《长编》卷一七二载，皇祐四年（1052年）五月，范仲淹以疾求颍州，行至徐州，卒。颍州在今安徽阜阳。⑥肩舁至徐：肩舁，谓病不能行，以轿抬之。⑥就问其家所欲：询问家人有什么要求。⑦食不重肉：意谓一日之内不吃两顿肉食。出自《史记·管晏列传》："晏平仲婴者，莱之夷维人也。事齐灵公、庄公、景公，以节俭力行重于齐。既相齐，食不重肉，妾不衣帛。"⑦里闾田野之人：一般百姓。⑦陪臣：古代天子以诸侯为臣，诸侯以大夫为臣，大夫又自有家臣。因此大夫对于天子、大夫之家臣对于诸侯，都是相隔一层的臣，即所谓"重臣"，也称为"陪臣"。⑦夏童：指元昊，犹言"西夏小儿"，轻蔑的称呼。跳边：即挑边，即在边疆挑衅侵扰。⑦乘传怠安：谓乘传御边的官吏贪于安逸，不思备战抗敌。⑦儿怜兽抚：谓西夏元昊无力抵抗，一败涂地，如小儿之可怜，如困兽之扰攘。⑦来臣：谓来朝而称臣。⑦群言营营：意谓小人接连上书反对，嗫嗫不休。

[译文]

不久西夏主元昊在河西地区大举反叛，仁宗皇帝再次起用旧相吕夷简。又任命范公为陕西路经略安抚副使，迁官为龙图阁直学士。那时宋朝刚刚丧失了大将刘平、石元孙，延州处在很危险的境地。范公请求亲自到延州去抗击夏贼，于是改任他为延州知州。元昊派人送来国书请求讲和，范公觉得他无故前来求和，很难相信他的诚意，况且来书还在使用僭越的皇帝之号，没有答应将这个消息传达给朝廷，于是亲笔写了一封回信，把归顺或叛逆的利害成败论述得清清楚楚。但因擅自回复敌国书信很不应该，降了一官，改为耀州知州。到任不到一个月，又徙为庆州知州。不久陕西的秦凤、鄜延、泾原、环庆四路分别设置帅臣，任命范公为环庆路经略安抚招讨使、兵马都部署。陆续迁官为谏议大夫、枢密直学士。范公作为将帅很稳重，从不急功近利贪图小便宜。在延州修筑了青涧城，开垦营田，恢复了承平、永平两个废弃的堡寨，受宋朝恩惠的羌人回到这里重操旧业的多达数万户。又在庆州修筑了大顺城，填补在军事要害之地，还修复了细腰城和胡芦堡，于是明珠、灭臧等羌中大户，纷纷背弃元昊而归服宋朝。自从边地军制不再强调以来，逐渐形成士卒和将帅彼此互不认识的局面。从范公开始，将延州驻军分为六将，训练齐整，此后其他各路都以此为法。范公在哪里，夏贼就不敢在那里进犯。有人怀疑范公遇到突如其来的敌情未必善于应变，等到他修筑大顺城，有一天突然带兵而出，将领们全然不知范公要带他们到哪里去，军队到了柔远城，他才传达号令告诉了将帅们要去的地方，命令他们在那里筑城。至于所需的工程材料，不论大小早已准备齐全，而军中一点风声都没有听到。夏贼派出三万骑兵前来争夺，范公告诫各位将领说："开战之后夏贼退走时，你等切不可追过河去。"开战后夏人果真退却，追赶的军队没有过河，而河的对面确实设了埋伏。夏贼的计谋没有得逞，只好撤兵退回。

到此为止，大小将领才真正敬服了范公，认为自己根本无法和他相比。

范公对待将士，务要使他们既惧怕军法又热爱自己。得到的赏赐之物，全部按照仁宗的意思分赐给了各位将领，使他们各自上书对皇帝表示感谢。各个蕃部送过来做人质的公子们，允许他们随便出入，却没有一个逃跑的。蕃部的酋长来拜见，范公把他们召进卧室，撤掉卫兵屏除近侍，毫无疑忌地和他们倾心而谈。范公在边关为官三年，士卒英勇边地富足，使朝廷的恩德信义得到了最大限度的施与，于是他开始谋划夺取横山要塞，光复灵武旧郡，而元昊多次派特使前来称臣求和，仁宗也就把范公召回了朝廷。当初，西北地区的青壮年被收为乡兵的人足有几十万，没多久便将他们黥面编为正规的禁军，只有范公所辖的部队，只在他们的手背上进行了部分的刻画，范公离开西北之后军队撤销，这些人有幸得以归田重新成为农民。范公曾经统帅过的两个路分，得到了归服羌人为他所用，使他们替宋朝守卫边关，于是得以将朝廷的大量屯驻军队转移到内地就食，大大缓解了西北人民长途运输的劳苦。他的这些措施，直到他离开西北后，那里的人们还在怀念着他的恩德，坚持按照他定下的法令执行不敢改变的后任者，直到今天还有不少。自打范公因得罪吕夷简遭到贬谪之后，朝廷士大夫一部分认为吕丞相占理，另一部分坚持认为范公正确，这使吕夷简十分恼火，凡是认为范公正确的，统统看成是结党营私，有不少人遭到了贬官放逐。等到吕夷简再次恢复相位，范公也同时得到重用，于是两位重臣消除旧怨，齐心协力地致力于击败来犯之敌。天下的士大夫因此对他们极力赞扬，然而朋党之论既然兴起就很难杜绝。仁宗认定范公是贤能之人，所以最终还是力排众议起用了范公。

庆历三年的春季，范公受召担任了枢密副使，五次辞让朝廷都没有答应，这才上路回京。来到汴京才几个月，便授予参知政事之职。范公每次拜见仁宗，仁宗都会用精心治国速至太平之类的话要求范公。范公感叹道："天子对我的信赖已经是无以复加，然而事情总有先后之分，在长久习惯安逸的情况下革除弊政，不是一朝一夕就能办到的。"时隔不久，仁宗再次降下亲笔诏书，督促他把天下弊端之事逐条列出来，又打开天章阁，召见几位新提拔的大臣，赐他们坐下，给他们纸和笔，命他们在天子面前即刻书写。范公惶恐地离开座位，退出天章阁回到家中，列举了当时急须变革的十几件事呈给了仁宗。随后仁宗颁下诏命要求天下州县都要建立学校，开科选取士子要先考察他的德行而不专门看他的文章辞令，改革磨勘按常例迁官的旧制，以甄别他们的业绩高下，大力削减任子入官的数量去除冗滥官员，根据农业生产的实际优劣考察知州、知县等数事。刚刚开始实行，而对于改革磨勘和削减任子入官数量两件事，既得利益者便感到无法接受，纷纷交口议论加以反对，那些本来对范公心怀嫉妒的人对于外界议论纷纭深感兴灾乐祸，巴不得为他们推波助澜。恰好赶上边境地区出现了新的紧急情况，范公立即请求赴边，于是朝廷任命范公为河东、陕西宣抚使。范公到了边关，上书说希望朝廷允许他守卫边境，朝廷便任命他为资政殿学士、邠州知州，兼任陕西四路安抚使。他任参知政事才一年就被罢免了。有关部门将范公原来提出的改革方案写成奏疏，全部废止，恢复了原状。言官甚至用非常恶毒的语言栽赃陷害他，全靠仁宗明察范公的忠诚，没有听信他们的鬼话。这时西夏人已经向宋朝称臣，范公因身体有病请求为邓州知州。在邓州待了三年，再求为杭州知州，又为青州知州。此时范公的病已经很重了，又请求担任颍州知州，乘着轿子到达徐州，在那里病逝，享年六十四岁。范公病重时，仁宗曾派人给他送去药品并询问他的病情。范公去世之后，仁宗为了表示哀悼，停止视朝问政一天。因为范公给朝廷所上的遗表一无所求，仁宗派专人到他家中询问有什么具体要求，赠给他兵部尚书之官，对他的抚恤十分优厚。

范公为人外表谦和而内心刚正，乐于施舍心存大爱。他母亲去世时他家境还比较贫穷，于是终生坚持节俭，只要不是招待宾客，每天都不准两顿吃肉，在财货方面很舍得施与，心里没有丝毫的吝惜。回到家里再看所过的日子，妻子儿女也仅仅是刚刚免于挨饿受冻而已。他做官施政，所到之处百姓大都为他修建生祠供奉画像。他的为人处事，下自山林中的处士、里巷之人和田夫野老，以至外邦蛮夷之人，没有谁不知道他的名字，而乐于议论他行事的人太多太多了。这篇墓志，关于范公的世系传承、官爵名号，写在墓志之上、编成谱牒收藏在家中的，以及被相关部门收藏的资料，都不是我要写的重点，我主要是写范公那些关乎国家天下是非成败的大节之事，这也应该是范公本人的意愿吧？铭文说道：

范氏在吴越国时期，世世为大国的陪臣。钱俶归朝不仅献上了吴越的山川，还包括其地的良田和士民。范氏此时才来到北国，传承中几乎濒临湮灭无闻。范公奋发自励，又赶上了圣明的时代。他行事有得罪之处也有建功之时，他的言辞有被否决的也有被采纳的。难道是范公无所不能吗？更可贵的是圣明的天子能重用范公。他毕生身处艰难又毕生辛勤劳苦，却总没有改变自己的初衷。西夏蟊贼在边疆寻衅滋事，完全是钻了边将怠忽安逸的空子。天子命范公前往措置，质问夏贼为什么如此骄横凶顽。警告夏贼如有不顺承的举动，必定要将其巢穴连根除掉。范公在那里为官三年，胆怯的人变成勇士，毁坏的城堡修整一新。西夏人如儿童之可怜，如困兽之扰攘，终于放弃为恶前来称臣。西夏使臣尚在朝廷，归降之事尚在议论之中。天子忙命范公前来，协助天子治理国家。范公再拜稽首，口称此事难上加难。提出变革的条文其实不难，难在最终要推行新政。群小纷纷上言攻讦，最终还是功败于垂成。实际上群小并非意在阻遏新政的实施，他们是想把范公彻底打垮。范公最终没有获罪，完全是由于仁宗的无比英明。范公生前得到了尊显和荣耀，死后又获得了封赠和美谥。这些荣誉收藏在他的子孙手中，帝王的光宠会延及后世。如今那些在官位的人，应该好好地勉励自己不可有丝毫的懈怠。

# 李汉超<sup>①</sup>

太祖时<sup>②</sup>,以李汉超为关南巡检使捍北虏<sup>③</sup>,与兵三千而已,然其齐州赋税最多<sup>④</sup>,乃以为齐州防御使<sup>⑤</sup>,悉与一州之赋,俾之养士。而汉超武人,所为多不法。久之,关南百姓诣阙讼汉超贷民钱不还及掠其女以为妾。太祖召百姓入见便殿,赐以酒食慰劳之,徐问曰:"自汉超在关南,契丹入寇者几?"百姓曰:"无也。"太祖曰:"往时契丹入寇,边将不能御,河北之民<sup>⑥</sup>,岁遭劫虏,汝于此时能保全其赀财妇女乎?今汉超所取,孰与契丹之多?"又问讼女者曰:"汝家几女,所嫁何人?"百姓具以对。太祖曰:"然则所嫁皆村夫也。若汉超者,吾之贵臣也,以爱汝女则取之,得之必不使失所<sup>⑦</sup>,与其嫁村夫,孰若处汉超家富贵!"于是百姓皆感悦而去。太祖使人语汉超曰:"汝须钱何不告我,而取于民乎!"乃赐以银数百两,曰:"汝自还之<sup>⑧</sup>,使其感汝也。"汉超感泣,誓以死报。

[题解]

北宋开国时,北方强国契丹一直虎视眈眈,也经常攻进河北一带烧杀抢掠,河北人民很难过上安定的日子。太祖赵匡胤杯酒释兵权的同时,对于边境地区的宿将却格外加以保护。李汉超在河北边境,以几千士卒的兵力,防御着强大的契丹,使敌人不敢轻易进犯,为新生的宋朝立下了卓越功劳。但他也经常犯错误,太祖深知金无足赤的道理,对这些武臣,一方面是关心,另一方面是以情动人。

**[注释]**

①李汉超:云中(今山西大同)人,初仕北周。宋初为关南兵马都监,在郡十七年,吏民爱之。太宗时迁应州观察使。②太祖:宋代开国皇帝赵匡胤,公元960年至976年在位。③捍北虏:防遏北方的契丹。④齐州:宋代州名,在今山东济南。⑤防御使:宋代官名。宋代的州分节度、防御、团练、刺史四等。齐州为防御,故所派军政长官为防御使。⑥河北:宋代指黄河以北广大地区,包括今河北中南部及河南北部、山东西部地区。⑦不使失所:不至于让她孤苦无依,流离失所。⑧汝自还之:你亲自把借人的钱还给人家。

**[译文]**

太祖时代,任命李汉超为关南巡检使来防御北方强敌契丹,但只给了他三千士卒而已。那时候齐州的赋税征收最多,于是太祖命他兼任齐州防御使,目的是把整个一州的赋税都给他,让他来养那些兵。而李汉超是个武夫,为人做事动不动就会犯法。时间一久,关南的百姓来到京城告状,说李汉超借人家钱不还,以及抢人家女儿当小妾等事。太祖命告状百姓到便殿里亲自接见他们,拿出好酒好饭来慰劳他们,然后缓缓问他们说:"自从李汉超到了关南,契丹人攻打了几次?"百姓回答说:"一次也没有过。"太祖接着说:"以往契丹人入寇,边将不能抵御,河北地区的百姓,几乎每年都会遭到抢劫杀掠,那个时候你们能保全自家的财产和女人吗?如今李汉超夺取你们的,和契丹人抢夺的哪个更多?"又问那个告李汉超抢他女儿的人:"你家一共有几个女儿?她们都嫁给了什么人?"那个人一五一十回答了太祖。太祖说:"如此说来,你女儿嫁的都是田夫农民。而李汉超是朕的宠信大臣,因为喜欢你家女儿才去抢夺的。得到你女儿后,肯定不会再让她流离失所,与其嫁给个田夫,倒不如待在李汉超家能享受富贵。"接见之后,河北百姓都非常感激太祖,满心欢喜地回去了。太祖派人告诉李汉超:"你想要钱为什么不对朕说，反而从老百姓那里勒索？"于是赐给他白银数百两，并说："你亲自上门去归还人家，让人家感受你的诚意。"李汉超感动得眼泪直流，表示一定誓死报答太祖的宽容。

# 卖油翁

陈康肃公尧咨善射①,当世无双,公亦以此自矜②。尝射于家圃③,有卖油翁释担而立,睨之④,久而不去。见其发矢十中八九,但微颔之⑤。康肃问曰:"汝亦知射乎?吾射不亦精乎?"翁曰:"无他,但手熟耳。"康肃忿然曰:"尔安敢轻吾射!"翁曰:"以我酌油知之。"乃取一葫芦置于地,以钱覆其口,徐以杓酌油沥之⑥,自钱孔入而钱不湿,因曰:"我亦无他,惟手熟尔。"康肃笑而遣之,此与庄生所谓解牛、斫轮者何异⑦?

[题解]

这篇小文选自作者的笔记《归田录》。文章虽然寥寥数语,却蕴含着深刻的哲理。它告诉人们,做任何事情,只要能持之以恒,不骄不躁,就能达到出神入化的程度。

[注释]

①陈康肃公:陈尧咨,字嘉谟,阆中(今四川阆中)人,真宗咸平中进士,官至翰林学士、天雄军节度使,卒,谥康肃。②自矜:自我满足。③家圃:自家的后园。④睨之:不经意地看他。睨(nì),斜眼看。⑤微颔:轻轻点头,表示尚可。⑥徐:慢慢地。以杓酌油:用勺子舀起油。沥之:往下滴洒。⑦庄生:春秋时哲学家庄子。解牛:《庄子》中的寓言,庖丁为文惠王解牛,游刃有余。斫轮:《庄子》中的寓言,齐国轮匠扁回答齐桓公说:斫轮要不疾不徐,才能准确无误。

[译文]

　　康肃公陈尧咨很善于射箭，堪称当世无双，陈公也经常以此作为夸耀的资本。有一次在自家后院场地上习射，有位卖油的老人放下担子站在那里，朝他看了很久也没有离开。老人见陈公射出十箭能中八九箭，只是朝他微微点头。陈公问他："你也懂得射箭吗？我的箭法也算得相当精熟了吧？"老人说："没什么，仅仅是手熟而已。"陈公愤然作色，说道："就凭你，怎敢看不起我的箭法！"老人回答说："凭我一辈子打油就能知道其中道理了。"于是取出一只葫芦放在地上，用一枚铜钱把葫芦口盖住，慢慢地用油勺往葫芦口里灌，油从铜钱的方孔里进入葫芦，钱孔却一点都没有湿，因而说道："我也没什么本事，只不过是手熟罢了。"陈公笑着送他离去，这和《庄子》中叙述的庖丁解牛、轮扁斫轮有什么不同呢？